suhrkamp taschenbuch 4088

Dass ausgerechnet Marcelino Soto, ein äußerst beliebtes Mitglied der spanischen Gemeinde in Frankfurt, ermordet im Main aufgefunden wird, sorgt für helle Aufregung unter seinen Landsleuten. Hat ihn seine Vergangenheit eingeholt, die, wie Hauptkommissarin Cornelia Weber-Tejedor herausfindet, keine so rühmliche ist, wie alle behaupten? Und was hat es damit auf sich, dass Soto in seinen letzten Lebensjahren vom kommunistischen Atheisten zum demütigen Kirchgänger wurde?

Als sich dann auch noch Weber-Tejedors Mutter, selbst Spanierin, ungefragt einmischt, wird der Fall immer undurchschaubarer für die Hauptkommissarin. Doch der Mörder hat einen entscheidenden Fehler gemacht.

Zwischen Bankentürmen und Bahnhofsviertel – der erste Fall der Frankfurter Kommissarin Cornelia Weber-Tejedor.

Rosa Ribas wurde 1963 in Barcelona geboren und studierte an der dortigen Universität Hispanistik. Sie lebt seit 16 Jahren in Frankfurt. Für *Kalter Main* erhielt sie den spanischen Krimipreis für das beste Debüt. Im suhrkamp taschenbuch sind außerdem erschienen: *Tödliche Kampagne* (st 4184) und *Falsche Freundin* (st 4302). Mehr zur Autorin unter www.rosa-ribas.com.

Rosa Ribas
KALTER MAIN
Kriminalroman

Aus dem Spanischen von
Kirsten Brandt

Suhrkamp

Die Originalausgabe erschien 2007 unter dem Titel
Entre dos aguas
bei Ediciones Urano S.A., Barcelona.
© 2007 by Rosa Ribas Moliné

Für die deutsche Übersetzung durchgesehene Fassung

Umschlagfotos:
© Kutay Tanir / Harald Theissen / Getty-images

„Dieses Projekt wurde mit Unterstützung des
Programms Kultur (2007-2013) der Europäischen Kommission finanziert.
Die Verantwortung für den Inhalt dieser Veröffentlichung
trägt allein der Verfasser; die Kommission haftet nicht für
die weitere Verwendung der darin enthaltenen Angaben."

GD Bildung und Kultur   Kultur

Programm „Kultur" (2007-2013)
Förderbereich 1.2.2. Literarische Übersetzungen

4. Auflage 2012

Erste Auflage 2009
suhrkamp taschenbuch 4088
Deutsche Erstausgabe
© der deutschen Ausgabe
Suhrkamp Verlag Frankfurt am Main 2009
Suhrkamp Taschenbuch Verlag
Alle Rechte vorbehalten, insbesondere das
des öffentlichen Vortrags sowie der Übertragung
durch Rundfunk und Fernsehen, auch einzelner Teile.
Kein Teil des Werkes darf in irgendeiner Form
(durch Fotografie, Mikrofilm oder andere Verfahren)
ohne schriftliche Genehmigung des Verlages reproduziert
oder unter Verwendung elektronischer Systeme
verarbeitet, vervielfältigt oder verbreitet werden.
Druck: CPI – Ebner & Spiegel, Ulm
Printed in Germany
Umschlag: HAUPTMANN & KOMPANIE Werbeagentur
München – Zürich
ISBN 978-3-518-46088-7

KALTER MAIN

Für Juan und Montse, meine Eltern.

FISCHE IM FLUSS

Wild schoss der Main durch Frankfurt. Der sonst so ruhige Fluss schäumte, riss Stämme und Zweige mit, junge Bäume, die das Hochwasser, Folge des plötzlich einsetzenden Tauwetters nach einem harten Winter, entwurzelt hatte. Nichts schien sich den Fluten widersetzen zu können – außer einem Galicier. Büsche, Stöcke und Abfall glitten an ihm vorbei, schlugen manchmal gegen ihn, aber er behauptete seinen Platz am Mittelpfeiler der Alten Brücke. Bäuchlings im Wasser treibend, die Arme wie zum Kopfsprung ausgestreckt, verweigerte er sich der Strömung mit einer Hartnäckigkeit, die ihm zu Lebzeiten den Spitznamen »der Dickkopf aus Lugo« eingetragen hatte. Dabei half ihm, dass sein linker Fuß sich in einem der Vertäuungsringe am Brückenpfeiler verfangen hatte. Tatsächlich war die Leiche zunächst ein ganzes Stück flussabwärts getrieben und dann erst an der Alten Brücke hängen geblieben. Den großartigen Blick rechter Hand auf die Commerzbank konnte er allerdings nicht genießen, denn es war Nacht, und er hatte keine Augen mehr. Trotz allem gibt es im Main Fische.

So trieb der Galicier mehrere Stunden im Fluss, bis ihn am Morgen einer der Polizisten fand, die die Schaulustigen daran hindern sollten, zu nahe an das Hochwasser heranzugehen. Polizeiobermeister Leopold Müller kam gerade aus der Kneipe zurück, wo er für ein paar Minuten Zuflucht vor dem heftigen Regen gefunden hatte, der seit den frühen Morgenstunden fiel. Auch bei dieser Runde inspizierte er die Absperrungen und ging dann auf die Brücke. Da sah er ihn. Zuerst glaubte er, es sei ein Unfall passiert. Er verfluchte sein Pech, denn er fürchtete, seine Pflichtvergessenheit habe den Mann das Leben gekostet. Er rief die Zentrale an und meldete den Fund.

Als seine Kollegen eine Stunde später die Leiche aus dem Wasser zogen, auf die Brücke legten und eine tiefe Stichwunde in der Brust feststellten, seufzte Leopold Müller erleichtert. Für ein, zwei Sekunden breitete sich auf seinem Gesicht ein Lächeln aus, eine schäbige Reaktion, für die er sich noch Stunden später schämte.

Und obwohl er nun wusste, dass sein Kneipenausflug keine so schrecklichen Folgen gehabt hatte, fühlte er sich irgendwie für den Toten verantwortlich.

Zeitlebens hatte Leopold Müller unter dem Widerspruch zwischen seinem imposanten Vornamen mit den Anklängen an die Habsburgermonarchie und seinem banalen Nachnamen gelitten. Nun, mit dreißig, schien der Müller endgültig Oberhand über den Leopold zu gewinnen. Obwohl er nun schon einige Jahre im Dienst und während der Ausbildung einer der Jahrgangsbesten gewesen war, hatte er es nur zum Polizeiobermeister gebracht. Von der Brücke aus beobachtete er die Szene. Es goss immer noch in Strömen. Er sah, wie ein etwa sechzigjähriger Mann in einem durchnässten Trenchcoat mit zwei Polizisten sprach, neben der Leiche niederkauerte und sie untersuchte. Ein Polizist wies ihn auf die Stichwunde hin. Dann standen beide auf und schauten sich um. Der Mann im Trenchcoat redete mit zwei Polizisten, die den Zugang zur Brücke kontrollierten. Einer von ihnen zeigte in seine Richtung. Offensichtlich suchten sie ihn. Sie winkten ihn zu sich. Während er zu ihnen hinunterging, traf er, hin- und hergerissen zwischen Leopold und Müller, eine Entscheidung. Er würde diesen Toten im Fluss nicht so ohne weiteres hinnehmen.

TELESHOPPING

Während ihre Kollegen die Leiche aus dem Main fischten, waren Hauptkommissarin Cornelia Weber-Tejedor und Oberkommissar Reiner Terletzki auf dem Weg zur Zentrale einer Bank in der Mainzer Landstraße. Ein Fall war abzuschließen, der Mord an Jörg Merckele, einem Nachtwächter, dem seine Frau den Schädel eingeschlagen hatte. Cornelia Weber hatte angeordnet, Frau Merckele in den Raum des Bankgebäudes zu bringen, in dem ihr Mann gearbeitet hatte. Sie hoffte, dann werde die Frau endlich mit ihnen reden. Bisher hatte sie sich nur beim Notruf gemeldet und gesagt, ihr Mann liege zu Hause tot im Wohnzimmer, und man möge doch bitte vorbeikommen und sie verhaften. Die Kommissarin überflog noch einmal ihre Notizen. Angesichts dessen, was sich in diesem Raum alles befand, war es nicht schwer, sich Frau Merckeles Motiv vorzustellen, aber sie benötigten eine Aussage von ihr.

Die Mainzer Landstraße, eine der Finanzadern der Stadt, war hoffnungslos verstopft. Wegen des drohenden Hochwassers hatte man fast alle Straßen in Flussnähe gesperrt, die Straßenbahnen verkehrten nur noch unregelmäßig, und es grenzte an ein Wunder, wenn man ein Taxi bekam. Aus dem Hauptbahnhof ergoss sich eine Menschenflut in Richtung der Hochhäuser, zu den Banken und Versicherungen. Die Fußgänger, Autos und Straßenbahnen bedeckten die Straße zum Platz der Republik wie ein Teppich: An der ersten Kreuzung, eben der Mainzer Landstraße, teilte sich die Masse; ein Teil strömte nach rechts, der andere nach links, während der kompakte und entschlossene Mittelteil weiter geradeaus dem Messegelände zustrebte – sich mit schwingenden Aktenkoffern den Weg bahnend.

In der Bank nahm sie ein Mann in hellgrauem Anzug in Empfang, der Anfang vierzig sein mochte, aber zehn Jahre jünger wirkte. Nachdem die beiden sich vorgestellt hatten, musterte er sie mit einem Blick, den Cornelia schon kannte: Er korrigierte seine ursprüngliche Vermutung über die Hierarchie der Polizisten. Entgegen seiner anfänglichen Annahme war die eher klein gewachsene Blonde mit der leicht schiefen Nase, die in seinem Alter, die Chefin. Der Fünfzigjährige mit dem kurzen grauen Bürstenhaarschnitt und den noch immer dichten schwarzen Augenbrauen, der wie ein gealterter Boxer aussah, war Zweiter. Von diesem Augenblick an wandte sich der Mann im hellgrauen Anzug immer zuerst an die Kommissarin.

Er hatte offensichtlich sehr genaue Anweisungen erhalten. Vom ersten Moment an bemühte er sich vor allem darum, dass sie weder den Angestellten noch den Besuchern auffielen. Es war Stoßzeit. Der Mann trippelte ihnen voraus zu einem abgelegenen Bereich der Empfangshalle. Man hatte versucht, mit Stellwänden voller Werbung das Absperrband vor Merckeles Raum zu verbergen, einem Zimmerchen in einem Winkel hinter einer Glaskabine, in der jetzt ein junger Wachmann saß. Die Besucher gingen rasch an dem Mann vorbei, dessen einzige Aufgabe darin bestand, ihnen ein Gefühl der Sicherheit zu vermitteln, und steuerten auf den langen Edelholztresen zu. Hinter diesem standen drei Frauen in Jacketts, die im gleichen Grünton gehalten waren wie das Logo der Bank, um die Besucher zu ihrem Ziel zu lotsen, zu dem man nur nach einer Sicherheitskontrolle Zugang hatte. Niemand protestierte gegen diese Kontrollen; sie waren in Frankfurter Banken alltäglich geworden, wie man aus der Routiniertheit schließen konnte, mit der die Besucher die Arme hoben, um sich von dem Metalldetektor abtasten zu lassen, und mit der sie ungebeten alles, was sie dabeihatten, auf das Laufband legten.

Cornelia Weber und Reiner Terletzki warteten auf den Wagen, der Erna Merckele zur Bank bringen sollte. Sie wollten mit ihr zusammen den Raum betreten, um ihre Reaktion zu beobachten, wenn es denn eine gab. Bisher hatten sie, abgesehen vom Geständnis, kein Wort aus ihr herausbringen können. Geistesabwesend und schicksalsergeben hatte sie die Fragen auf sich einprasseln lassen wie ein plötzliches Unwetter. Cornelia war es schwerer gefallen, mit diesem Schweigen umzugehen, als mit den üblichen Sprüchen von Junkies und Schlägern. Erst als sie abgeführt wurde, hatte Erna Merckele darum gebeten, ein paar Hausschuhe mitnehmen zu dürfen, um es in der Zelle bequemer zu haben. Seitdem hatte Cornelia immer wieder an die weinroten Plüschpantoffeln mit den Gesundheitsgummisohlen denken müssen.

Der Mann im grauen Anzug fühlte sich sichtlich unbehaglich, und so betrieb er angestrengt Konversation, indem er Zahlen und Fakten über das Gebäude und die Kunstsammlung herunterrasselte, die es beherbergte. Sie lauschten mit geheucheltem Interesse, um seine Bemühungen zu würdigen, ihnen die Zeit zu verkürzen. Für sie gehörte das Warten zur Routine, für ihn bedeutete es allem Anschein nach eine Qual. Cornelia lächelte aufmunternd, sobald der Mann ins Stocken geriet. Allerdings wurden seine Ausführungen nun zugegebenermaßen ein wenig interessanter, denn der Mann berichtete – unter dem Vorwand, mit ihnen über das Verhältnis von Kunst und Moral zu diskutierten – mit einer gewissen Liebe zum schlüpfrigen Detail von einem deutschen Künstler, dessen Werke in diesem Gebäude hingen und der in einem Luxushotel mit sieben Prostituierten mitten in einer Koksorgie erwischt worden war. Cornelia war die Moral dieses Künstlers schnurz; sie fragte sich vielmehr, wozu der Kerl sieben Prostituierte gebraucht hatte.

Plötzlich unterbrach sich der Mann im grauen Anzug, und der erschrockene Blick, den er auf eine Stelle hinter ihrem Rücken warf, sagte ihnen, dass der Streifenwagen mit Erna Merckele eingetroffen war. Sie wandten sich um. Der Wagen hatte direkt vor der Tür gehalten. Zwei Beamte, ein Mann und eine Frau, stiegen aus. Der Polizist öffnete die hintere Tür und half Frau Merckele heraus. Er hielt ihr den Arm hin, und sie stützte sich darauf. Sie sah noch müder und erschöpfter aus als während der fruchtlosen Verhöre der letzten Tage. Ihre Pausbacken hingen so schlaff herunter wie die Überreste ihrer Dauerwelle. Sie trug ein dunkles Kleid unter ihrem Anorak und duckte sich mehr als nötig unter den Regenschirm, den die Polizistin aufgespannt hatte. Erleichtert konstatierte Cornelia, dass sie keine Handschellen trug. Während der Mann im Anzug ängstlich zu den Empfangsdamen hinübersah, um festzustellen, ob die Besucher den Streifenwagen bemerkt hatten – was tatsächlich der Fall war –, gingen Cornelia und Terletzki Frau Merckele entgegen. Vor und in der Bank hatten sich bereits die ersten Schaulustigen versammelt. Der Mann im grauen Anzug war außer sich, wagte aber nicht, sie zum Verschwinden aufzufordern. Als er hörte, dass die Kommissarin den Polizisten bat, im Wagen zu warten, und die Polizistin anwies, die Tür des kleinen Raums zu bewachen, solange sie darin seien, gab er auf.

Resigniert schloss er ihnen die kleine Tür zum Raum des Wachmanns auf. Die war mit dem gleichen Holz

vertäfelt wie die Wand und nur an der dunklen Umriss-
linie zu erkennen. Vielleicht war dies der Grund, warum
niemand, tatsächlich niemand in der Bank in all den
Jahren gefragt hatte, was sich hinter dieser Tür verbarg.

»Den einzigen Schlüssel zu diesem Raum hatte Herr
Merckele. Die Firma, die mit der Wartung des Gebäu-
des beauftragt ist, wusste nicht einmal, dass es diesen
Raum gibt.«

Er blieb an der Tür stehen. Offenbar wollte er den
Raum nicht betreten.

»Wenn Sie mich brauchen: Ich bin am Empfang.«

Sie betraten den fensterlosen Raum und schlossen die
Tür. Cornelia kannte ihn schon; Terletzki sah ihn zum
ersten Mal.

Jörg Merckele war so viele Jahre bei der Bank beschäftigt gewesen, dass niemand sich darüber gewun-
dert hatte, wieso er einen Raum für sich allein besaß.
Die anderen Wachmänner betrachteten es als eine Art
Privileg für den Dienstältesten unter ihnen, der zudem
die härteste und unbeliebteste Schicht übernommen
hatte: die Nachtschicht. Nachtwächter haben bekanntlich ihre Eigenheiten. Wer stundenlang allein ist, kann
viel Zeit mit Nachdenken zubringen. Früher führte
Merckele mit Kollegen Kontrollgänge im Gebäude
durch, aber vor gut zehn Jahren hatte die Bank auf einmal beschlossen, es sei besser, einen Wachmann gut
sichtbar in einer Glaskabine zu platzieren, um allen zu
demonstrieren, dass das Gebäude rund um die Uhr bewacht war. Jörg Merckele war dazu ausersehen worden,
und also saß er dort, während die anderen ihre Runden
drehten. Deshalb blieb er, von den sporadischen Besuchen seiner Kollegen abgesehen, die ganze Nacht über
allein. Jede Nacht, acht Stunden, von elf bis sieben. Und

so lieferten die Boten ihre Pakete in den frühen Morgenstunden in der Loge bei Merckele ab. Er nahm sie persönlich in Empfang und verstaute sie in dem kleinen Raum. Wie sonst hätten zum Beispiel die sperrigen Fitnessgeräte, die er kaufte, unbemerkt bleiben können?

Anscheinend hatte er anfangs einige von ihnen sogar benutzt. Auf dem Boden wartete eine merkwürdige Konstruktion aus Matten und Metallstangen, die sich als Bauchmuskeltrainer herausstellte. Daneben, staubig und vergilbt, ein Faltblatt mit Fotos von durchtrainierten jungen Männern und Frauen mit perfekt modellierten Waschbrettbäuchen, die lächelnd zeigten, wie die Übungen auszuführen waren. Bei ihrem Anblick erschien Cornelia die Vorstellung des altersschlaffen Jörg Merckele auf diesen Geräten noch grotesker. Was mochte in den ein, zwei Wochen, in denen er sich mit dieser metallenen Wippe abgequält und dabei vielleicht aus den Augenwinkeln auf die Fotos geschielt hatte, in ihm vorgegangen sein? Hatte er geglaubt, seine Frau würde ihn bewundern? Oder hatte er davon geträumt, ein paar der wunderbaren Mädels aus dem Prospekt hierher abzuschleppen? Der etwa zwanzig Quadratmeter große Raum war vollgestellt, sodass sie sich nur auf einem schmalen Pfad zwischen den Stapeln von Kisten und Kartons fortbewegen konnten, die ihnen teilweise bis an die Schultern reichten und in einigen Fällen sogar bis über die Köpfe hinausragten.

Einer dieser Stapel bestand aus dreizehn der Größe nach geordneten Staubsaugern. Der größte, ein Monster mit einem gewaltigen Behälter zur Erzeugung von Wasserdampf, bildete den Sockel, der kleinste, eine Metallscheibe auf Rädern, die Spitze der Pyramide. Daneben waren Töpfe zu metallenen Türmen geschichtet und chemische Reinigungsmittel nach Verwendungszweck aneinandergereiht: Teppich- und Polstersprays, Gardinenweiß, Fleckentferner für Fett, Tinte, Blut, Holzpoliermittel, Bohnerwachs, Silberputzmittel. In einer Ecke standen Röhrchen mit Gebissreinigungstabletten ordentlich arrangiert wie Orgelpfeifen.

»Genug, um den Bedarf eines Altersheims auf Jahre hinaus zu decken«, sagte Reiner Terletzki, nahm eines davon in die Hand und stellte es dann sorgfältig an die gleiche Stelle.

»Halt dich zurück.«

Der Oberkommissar hatte vergessen, dass Frau Merckele anwesend war. Sie war an der Tür stehen geblieben und schien den Raum nicht betreten zu wollen.

In der hintersten Ecke türmten sich Laken – für Einzel-, Doppel- und extragroße Betten, aus Baumwolle, Leinen und Atlas, weiß, farbig und gemustert –, die jeden Augenblick umzukippen drohten. Mehrere Besteckkästen, Tassen mit den unterschiedlichsten Motiven von klassisch bis futuristisch, verschiedene Buchkollektionen: Klassiker, eine mehr als sechzig Bände umfassende Ausgabe sämtlicher Werke Konsaliks, zwanzig Bände Agatha Christie, achtzig Bände Karl May, Hi-Fi-Geräte, CDs ...

»Den Sampler mit den Hits der Siebziger hat er ...«, Terletzki verbesserte sich, »hatte er sogar doppelt.«

Cornelia betrachtete die Kisten mit CDs genauer, auf die Terletzki gezeigt hatte. Sie hatte schon bemerkt, dass einiges doppelt vorhanden war, und alle diese Dinge besaßen eine Gemeinsamkeit: Im Gegensatz zu den meisten anderen spiegelten sie vermutlich Jörg Merckeles tatsächliche Vorlieben und Interessen wider, die Musik, die er auf dem Nachhauseweg wirklich gehört, die Bücher, die er gelesen, und die Werkzeuge, die er benutzt hatte. Sie schienen als Einzige benutzt worden zu sein, allerdings nur jeweils ein Exemplar. Die übrigen waren noch eingeschweißt, ebenso wie alle anderen Gegenstände, für die er jahrelang seine sämtlichen Rücklagen und Ersparnisse verpulvert hatte.

Die größte Überraschung des Raums bildete eine große Holzkiste, die gefährlich wackelnd auf einer Mischung aus Küchenutensilien, Paketen mit Unterwäsche und Kosmetikprodukten stand.

»Das sieht ja aus wie der Schatz des Ali Baba!«, entfuhr es Terletzki, als er sie öffnete.

In der Kiste fanden sie mindestens hundert Etuis mit Schmuckstücken: mit Brillanten verzierte Herzen für den Valentinstag, einfache oder mit Steinen besetzte Ringe, Ketten für den Muttertag, Perlenohrringe in Gold, Silber oder Platin, Broschen, Armbänder ...

»Und ich bin mein Lebtag in der Kittelschürze herumgelaufen«, ließ sich Frau Merckele vernehmen, die sie die ganze Zeit, an die geschlossene Tür gelehnt, beobachtet hatte. Cornelia und Terletzki wandten sich nach ihr um. Frau Merckele schwankte bedenklich. Sie suchten nach einem Platz zum Hinsetzen, aber in dem Durcheinander aus Kisten und Paketen bot sich nichts an. Cornelia stützte sie, während Terletzki die Polizistin vor der Tür um einen Stuhl und ein Glas Wasser bat.

Frau Merckele trank ein paar Schlucke, den Blick starr auf einen Berg Babybettlaken gerichtet.

»Denken Sie an Ihre Enkelin?«

»Meine Tochter musste sie in den USA lassen. Ich hätte die Kleine gerne gesehen. Letztes Jahr zu Weihnachten war sie mit ihnen hier. Aber ich glaube, unter diesen Umständen wäre es keine gute Idee gewesen, sie mitzubringen. Die Arme, ich weiß nicht, wie meine Tochter ihr beibringen soll, dass ihr Opa gestorben ist.«

Sie sagte das, als wäre der Opa, von dem sie sprach,

nicht ihr Ehemann gewesen, dem sie vor ein paar Tagen den Schädel eingeschlagen hatte. Cornelia betrachtete sie und versuchte sich vorzustellen, wie fassungslos die Frau gewesen sein musste, als sie am Freitag letzter Woche ihren Mann in diesem Raum besucht hatte.

»In all den Jahren, die er hier gearbeitet hat, habe ich ihn nie besucht. Ich bin mitten in der Nacht aufgetaucht; ich konnte nicht schlafen, weil ich dachte, er würde mich betrügen.«

»Wie kamen Sie auf die Idee, dass Ihr Mann Sie betrügen würde?«

»Im Grunde genommen war es meine Schuld. Ich hätte nie in seinen Schubladen wühlen dürfen.«

Cornelia konnte sich zwar nicht vorstellen, dass Merckele jemals Liebesbriefe geschrieben oder empfangen hätte, fragte aber trotzdem nach.

»Haben Sie Briefe von einer anderen Frau gefunden?«

»Nein, die Bankauszüge. Die von unserem Girokonto und die von den Sparbüchern. Er hatte alle diese Papiere weggeschlossen, ich habe sie zum ersten Mal gesehen. Ich verstehe nichts von diesen Dingen, aber ich habe sofort gemerkt, dass die Sparbücher auf null standen und das Girokonto in den roten Zahlen war.«

»Frau Merckele«, fragte Terletzki, der an einem Stapel kleiner Elektrogeräte lehnte, »was meinen Sie damit: Es war das erste Mal, dass Sie sie gesehen haben?«

»Na, das, was ich sage. Dass ich sie nie zuvor gesehen hatte. Ich wusste, dass Jörg sie in diesen Schubladen aufbewahrte, aber die waren immer abgeschlossen.«

»Das verstehe ich nicht, Frau Merckele«, schaltete sich Cornelia ein. »Aber Sie haben doch Geld gebraucht und sicher auch Geld abgehoben oder mit der Kreditkarte bezahlt?«

»Nein, ich verfügte immer nur über das Geld, das mein Mann mir jeden Montag für den Haushalt gegeben hat. Um die Extras musste ich ihn bitten. Wenn ich ein Paar Schuhe wollte, musste ich ihm sagen, wie viel genau sie gekostet haben, und dann hat er mir das Geld gegeben; wenn ich zum Friseur wollte, wenn zu Hause etwas kaputtging, wenn ich unserer Tochter oder später unserer Enkelin etwas kaufen wollte, habe ich ihn darum gebeten. Er sagte, die Geldangelegenheiten seien nichts für mich, ich verstünde davon nichts. Deshalb hatte er die Auszüge in der Schublade eingeschlossen, damit ich mir nicht den Kopf über Dinge zerbrach, die mich nichts angingen. Aber ganz so dumm bin ich dann doch nicht.« Sie lächelte ein wenig verschmitzt. »Schließlich habe ich die Auszüge auf den ersten Blick verstanden. Obwohl es besser für mich gewesen wäre, dumm zu bleiben. Für mich gab es nur eine Erklärung, nämlich dass er das Geld für eine andere ausgegeben hatte. Also hatte ich in dieser Nacht beschlossen, ihm ordentlich die Meinung zu sagen. Ich bin aufgestanden, habe ein Taxi genommen und bin hierher gefahren.«

Um drei Uhr morgens war Erna Merckele bei der Bank angekommen. Das Viertel, in dem es nur Banken und Büros gab, lag wie ausgestorben. Der Taxifahrer hatte sie gefragt, ob dies auch die richtige Adresse sei, und ihr sogar angeboten zu warten, aber sie hatte ihn weggeschickt. Während der Fahrt hatte sie auf einem Aufkleber am Fenster gelesen, was eine Minute Wartezeit kostete.

Sobald das Taxi weggefahren war, ging Frau Merckele auf das Gebäude zu und spähte durch das Fenster. Sie konnte das Glashäuschen sehen; ihr Mann war darin. Sie hämmerte an die Scheibe und wartete, bis er sie nach seiner ersten Überraschung einließ. Sie hatte ihrem

Mann sofort an den Kopf geworfen, er sei ihr untreu. Statt einer Antwort schob er sie zu seinem Raum. Den Schlüssel verwahrte er in einem besonderen Schlüsselmäppchen, das er immer bei sich trug. Er schloss auf und wies mit einer weit ausholenden Armbewegung in den Raum.

»Das ist alles für dich«, hatte er ihr unentwegt lächelnd gesagt, »für unseren Lebensabend.«

Eine geschlagene Stunde lang hörte sie sich seine Erklärungen zu jedem einzelnen Gegenstand an. Er hatte ihr sogar verschiedenfarbige Taillenformer, Haarpflegemittel und zehn Paar Hausschuhe gekauft. Danach beschloss sie, zu gehen.

»Ich glaube, ich habe mich sogar bei ihm bedankt.«

Sie ging, hielt auf der Straße ein Taxi an und fuhr nach Hause.

Das war in der Nacht von Freitag auf Samstag gewesen. Als ihr Mann von der Arbeit zurückkam, stellte sie sich schlafend. Er legte sich hin und stand zum gemeinsamen Mittagessen wieder auf.

»Seit er Nachtwächter war, aßen wir um zwei zu Mittag.«

Den Rest des Tages beschäftigte sich jeder mit den eigenen Angelegenheiten, und sie sprachen nicht über den nächtlichen Besuch. Um sechs schaltete er wie immer den Fernseher ein, um die Fußballergebnisse zu sehen. Um Viertel nach sechs brachte sie ihn um. Ein kurzer, harter Schlag auf den Hinterkopf, auf die vom jahrelangen Mangel an Sonnenlicht erbleichte Glatze, die wie ein gewaltiges Ei über die Sessellehne hinausragte. Erna Merckele wartete sogar, bis ihr Mann das Bier, das er als echter Biertrinker direkt aus der Flasche herunterkippte, auf dem niedrigen Beistelltisch abgestellt hatte, sodass die einzigen Flecken von dem Blut aus dem offenen Schädel stammten. Nach dem Schlag schenkte Frau Merckele sich ein Glas Bier ein, setzte sich in den Sessel neben ihrem toten Mann, freute sich, dass Borussia Dortmund gewonnen und Stuttgart – die Heimatstadt ihres Mannes – und Hertha Berlin verloren hatten. Erna Merckele war eine überzeugte Anhängerin des Föderalismus, und es ärgerte sie, dass sich nach dem Hauptstadtwechsel nun alles in Berlin konzentrierte. Auch dass Bremen gegen Rostock gewonnen hatte, freute sie, vor allem, weil sie etwas gegen die Ossis hatte. Sie wartete auf das Ergebnis von Eintracht Frankfurt. Unentschieden. Die Eintracht bescherte ihren Fans nur Zitterpartien. Die anderen Ergebnisse waren ihr mehr oder weniger gleichgültig. Als sie das Bier ausgetrunken hatte, rief sie bei der Polizei an und meldete ihr Verbrechen.

»Ich bin eben doch nicht so dumm, wie mein Mann dachte.« Sie sah Cornelia und Terletzki fragend an. »Wissen Sie, ob ich einen Fernseher in der Zelle haben darf? Sie müssen mir kein Gerät kaufen, ich könnte den von zu Hause mitnehmen. Oder einen von denen hier.«

Sie zeigte auf zwei Kartons, die Fernsehgeräte enthielten.

»Die sind bestimmt besser als das uralte Ding, das bei mir zu Hause steht.«

GOETHE STREIKT

Nachdem sie Frau Merckeles Aussage zu Protokoll genommen hatten, übergaben sie sie wieder den beiden Polizisten und fuhren schweigend ins Polizeipräsidium zurück.

Der Verkehr war zäh wie Pudding. Im Radio hörten sie, die Lage habe sich verschärft, weil der Regen bei der Baustelle am alten Güterbahnhof einen Erdrutsch verursacht und dabei eine Fliegerbombe aus dem Zweiten Weltkrieg freigelegt hatte. Das kam durchaus häufiger vor, aber dieses Mal lag die Fundstelle im Stadtzentrum, und so musste man die ganze Umgebung räumen, mehrere Straßenbahn- und Buslinien umleiten und die Anwohner evakuieren. Nun war das Chaos perfekt. Sie brauchten fast eine Dreiviertelstunde, die ihnen wie eine Ewigkeit vorkam.

Das neue Polizeipräsidium, ein flacher, massiver Würfel aus dunklem Stein, befand sich in einem eher reizlosen Teil der Stadt, an der Kreuzung Eschersheimer Landstraße/Adickesallee – einer der Ringstraßen, die bis zum Ende des 19. Jahrhunderts, vor der Eingemeindung der umliegenden Ortschaften, die nördliche Stadtgrenze Frankfurts markiert hatten. Als sie das Gebäude betraten, merkte Cornelia, dass sie hungrig war. Sie überlegte, ob sie einen Abstecher in die Cafeteria machen sollte, befürchtete aber, Terletzki würde mitgehen. Cornelia war nicht nach Reden zumute, und auch Terletzki erwies sich als nicht besonders gesprächig. Die Stille hatte sie schon auf der Schleichfahrt hierher sehr bedrückt, weshalb sie sie jetzt nicht auch noch beim Essen, wo sie sich normalerweise unterhielten, ertragen wollte.

Also gingen sie in ihr gemeinsames Büro im dritten Stock. Cornelia hatte sich immer noch nicht so recht mit dem Raum in dem nagelneuen Gebäude anfreunden können. Die Pflanzen, die ihr altes Büro ausgefüllt hatten, wirkten verloren in diesem nur durch halbhohe Zwischenwände und Innenfenster unterteilten Großraumbüro, in dem mehrere Kommissare und Oberkommissare arbeiteten. Schweigend ließ sich jeder an seinem Schreibtisch nieder. Sie mussten die Berichte verfassen, und das bedeutete, die Geschichte wieder in ihre Einzelteile zu zerpflücken.

Dazu kam es nicht. Plötzlich klingelte das Telefon. Die Kommissarin nahm ab und schrieb mit.

»Sie haben bei der Alten Brücke eine männliche Leiche gefunden, vermutlich erstochen.«

Rasch streifte sich die Kommissarin die Jacke über. Reiner Terletzki blieb sitzen.

»Na los, es eilt. Die Gegend ist doch vom Hochwasser bedroht.«

»Geh schon mal vor. Ich muss noch ein paar dringende Telefonate erledigen und komme dann in meinem Wagen nach.«

»Na gut, aber beeil dich.«

»Schon klar.«

Wieder würde sie sich durch den dichten Verkehr kämpfen müssen. Es würde nicht einfach werden, ausgerechnet bis zum Fluss vorzudringen. Obwohl sie das nicht gerne tat, beschloss sie, das Blaulicht einzuschalten.

Unterwegs überlegte sie, wie lange es dauern würde, bis das Hochwasser die Stadtmitte erreichte. Sie würden möglichst schnell möglichst viel Beweismaterial sichern müssen, bevor das Wasser alles wegschwemmte. Über die Zentrale fragte sie die Kollegen an der Brücke, ob der Fundort gesichert sei. Eine Sperrung der Alten Brücke bedeutete, eine der wichtigsten Verbindungen zwischen beiden Flussufern abzuschneiden, aber es ließ sich nicht ändern. Die Stimme am anderen Ende der Leitung stimmte ihr zu und informierte sie, dass der Gerichtsmediziner schon da sei. Natürlich, er brauchte nur über die Brücke zu gehen.

Sie bog in den Untermainkai ein, der parallel zum Fluss verlief. An beiden Ufern waren die Hauseingänge mit Sandsäcken gesichert. Auf der anderen Mainseite, in Sachsenhausen, hatte man die Schutzmaßnahmen auf die Straßen in Flussnähe ausgedehnt. Die vorsichtigsten Anwohner räumten alles, was einen gewissen Wert hatte, auf die Dachböden.

Dennoch würde sich dieses Hochwasser nicht zum Schlimmsten auswachsen, das die Stadt je erlebt hatte. So stand es an den Pfeilern des Eisernen Stegs. Für jedes große Hochwasser waren dort eine Markierung und ein Datum angebracht. Das schlimmste Hochwasser hatte die Stadt am 27. November 1882 heimgesucht, als der Pegel bei 6,35 Meter stand.

Cornelia parkte auf dem Bürgersteig gegenüber der Alten Brücke und ging zu ihren Kollegen. Es regnete noch immer. Direkt neben dem Brückenpfeiler untersuchten die Männer von der Spurensicherung die Leiche, nahmen Proben vom Boden und der Kleidung des Toten und steckten sie in Plastiktüten. Sie trugen weiße, regenfeste Overalls mit Kapuzen und Handschuhen, die nur die Gesichter frei ließen, und bewegten sich extrem langsam, um mögliche Spuren nicht zu verwischen, so wie Astronauten in einer kargen Mondlandschaft.

»Ich fürchte, hier werden wir nichts finden als Dosen und Flaschen von der Trinkhalle unter der Brücke. Meiner Meinung nach wurde die Leiche weiter flussaufwärts ins Wasser geworfen«, vernahm sie die tiefe, wienerisch singende Stimme des Gerichtsmediziners Winfried Pfisterer in ihrem Rücken. Sie wandte sich um, und die beiden begrüßten einander mit festem Händedruck. Cornelia streckte schützend ihren Regenschirm über ihn. In seinen Trenchcoat verkrochen, wirkte Pfisterer noch kleiner, als er ohnehin war. Anscheinend hielt er sich schon längere Zeit ohne Schirm hier auf, denn das Wasser hatte sein graues, nur stellenweise von dunkelblonden Strähnen durchzogenes Haar so platt gedrückt, dass die rosige Kopfhaut darunter hervorsah. Als er so geduckt und durchnässt vor ihr stand, wurde Cornelia mit einem Mal bewusst, dass die zehn Jahre, in denen sie ihn jetzt kannte, nicht spurlos an dem kleinen Doktor vorübergegangen waren; sein Körper wirkte geschrumpft, langsam, aber unaufhaltsam aufgezehrt. Altersflecken bedeckten Schläfen und Wangen und bildeten kleine, dunkle Archipele auf der weißen Haut. »Sommersprossen. Melasma. Sommersprossen entstehen unter Einwirkung von Sonnenlicht durch Melanozyten, die vermehrt Melanin produzieren. Melasma hingegen ist auf eine übermäßig starke Einlagerung von Melanin in die Haut zurückzuführen und eher altersbedingt. Malignes Melanom. Hautkrebs.« Heute Morgen hatte sie im Bad mit der Lupe eingehend einen Leberfleck auf der Schulter untersucht, der sich, wie ihr schien, in den letzten Wochen verändert hatte.

Cornelia zwang sich, den Blick von Pfisterers Haut abzuwenden; sie sah zur Seite und zeigte auf die Stelle, an der die Assistenten des Gerichtsmediziners auf und ab gingen.

»Wie kommst du darauf?«

»Erstens, weil ein Körper, der von der Brücke geworfen wird, sich wohl kaum so in dem Ring verfangen würde. Dazu hätte er absolut senkrecht fallen müssen, wie ein Springer, was ja hier nicht der Fall ist. Außerdem würde es mich wundern, wenn sich derjenige, der den Körper ins Wasser geworfen hat – denn eines ist klar, der Mann wurde nicht auf der Brücke ermordet –, ausgerechnet die Alte Brücke ausgesucht hätte, eine der meistbefahrenen Brücken in Frankfurt. Denn hier hätten ihn nicht nur Passanten sehen können, sondern auch Leute aus den umliegenden Häusern oder jemand, der über die nächste Brücke geht. Das erscheint mir nicht sehr logisch.«

»Und warum sucht ihr dann hier?«

»Wir haben in letzter Zeit öfters den Vorwurf zu hören bekommen, wir würden nicht gründlich genug arbeiten. Und damit das nicht mehr vorkommt, sind wir in eine Art Bummelstreik getreten. Außerdem kann ich mich irren, und der Mörder hat den Toten von hier aus in den Fluss geworfen. Das würde zumindest erklären, warum niemand ihn im Fluss hat treiben sehen, auch wenn ich das, wie gesagt, für äußerst unwahrscheinlich halte.«

»Ich wusste nicht, dass ihr streikt.«

Das Prasseln des Regens auf dem Schirm wurde stärker. Cornelia spürte an den Knöcheln die durchnässten, kalten Hosenbeine.

»Es ist eben kein öffentlicher Streik.«

Cornelia sah Pfisterer leicht befremdet an. Ein Bummelstreik der Gerichtsmediziner ist nicht gerade das, was man braucht, wenn man gerade eine Leiche gefunden hat. Sie versuchte, ihre Frage nicht spitz klingen zu lassen.

»Und wozu ist er dann nütze, wenn keiner ihn bemerkt?«

»Diejenigen, die es merken sollen, werden es schon

merken. Die Öffentlichkeit ist nicht das Problem. Die weiß über unsere Arbeit nur, was sie in den Fernsehsendungen über Gerichtsmediziner sieht. Und das ist eher Science-Fiction als Wirklichkeit. Es verschafft uns ein gutes Image. Aber wenn man von uns die Wunder erwartet, die im Fernsehen stattfinden, dann Gute Nacht. Unser Chef schaut nicht fern, jedenfalls brüstet er sich damit, aber er verlangt von uns, alle kleinlichen Regularien peinlichst genau einzuhalten und nie auch nur einen Schritt von den immergleichen Verfahren abzuweichen. Jetzt wird er merken, wie übertriebene Formalitäten unsere Arbeit behindern. Ein paar Wochen Dienst nach Vorschrift genügen.«

Er verstummte. Dann wies er mit einem leichten Nicken auf die nächste Brücke flussabwärts.

»Bitte recht freundlich.«

Am Geländer des Eisernen Stegs stand eine Gruppe von Fotografen, die Kameras auf sie gerichtet. Anhand des Winkels rechnete Cornelia sich aus, dass sie auf den Fotos vor der durch eine Plastikplane bedeckten Leiche zu sehen sein würden, der Leiche eines etwa sechzigjährigen, kahlen, übergewichtigen Mannes ohne Papiere, vom Liegen im Wasser und zahlreichen Stößen entstellt und mit einer dunklen Hose, einem marineblauen Hemd und einem grauen Pullover bekleidet. Am rechten Fuß fehlten Strumpf und Schuh. Der andere Schuh – er war schwarz – steckte noch am linken Fuß.

»Was glaubst du, wie lange ist er schon tot?«

»Bei seinem Zustand ist das schwer zu sagen, aber ich würde schätzen, noch nicht sehr lange, vielleicht einen oder zwei Tage. Hätte er noch Augen, könnte ich sie punktieren, um ein wenig Glaskörperflüssigkeit für die Analyse zu entnehmen.«

Unwillkürlich verzog Cornelia das Gesicht, und Pfisterer lächelte und tätschelte ihr den Arm.

»Du weißt doch, dass ich ein Fan der Glaskörperflüssigkeit bin.«

Die Kommissarin musste lachen.

»Wenn du mir noch einmal erzählst, wie du sie entnimmst, wirst du den Regenschirm selbst halten müssen, während du mich wiederbelebst. Aber im Ernst: Wenn er die ganze Zeit im Wasser gelegen hat, ist es dann nicht merkwürdig, dass niemand ihn früher bemerkt hat? In den letzten Tagen haben Dutzende von Schaulustigen das Steigen des Wassers beobachtet. Auch wenn es trübe ist und der Körper, als er flussabwärts trieb, von Zweigen verdeckt war, hätte ihn irgendjemand sehen müssen. Im Grunde genommen hoffen das doch insgeheim viele Gaffer. Wenigstens eine tote Kuh oder ein totes Schaf wollen sie vorbeitreiben sehen.«

Pfisterer bückte sich und drückte dem Toten den Finger in die Wange. Das Fleisch gab nach wie ein Schwamm. Einen Augenblick lang fürchtete Cornelia, Wasser könnte aus einer Körperöffnung spritzen, und blickte zu den Beamten hinüber, die immer noch damit beschäftigt waren, das Gebiet zu durchkämmen.

»Er hat nicht lange im Wasser gelegen«, sagte der Gerichtsmediziner. »Er ist nicht besonders aufgeschwemmt.«

Pfisterer nahm eine Hand des Toten und betrachtete die Finger.

»Er hat schon Waschfrauenhände, die Haut ist ganz schrumpelig, aber sie löst sich noch nicht ab, und die Fingernägel sind noch fest. Wir werden allerdings keine Fingerabdrücke nehmen können, bevor wir die Fingerspitzen nicht ein wenig gestrafft haben.«

Cornelia wandte sich wieder dem Gerichtsmediziner zu.

»Irgendwelche Papiere oder sonst etwas, wodurch man ihn identifizieren könnte?«

»Er hatte weder Papiere noch eine Brieftasche dabei.«

»Es könnte Raubmord sein, aber man bringt doch niemanden wegen seiner Brieftasche um. Nicht hier.«

»Noch nicht.«

»Aber er trägt einen Ring. Er war verheiratet.«

»Oder verwitwet.«

Cornelia sah auf Pfisterers rechte Hand. Er bemerkte es.

»Zwei Jahre, vier Monate, zwei Wochen ...«

Cornelia legte ihm die Hand auf die Schulter.

»Könntest du ihm den Ring abziehen? Vielleicht sind Initialen eingraviert.«

Winfried Pfisterer bückte sich und nahm wieder die Hand des Toten. Mit einiger Mühe gelang es ihm, den Ring von dem aufgequollenen Finger zu ziehen. Er hielt ihn dicht vor die Augen.

»Du hast recht. Hier sind Initialen: M.S. y M.R.«

»Y? Lass sehen.«

Cornelia nahm den Ring. Zwischen den Initialen, die für die Namen standen, war deutlich ein ›y‹ zu erkennen. Es erinnerte sie an den Ring ihrer Mutter.

»Spanier oder Lateinamerikaner oder vielleicht mit einer Spanierin verheiratet. Da ist auch ein Datum: ›4.11.1968‹.«

In einer der Taschen von Pfisterers Trenchcoat klingelte ein Handy. Der Gerichtsmediziner entschuldigte sich, trat ein Stück beiseite und beugte sich über sein Handy, um es vor dem Regen zu schützen.

Cornelia ging zu einem der Polizisten hinüber.

»Wer hat den Toten gefunden?«

»Kollege Müller.«

»Wo finde ich ihn?«

Der Polizist sah sich unter den umherlaufenden Beamten um und deutete dann auf einen Mann in Uniform, der die Szene aus einiger Entfernung beobachtete. Cornelia erschien er vage vertraut. Als sie auf ihn zuging, fiel ihr ein, dass sie vor fünf oder sechs Jahren zusammen an einem Fall gearbeitet hatten. Ein kluger Bursche, dem sie eine glänzende Zukunft bei der Polizei prophezeit hatte. Er sah sie und kam ihr entgegen. Schon von weitem erkannte Cornelia die drei grünen Sterne des Polizeiobermeisters, des zweiten Grades im mittleren Dienst. Sie hatte gedacht, dass er rascher aufsteigen würde.

»Guten Tag, Herr Polizeiobermeister Müller.«

»Guten Tag, Frau Kommissarin Weber.«

Sie bat ihn, den Leichenfund in allen Einzelheiten zu schildern. Müller zeigte ihr die Stelle, von der aus er den Toten bemerkt hatte, beschrieb, wie er im Wasser gelegen hatte und in der Strömung auf und ab geschaukelt war und dass ihm ein Schuh fehlte. Cornelia nickte anerkennend; Müller war ein guter Beobachter. Als er den aufmerksamen Blick der Kommissarin bemerkte, äußerte er eine Vermutung.

»Sie müssen ihn mindestens eine Brücke weiter oben ins Wasser geworfen haben. Hätte man ihn von dieser Brücke gestoßen, hätte er nicht so am Pfeiler hängen bleiben können.«

»Dieser Meinung ist auch der Gerichtsmediziner.«

Die Kommissarin sah zu der Stelle hinüber, wo die Leiche lag. Müller verstand, dass für sie das Gespräch beendet war. Aber er hatte noch etwas auf dem Herzen.

»Ich wollte Ihnen noch etwas sagen, Frau Kommissarin Weber.«

Cornelia wandte sich wieder zu ihm.

»Sie sollten nämlich wissen, dass ich eine kurze Pause gemacht habe, um etwas Warmes zu trinken. Ich war völlig durchgefroren und ...«

»Machen Sie sich keine Sorgen, Müller. Es ist Ihr gutes Recht, sich während der Streife mal eine Pause zu gönnen, aber vermerken Sie es im Bericht.«

Leopold Müller nahm seinen ganzen Mut zusammen.

»Außerdem wollte ich Sie um noch etwas bitten, Frau Kommissarin.«

Sie sah ihn neugierig an.

»Ich wäre gerne beim Ermittlungsteam für diesen Fall dabei.«

»Sind Sie denn beim Morddezernat?«

Müllers Mut verflog ebenso rasch wie seine Hoffnungen.

»Nein. Bei der Bundespolizei.«

»Wer ist Ihr Chef?«

»Kachelmann.«

»Ich werde mit ihm reden. Von meiner Seite spricht nichts dagegen, aber Ihr Chef muss es genehmigen, und dazu muss ich es irgendwie begründen können. Ziehen Sie nicht so ein Gesicht, Müller«, Cornelia klopfte ihm auf den Arm, »das kriegen wir schon hin. Wir sehen uns in einer Stunde im Präsidium.«

Sie verließen die Brücke. Müller wollte sich bei Cornelia bedanken, aber sie winkte ab. Mit einem kurzen Händedruck verabschiedete sie sich von ihm und ging dahin zurück, wo die Leiche lag.

Müller ahnte nicht, dass nicht nur seine höflich vorgetragene Bitte, sein minuziöser Bericht oder die Offenheit, mit der er die Pause gebeichtet hatte, die Kommissarin bewogen hatten, seinem Vorschlag sofort zuzustimmen, sondern auch ihr wachsender Ärger über die Verspätung Reiner Terletzkis, der längst hätte da sein müssen, um mit ihr den Tatort zu inspizieren und alles zu besprechen und zu analysieren. Doch Terletzki hatte sie im Stich gelassen. Vergebens versuchte sie, ihn im Büro zu erreichen. Ans Handy ging er auch nicht. Zuletzt rief sie sogar bei ihm zu Hause an, aber auch da hob niemand ab, anscheinend war seine Frau nicht da.

Bisher hatte sie es sich stets verkniffen, am Tatort zu rauchen, schließlich wurden allein durch die Anwesenheit der Ermittler genug Spuren verwischt, aber bei diesem Regen, sagte sie sich, wurde sowieso jede Hoffnung, den Ort so zu hinterlassen, wie man ihn vorgefunden hatte, im wahrsten Sinne des Wortes weggeschwemmt. Als sie die Hand in die linke Tasche ihrer schwarzen Lederjacke steckte, fiel ihr auf, dass sie die Zigaretten im Büro hatte liegen lassen.

Wieder trat sie neben die Leiche. Die Gesichtszüge waren verschwommen. Sie bat einen der Beamten, die Polaroidaufnahmen machten, um ein Foto vom Gesicht des Toten, damit Reiner später die Vermisstenanzeigen durchforsten konnte. Mit dem Foto wedelnd, damit es trocknete und zugleich vor dem unablässig strömenden Regen geschützt war, ging sie zu dem Gerichtsmediziner hinüber, um ihm den Ring des Toten zurückzugeben. Winfried Pfisterer saß auf dem Rücksitz eines Streifenwagens, ließ die Beine nach draußen hängen und kritzelte in einen Notizblock. Als er sie sah, klappte er ihn hastig zu.

»Was ist los, Winfried? Schreibst du etwa Gedichte?«, fragte sie scherzend.

An der verblüfften Miene des Wieners erkannte sie, dass sie ins Schwarze getroffen hatte.

»Du schreibst Gedichte? Am Tatort?«

Pfisterer machte »Psst!« und legte den Finger an die Lippen.

»Sparen Sie sich die Mühe, Chef«, sagte ein Techniker, der ein paar Meter entfernt unermüdlich Flaschen und Dosen in Laborsäcke packte, »das ist ein offenes Geheimnis.«

Und einer seiner Kollegen, ein junger Kerl mit vielen kleinen Ringen im rechten Ohr, fügte hinzu: »Jeder hier kennt Sie als Goethe der Kripo.«

LEO »DER LÖWE« MÜLLER

Wenig später war Cornelia zurück im Präsidium. Falls sie einen Augenblick lang ihre Wut über Terletzkis Ausbleiben vergessen haben sollte, kam sie sofort wieder in ihr hoch, als sie ihn auch hier nicht fand. Allem Anschein nach war er nicht lange geblieben, nachdem sie sich an den Main aufgemacht hatte.

Sein Computer war ausgeschaltet, die Papiere lagen noch genauso da wie am Vortag, und seine Lederjacke war nirgendwo zu sehen. Diese Jacke in einem undefinierbaren Braunton gehörte zu ihm, seitdem er vor fast dreißig Jahren im Alter von vierundzwanzig bei der Polizei angefangen hatte. Das war Mitte der siebziger Jahre gewesen, als im Fernsehen *Starsky und Hutch* lief. Sobald sein Dienstgrad es ihm erlaubt hatte, hängte er die Uniform in den Schrank und war im Präsidium stets mit Jacke aufgetaucht. Seither hatte er kräftig zugelegt, war in die Breite gegangen, und doch passte er, wenn auch mit einiger Mühe, noch in die alte Jacke hinein.

Sie ging ins Büro nebenan und fragte die Kollegen dort nach Terletzki.

»Heute habe ich ihn nicht gesehen.«

»Ich auch nicht.«

»Ich glaube, ich habe ihn auf den Weg zum Parkplatz gesehen. Er hat mit dem Handy telefoniert.«

»Na? Anscheinend haben wir einen Fall, aber keinen Kollegen«, sagte da eine Stimme hinter ihr.

Es war Kommissar Sven Juncker. Sie drehte sich um und sah, wie Juncker mit verschränkten Armen am Türrahmen des gegenüberliegenden Büros lehnte. Er hatte angewidert die Lippen verzogen, als rieche er etwas Ekelhaftes. Aus seiner Höhe von fast zwei Metern beugte er sich betont zu ihr herunter wie zu einem Winzling.

»Das fängt ja gut an, Weber. Ein nicht identifizierter Toter und ein nicht vorhandenes Team. Nicht gerade Erfolg versprechend.«

Cornelia hatte sich schon seit längerem vorgenommen, auf Junckers Provokationen nicht einzugehen, und so dankte sie den Kollegen, mit denen sie vorher gesprochen hatte, und ging in ihr Büro, ohne die Tür hinter sich zu schließen. Sie wusste, dass das Juncker mehr aufbrachte als jede Antwort. Und so war es auch.

»Habt ihr gesehen, wie sie sich aufführt? Sie hat sich nicht einmal zu einer Antwort herabgelassen. Habe ich was Falsches gesagt?«

»Nun hör schon auf, Juncker«, antwortete Kommissar Grommet, der eine Tür weiter saß. »Manchmal kannst du einem ziemlich auf den Wecker gehen.«

Vor sich hin brummelnd trat Sven Juncker den Rückzug an. Kommissar Grommet war einer der Dienstältesten und unter den Kollegen hoch geachtet.

Cornelia genoss die Szene von ihrem Büro aus, den Blick starr auf das Päckchen Zigaretten geheftet, das sie am Fluss so sehr vermisst hatte. Aber Junckers Bemerkung hatte sie beunruhigt. Sie wollte keine Wiederholung dessen, was vor knapp zwei Wochen passiert war. Da hatte Reiner Terletzki vor dem Staatsanwalt die Fakten dermaßen durcheinandergebracht, dass sich die Bedeutung der Sache nicht erschlossen hatte und um ein Haar drei Monate Ermittlungsarbeit umsonst gewesen wären. Sie war davon ausgegangen, dass der darauf folgende Rüffel Terletzkis Zerstreutheit beendet hatte. Hoffentlich bedeutete seine Abwesenheit heute Morgen nicht, dass das Ganze wieder von vorne losging und er im neuen Fall wieder Fehler machen würde. Noch dazu bei einem namenlosen Toten!

Obwohl sie es sich nur ungern eingestand: Juncker

hatte recht. Wenn es nicht gelang, rasch die Identität des Opfers zu ermitteln, gestaltete sich ein solcher Fall extrem schwierig.

Eigentlich hätte sie zuerst den Bericht Merckele schreiben müssen, aber sie setzte sich lieber an den neuen Fall. Sie betrachtete das Foto des Toten. Sie würde allein mit der Identifizierung beginnen müssen. Bisher wusste sie nur, dass der Mann vielleicht verheiratet gewesen war und es sich um einen Spanier handeln konnte, eine Möglichkeit, die in ihr dumpfes Unbehagen weckte. Sie ging im Computer die Vermisstenanzeigen durch. In Deutschland waren über 6 500 Personen als vermisst gemeldet, einige schon jahrelang. Viele von ihnen waren »mal schnell Zigaretten holen« gegangen und nicht wiedergekommen, Menschen, die sang- und klanglos verschwunden waren und seither für die Zurückgebliebenen von einer seltsamen Aura der Unberührbarkeit umgeben waren. Erst nach ihrem Verschwinden erinnerten sich Freunde und Verwandte an Zeichen, durch die sie hätten aufmerksam werden können, aber da war es zu spät. Und einige von ihnen tauchten so wieder auf wie der Mann heute Morgen.

Sie beschränkte die Suche auf Personen männlichen Geschlechts über fünfzig. Immer noch zu viele. Nun schloss sie die Deutschen aus. Sie klebte das Foto des Unbekannten an den Rand des Bildschirms, und während sie eine Datei nach der anderen durchsah, drängten sich ihr unliebsame Parallelen auf.

War der Unterschied wirklich so groß zwischen dem lächelnden Mann auf dem Bildschirm, Besitzer eines Sportartikelgeschäftes, verheiratet, zwei Kinder, der eines Tages vorgab, in seinen Laden zu gehen und der nie wieder gesehen wurde, und ihrem eigenen Mann, der nun schon seit einem Monat mit dem Motorrad in Australien unterwegs war, um »sich selbst zu finden«?

Sie klickte die nächste Datei an. Keinerlei Ähnlichkeit. Die nächste. Das Gleiche. Sie suchte eine halbe Stunde, da kam Terletzki mit missmutiger Miene herein.

Noch bevor Cornelia ihn zurechtweisen konnte, sagte er »Frag nicht!«.

Er sah sie nicht an, zog seine Jacke aus und hängte sie über die Stuhllehne. Cornelia antwortete, genauso schroff: »Ich will's auch gar nicht wissen«, und streckte ihm die Informationen über die am Morgen gefundene Leiche hin.

Terletzki, offensichtlich erleichtert darüber, seine Abwesenheit nicht erklären zu müssen, studierte sie übertrieben aufmerksam. Cornelia, der seine fingierte Konzentration nicht entging, nutzte die Gelegenheit, um ihn eingehend zu betrachten. Er hatte in den letzten Monaten wirklich zugenommen.

›Fettleibigkeit erhöht die Anfälligkeit für viele Krankheiten, vor allem Herzerkrankungen, Hirnschläge, Krebs und Diabetes.‹ Welchen Bauchumfang Terletzki wohl hatte? ›Die Messung des Bauchumfangs ist eine Methode zur Bestimmung des Fettgewebes. Ein Bauchumfang von über hundert Zentimetern bei Männern gilt als wichtiger Risikofaktor für Herz- und andere Krankheiten.‹

»Wir wissen noch nicht, wer der Tote ist, aber ich werde Müller darauf ansetzen.«

Terletzki sah sie verdutzt an. »Müller? Wer ist Müller?«

»Leopold Müller.«

»Nein! *Der* Müller? Leo der Löwe Müller?«

»Was meinst du mit ›Leo der Löwe‹?«

Er schien die Frage nicht gehört zu haben. Stattdessen lachte er in sich hinein, als hätte er gerade einen Witz gemacht.

»Warum Leo der Löwe Müller?«, hakte Cornelia nach.

Terletzki lachte immer noch, brach jedoch unvermittelt ab. Die buschig-gewölbten Augenbrauen senkten sich zu einem Strich.

»Warum Leo der Löwe Müller?«

»Genau das habe ich dich gefragt, Reiner.«

»Nichts. Eine dumme kleine Geschichte.«

Terletzki tat so, als wollte er sich wieder in seine Lektüre vertiefen.

»Na, dann dürfte es dir ja nicht allzu schwerfallen, sie mir zu erzählen.«

Der Oberkommissar hob den Blick und seufzte, als verlangte man von ihm eine gewaltige Anstrengung.

»Es ist wirklich eine dumme kleine Geschichte.«

Cornelia sah ihn weiter auffordernd an.

»Das ist ein Spitzname, den man ihm während der Ausbildung verpasst hat. Als er anfing, hatte er eine lange lockige Mähne wie ein Löwe, aber er war eher schüchtern und zurückhaltend. Er fiel nicht weiter auf. Bis es dann einmal nach einem Training zu einer Schlägerei in den Umkleideräumen kam.«

»Weshalb?«

»Männergeschichten«, wich Terletzki aus.

Cornelia konnte sich durchaus vorstellen, worum es ging, wollte es aber aus Terletzkis Mund hören. Auch wenn ihr klar war, dass eine Portion Sadismus dabei im Spiel war, bereitete es ihr Freude zuzusehen, wie ihr Kollege sich wand, sobald zweideutige Themen zur Sprache kamen. Sie wusste, dass Dinge, die Reiner ungezwungen mit einem Mann besprochen hätte, in der Unterhaltung mit ihr tabu waren, obwohl sie jetzt schon seit sechs Jahren zusammenarbeiteten, das Büro teilten, sich tagelang mit den gleichen Problemen herumschlugen und beinahe täglich zusammen zu Mittag aßen. Es war keine Sache der Hierarchie, sie die Hauptkommissarin und er der Oberkommissar, und auch die zehn Jahre Altersunterschied waren es nicht. Es gab einfach eine Barriere zwischen ihnen, die sie von Teilen seiner Welt ausschloss, und das würde sich auch niemals ändern.

Die Witze, über die er mit anderen Kollegen lachte, das Schulterklopfen, die Themen, über die sie sich unterhielten, wenn sie ein Bier trinken gingen, gehörten zu der Welt, zu der sie keinen Zugang hatte. Und darum sah sie jetzt Terletzki an und tat so, als wüsste sie nicht, was er meinte. Er sollte Einzelheiten schildern, und sie wollte zusehen, wie er nach den richtigen Worten suchte und dabei errötete wie eine keusche Novizin.

»Na ja, was nackte Männer im Umkleideraum halt so reden …«

Er brach ab, erkannte aber an Cornelias Gesichtsausdruck, dass sie nicht lockerließ.

»Da fallen eben gewisse Bemerkungen, wenn man nackt in der Umkleide steht und Vergleiche anstellt.«

»Verstehe.«

»Nein, nein«, versicherte Terletzki schnell. »Es ist nicht so, wie du denkst. Sie haben sich nicht mit ihm angelegt. Ich habe gehört, dass der Löwe … Leopold Müller ziemlich gut bestückt sein soll.«

Terletzki machte eine bedeutungsvolle Pause und sah sie an.

»Aha«, antwortete sie, ohne vermeiden zu können, dass dieses »Aha« zweideutig und bewundernd klang. Dabei tat sie so, als lese sie in einer Akte.

»Anscheinend hat damals jemand einen Witz über einen anderen Kollegen gemacht, der gerade unter der Dusche war und es nicht hören konnte, und da ist Müller ausgerastet. Er hat den anderen mit einem Kinnhaken gegen die Spindtür geschleudert und ihm dabei die Nase gebrochen.«

Unwillkürlich wollte Cornelias Hand an ihre Nasenwurzel fahren, dorthin, wo die Krümmung begann – eine Bewegung, die sie nicht immer unterdrücken konnte –, aber sie merkte es gerade noch rechtzeitig und griff nach einem Kugelschreiber, mit dem sie auf Terletzki zeigte.

»Und das hatte für Müller keine Folgen?«

»Nein, solche Geschichten dringen nicht nach oben. So was wird intern geregelt.«

»Das heißt, die Freunde des anderen haben ihn anschließend zusammengefaltet.«

»Keine Ahnung«, behauptete Terletzki. »Aber seitdem hat er den Namen ›Leo der Löwe‹ Müller, obwohl er nach der Ausbildung die Haare kurz trägt.«

»Und gab es weitere Ausraster dieser Art von ihm?«

»Ich habe da so was gehört.«

Cornelia glaubte ihm nicht, auch wenn sie nicht hätte sagen können, warum. Die Geschichte war zu Ende. Beide starrten wieder auf ihre Bildschirme. Als Cornelia zwei Stunden später Müller hinterhertelefonierte, um ihn in ihr Büro zu zitieren, musste sie ständig das Bild eines jüngeren, nackten Müller mit langer lockiger Mähne und – wie ihr jetzt auffiel – vollkommener Nase verdrängen, das sich vor die Erinnerung an den eher unauffälligen Polizeibeamten schob, den sie heute Morgen gesehen hatte. Doch noch bevor sie ihn erreicht hatte, stand Müller plötzlich bei ihr im Büro.

»Frau Weber, ich habe den Toten identifiziert.«

LUKAS, DER ZERBERUS

»Das ist er.«

Leopold Müller hatte ein paar Papiere dabei.

Er steuerte direkt auf ihren Schreibtisch gegenüber der Tür zu, ohne Terletzki, der seitlich von ihr saß, zu beachten. Dies verhieß nichts Gutes für die Zusammenarbeit, zumal nach Reiners spöttischen Kommentaren, und so unterbrach sie Müller, so gern sie auch sofort den Namen des Opfers erfahren hätte, um die beiden miteinander bekannt zu machen.

»Herr Müller, das ist Oberkommissar Reiner Terletzki, mit dem ich an dem Fall arbeite.«

Sofort wandte Leopold Müller sich nach links und streckte Reiner Terletzki die Hand hin. Der wollte gerade beleidigt die Arme vor dem Körper verschränken, sah sich dann aber gezwungen, die Bewegung zurückzunehmen, bevor er sie vollendet hatte. Müller stellte sich so hin, dass er sie beide im Blick hatte. »Der Tote hieß Marcelino Soto. Er ist ... er war Spanier.«

»Wie haben Sie das herausgefunden?«

»Durch Zufall. Ich war in der Zentrale, und da habe ich die Vermisstenanzeige gesehen. Ich habe eine Kopie mitgebracht. Sie war noch nicht in den Computer eingegeben, weil die Familie sie gerade erst aufgegeben hatte.«

Cornelia bot ihm einen Platz an ihrem Tisch an. Terletzki kam näher.

»Seit wann gilt er als vermisst?«

»Seit gestern Abend.«

»Erst einen Tag. Besser gesagt, eine Nacht.«

Müller hielt ihr die Kopie der Anzeige hin. Das Foto zeigte einen zehn Jahre jüngeren und fünfzehn Kilo leichteren Marcelino Soto.

»Warum zum Teufel suchen die Angehörigen immer Bilder aus, auf denen die Vermissten hübsch und glücklich aussehen, und keine aktuellen Fotos?«

Sie machte das Foto von ihrem Bildschirm ab und zeigte es den Kollegen.

»Würdet ihr auf Anhieb sagen, dass es sich um den gleichen Mann handelt?«

»Na ja, das Gesicht des Toten ist sehr stark aufgeschwemmt.«

»Natürlich, aber das kommt nicht allein vom Wasser, und Tote lächeln bekanntlich nicht.«

»Cornelia, erwartest du allen Ernstes, dass die Angehörigen an so was denken?«

»Ich weiß, aber trotzdem; sie geben uns Fotos, die entweder zu alt sind oder die Verschwundenen in Situationen zeigen, in denen wir sie garantiert nicht antreffen. In der Datei war das Foto von einem Mann, das bei einem Grillabend aufgenommen war. Er trug eine riesige Kochmütze und eine Schürze mit der Aufschrift ›Hier kocht der Chef‹. Der Mann ist seit drei Jahren verschwunden, und ich glaube nicht, dass er die Mütze trug, als er sich davongemacht hat.«

Terletzki lachte. Müller ebenfalls, aber sein wacher Blick verriet, dass er Informationen speicherte und verarbeitete. Und eine leichte Ungeduld.

»Sie haben noch etwas, nicht wahr?«, fragte Cornelia.

»Ich habe herausgefunden, dass Soto zwei spanische Restaurants hier in der Stadt hatte. Das *Alhambra*, eine Tapasbar im Zentrum, in der Nähe der Börse. Das andere ist ein vornehmeres Restaurant im Westend, das *Santiago*.«

»Das werden wir uns genauer ansehen. Aber als Erstes müssen wir die Identität des Toten bestätigen. Wir brauchen einen Angehörigen, der ihn identifiziert.«

»Das übernehme ich«, sagte Terletzki.

Wie schon in einigen Krankenhäusern üblich, schulte in letzter Zeit auch die Polizei Beamte im Überbringen schlechter Nachrichten. Cornelia, die schon öfter in dieser unangenehmen Situation gewesen war, konnte sich nur schwer vorstellen, was man in diesen Kursen lernte. Terletzkis Angebot überraschte sie. Normalerweise drückte er sich vor solchen Aufgaben, wo er nur konnte, und nun übernahm er sie freiwillig.

»Ich nehme einen Spezialisten mit.«

Er verabschiedete sich. Warum erledigte er das nicht telefonisch? Offensichtlich wollte er so schnell wie möglich verschwinden.

Cornelia fragte Müller, ob er spanisch spreche.

»Ein wenig.«

»Wie wenig ist ein wenig?«

»Ich war ein Jahr bei der Bundespolizei am Flughafen. Ich habe verdächtige Passagiere aus Lateinamerika befragt.«

»Gut. Sie waren doch nicht zufällig in der Zentrale, oder? Sie hatten die Idee, die noch nicht eingegebenen Anzeigen durchzusehen, und siehe da, es hat geklappt, nicht wahr?«

»Ja, Frau Weber.«

Sie bat ihn, einen Moment hinauszugehen, damit sie telefonieren könne. Sie rief Kachelmann an, Müllers Vorgesetzten bei der Bundespolizei. Dieser ließ sich mühelos überzeugen, Müller für die Ermittlungen freizustellen, als sie seine Spanischkenntnisse ins Feld führte. Kurz darauf rief sie ihn wieder herein.

»Müller, Kachelmann hat grünes Licht gegeben. Jetzt muss ich noch mit meinem Chef sprechen, aber ich glaube nicht, dass er etwas dagegen haben wird, Sie ins Ermittlerteam für diesen Fall aufzunehmen.«

Leopold Müller lächelte, doch bevor er etwas sagen konnte, sprach Cornelia weiter.

»Jetzt, da wir etwas über den Toten wissen, würde ich Sie bitten, erste Nachforschungen in seinem Arbeitsumfeld anzustellen.«

Sie merkte, dass sie ziemlich bürokratisch klang. Reiner Terletzki hätte sich sicher darüber mokiert, aber Müller lauschte respektvoll.

»Gehen Sie zu den zwei Restaurants, die ihm gehörten, und befragen Sie die Angestellten.«

Müller zückte einen Notizblock und begann mitzuschreiben. Es sah aus wie im Fernsehkrimi, und Cornelia musste sich ein Lächeln verkneifen.

Gemeinsam erstellten sie eine Liste der üblichen Fragen: ob den Angestellten in den letzten Tagen etwas Ungewöhnliches aufgefallen war, ob sie verdächtige Personen beobachtet hatten, ob sie irgendwelche Drohungen erhalten hatten, ob Marcelino Soto anders gewesen war als sonst.

»Es wäre auch nicht verkehrt, etwas über die Angestellten zu erfahren. Ob jemand vielleicht entlassen wurde oder schwarzarbeitet«, merkte Müller an.

»Gute Idee.«

Sobald Müller weg war, las Cornelia durch, was sie über das Opfer hatten. Marcelino Soto war 1943 in Barreira do Castro in der Provinz Lugo geboren worden und lebte schon seit vielen Jahren in Deutschland. Seit 1963.

»Na so was, einer aus der Kolonie«, dachte sie laut.

Den Angaben der Familie zufolge war Soto mit Magdalena Ríos verheiratet, der M.R. auf dem Ring, und hatte zwei Töchter, Irene und Julia.

Der Name kam ihr bekannt vor, aber sie sagte sich, dass das nicht weiter verwunderlich war, wenn er zur

»Kolonie« der Spanier in Frankfurt gehörte. Sicher war er einer der zahllosen Landsleute ihrer Mutter, die regelmäßig zu den Treffen des spanischen Vereins gingen, zu denen sie früher jedes Wochenende geschleift worden war.

Sie nahm an, die Familie habe bei der Vermisstenanzeige diese Angaben gemacht, um klarzustellen, dass Soto schon lange hier lebte, ein Bürger dieses Landes war und nicht etwa auf der Durchreise oder illegal eingewandert. Sie war noch dabei, sich die Daten zu notieren, als das Telefon klingelte: Die Kollegin, die mit Terletzki zusammen die Familie benachrichtigt hatte, teilte ihr mit, eine der Töchter, Julia Soto, habe die Leiche identifiziert. Warum rief Reiner sie nicht selbst an?

Die Polizeiakten der letzten Jahre enthielten keinen Eintrag über Marcelino Soto. Sie würde einen der Praktikanten losschicken müssen, um zu überprüfen, ob sich in den Akten, die noch nicht im Computer erfasst waren, etwas finden ließ.

Die bislang vorliegenden Informationen machten eine kriminelle Vergangenheit des Toten eher unwahrscheinlich. Wenn es kein Raubmord war, würden sie in seinem engsten Umfeld suchen müssen, bei der Familie, den Freunden, den Angestellten. Sie rief Müller an. Er war noch nicht bei Sotos Restaurant angekommen.

»Fragen Sie, ob Soto die Einnahmen des Restaurants oder eine andere größere Summe bei sich hatte.«

Sie erstellte eine Liste der Kollegen, die sie für das Ermittlungsteam brauchen würde, und machte sich auf den Weg, um sie ihrem Chef zu zeigen. Auf dem Gang traf sie Reiner Terletzki.

»Wo warst du? Ich habe auf dich gewartet.«

»Was essen.«

»Wieso hast du mich nicht angerufen?«

»War nur ein Happen.«

Cornelia schwieg gekränkt.

»Wo gehst du hin?«

»Zum obersten Boss.«

Wie jedes Mal, wenn sie diesen Ausdruck benutzte, salutierten beide. Die Hand an der Schläfe fragte Terletzki: »Musst du dafür hingehen?«

Sie sah ihn von der Seite an.

»Ich werde ihm nicht erzählen, dass du heute Morgen nicht da warst, wenn es das ist, was dir Sorgen macht. Solche Sachen sollte man im Team klären und nicht damit zum Chef rennen. Ich muss zu Ockenfeld, damit er mir sofort das Ermittlerteam bewilligt, das ich für diesen Fall brauche. Wenn ich es ihm schriftlich gebe, wird er sich wie immer ein paar Stunden Zeit lassen. Und ich will, dass die Sache so schnell wie möglich erledigt ist.«

»Wie viele werden wir sein?«

»Mit uns beiden sechs.«

»Danke.«

»Wofür?«

»Dass ich dabei bin.«

»Ist doch klar.«

»Na ja, nach dieser Geschichte vor zwei Wochen hatte ich befürchtet ...«

Während des Gesprächs hatten sie die Hände an den Schläfen gelassen, und mit einem Mal wurde ihnen bewusst, dass die Kollegen aus den umliegenden Büros sie beobachteten. Das war das Dumme an den gläsernen Wänden. Sofort ließen sie die Arme fallen, aber es war zu spät: Alle erhoben sich und standen stramm, als Cornelia und Terletzki sie ansahen.

»Habt ihr nichts Besseres zu tun?«

Im Gelächter war eine Stimme zu hören: »Nur wenn Sie es befehlen, Madame.«

»Ich habe dich erkannt, Juncker.«

»Freut mich, Madame.«

»Fahr zur Hölle.«

»Ja, Madame.«

Terletzki verschwand im gemeinsamen Büro, sie ging weiter, zwei Stockwerke nach oben, zu ihrem Vorgesetzten, Matthias Ockenfeld. Im Vorzimmer plauderte sie kurz mit der Sekretärin, Frau Marx, einer älteren kleinen Dame, die noch immer sportlich wirkte und der man ansah, dass sie als junge Frau Tänzerin gewesen war. Sie hatte bei allen Chefs, für die sie bisher gearbeitet hatte, durchgesetzt, dass sie ihren Hund Lukas mitbringen durfte. Tatsächlich war Lukas schon ihr dritter Hund, zuvor hatten Rocky und Peppy ihr Gesellschaft geleistet. Alle drei hatte Frau Marx aus dem Tierheim geholt, kleine, alte und undefinierbare Mischlinge, die als schwer vermittelbar galten. Wie seine Vorgänger lag Lukas zu Füßen der Sekretärin in einem Körbchen und blickte jedes Mal die Eintretenden neugierig an. Auch jetzt hatte er seinen fast kahlen Kopf gereckt, der auf einem schlaffen, viel zu langen Hals saß und nur von einem Büschel Haare geziert wurde, das mit einer himmelblauen Schleife zusammengebunden war.

»Lukas! Dich haben sie heute aber hübsch gemacht!«

Cornelia, die sich selbst manchmal wie ein Mischling fühlte, mochte das Tier wirklich gern, und ihre Sympathie wurde erwidert. Der Hund sprang aus dem Körbchen und lief auf sie zu. Unter Frau Marx' wohlwollenden Blicken klopfte sie ihm den Rücken.

»Könnten Sie mir ein paar Minuten beim Chef verschaffen, Frau Marx?«

Die Sekretärin nickte wie eine gnädige Göttin. Während Cornelia weiter mit dem Hund spielte, ging Frau Marx in Ockenfelds Büro. Als sie wieder herauskam, blieb sie neben der Tür stehen und hielt sie für Cornelia auf. Diese tätschelte Lukas ein letztes Mal und dankte der Sekretärin mit einem verschwörerischen Lächeln.

Der Chef saß hinter einem langen, halbbogenförmigen Schreibtisch. Davor standen zwei Leichtmetallstühle mit dunkelrotem Lederbezug. Aus Ockenfelds rundem, bleichem Kopf, der sie an einen holländischen Käse erinnerte und von dichtem schlohweißem Haar umgeben war, das früher einmal hellblond gewesen sein musste, blickten ihr hellblaue, wässerige Augen fragend entgegen.

»Ich wollte Ihnen die Liste der Kollegen zeigen, die ich für den Fall Soto brauche, den Toten, der heute Morgen im Main gefunden wurde.«

Ockenfeld, der bei ihrem Eintreten die von ihm studierten Papiere mit der beschrifteten Seite nach unten auf den Schreibtisch gelegt hatte, streckte die Hand nach der Liste aus. Er überflog sie und gab sie ihr zurück.

»In Ordnung.«

Cornelia, die sich alle möglichen Argumente zurechtgelegt hatte, um Müllers Mitarbeit zu rechtfertigen, war einen Moment lang verdattert. Sie war darauf gefasst gewesen, schweres Geschütz in Stellung bringen zu müssen, und nun, da sie auf keinerlei Widerstand traf, brauchte sie einen Augenblick, um die Waffen zurückzuziehen und den geordneten Rückzug anzutreten. Sie ging hinaus. Die Verwirrung stand ihr wohl ins Gesicht geschrieben, denn Frau Marx fragte:

»Stimmt etwas nicht, Frau Weber?«

»Nein, mit mir ist alles in Ordnung. Stimmt was mit Herrn Ockenfeld nicht?«

»Nicht dass ich wüsste.«

Noch immer irritiert darüber, wie einfach alles gewesen war, bückte sie sich, um den Hund zu streicheln. Sie war so daran gewöhnt, bei ihrem Chef jeden einzelnen Vorschlag durchboxen zu müssen, dass irgendetwas in ihr sich sträubte, das Vorzimmer zu verlassen, während ihr der gesunde Menschenverstand riet, rasch zu verschwinden, bevor Ockenfeld auffiel, dass es im Morddezernat gar keinen Leopold Müller gab. Ockenfeld fiel immer ein Einwand ein, er ließ seine Untergebenen jede Kleinigkeit rechtfertigen, jeden Schritt erläutern und kontrollierte seine Abteilung wie eine Äbtissin ein Kloster ungebärdiger Nonnen.

Und tatsächlich: Gerade hatte sie den Hund ein letztes Mal getätschelt und wollte sich aufrichten, als sie hörte, wie hinter ihrem Rücken die Tür zu Ockenfelds Büro aufging:

»Gut, dass Sie noch da sind, Frau Weber. Könnten Sie noch einmal zu mir kommen?«

Sie schloss die Augen und biss sich auf die Unterlippe, wie immer, wenn sie sich ertappt fühlte. Und doch war sie fast ein wenig erleichtert. Ich werde wohl alt, dachte sie, wenn ich mich so an Gewohnheiten klammere, selbst an Ockenfelds nervtötende Kontrollwut.

Dieses Mal bot der Chef ihr einen Stuhl an, doch noch bevor sie sich setzen konnte, legte er los:

»Ich habe ganz vergessen, Ihnen zu sagen, dass ich vor einigen Minuten einen Anruf der spanischen Generalkonsulin erhalten habe. Das Opfer ...«

Ockenfeld hielt inne und sah sie fragend an; offenbar hatte er den Namen vergessen.

»Marcelino Soto.«

»Marcelino Soto, das Opfer, war ein äußerst angesehenes Mitglied der spanischen Gemeinde, und die Konsulin hat ihre tiefe Betroffenheit über seinen gewaltsamen Tod zum Ausdruck gebracht und mir zugleich ihre persönliche Unterstützung und die Mithilfe des

Konsulats zugesichert. Sie hat mir aber auch zu verstehen gegeben, Frau Weber, dass sie von uns die zuverlässige und gewissenhafte Arbeit erwartet, für die die deutsche Polizei bekannt ist.«

Früher, zu Beginn ihrer Laufbahn, hätte ihr eine solche Bemerkung mindestens ein spöttisches Lächeln entlockt, aber nun nickte sie bloß.

»Die Konsulin wie auch ich erwarten, ständig über Ihre Fortschritte auf dem Laufenden gehalten zu werden.«

Wenn sich das Konsulat schon mit der Polizei in Verbindung gesetzt hatte, musste sich die Nachricht vom Tod eines Spaniers überraschend schnell in der spanischen Kolonie herumgesprochen haben.

Cornelia wollte aufstehen.

»Eine letzte Sache noch, Frau Weber. Der Hausarzt der Familie hat uns über das Konsulat gebeten, mit der Befragung der Frau oder der Töchter des Opfers bis morgen zu warten.«

»Der Hausarzt der Familie?«

»Ja.« Ockenfeld warf einen Blick auf einen Zettel. »Doktor Ramón Martínez Vidal.«

»Und warum?«

»Die Frau des Opfers hat einen Schock erlitten, als sie die Nachricht erhielt. Sie ist derzeit nicht ansprechbar.«

»Sie wissen, dass das nicht geht. Wir müssen so schnell wie möglich mit der Familie sprechen, zumindest mit den Töchtern.«

»Sie haben im Prinzip ja recht, Frau Weber, aber vielleicht sollten wir den Rat des spanischen Arztes befolgen.«

Spanische Familie, spanischer Arzt, Konsulat. Bilder aus der Vergangenheit stiegen in ihr auf. Als kleines Kind war sie einmal bei einem spanischen Arzt gewesen.

Was hatte sie gehabt? Dunkel erinnerte sie sich an Fieber und fürchterliche Ohrenschmerzen, an einen Arzt, mit dem ihre Mutter spanisch gesprochen hatte, einen Arzt, zu dem auch die Arbeitskolleginnen ihrer Mutter gingen. Sie fragte sich, ob es Doktor Ramón Martínez Vidal gewesen war. Seinen Namen hatte sie vergessen. Sie war klein gewesen und hatte Fieber gehabt, das Gesicht des Mannes war aus ihrer Erinnerung gelöscht, nicht aber seine Stimme, vor allem nicht seine Aussprache; obwohl er Spanier war, konnte er das R nicht rollen, es klang wie ein kehliges G. Das hatte sie damals lustig gefunden, ein spanischer Arzt, der das R aussprach wie die Deutschen.

Auf dem Rückweg zu ihrem Büro kam ihr im Flur Oberkommissar Peter Gerstenkorn entgegen, Junckers Vasall. Als er sie sah, setzte er zum Salutieren an, aber da er allein war und nicht auf den Beistand seines Kollegen zählen konnte, genügte ein warnender Blick Cornelias, und Gerstenkorn ließ die Hand auf halber Höhe sinken und tat so, als müsse er sich im Nacken kratzen.

Terletzki wartete im Büro.

»Alles klar?«

Sie nickte. Der Oberkommissar schien erleichtert, dass seine Mitarbeit im Team genehmigt worden war. Cornelia sagte nichts, aber auch sie war froh. Erneut sagte ihr eine innere Stimme, dass Ihr Chef seine Zustimmung zu reibungslos gegeben habe, aber sie brachte sie rasch zum Schweigen.

»Ruf die Familie an und sag ihnen, dass wir vorbeikommen.«

»Wann?«

»Gleich.«

TRAUER

Das Hochwasser hatte den Verkehr völlig zum Erliegen gebracht. Zum Glück, dachte Cornelia, lag wenigstens am Güterbahnhof keine Bombe mehr. Terletzki sprach gerade davon.

»Sie haben sie gegen elf entfernt und werden sie auf einem Militärgelände kontrolliert zur Explosion bringen.«

Cornelia betrachtete im Rückspiegel die Stadt. Hinter ihnen zeichneten sich die Wolkenkratzer des Bankenviertels gegen den Himmel ab.

»Wie viele wohl noch unter der Erde liegen?«

»Im Radio haben sie gesagt, dass auf Frankfurt mehr als fünf Tonnen Bomben abgeworfen wurden und mindestens fünf Prozent davon Blindgänger waren. Und wenn man bedenkt, dass sicher nicht alle gefunden wurden ...«

»... dann hat man das Gefühl, auf einem Munitionslager spazieren zu gehen.«

»Besser, man denkt nicht drüber nach.«

»Du hast recht.«

Also erzählte sie ihm lieber nicht, was ihr in diesem Augenblick durch den Kopf ging, dass nämlich nicht nur viele Bomben unentdeckt geblieben waren, sondern auch viele Leichen. Und dass es in Anbetracht der zahllosen Kriege im Laufe der Jahrhunderte wahrscheinlich keinen Meter Erde gab, unter dem nicht jemand verscharrt worden war. Vielleicht hätte sie es Terletzki doch erzählen sollen? Der hätte nämlich diese Überlegungen sofort mit einem ebenso knappen wie heilsamen »Hör auf mit dem Zeug!« beendet. Aber es gab Wichtigeres zu bereden.

»Reiner, alles in Ordnung bei dir?«

Der Oberkommissar wandte den Blick nicht vom Straßenverkehr.

»Na klar.«

»Und was war das heute Morgen? Ich habe am Fluss und dann im Büro auf dich gewartet.«

»Kommt nicht wieder vor.«

Das war nicht die Antwort, die sie sich erhofft hatte, aber sie wollte nicht weiter bohren. Sie waren schon fast bei den Sotos angekommen.

Die Sotos lebten in einer Villa im Süden der Stadt. Das Haus lag in einer kopfsteingepflasterten Seitenstraße, die – ungewöhnlich für Frankfurter Verhältnisse – nicht zugeparkt war. Während sie inmitten dieses Idylls den Wagen abstellten, sahen sie, wie eine etwa dreißigjährige Frau in Rollkragenpullover und schwarzen Hosen aus dem Haus trat und durch den Vorgarten auf sie zusteuerte. Am Zaun hielt sie an, wartete, bis sie herangekommen waren, und fragte hinter dem geschlossenen Gartentor:

»Sind Sie von der Polizei?«

Sie nickten. Die Frau rührte sich nicht. Unter dunklen Augen lagen tiefe violette Ringe, die ihr Gesicht noch bleicher erscheinen ließen. Ihr hellbraunes Haar war zu einem straffen Dutt zusammengebunden. Sie blickte sie starr an.

Reiner Terletzki begriff noch vor Cornelia, kramte in seiner Jacke, zog den Ausweis hervor und nannte ihre Namen und ihren Dienstgrad.

Die Frau, die den Schlüssel in ihrer rechten Hand verborgen gehalten hatte, ließ ihn für einen Moment vor ihren Augen zwischen Daumen und Zeigefinger baumeln, als wäre er der Preis für die richtige Antwort. Dann schloss sie auf und ließ sie herein.

»Ich bin Julia Soto, die jüngere Tochter.«

Julia Soto ging neben ihnen Richtung Haus. Schweigend gelangten sie bis zur Tür, die sie angelehnt gelassen hatte. Bevor sie die beiden einließ, sagte sie leise:

»Meine Mutter ist sehr mitgenommen. Bitte nehmen Sie Rücksicht.«

Ihr Tonfall war sanft, aber bestimmt. Es war keine Bitte. Sie gingen hinein.

Deutsche und spanische Elemente mischten sich kunterbunt in der Wohnungseinrichtung der Sotos, mit einer gewissen kleinbürgerlichen Protzigkeit als gemeinsamer Nenner. Auf den massiven spanischen Holzmöbeln im Flur lagen Häkeldeckchen, darauf standen Porzellantänzerinnen von Lladró. Am Ende des langen Ganges befand sich die Küche, erkennbar an einer hölzernen Eckbank mit edelweißgeblümten Sitzkissen. Doch Julia Soto führte sie in die andere Richtung, durch einen weiteren Gang, dessen Wände Keramikteller mit historischen Ansichten von Nürnberg, Heidelberg, Bremen und Santiago de Compostela zierten, in ein großes Wohnzimmer. Eine riesige Schrankwand, voll mit Nippes und Krimskrams, machte den Raum kleiner, als er war. Über die gesamte Länge des Zimmers zog sich eine Fensterfront. Die zugezogenen dunkelroten Samtvorhänge ließen jedoch kaum Licht herein. Sie brauchten ein paar Sekunden, um sich an die Dunkelheit zu gewöhnen, und konnten Marcelino Sotos Witwe, die auf einem Sessel kauerte, vom Hals bis zu den Füßen in eine Decke gehüllt, nur am Rascheln ihrer Kleidung ausmachen.

»Mama, die Herrschaften von der Polizei sind da.«

Julia Soto sprach Spanisch mit deutschem Akzent. Ihre Stimme war sanft, und während sie redete, zupfte sie die Decke bei ihrer Mutter zurecht, als fürchte sie, irgendwo könne ein Luftzug eindringen.

»Geht's dir besser, oder ist dir immer noch so kalt?«

Die Mutter wiegte den Kopf hin und her, eine Geste, die nur die Tochter verstand.

»Ich mache dir eine Wärmflasche.« Sie wandte sich an Cornelia und Reiner Terletzki und wechselte die Sprache. »Mama hat in Deutschland schon immer furchtbar unter der Kälte gelitten. Aber bitte, nehmen Sie doch Platz.«

Sie zeigte auf zwei Sessel, und sie setzten sich. Kaum war Julia Soto hinausgegangen, zogen sie die Jacken aus. Magdalena Ríos zitterte vor Kälte, aber sie schwitzten. Man hörte, wie Julia Soto irgendwo im Haus Schubladen öffnete und wieder schloss und sich mit jemandem unterhielt; offenbar war noch eine Person im Hause. Cornelia dachte, es könne die andere Tochter der Sotos sein. Aber warum stellte sie sich nicht vor? Warum blieb nicht eine der Schwestern bei der Mutter, wenn die andere die Wärmflasche zubereitete? Magdalena Ríos schien kaum ansprechbar, und Cornelia beschloss, mit ihren Fragen zu warten, bis die Tochter zurück war. Reiner würde den Mund sowieso nicht aufmachen. Beim Verhör von Verdächtigen war er hartnäckig, manchmal sogar erbarmungslos, doch wenn es darum ging, mit Angehörigen der Opfer zu sprechen, brachte er kein Wort heraus. In solchen Situationen überließ er Cornelia die Initiative und schaltete sich nur ein, wenn die Gefahr eines Gefühlsausbruchs aufseiten des Gegenübers äußerst gering schien. Im Laufe der Jahre hatte er einen sechsten Sinn dafür entwickelt, wann die Emotionen ihren Tiefpunkt erreichten und der Schmerz von purer Erschöpfung gedämpft wurde, ehe er wieder hervorbrach wie ein unkontrollierbarer Wasserstrahl. In diesen Augenblicken relativer Ruhe schaltete sich Terletzki ein, sobald die Gefühle jedoch wieder dominierten, zog er sich zurück und überließ Cornelia die Befragung. In diesen Situationen war er wie Kinder am Strand, die aus Angst vor den Wellen warten, bis die Brandung zurückweicht, um dann hastig Muscheln und Steinchen aufzusammeln und mit vollen Händen wegzulaufen, sobald sich die erste Gischt zeigt.

Also warteten sie schweigend. Magdalena Ríos schien im Sessel zu versinken. Trotz der stickigen Hitze hatte sie die Decke bis zum Kinn hochgezogen. Sie hielt die Augen geschlossen und saß vollkommen reglos da, wie gelähmt. Vielleicht wartete auch sie auf die Rückkehr ihrer Tochter. Ein paar hellbraune Haarsträhnen waren ihr in die Stirn gefallen.

Einige Minuten später kehrte Julia Soto zurück. Von der Türschwelle aus betrachtete sie die schweigende Gruppe, bevor sie mit der Wärmflasche auf ihre Mutter zuging. Sie hob die Decke an und schob die Wärmflasche darunter. Zum ersten Mal rührte sich Magdalena Ríos. Die Hände unter der Decke griffen nach der Wärmflasche und legten sie auf ihren Bauch, Julia Soto strich ihr die Haarsträhnen aus dem Gesicht.

»Mama, die Herrschaften von der Polizei sind da.«

Magdalena Ríos sah sie an. Ihre Augen waren geschwollen.

»Frau Ríos, es tut uns leid, Sie gerade jetzt stören zu müssen«, begann Cornelia auf Deutsch. »Ich bin Hauptkommissarin Cornelia Weber-Tejedor, und das ist mein Kollege, Oberkommissar Reiner Terletzki ...«

Magdalena Ríos unterbrach sie.

»Haben Sie Tejedor gesagt? Sind Sie Spanierin?«

Sie sprach Deutsch mit einem starken spanischen Akzent.

»Meine Mutter ist Spanierin.«

Magdalena Ríos richtete sich leicht auf.

»Woher kommt sie? Vielleicht kenne ich sie. Wir stammen aus Lugo.«

»Meine Mutter kommt aus Orense, aus Allariz.«

Die Witwe richtete sich noch weiter auf.

»Sie sind doch nicht etwa die Tochter von Celsa Tejedor?«

Cornelia nickte. Magdalena Ríos sagte auf Spanisch zu ihrer Tochter: »Sieh mal: Die Frau Kommissarin ist Celsas Tochter.«

Dann wandte sie sich wieder Cornelia zu.

»Ich kenne Ihre Mutter seit Jahren. In letzter Zeit sehen wir uns nur noch selten, meist am zwölften Oktober beim Fest im spanischen Konsulat, aber früher, als wir noch jung waren, haben wir viel zusammen unternommen. Wir waren Freundinnen. Gute Freundinnen.«

Julia Soto lächelte und schaute Cornelia an. In dem Blick glaubte sie Dankbarkeit zu erkennen: vielleicht weil es ihr gelungen war, die Mutter aus ihrer Apathie zu reißen. Bedächtig setzte sich Julia Soto neben ihre Mutter auf die Armlehne des Sessels und legte ihr eine Hand in den Schoß. Magdalena Ríos ließ Cornelia nicht aus den Augen.

»Es ist nicht zu übersehen, dass Sie Celsas Tochter sind.« Nun sprach Magdalena Ríos Spanisch. »Jetzt, wo ich Sie besser sehen kann, erinnern Sie mich sehr an sie, aber das helle Haar haben Sie von Horst. Ihr Vater ist ein so guter Mensch, Frau Kommissarin! Das kann man weiß Gott nicht von allen Deutschen behaupten, die mit uns in der Fabrik gearbeitet haben.«

Ihre Tochter fuhr auf, doch Magdalena Ríos redete weiter: »Es stimmt, Kind, viele von ihnen haben uns schräg von der Seite angeschaut. Und wenn man mal was falsch gemacht hat, kam sofort der Vorarbeiter und schrie einen auf Deutsch an, sodass man kein Wort verstand. Aber Horst war immer sehr geduldig und half uns, alles richtig zu machen und die Wörter zu lernen. Er zeigte auf ein Teil und sagte uns den Namen langsam auf Deutsch vor, und nach einer Weile kam er zurück und zeigte noch einmal darauf, und wenn man das Wort dann immer noch wusste, war er richtig froh. Und dabei ist er dann auch auf Celsa aufmerksam geworden, denn die war die Fixeste von uns allen. Sie hätten Ihre Mutter damals sehen sollen, Frau Kommissarin, sie brachte uns mit ihren Einfällen immer zum Lachen.«

Plötzlich verdüsterte sich ihre Miene.

»Genau wie mein armer Marcelino.«

Tränen rollten ihr über die Wangen und tropften vom Kinn. Sie zog eine Hand unter der Decke hervor und tastete umher, bis sie die Hand ihrer Tochter gefunden hatte, die sie umklammerte. Einen Augenblick lang schwiegen alle, und man hörte nur unterdrücktes Schluchzen und beruhigendes Händetätscheln. Niemand schien die Stille durchbrechen zu können. Cornelia hatte das Gefühl, etwas sagen zu müssen, aber sie wusste einfach nicht, was oder in welcher Sprache. Auf Deutsch als Polizeihauptkommissarin? Auf Spanisch als Celsas Tochter? Sie nahm zunächst das Gemurmel der Witwe gar nicht wahr. Es klang wie eine Litanei; anfangs verstand sie die Worte nicht, aber nach und nach wurden sie deutlicher.

»Mein armer Marcelino, im Wasser, und das bei dieser Kälte, bei dieser Kälte.«

Magdalena Ríos sackte zusammen; sie zitterte. Ihre Tochter zog wieder die Decke um sie und nahm sie fest in den Arm. Die Mutter legte den Kopf an ihre Schulter und begann heftig schluchzend zu weinen. Dabei wiederholte sie ein ums andere Mal »im Wasser, bei dieser Kälte«.

Cornelia sah zu Terletzki hinüber. Er beugte sich im Sessel nach vorn, die Ellbogen auf die Schenkel und das Kinn auf die geballten Fäuste gestützt. Sie konnte sein Gesicht nicht genau erkennen, aber sie wusste, dass er erschüttert war, auch wenn er Magdalena Ríos nicht verstanden hatte. Sie erhob sich, Terletzki sofort nach ihr.

»Es tut mir leid. Wir hätten Sie heute noch nicht behelligen sollen. Wir kommen wieder, wenn es Ihnen besser geht.«

Sie sprach Deutsch, um sich hinter der Sprache verschanzen zu können und weil ihr diese förmlichen Worte auf Spanisch nicht über die Lippen kamen. Es war aber unwichtig, denn Magdalena Ríos hörte ihr sowieso nicht zu. Die Tochter bedeutete ihnen mit einer Handbewegung, vor der Wohnzimmertür auf sie zu warten. Cornelia und Terletzki gingen in den Flur. Sie schwiegen. Von drinnen drang das Weinen der Witwe zu ihnen, ihre eintönige Litanei und die Stimme der Tochter, die aus der Entfernung klang, als singe sie ein Wiegenlied. Dieser heftige Schmerz war Cornelia fremd und bekannt zugleich. Die hemmungslose Trauer erinnerte sie an ihre Kindheit und Jugend, an den Tod ihrer Großeltern mütterlicherseits, an die beiden Male, die sie nach Allariz gereist waren, an schwarz gekleidete Frauen, die am Sarg Totenwache hielten, an Weinen, Schreie, Umarmungen, Ohnmachtsanfälle, Gebete. Kein Vergleich zur deutschen Selbstbeherrschung, den Tränen, die getrocknet wurden, kaum dass sie aus den Augen quollen, der Trauerkleidung, die nur auf dem Friedhof getragen wurde. Der Schmerz von Magdalena Ríos war verstörend, maßlos, aber doch vertraut und in gewisser Weise notwendig.

FAMILIENOBERHAUPT

Einige Minuten später kam Julia Soto zu ihnen.

»Ich habe ihr ein Beruhigungsmittel gegeben. Sie ist eingeschlafen.«

Als die Polizisten nichts sagten, fügte sie hinzu: »Der Arzt hat es ihr verschrieben.«

Cornelia nickte zustimmend, obwohl es ihr völlig gleichgültig war, woher die Pillen stammten, wenn sie der Witwe nur halfen. Sie gingen in die Küche.

Von einem Ende der Holzbank blickte ihnen ein dunkelhaariger Mann entgegen. An seinem Hemdkragen, der ordentlich aus dem V-Ausschnitt des Pullovers heraussah, glaubte Cornelia sofort den Spanier zu erkennen. Und sie täuschte sich nicht. Julia Soto stellte ihn vor.

»Das ist Carlos Veiga, ein Verwandter aus dem Dorf meiner Eltern.«

Der Mann stand auf, gab ihnen die Hand und begrüßte sie in gebrochenem Deutsch. Er hatte eine seltsame Art, einen anzusehen: Er senkte den Kopf, bis sein Kinn beinahe auf der Brust lag, und hob dann die Augen, als würde er einen über den Rand einer nicht vorhandenen Brille hinweg mustern. Julia Soto sagte erklärend: »Carlos lebt erst seit zwei Monaten bei uns.«

Der Mann nickte und lächelte verlegen. Er war jünger, als Cornelia anfangs gedacht hatte, keine dreißig, wirkte aber alterslos wie viele Spanier, die stets Kleidung in gedeckten Farben tragen.

»Ist er beruflich hier oder privat?«

»Carlos ist hergekommen, um Deutsch zu lernen und zu arbeiten, wenn er eine Stelle findet.«

»Was ist er von Beruf?«

»Carlos ist Agraringenieur, er ist hier, um die Techniken der Ökolandwirtschaft kennenzulernen. In Spanien gibt es die bisher ja kaum.«

Carlos Veiga stand lächelnd neben ihr, die Hände in den Hosentaschen. Als Cornelia bemerkte, wie aufmerksam er dem Gespräch folgte, wurde ihr bewusst, dass sie sich äußerst unhöflich benahm. Sie dachte daran, wie unangenehm es ihr früher gewesen war, wenn ihre Mutter mit Lehrern oder Verwandten und Bekannten in ihrem Beisein über sie gesprochen hatte, als wäre sie nicht da und könnte nicht hören und verstehen, was sie beredeten. Ihre Mutter hatte alles Mögliche von ihr erzählt, die Bekannten hatten gefragt, und ihr war es vorgekommen, als beträfen die Bemerkungen über »Cornelia« oder »das Kind« eine andere Person. Zugleich hatte sie begierig auf jedes gute oder schlechte Wort gelauscht, auf jede Bemerkung über ihre Noten, ihren Charakter, darüber, wie groß sie wieder geworden war, und hatte im Stillen zugestimmt oder abgelehnt, aber immer geschwiegen.

Sie musste irgendetwas zu Carlos Veiga sagen, und in der Eile fiel ihr nichts Besseres ein als: »Wie interessant!« Schnell fügte sie hinzu: »Mit Ihrer Mutter werden wir ein anderes Mal sprechen, aber Ihnen beiden würde ich gerne ein paar Fragen stellen.«

Julia Soto und Carlos Veiga ließen sich nebeneinander auf der Küchenbank nieder, die Hände auf dem Tisch wie folgsame Schüler. Terletzki wählte die Ecke neben Veiga, Cornelia nahm sich einen Stuhl, um Julia Soto gegenübersitzen zu können.

Julia Soto berichtete, dass am Dienstagabend der Koch des *Santiago* angerufen und gesagt habe, Marcelino Soto sei nicht im Restaurant erschienen.

»Meine Mutter wurde sehr nervös. Sie lebt mit der

beständigen Angst, dass uns etwas zustößt. Das war schon immer so. Wenn meine Schwester oder ich beim Nachhauseweg von der Schule getrödelt haben und auch nur eine oder zwei Minuten später gekommen sind, dachte sie gleich, wir wären überfahren worden oder mit dem Fahrrad gestürzt. Später, als wir dann abends ausgingen, legte sie sich nicht ins Bett, bevor wir nicht zurück waren. Um Papa machte sie sich auch immer Sorgen. Wenn er zur Arbeit ging, hatte sie Angst davor, dass er einen Autounfall haben oder überfallen werden könnte, wenn er nachts im Restaurant Kasse machte.«

Sie schwieg einen Moment und warf einen traurigen Blick zum Wohnzimmer hinüber, wo ihre Mutter nun schlief.

»Die Arme fürchtete sich so davor, allein in Deutschland zurückzubleiben.«

»Hat sie die Vermisstenanzeige aufgegeben?«

»Meine Idee«, mischte sich Carlos Veiga mit seinem merkwürdigen Blick von unten herauf ein. »Tante Magdalena habe große Angst, weil Onkel am Morgen noch nicht da und nicht ans Handy.«

»Es ist gut, dass Carlos jetzt hier ist, er ist in dieser Situation eine große Hilfe.« Julia Soto sah ihn dankbar an. »Er leistet Mama Gesellschaft, zwingt sie, ein bisschen was zu essen. Ich muss jetzt so vieles erledigen. Meine Mutter ist dazu nicht in der Lage, und meine Schwester Irene hat ja schließlich noch die Kinder.«

»Ist Ihre Schwester hier?«

»Sie war heute Morgen da, aber eben ist sie nach Gießen zurückgefahren, um nach den Kindern zu sehen. Ihr Mann hat sich heute frei genommen, um sich um sie zu kümmern, aber Irene wollte trotzdem nachschauen, ob alles in Ordnung ist.«

»Sie brauchen jetzt Kinder. Kinder geben Energie«, sagte Carlos Veiga.

»Kraft«, verbesserte ihn Julia Soto und lächelte ihn an. »Das stimmt. Meine Schwester wird heute am späten Nachmittag zurück sein. Wenn Sie mit ihr sprechen wollen ...«

»Bestimmt. Wir melden uns dann bei Ihnen. Aber jetzt müssen wir Ihnen beiden ein paar Fragen stellen.«

Terletzki hatte schon den Notizblock hervorgeholt. Jetzt kramte er in den Jackentaschen nach einem Kugelschreiber und schlug dann den Block auf. Er stellte Frage nach Frage, notierte sich die Antworten. Es beruhigte sie, wie er überlegt und souverän Punkt für Punkt die für die Ermittlung wichtigen Details in Erfahrung brachte. Cornelias Befürchtungen, dass hinter den Aussetzern der letzten Zeit ein ernstes Problem steckte, ließen etwas nach. Sie hatte niemandem von Terletzkis Zuspätkommen und seinen Fehlzeiten berichtet, aber die Leute hatten schließlich Augen im Kopf. Man beäugte ihn, beäugte sie beide, und keineswegs wohlwollend. Juncker wartete auf die erstbeste Gelegenheit, böse Gerüchte über sie zu streuen.

Julia Soto wirkte entschlossen und konzentriert. Cornelia sah den beiden zu und hatte das Gefühl, einer Befragung aus dem Lehrbuch beizuwohnen: Terletzki, der seine Fragen vollkommen sachlich formulierte, und Julia Soto, die sich bei ihren Antworten sichtlich bemühte, alles richtig zu machen, die perfekte Informantin zu sein. Wenn Terletzki mit Veiga sprach, folgte Julia Soto aufmerksam den Bemühungen ihres Gastes und mischte sich nur ein, wenn dieser Schwierigkeiten mit der Sprache hatte. Da der Oberkommissar den tonangebenden Part hatte, fand das ganze Gespräch auf Deutsch statt. Cornelia bekam den Eindruck, dass Veiga nicht viel zu berichten habe, und so wandte sie sich mit ihrer Frage an Julia Soto.

»Ist Ihnen an Ihrem Vater in den letzten Tagen vor seinem Tod etwas Ungewöhnliches aufgefallen? War er vielleicht nervös, unruhig? Hat er sich seltsam verhalten?«

»Papa hatte sich verändert, aber schon vor einiger Zeit. Man kann nicht behaupten, dass das erst kurz vor seinem Tod passiert wäre.«

»Inwiefern hatte er sich verändert?«

»Früher machte er ständig Witze oder ließ irgendwie Bemerkungen los, die einen zum Lachen brachten. Aber in letzter Zeit war er oft in Gedanken, abwesend, sogar beim Essen, wo er früher immer erzählt hat, was er erlebt hat, auf der Straße oder im Restaurant.«

Zu Cornelias Linken erklang Veigas stockendes Deutsch.

»Onkel Marcelino erzählen schön.«

Cornelia ignorierte den Einwurf und sah Julia Soto auffordernd an.

»Mama ist das auch aufgefallen, aber es schien ihr nicht weiter wichtig. Ich glaube, sie hat es dadurch erklärt, dass Papa wieder in die Kirche eingetreten ist.«

»Wann war er denn aus der Kirche ausgetreten?«

»Gleich nachdem er erfahren hatte, dass man das in Deutschland machen kann. Meine Mutter war entsetzt, doch mein Vater blieb hart. Er sagte, man hätte ihn in die Kirche gesteckt, ohne ihn zu fragen, und er brauche von niemandem die Erlaubnis, um sie zu verlassen.«

Terletzki war verwundert.

»Ich dachte, alle Spanier wären gut katholisch.«

»Das war einmal«, entgegnete Julia Soto. »Mein Vater war immer ein Linker, wie mein Großvater Antonio. Und antiklerikal.«

»Ist er deshalb ausgewandert?«

»Papa musste das Land heimlich verlassen, weil das Francoregime politisch verdächtige Arbeiter nicht hinausließ. Sie hatten Angst, dass sie sich im Ausland organisieren und dem Regime schaden könnten. Also ist er mit einem Touristenvisum ausgereist, angeblich, um einen Verwandten in Frankreich zu besuchen, und einfach nicht wiedergekommen.«

In Julia Sotos Stimme schwang Stolz mit, als sie die Geschichte ihres Vaters erzählte.

»Und war er hier in Deutschland politisch aktiv?«

»Er organisierte mit anderen Genossen Versammlungen, und sie gründeten einen Verein, den es heute noch gibt, den ACHA.«

»ACHA?«

»*Asociación Cultural Hispano-Alemana* – der spanisch-deutsche Kulturverein. Mein Vater hat ihn zusammen mit einem seiner besten Freunde ins Leben gerufen, mit Regino Martínez, der jetzt Vorsitzender ist.«

Terletzki notierte sich den Namen.

»Regino und mein Vater haben vor allem Witze über Pfarrer und Nonnen gemacht, zum Entsetzen meiner Mutter, die sich jeden Sonntag darüber aufgeregt hat, dass er nicht mit zur spanischsprachigen Messe der Katholischen Mission gegangen ist. Sogar bei den Taufen und Hochzeiten hat er nie die Kirche betreten. Und im Gegensatz zu den anderen, die sich immer innerhalb der Kirche strategisch günstig in der Nähe der Tür platziert und sich verdrückt haben, sobald die Messe angefangen hat, ist mein Vater demonstrativ draußen geblieben und hat geraucht. Deshalb ist es schon seltsam, wenn jemand wie er sich in den letzten Jahren so sehr verändert hat.«

»Meinen Sie damit, dass er gläubig geworden ist?«

»Mehr als gläubig, ein richtiger Frömmler. Er hat auf

einmal keine einzige Messe verpasst, alle Feiertage eingehalten und hat sogar in der Karwoche gefastet. Früher hatte er dann immer ein Grillfest veranstaltet, um die Nachbarn zu schockieren. Nun ist er einmal pro Woche zur Beichte gegangen. Er hatte sich sogar überlegt, nach Rom zu reisen, um den Papst zu sehen.«

»Warum nicht Santiago?«

Wieder hatte Carlos Veiga dazwischengeredet, aber diesmal wandte Cornelia sich ihm zu. Die Frage hatte so verwundert geklungen, so sehr nach gekränktem Lokalpatriotismus, dass sie sich das Lachen verkneifen musste. Doch Julia Soto ignorierte Veiga und sprach einfach weiter.

»Ich weiß nicht, ob mein Vater so in sich gekehrt war, weil er fromm geworden war, oder andersherum, aber ich bin sicher, das eine hatte mit dem anderen zu tun.«

Kurz darauf brachte Julia Soto sie an die Tür. Sie versprach, ihnen Bescheid zu geben, sobald ihre Mutter in der Lage war, mit ihnen zu sprechen.

»Danke für Ihr Verständnis.«

Sie schloss die Gartentür hinter ihnen ab und ging raschen Schrittes auf das Haus zu. Auf der Türschwelle wartete Carlos Veiga. Cornelia glaubte zu sehen, dass sie sich umarmten, aber Terletzki war schon angefahren, und die Haustür verschwand aus ihrem Blickfeld. Sie grunzte.

»Was ist?«

»Fahr nicht so schnell, ich glaube, ich habe gerade was verpasst.«

»Was Wichtiges?«

»Ich weiß es nicht. Ich hatte das Gefühl, als ob Julia Soto und ihr Cousin sich zu nahe gekommen wären.«

»Na ja, immerhin sind sie Verwandte.«

»Stimmt, aber irgendwie kam mir diese Bewegung zu

intim vor. Vielleicht täusche ich mich, ich habe es nur flüchtig gesehen.«

»Dieser Veiga gefällt dir nicht, was?«

»Es kam mir vor, als würde er die ganze Zeit über schauspielern, als wollte er unbedingt harmlos erscheinen.«

»Jeder will unschuldig erscheinen, wenn er mit der Polizei spricht.«

»Scheinheilig. So hat er auf mich gewirkt. Einerseits diese Zurückhaltung; andererseits diese seltsame Art, einen anzusehen, wie er den Kopf senkt und mit verdrehten Augen zu einem aufblickt. Und die Tochter gibt sich für meinen Geschmack zu stark.«

»Wie kommst du darauf?«

»Weil sie sich merkwürdig ruhig ausdrückt für jemanden, der gerade den Vater auf so grausame Weise verloren hat.«

Das war keine deutsche Kaltblütigkeit, dachte sie, es war etwas anderes. Es war, als spielte sie eine Rolle, die Rolle der bemühten Tochter, die alles unter Kontrolle hat. Als glaubte sie, sich dadurch gegen den Verlust wappnen zu können.

Und während sie dies dachte, fiel ihr auf, dass Julia Soto Reiner nicht wiedererkannt hatte, als sie ihn am Zaun gesehen hatte. Dabei hatte sie die Leiche ihres Vaters identifiziert. Das bedeutete, dass er am Morgen eine Kollegin zu den Angehörigen geschickt hatte, und dann gegangen war. Sie sah ihn von der Seite an. Er hielt seinen Blick fest auf den Verkehr gerichtet, der nun, da sie das Wohngebiet verlassen hatten, wieder dichter war. Sie spürte einen Stich in der Magengrube und sah nach rechts, zu den Häusern hinüber, die langsam an ihr vorüberzogen. Zum ersten Mal in all den Jahren, die sie zusammenarbeiteten, hatte Reiner Terletzki sie belogen.

DREI SIND EINER ZU VIEL

Im Büro wartete Leopold Müller auf sie. Er saß auf einem Stuhl zwischen den Schreibtischen von Cornelia und Terletzki. Dieser entschied sich, genau da lang zu gehen, um an seinen Platz zu kommen, sodass Müller gezwungen war aufzustehen und ihn durchzulassen. Der Polizeiobermeister hielt sein Notizbuch wie ein Schutzschild vor sich.

»Ich habe die Angestellten der beiden Restaurants von Soto befragt«, sagte er.

Reiner Terletzki bedachte ihn mit einem wütenden Blick, den Müller nicht bemerkte, weil er Cornelia ansah. Sie nickte ihm aufmunternd zu, doch der Oberkommissar kam ihm zuvor.

»Wenn es gestattet ist, werde ich mich jetzt an den Bericht über den Fall Merckele machen«, verkündete er und ließ sich ostentativ an seinem Computer nieder. »Ich glaube, wir sollten eine Sache abschließen, bevor wir mit der nächsten anfangen.«

Verärgert über die Aggressivität hinter Terletzkis übertriebener Höflichkeit und über den Vorwurf, der in seinem letzten Satz mitschwang, nickte Cornelia widerwillig. Und ebenfalls gegen ihren Willen entfuhr ihr: »Seit wann denn so planvoll, Reiner?«

Nach seiner Abwesenheit am Morgen fühlte Terletzki sich nicht in der Position zu streiten, und so murmelte er nur etwas Unverständliches und hackte wütend auf die Tastatur seines Computers ein. Vor allem die Leertaste bekam im Laufe des Berichts einiges ab. In Augenblicken wie diesen schien er das laute Geklapper der alten Schreibmaschinen zu vermissen, das jedes Gespräch im Umkreis von mehreren Metern unmöglich gemacht hatte.

Müller fuhr, wenn auch ein wenig eingeschüchtert, fort: »Anscheinend wussten sie in beiden Restaurants noch von nichts. Alle Angestellten waren völlig konsterniert, als sie die Nachricht erfuhren ...«

An seinem Schreibtisch knurrte Terletzki: »Konsterniert hat dieser Klugschwätzer gesagt, konsterniert. Wie der redet ...«

Müller tat so, als hätte er nichts gehört, aber Cornelia hatte genug.

»Oberkommissar Terletzki!«

»Was ist? Kann ich nicht mal in Ruhe meinen Bericht zu Ende schreiben?«

Ohne den Blick vom Bildschirm zu wenden, schob er sich einen Kugelschreiber zwischen die Zähne. Cornelia wusste, dass das sein Trick war, damit er weiter vor sich hin poltern konnte, ohne dass man ihn verstand. Sie wandte sich wieder Müller zu.

»Wussten sie, dass er verschwunden war?«

»Im *Santiago*. Dort ist er am Dienstagabend nicht aufgetaucht. Er hat jeden Tag in beiden Restaurants gearbeitet, mittags im *Alhambra* und abends im *Santiago*. Er hat gern selbst die Gäste begrüßt, auf den Tischschmuck geachtet und in der Küche nach dem Rechten gesehen. Am Dienstag war er wie immer im *Alhambra* und ging dort nach der Mittagszeit weg, so gegen halb drei.«

»Ist den Angestellten an ihm etwas aufgefallen?«

»Nicht das Geringste. Abends kam er nicht ins *Santiago*. Das passierte sonst nie, deshalb haben sie zu Hause angerufen.«

»Die Leiche wurde heute Morgen gefunden. Nach dem ersten Augenschein hat Pfisterer vermutet, dass er etwa einen Tag tot ist, konnte es aber noch nicht mit Gewissheit sagen. Könnten Sie am Faxgerät mal nachsehen, ob das gerichtsmedizinische Gutachten schon da ist?«

Müller schien ein wenig überrascht über diese Unterbrechung seines Berichts, stand aber auf und verließ das Büro. Terletzki tat so, als habe er es nicht bemerkt, aber Cornelia hatte genug.

»Was ist los, Reiner?«

»Was soll denn los sein?«

»Frag nicht so dumm. Während du den Bericht schreibst, hörst du mit einem Ohr zu, was wir bereden, und ich höre, wie du vor dich hin fluchst.«

»Das ist nur wegen dieser Scheißmaske, die sie uns jetzt für die Berichte vorgegeben haben.«

»Für wie blöd hältst du mich eigentlich, Reiner?«

Die Frage hatte sarkastisch sein sollen, klang aber verletzt. Terletzkis verbissenes Schweigen tat ihr weh, dafür arbeiteten sie schon zu lange zusammen. Und die Lüge von heute Morgen hatte sie so schwer getroffen, dass sie nicht wusste, wie sie darauf reagieren sollte. Terletzki hob endlich den Blick vom Bildschirm, gab jedoch keinen Ton von sich.

»Und jetzt lass diesen blöden Bericht sein. Müller hat Informationen über den neuen Fall. Ich habe keine Lust, dir hinterher alles noch mal zu erzählen.«

»Ich höre doch zu.«

»Nur um zu meckern.«

»Hast du nicht gehört, wie er redet?«

»Was gefällt dir denn nicht an dem, was er sagt? Ausgerechnet du, der sich immer beschwert, dass es Kollegen gibt, die nicht zwei korrekte Sätze hintereinander herausbringen.«

Terletzki öffnete den Mund, blieb aber stumm.

»Ich warte«, beharrte Cornelia.

Vielleicht hätte Terletzki etwas gesagt. Doch Müller kam wieder herein.

»Im Faxgerät ist nichts und in Ihrem Fach auch nicht, Frau Weber.«

»Na gut, dann machen wir weiter. Hast du bis hierher alles mitgekriegt, Reiner?«

Terletzki warf ihr einen vorwurfsvollen Blick zu, stand von seinem Schreibtisch auf und kam zu ihr hinüber. Er setzt sich neben Müller und musterte ihn übertrieben aufmerksam. Dann räusperte er sich geräuschvoll und fragte: »Mit wem haben Sie in den Restaurants gesprochen?«

»Im *Alhambra* mit den drei Serviererinnen, dem Koch und dem Mann hinter der Theke.«

»Haben Sie die Personalien aufgenommen?«

»Ja.«

»Sind Sie sicher, dass die drei Serviererinnen die einzigen sind?«

»Ja.«

»Woher wissen Sie das?«

»Ich habe sie gefragt.«

»Sie müssen das nachprüfen.«

»Wenn Sie meinen ...«

»Gibt es nur einen Koch?«

»Wie bitte?«

»Ob es nur einen Koch gibt.«

»Ich glaube, ja.«

Terletzki schaute während dieses Fragespiels überall hin, nur nicht in Richtung Cornelia, um zu vermeiden, dass sie seinem absurden Verhör ein Ende setzte.

»Glauben Sie es oder wissen Sie es?«

»Ich weiß es. Hier ist die komplette Liste aller Angestellten, und da gibt es keinen anderen Koch.«

»Gute Arbeit, Müller«, schaltete sich Cornelia ein. Cornelia Weber und Reiner Terletzki kämpften wortlos, bis der Oberkommissar vor ihrem wütenden Blick klein beigab.

»Machen Sie weiter, Müller«, sagte die Kommissarin, ohne Reiner Terletzki aus den Augen zu lassen.

Müller berichtete ihnen, dieses Mal ohne Unterbrechungen, vom Rest der Befragung. Als er fertig war, bat ihn Cornelia, das Protokoll anzufertigen und eine Liste der Personen zu erstellen, die noch zu befragen waren. Sie hatte ihm schon in einem nahen Büro einen Schreibtisch besorgt, damit er sich gleich an die Arbeit machen konnte. Kaum war Müller zur Tür hinaus, stürzte Terletzki sich wieder auf seinen Bericht. Diese Berichte waren berühmt für ihre peinliche Genauigkeit. Er vergaß nie irgendein Detail und war ein wahrer Stilist. Auf seinem Tisch standen verschiedene Bände der Dudenreihe, die er beim Schreiben regelmäßig zu Rate zog. Cornelia ließ jetzt jedoch nicht zu, dass Terletzki sich hinter dem Bericht verschanzte.

»Reiner, was hast du dir dabei gedacht, Müller regelrecht zu verhören?«

»Müller, Müller. Was hast du bloß mit diesem Müller?«

»Ich will mich nicht ständig aufregen, also gewöhn dich besser an den Gedanken, dass wir ein Team sind, und hör auf mit dieser Eifersuchtsnummer.«

»Eifersüchtig? Ich? Auf wen denn?«

»Und was hast du dann für ein Problem mit ihm? Er macht seine Arbeit gut, ist diskret und pflichtbewusst ...«

»Nicht so wie ich, meinst du wohl.«

»Das habe ich nicht gemeint, aber wenn du schon davon anfängst: Was ist los mit dir? Ist das immer noch wegen dieser Sache von vor ein paar Wochen?«

»Mir geht's gut, danke«, entgegnete Terletzki. Wieder fühlte Cornelia sich zurückgestoßen, und unwillkürlich wurde ihre Stimme kühl.

»Dann lass dir gesagt sein, dass ich ein solches Verhalten wie vorhin nicht akzeptiere, klar?«

Terletzki nickte und steckte den Kopf sofort wieder hinter den Bildschirm.

Eine Zeitlang arbeiteten sie schweigend. Sie ging zweimal zum Faxgerät, in der vergeblichen Hoffnung, Pfisterers Bericht zu finden. Terletzki unterbrach seine Arbeit nicht, wenn sie hinausging oder hereinkam, sondern blätterte jedes Mal eifrig im Wörterbuch, was ihn zwang, in die andere Richtung zu schauen.

»Ich schaue mal beim Zentrum für Rechtsmedizin vorbei. Ich muss so schnell wie möglich mit Winfried sprechen.«

Normalerweise hätte sie Terletzki gebeten mitzukommen, aber heute gab es zwischen ihnen nur die Alternativen Schweigen oder Krach. Und auf beides hatte sie keine Lust.

»Kommst du danach noch mal wieder?«, fragte er sie.

»Nein. Ich gehe direkt nach Hause«, log sie. »Für heute reicht's. Morgen müssen wir mit der übrigen Familie reden und ein Profil des Umfelds des Opfers erstellen. Wir müssen auch zum Konsulat. Es gibt viel zu tun. Wenn du mit dem Bericht fertig bist, geh mit Müller die Verhörliste durch.«

»Die üblichen Verdächtigen?«, fragte Terletzki.

Er protestierte also nicht gegen die Zusammenarbeit mit Müller, aber Cornelia war immer noch wütend auf ihn und würde ihn nicht für etwas loben, was zu seinen Aufgaben gehörte. Also antwortete sie sachlich: »Dasselbe wie immer. Wir fangen mit dem engsten Bekanntenkreis des Opfers an: Verwandte, Freunde, Kollegen, Bekannte. Im Fall Marcelino Soto wird das, fürchte ich, eine lange Liste, er war ja wohl sehr beliebt. Aber bevor wir nicht weitere Informationen haben, müssen wir zumindest versuchen, ein paar Verdächtige auszuschließen. Morgen werden wir die Liste unter den Kollegen verteilen, die uns für diesen Fall zugeteilt worden sind. Ich habe dir und Müller eine E-Mail mit möglichen Fragen geschickt. Geht sie durch und ergänzt sie, wenn nötig. Wir sehen uns morgen um acht. Sei pünktlich.«

Sie nahm ihre Jacke und verließ das Büro, ohne auf seine gekränkte Miene zu achten. Sie war schon im Gang, als sie ihn brüllen hörte: »Was soll das denn heißen: ›Sei pünktlich‹?!«

Müller, der in diesem Augenblick aus seinem Büro gekommen und auf dem Weg zu Cornelia und Terletzki war, machte erstarrt halt. Offenbar spürte er, dass es in diesem Moment nicht ratsam war, weiterzugehen. Während die Kommissarin sich im Gehen die Jacke anzog, hörte sie lautes Türenknallen. Ein Kollege, der gerade an ihr vorüberging, erschrak und blieb einen Moment lang stehen, aber Cornelia Weber ließ sich nicht beirren. Leopold Müller beschloss, sich seine Fragen für einen anderen Zeitpunkt aufzusparen.

DER KLEINE WIENER DOKTOR

Es regnete noch immer, als sie aus dem Präsidium trat. Im Radio hörte sie, dass das Hochwasser mittlerweile weiter in die Stadt vorgedrungen war. Die Zugänge zum Römer, dem Frankfurter Rathaus, waren abgeschnitten, und die Feuerwehr musste ständig ausrücken, um vollgelaufene Keller leer zu pumpen. Auch die Fundstelle der Leiche lag nun unter Wasser. Alles, was sie am Morgen nicht hatten einsammeln und retten können, schwamm jetzt schon einige Kilometer flussabwärts. Sie nahm einen Umweg, um dem Stau rund um den Hauptbahnhof zu entgehen. Das Zentrum für Rechtsmedizin lag auf der anderen Seite des Mains in einer alten Jugendstilvilla in der Kennedyallee.

Die Besuchszeit des Zentrums für Rechtsmedizin war seit einer Stunde vorüber. Die Privatleute, die hier vor allem Vaterschafts-, Aids- oder Hepatitistests durchführen ließen, und die Versicherungsangestellten, die wegen der Rekonstruktion von Unfällen, Gutachten über Verletzungen oder Berichten über ärztliche Fehler herkamen, waren verschwunden. Alle hatten ihre Proben abgegeben oder abgeholt.

Sie betrat das Gebäude. Von außen war der Villa kaum anzusehen, dass sie etwas so Makabres beherbergte wie ein gerichtsmedizinisches Institut; im Inneren bewies die kostbare Täfelung am Eingang, dass sie auch nicht dafür gebaut worden war.

Cornelia grüßte die Dame in der Anmeldung. Ruth Weidenbrock saß im Empfangsraum hinter einer Theke aus Edelholz. Sie war schon ebenso lange am Institut wie Winfried Pfisterer und würde wie er in fünf Jahren in Rente gehen.

Zwar drohte sie ständig, sich vorzeitig pensionieren zu lassen und »diesem Irrenhaus den Rücken zu kehren«, aber jedermann wusste, dass sie nie im Leben einer anderen Sekretärin gestatten würde, sich um den kleinen Wiener Doktor zu kümmern.

»Offiziell ist der Doktor unten in der Autopsie, aber in Wirklichkeit ist er oben im zweiten Stock in der Histologie.«

Cornelia ging die breite Treppe hinauf. Im ersten Stock steckte einer der Laborassistenten der toxikologischen Abteilung den Kopf aus der Tür. Cornelia grüßte ihn, und er schenkte ihr sein reptilienhaftes Lächeln.

Pfisterer war gerade dabei, die Untersuchungsergebnisse eines Assistenten zu überprüfen.

»Nun gut, jetzt müssen wir protokollieren, dass ich Ihre Ergebnisse überprüft habe, und dann, erst dann, können Sie sie verschicken.«

Obwohl Winfried Pfisterer seit nunmehr über dreißig Jahren in Deutschland arbeitete, verriet sein weicher, ein wenig nasaler Tonfall noch immer unverkennbar den gebürtigen Wiener. Wenn er wütend war, trat sein Akzent so deutlich hervor, dass seine Landsleute ihn mühelos Leopoldstadt, dem zweiten Wiener Bezirk, zuordnen konnten; für seine deutschen Kollegen aber, vor allem für die Norddeutschen, sprach er eine entfernt verwandte germanische Sprache, für die man eigentlich Untertitel gebraucht hätte. Reiner Terletzki konnte zum Vergnügen seiner Kollegen den Akzent des Gerichtsmediziners perfekt nachmachen; es gab kein Polizeifest, bei dem er nicht gebeten wurde, wie der Wiener Doktor zu reden. Terletzki war sich nicht sicher, ob Pfisterer von seinen Imitationskünsten wusste, hoffte es aber nicht. Auch wenn er den Akzent sehr spaßig fand, hatte er vor Pfisterer außerordentlich großen Respekt.

»Wie ich sehe, setzt ihr euren Bummelstreik fort.«

»So lange wie nötig. Wir sind schon um mehr als eine Woche mit der Abgabe der Resultate im Verzug. Für manche Institutionen wird es langsam eng. Aber wir halten uns strikt an die Anweisungen und vorgeschriebenen Protokolle. Ich glaube nicht, dass es noch irgendjemand wagt, uns der Nachlässigkeit zu bezichtigen.«

»Man könnte euch vorwerfen, ihr wärt zu langsam.«

»Vielleicht, aber wir haben gute Argumente dafür. Und so sollen sie ruhig merken, dass sie warten müssen.«

»Und wie lange muss ich auf die Resultate von Marcelino Sotos Autopsie warten?«

»Ich bitte dich, mein Kind. Du musst bei mir natürlich niemals warten.«

Pfisterer war der Einzige, dem Cornelia diese Anrede durchgehen ließ. Vielleicht lag es an seinem vogelartigen Profil mit der vorspringenden Nase und dem fliehenden Kinn, den Glupschaugen und den ständig zuckenden Augenbrauen, die ihn zu einem der unattraktivsten Männer machten, die sie kannte. Dazu kam seine für den schmächtigen Brustkorb schier unglaublich tiefe Stimme und der ausgeprägte Wiener Singsang. Vielleicht war all das der Grund, dass es sie nicht störte, sondern ihr, wenn sie ehrlich war, sogar gefiel, von ihm »mein Kind« genannt zu werden. Oder es war einfach nur die Unbefangenheit, mit der er es tat.

Über die alte Dienstbotentreppe der Villa stiegen sie in den Keller hinunter, aber nicht in den Raum, in dem Marcelino Sotos Leiche lag. Pfisterer gehörte nicht zu den Gerichtsmedizinern, denen es Spaß machte zuzusehen, wie Polizisten angesichts geöffneter Leichen um Haltung rangen. Sie gingen in einen der Pausenräume der Präparatoren. Pfisterer zeigte auf den Getränkeautomaten.

»Kaffee?«

Während der Kaffee durch die Maschine lief, tauschten sie Informationen aus.

»Wie habt ihr ihn identifiziert?«

»Die Familie hat ihn heute als vermisst gemeldet.«

»Innerhalb dieser kurzen Zeit war er aber doch bestimmt noch nicht in der Datei?«

»Nein, aber Müller hatte die Idee, die noch nicht eingegebenen Anzeigen durchzusehen, und hat ihn erkannt.«

»Da hattet ihr aber Glück.«

»Allerdings. Weißt du, wann er gestorben ist?«

»Ich würde sagen am Dienstag.«

»Um wie viel Uhr ungefähr?«

»Der einzige Fall, in dem man die Todeszeit genau bestimmen kann, ist, wenn das Opfer von einem Zug überrollt wurde, wenn's geht, in der Schweiz.«

Pfisterer erzählte diesen Witz immer wieder gern.

»Bei diesem Mann kennen wir nicht einmal die ungefähre Uhrzeit, weil keine Glaskörperflüssigkeit vorhanden ist. Aber aus dem Zustand des Körpers würde ich schließen, dass er nicht lange tot war, als man ihn ins Wasser geworfen hat.«

Pfisterer wusste, dass ihr die Einzelheiten der Obduktion mehr als zuwider waren, und so ersparte er ihr die Details über den Verwesungsprozess der Leiche.

»Wahrscheinlich hat man die Leiche kurz nach dem Mord dorthin gebracht, um sie loszuwerden.«

»Hast du eine Vorstellung, wie man ihn zur Brücke transportiert hat?«

»Wir versuchen, das herauszubekommen, aber das wird schwierig, weil er die ganze Nacht im Fluss gelegen hat und das Wasser sämtliche Spuren von Fasern oder Erde an der Kleidung weggewaschen hat. Jedenfalls haben wir keinerlei Anzeichen dafür gefunden, dass er in einer Kühlkammer gelegen hätte oder etwas anderes angestellt worden wäre, um ihn zu konservieren oder den Todeszeitpunkt zu verschleiern. Der Verwesungsgrad entspricht dem einer Leiche, die zwölf bis achtzehn Stunden Luft und Wasser ausgesetzt war. Das ist der Zeitrahmen, da bin ich mir ziemlich sicher.«

»War er sofort tot?«

»Der Stich traf genau ins Herz und tötete ihn auf der Stelle. Er wurde von hinten erstochen, und zwar entweder von jemandem, der sehr viel größer war als er, oder das Opfer saß und der Täter stand. Der Stich kam von rechts und drang mit großer Wucht in den Brustkorb, wurde also von jemandem ausgeführt, der sehr stark oder sehr erregt war.«

»Gab es einen Kampf?«

»Das bezweifle ich. Der Körper weist zahlreiche Prellungen auf, aber sie sind alle postmortal. An den Rändern der geprellten Bereiche finden sich keine Einblutungen, wie sie für Schläge auf einen lebenden Körper charakteristisch sind. Sicherheitshalber habe ich trotzdem Gewebeproben der geprellten Bereiche entnommen, um sie unter dem Mikroskop zu untersuchen. Die Autopsie legt nahe, dass der Mörder das Opfer überraschte und dieses keinen Widerstand leistete.«

Cornelia dachte laut.

»Wahrscheinlich war es jemand, gegen den Soto keinerlei Misstrauen hegte.«

»Wie üblich«, bemerkte der Gerichtsmediziner trocken. »Vielleicht hat er sogar mit seinem Mörder zu Abend gegessen. In seinem Magen haben wir eine recht üppige, unverdaute Mahlzeit gefunden. Und zwei Bier.«

Pfisterer trank einen Schluck Kaffee, dann lachte er plötzlich.

»Worüber lachst du?«

»Ich musste gerade an eine Serie denken, die ich kürzlich im Fernsehen gesehen habe. CSI. Kennst du sie?«

»Klar. Sie hat sogar mehrere Staffeln.«

»Mehr Staffeln, als man sich wünschen kann. Diese Serie ist der Albtraum eines jeden Forensikers. Vor kurzem war ein Neuling da, ein zukünftiger Kollege von dir, der mich gefragt hat, ob ich schon das Ergebnis der Blutuntersuchung aus dem Massenspektrometer hätte.«

Pfisterer konnte kaum an sich halten.

»Noch dazu hat er Sprektrometer gesagt, der Depp! Schau«, er holte Luft und trank einen Schluck Kaffee, »früher erwarteten die Leute von einem Polizisten, dass er Sachen sagt wie ›er ist Linkshänder, Pfeifenraucher und Sachse‹.«

»Wie in den Romanen von Sherlock Holmes.«

»Genau. Heute schauen sie diese technikverliebten Filme und erwarten von uns, dass wir sagen«, Pfisterer nahm den bedeutungsschweren Tonfall eines Serienhelden an, »›aufgrund der bei der Mikroanalyse der Handschrift entdeckten Rillen wissen wir, dass er den Kugelschreiber am oberen Ende anfasst, nach links neigt und fest aufdrückt, sodass die linke Seite der linken Daumenspitze flachgedrückt ist und am Nagelansatz eine charakteristische Schwiele entsteht. Außerdem schreibt er nicht waagerecht, sondern von unten nach oben, wobei er das Blatt schräg hält und mit dem kleinen Finger und dem Ringfinger über das Papier schleift, was zur Folge hat, dass das oberste Fingerglied von der Spitze bis zum Gelenk mit Tinte beschmiert ist.‹«

Da sich Cornelia über Pfisterers Parodie amüsierte, fuhr er fort: »Jetzt kommt der Psychologe ins Spiel – in diesen Serien scheinen die Psychologen nichts Besseres zu tun zu haben, als ständig in Labors herumzulungern – und sagt: ›Diese Art zu schreiben zeigt, dass es in seiner Schule niemanden gab, der wusste, wie man Linkshändern das Schreiben beibringt. Sein Lehrer oder seine Lehrerin nahm deshalb seine Hand mit der Rechten und führten sie über das Papier. Das wiederum erklärt, warum er den Kugelschreiber so hält, eine auf Dauer recht schmerzhafte Haltung, die in der Schulzeit Panikattacken in ihm ausgelöst haben muss und die Aggressivität verständlich macht, mit der er seine rechtshändigen Opfer angreift.‹ Wenn du also jemanden umbringst, Cornelia, dann weißt du jetzt, wie man das erklären wird.«

Sie applaudierte, und Pfisterer bedankte sich mit einem theatralischen Kopfneigen.

»Wenn ich in Rente bin, werde ich Drehbücher fürs Fernsehen schreiben. Die Serie wird *Mörderische Gerichtsmediziner* heißen.«

Er nahm einen Kugelschreiber und schwenkte ihn wild.

»Morgen schicke ich dir den ausführlichen Bericht.«

»Streikbrecher.«

»Ich habe schon den Titel für die erste Folge meiner Serie: ›Die unverschämte Kommissarin‹.«

Er brachte sie bis an den Institutsausgang.

»Es ist schon spät. Geh nach Hause.«

»Ich gehe lieber zurück ins Präsidium und schaue, dass ich in dem Fall weiterkomme.«

»Um diese Uhrzeit kannst du sowieso nichts mehr erledigen.«

Pfisterer strich ihr liebevoll über den Arm.

»Niemand wird es dir verübeln, Cornelia. Ich hatte heute Leute unter dem Messer, die frischer aussahen als du.«

»Du arbeitest doch auch noch.«

»Der Streik verlangt Opfer. Außerdem wartet zu Hause niemand auf mich.«

»Auf mich auch nicht.«

»Mach dich nicht verrückt, wenn er sich ausgetobt hat, wird er schon wieder zurückkommen.«

»Es will mir einfach nicht in den Kopf, dass er sich einbildet, seine Probleme lösen zu können, indem er ganz Australien mit dem Motorrad abfährt.«

»Männer sind eben manchmal so.«

Pfisterer errötete.

»Was rede ich für einen Quatsch! Entschuldige.«

»Allmählich habe ich es satt, Winfried. Er ist nun schon seit einem Monat fort. Manchmal ruft er an, aber er erwischt mich fast nie zu Hause, und wenn wir dann doch mal miteinander reden, erzählt er mir irgendwas über sein Motorrad. Ich weiß immer noch nicht, wann er wiederkommt.«

»Warum unternimmst du heute Abend nicht einfach was?«

»Ja, warum nicht.«

Aber sie kehrte ins Büro zurück. Wie nicht anders zu erwarten, war Terletzki schon weg. Er hatte ihr eine Kopie seines Berichts über den Fall Merckele auf den Tisch gelegt. Einwandfrei und wunderbar formuliert.

Sie schaltete den Computer ein. Müller hatte ihr die Protokolle der Gespräche mit den Angestellten von Sotos Lokalen geschickt. Er war nicht so stilsicher wie Reiner, aber ebenso genau. Sie beglückwünschte sich, ihn in ihr Team aufgenommen zu haben.

Sie blieb noch ein paar Stunden, las Vermerke, Berichte, Akten und suchte im Computer Informationen über Sotos Angestellte. Keiner von ihnen war vorbestraft. Bis auf den einen oder anderen Strafzettel waren alle sauber.

Als sie nach Hause kam, fand sie zwei Nachrichten auf dem Anrufbeantworter. Eine war von Jan.

»Schade, dass du nicht zu Hause bist. Na ja, wenigstens habe ich deine Stimme auf dem Anrufbeantworter gehört. Sprich mal eine längere Ansage auf, okay? Ich melde mich wieder, sobald ich kann. Küsse.«

Die andere war von ihrer Mutter, die nichts weiter sagte als: »Ach, Kind, du bist aber auch nie zu Hause.«

Sie wollte gerade unter die Dusche gehen, als das Telefon klingelte. Es war fast zehn Uhr. Um diese Zeit rief man nur an, wenn es dringend war. Oder wenn man in Australien war und nicht wusste, wie viel Uhr es in Deutschland ist. Sie stürzte ans Telefon.

NÄCHTLICHE ANRUFE

»Weber.«

»Kind! Immer vergisst du das Tejedor. Das ist dir wohl unangenehm?«

»Und du, Mama, vergisst, dass du dich mit Namen melden musst, wenn du anrufst, sonst wissen die Leute nicht, mit wem sie sprechen.«

»Wieso nicht? Sie erkennen mich doch an der Stimme. Du wusstest doch auch, dass ich es bin.«

»Ich bin ja auch deine Tochter. Aber du kannst doch nicht erwarten, dass dich der Arzt oder der Bankangestellte erkennt.«

»Das sollten sie aber, schließlich haben wir schon Jahre miteinander zu tun. In Spanien erkennen sie mich, und das, obwohl sie mich nur im Sommer sehen. Der junge Mann von der *Caixa Galicia*, zum Beispiel ...«

Der »junge Mann von der *Caixa Galicia*« war gut und gerne fünfzig und wie alle im Dorf weitläufig mit den Tejedors verwandt, wurde aber von Celsa Tejedor mit Vorliebe als Beispiel dafür angeführt, dass es in Spanien nicht so unpersönlich war wie hier in Deutschland. Während ihre Mutter sich über den jungen Mann ausließ, nahm Cornelia die Fernbedienung und schaltete den Fernseher ein, stellte ihn aber stumm.

»Hörst du mir überhaupt zu, Kind?«

»Klar.«

»Du sagst ja gar nichts.«

»Ich bin sehr müde, Mama. Ich bin eben erst nach Hause gekommen und wollte gerade unter die Dusche.«

Sie wollte noch hinzufügen: »Ich melde mich morgen, wenn ich Zeit habe«, doch ihre Mutter kam ihr zuvor.

»Dann will ich dich nicht länger aufhalten. Ich habe

nur angerufen, weil ...«, zum ersten Mal stockte Celsa Tejedor, »weil ich von Reme Carrasco gehört habe ... Du weißt doch, wer Reme ist, nicht wahr? Die Frau von Germán, der bei Opel gearbeitet hat, die Näherin, die dir, als du klein warst, die valencianische Tracht für das Fest für unseren Nationalfeiertag genäht hat, erinnerst du dich?«

Nein, Cornelia wollte sich nicht erinnern, aber das Gerede ihrer Mutter zerrte Bilder ans Licht, die jahrelang in einem dunklen, abgelegenen Winkel verborgen gewesen waren.

»Es gab doch damals im Verein keine Valencianer mit Kindern, dafür aber Galicier und Andalusier wie Sand am Meer, und darum haben wir dich in eine Falleratracht gesteckt, und du sahst einfach entzückend aus. Die valencianischen Trachten machen mehr her als die galicischen, das muss man ihnen lassen. Sole, die Friseurin, deren Mann so jung an Krebs gestorben ist, hat dir zwei Schnecken über den Ohren gemacht, und das sah so hübsch aus mit deinem damals so blonden Haar, und du bist ganz ernst und würdevoll mitmarschiert. Ich glaube, du hast einfach damals schon gerne Uniform getragen.«

»Mama, ich trage schon seit Jahren keine Uniform mehr. Ich bin Kommissarin.«

»Ein Jammer, sie hat dir so gut gestanden, das sagt sogar dein Vater. Ärgerlich war nur, dass der Sohn von Quique Sánchez dir eine Haarnadel herausgezogen hat und eine Schnecke sich aufgelöst hat. Kaum zu glauben, dass dieser Junge es bei der Deutschen Bank so weit gebracht hat, wo er doch damals so ungezogen war. Vielleicht hast du ja dafür gesorgt, mit der Ohrfeige, die du ihm verpasst hast. Seine Backe war jedenfalls die halbe Parade lang feuerrot, und du hast dich von der aufgelösten Frisur gar nicht beirren lassen und bist einfach weiterspaziert in dem Kleid, das Reme dir genäht hatte. So war das. Erinnerst du dich jetzt an Reme?«

Sie hatte nicht die geringste Ahnung.

»Ja, klar.«

Celsa Tejedor schwieg. Hatte sie bemerkt, dass Cornelia sich gar nicht an diese Reme erinnerte, oder suchte sie nach Worten, um ihr etwas Schwieriges zu sagen? Mit der Linken zappte Cornelia sich durch die Programme. Die Bilder flimmerten zusammenhanglos über den Bildschirm, aber sie wandte den Blick nicht vom Fernsehgerät.

»Hör mal, Cornelia, dein Vater wollte nicht, dass ich dich anrufe; er meint, ich solle mich nicht in Angelegenheiten einmischen, die mich nichts angehen. Aber ich habe gerade mit Reme gesprochen, und die hat mir erzählt, jemand vom Konsulat hätte ihr gesagt, dass du im Fall des armen Marcelino ...«

Bei der Nennung dieses Namens versagte ihre Stimme.

Sie hätte sich eigentlich denken können, dass sich die Nachricht in der spanischen Kolonie verbreiten würde wie ein Lauffeuer. Und sie hätte sich auch denken können, dass ihre Mutter davon erfahren würde. Warum hatte sie nicht mit diesem Anruf gerechnet, früher oder später? Zu verhindern wäre er nicht gewesen, aber vielleicht wenigstens ein paar Stunden aufzuschieben. Das Letzte, was sie jetzt gebrauchen konnte, war eine Mutter, die sich über ihren Fall den Kopf zerbrach.

»Mama?«

Sie vernahm einen schwachen Ton, der sich anhörte wie verhaltenes oder durch eine auf den Hörer gelegte Hand gedämpftes Schluchzen.

»Mama, bist du noch da?«

Die Stimme ihrer Mutter klang rau.

»Entschuldige, Kind. Ich kann es einfach nicht fassen.«

Jetzt hörte Cornelia, wie sich ihre Mutter schnäuzte.

»Ich wollte dir nur sagen, wie froh ich bin, wie froh wir alle sind, dass du untersuchen wirst, was Marcelino zugestoßen ist, und nicht irgendein deutscher Polizist.«

»Ich bin eine deutsche Polizistin, Mama.«

»Du weißt, was ich meine.«

Wer waren wir?, fragte sich Cornelia: Ihre Familie? Die Freundinnen ihrer Mutter? Reme, die Schneiderin, die Frau von Germán, der bei Opel gearbeitet hatte, und Sole, die Friseurin, deren Mann so jung an Krebs gestorben war? Die spanische Gemeinde in Frankfurt?

Aber dies war eindeutig nicht der richtige Augenblick, um mit ihrer Mutter zu diskutieren. Sie ließ sie weiterreden, hörte aber auf zu zappen. Das Zimmer wurde in das flackernde Licht der Fernsehwerbung getaucht.

»Du kannst das viel besser als ein Fremder, weil du eine von uns bist und uns verstehst.«

Cornelia war sich da keineswegs so sicher, aber wieder sagte sie nichts.

»Weißt du, Marcelino war ein alter Freund von uns aus den Anfangstagen.«

Die »Anfangstage« waren in der Familie Weber-Tejedor eine sagenumwobene Zeit, über die bei ihr zu Hause immer wieder gesprochen wurde, stets von ihrer Mutter, während ihr Vater die zum x-ten Mal wiederholten Geschichten mit einem zerstreuten Lächeln über sich ergehen ließ. Es waren schwere Zeiten gewesen, daran bestand kein Zweifel, aber in Celsa Tejedors Erzählungen nahmen sie geradezu heroische Züge an.

Cornelia ließ ihre Mutter ein wenig länger in ihrem Gedächtnis kramen, um so etwas über Soto in Erfahrung zu bringen, auch wenn sie sich dabei schäbig vorkam. Sie drehte dem Fernseher den Rücken zu, um sich besser auf das konzentrieren zu können, was ihre Mutter sagte. Das Bild, das diese zeichnete, unterschied sich nicht wesentlich von dem Eindruck, den sie selbst gewonnen hatte, nur dass auch Marcelino Soto in Celsas Pioniergeschichten von einem Hauch des Legendären umgeben war.

Auf einmal brach ihre Mutter die Erzählung ab, vielleicht von Cornelias ungewohntem Interesse überrascht, und wechselte mit einem tiefen Seufzer das Thema.

»Ich weiß, dass du die Sache mit Respekt und Verstand angehen wirst, weil du eine von uns bist, weil du uns verstehst. Außerdem bist du Marcelino einmal begegnet, auch wenn du dich natürlich nicht mehr daran erinnerst, weil du noch ein Baby warst. In unserem Fotoalbum gibt es ein Bild von deiner Taufe mit uns allen, den ganzen Spaniern, und da ist auch Marcelino zu sehen, wie er eine Grimasse schneidet. Er war immer so lustig. Und so ein guter Mensch.«

Die Stimme ihrer Mutter brach erneut.

»Mein Gott! Was für ein Unglück! Und die arme Magdalena ist jetzt allein.«

Wieder verstummte sie. Cornelia wusste nicht, was das Schweigen zu bedeuten hatte.

»Wann wird die Beerdigung sein, Kind?«

»Das erfahre ich morgen. Ich glaube nicht, dass sie ihn länger als üblich im Leichenschauhaus behalten werden.«

Sie fürchtete, die routinemäßige Gleichgültigkeit ihrer Worte könne ihre Mutter kränken, aber die schien ungerührt.

»Dein Vater und ich werden hingehen. Kommst du auch, und können wir dann reden?«

»Natürlich, Mama! Ich muss mich nur ein wenig abseits halten, um alles beobachten zu können. Weißt du, das klingt jetzt vielleicht ein wenig brutal, aber Beerdigungen sind sehr wichtig, um das Umfeld des Opfers kennenzulernen.«

»Ich verstehe. Aber in Marcelinos ›Umfeld‹, wie du es nennst, gibt es nur anständige Leute.«

Die Stimme ihrer Mutter klang hart. Cornelia wechselte das Thema und schaltete den Fernseher aus. Sie unterhielten sich noch eine Weile, dann beendete Cornelia das Telefonat.

Cornelia kehrte ins Badezimmer zurück. Nach der Dusche schlüpfte sie in Jans Bademantel und wärmte in der Mikrowelle die Reste eines Spinat-Böreks auf. Sie schlang ihn im Stehen in der Küche mit drei Bissen hinunter. Irgendwo hatte sie gelesen, aufgewärmter Spinat sei giftig. Sie erinnerte sich daran, dass viele römische Kaiser aus Angst, vergiftet zu werden, ihren Körper mit kleinen Dosen Gift immun gemacht hatten. Waren drei Bissen aufgewärmter Spinat-Börek nun Gift oder Gegengift? Sie setzte sich aufs Sofa und schaltete den Fernseher wieder ein, wechselte von einem Sender zum nächsten, blieb bei keinem lange genug, um mitzubekommen, worum es ging. Auch ihre Gedanken sprangen hin und her, von Reiners merkwürdigem Verhalten zu Müllers abgeschnittenen Locken, ihrem Besuch bei Pfisterer, dem Gespräch mit ihrer Mutter und dem »du bist eine von uns«, das ihr schwerer im Magen lag als der aufgewärmte Spinat. Dank ihrer Mutter war es Marcelino Soto gelungen, was bisher die wenigsten Fälle geschafft hatten: sie bis nach Hause zu verfolgen.

Kurz darauf lag sie im Bett. Als sie das Licht ausschaltete, war sie mit ihren Gedanken bei der Doppelung ihres Nachnamens, Weber-Tejedor, angekommen, die ihr immer ein wenig lächerlich vorgekommen war. Im Halbschlaf hörte sie die Stimme ihrer Mutter sagen: »Aber es ist eine Berufsbezeichnung, Kind, das ist doch sehr ehrenwert. Es ist viel alberner, Martínez Martínez zu heißen oder García García. Dein Name ist wenigstens international.«

»Das stimmt, Mama.«

CELSA TEJEDOR

Eben diesen Nachnamen, die in beiden Sprachen dasselbe bedeuteten, verdankte Cornelia Weber-Tejedor ihre Existenz. Immer wieder erzählten die Eltern von der Begegnung bei einem Fest für die Arbeiter des Opelwerks in Rüsselsheim, wo Celsa Tejedor, eine Galicierin Anfang zwanzig, in der Teilefertigung arbeitete und sich bemühte, ein paar Brocken Deutsch zu lernen. Ihre Sprachkenntnisse hatten gleichwohl genügt, sich mit Horst Weber, einem jungen deutschen Vorarbeiter, zu verständigen. Die legendäre Unterhaltung, die Cornelias Eltern mit demselben Vergnügen rezitierten wie andere die Dialoge aus *Casablanca*, hatte folgenden Verlauf genommen:

»Hallo.«

»Hallo.«

»Ich heiße Weber, Horst Weber. Und du?«

»Celsa.«

»Celsa – und weiter?«

»Celsa Tejedor.«

»Na so was! Das ist ja ein Ding. Weber heißt auf Spanisch ›Tejedor‹. Was für ein Zufall.«

In Wirklichkeit hatte Horst Weber das im Wörterbuch nachgeschlagen und das Gespräch im Geiste vorher zigmal geübt.

»Ja. Wer weiß, vielleicht sind wir verwandt.«

Der offiziellen Chronik der Familie Weber-Tejedor zufolge waren an dieser Stelle beide in Gelächter ausgebrochen. Das taten sie immer noch jedes Mal, wenn sie auf irgendeinem Familienfest die Anekdote zum Besten gaben.

Die junge Celsa Tejedor war 1962 mit knapp zwanzig

Jahren nach Deutschland gekommen. Ein Onkel, der bereits in Deutschland war, hatte ihr eine Stelle besorgt. Den Eltern, die ihrer Tochter niemals ein solches Abenteuer gestattet hätten, verschwieg sie, dass sie sich bei der Provinzdelegation des spanischen Auswanderungsinstituts beworben hatte. Heimlich bereitete sie die Papiere vor, unterstützt von ihrem älteren Bruder, der ebenfalls auswandern wollte, sobald sein Kind auf der Welt war, es aber dann doch nie tat, weil er schwach auf der Lunge war und bei der ersten ärztlichen Untersuchung ausgemustert wurde. Celsa hingegen erfreute sich ausgezeichneter Gesundheit, hätte aber beinahe kehrtgemacht, als sie sich halbnackt in einem Sitzungssaal des Rathauses von Allariz wieder fand, der als provisorischer Untersuchungsraum diente. Es war kalt, und eine Gruppe von Ärzten, durch Wandschirme voneinander getrennt, rief die Frauen nacheinander auf, die in Unterwäsche in einer Reihe warteten. Sie hatte sich entsetzlich geschämt und erzählte immer, dass sie sich vorgekommen waren »wie Schafe, die von einer Weide auf die andere getrieben werden«.

Celsas Eltern erfuhren erst von ihren Auswanderungsplänen, als die Aufforderung zur zweiten Untersuchung, diesmal durch deutsche Ärzte, eintraf. Sie hätten es ihr verbieten können, weil sie minderjährig war, taten es aber nicht, weil sie das Geld, das sie schicken würde, gut gebrauchen konnten. Und tatsächlich kam es ihnen sehr gelegen, als sich der Zustand ihres Bruders José verschlechterte und sie ihn in die Tuberkuloseklinik einliefern mussten. Als hätte er es geahnt, war er es, so Celsa, der die Eltern überredete, sie gehen zu lassen, und sie nach Orense zur Untersuchung durch das ambulante Team der deutschen Kommission begleitete. Im Bus hatte ihnen eine Frau aus dem Dorf erzählt, sie habe sich die Zähne richten lassen, weil die deutschen Ärzte sehr streng seien und keine Leute mit löcherigen Zähnen nähmen. »Wie bei den Gäulen«, hatte Celsa diesmal gedacht, hatte aber bloß gelächelt und dabei ihr tadelloses Gebiss gezeigt, auf das sie auch heute noch stolz sein konnte.

»Außerdem«, hatte die Frau gesagt, »untersuchen sie dich überall.«

»Überall?«

Instinktiv hatte Celsa die Beine zusammengepresst.

»Überall, überall. Und sie nehmen dir Blut ab und untersuchen deinen Urin.«

Während der ganzen Reise hatte sich Celsa ständig Sorgen gemacht, sie werde es nicht schaffen, in einen Becher zu pinkeln.

Auf dem Rückweg hatte sie keine Zeit, daran zu denken, wie unangenehm ihr die Prozedur gewesen war, weil ihr Bruder und sie damit beschäftigt waren, die Nachbarin zu trösten, die trotz ihrer neuen Zähne nicht genommen worden war, weil sie Krampfadern hatte.

Zwei Monate später, an einem Dienstag, stieg sie in den Sonderzug, der galicische Arbeiter nach Deutschland brachte. Ihre Mutter hatte ihr für die Reise ein Paar Hosen ihres Bruders umgenäht. Die anderen aus dem Dorf verlor Celsa später in Deutschland aus den Augen, weil sie in verschiedene Städte geschickt wurden. Beim Abschied von der Familie versuchte Celsa, sich ihre Angst nicht anmerken zu lassen, aber am nächsten Tag in Irún musste sie all ihren Mut zusammennehmen: Hier war Spanien zu Ende, und ein unbekanntes Land begann, das nicht einmal ihr Bestimmungsort war. Sie bekam kaum etwas von dem Essen herunter, das am Bahnhof ausgeteilt wurde, bevor sie die Grenze überquerten und in Hendaye in einen französischen Zug stiegen.

Einen Tag später, am Donnerstag, kam sie in Köln an. Sie war glücklich, dass ihr Onkel sie am Bahnhof in Empfang nahm und nicht – wie fast alle anderen – ein Dolmetscher mit Megaphon, der die Vertragsnummern ausrief. Der Onkel umarmte sie und nahm ihren Koffer.

»Wie hast du den denn schleppen können? Der wiegt ja mehr als du!«

Sie ließen den Tumult im Bahnhof hinter sich, wo an die fünfhundert von der langen Reise erschöpfte Spanier und Portugiesen versuchten, sich zurechtzufinden und die Vertreter ihres Unternehmens ausfindig zu machen. Celsas Onkel hatte ein Auto. Das beeindruckte sie. Es musste wohl stimmen, was man sich über die Möglichkeiten erzählte, die einen in Deutschland erwarteten. Sie würde viel Geld nach Hause schicken und für die Zeit nach ihrer Rückkehr sparen können. So hatte sie es ihren Eltern gesagt: »Zwei oder drei Jahre in Deutschland ...« Die Stimme ihres Onkels riss sie aus ihren Gedanken.

»Ich bringe dich ins Wohnheim, aber ich bleibe nicht lang, denn morgen muss ich früh raus, und bis Kassel ist es weit.«

»Wohne ich denn nicht bei Ihnen, Onkel?«

»Das wäre schön, Celsita, aber die haben dich nicht in meine Firma geschickt, sondern zu Opel nach Rüsselsheim. Aber keine Angst, dort gibt es viele Spanierinnen, und am Wochenende kommst du dann immer zu uns.«

Sie fuhren über Autobahnen, die ihr riesig erschienen. Obwohl zu beiden Seiten der Straße die Landschaft so grün war wie in Galicien, sah sie nur den Asphalt, der unter den Rädern dahinglitt.

EIN UNMORALISCHES ANGEBOT

Sie schlief schlecht. Marcelino Sotos aufgedunsenes Gesicht war das Letzte, was sie vor dem Einschlafen sah, und das Erste, was sie beim Aufwachen vor Augen hatte. Als ihr unter der Dusche das Wasser übers Gesicht rann, glaubte sie einen Augenblick lang zu ersticken, und obwohl sie wusste, dass Luft in ihre Lungen strömte, zwang eine plötzliche Atemnot sie, für ein paar Sekunden unter dem Wasserstrahl hervorzutreten.

Sie war nicht hungrig, und so machte sie sich nur Kaffee. Am Küchentisch trank sie zwei Tassen und verfolgte dabei die Sechs-Uhr-dreißig-Nachrichten im Radio.

Sie räumte die Kaffeetasse in den Geschirrspüler und hörte im Verkehrsfunk, dass auf zwei Landstraßen in Hessen Auspuffrohre lagen. Es erstaunte sie immer wieder, wie viele Dinge sich auf den Straßen fanden. Oft war nur von unbestimmten Gegenständen die Rede, aber manchmal nannte der Radiosprecher auch konkrete Dinge: ein Fahrrad, einen Reifen oder Radkappen, einen Bierkasten, einen Kotflügel, einen Hund ... Besonders hatte ihr eine Warnung vor drei toten Wildschweinen gefallen. In diesem Augenblick waren also zwei Wagen ohne Auspuff unterwegs, wahrscheinlich zwei vorsintflutliche Vehikel, Ketzer in einem Land, in dem das Auto Kultstatus besaß. Überhaupt war es ein gefährlicher Morgen auf der Autobahn, denn der Radiosprecher warnte auch vor Pferden auf der A 66 bei Wallau. Das war nichts Ungewöhnliches, in den Randbezirken der kleineren Städte des Rhein-Main-Gebietes gab es zahlreiche Stallungen. Einmal hatte sie das Ergebnis eines Zusammenstoßes zwischen einem Pferd und einem Auto gesehen. Sie war auf dem Weg nach Wiesbaden gewesen, und der Unfall hatte sich wenige Meter vor ihrem Streifenwagen ereignet. Sie hatten den Wagen auf dem Seitenstreifen abgestellt und waren zum Unfallort gelaufen, hatten aber nichts weiter getan, als um das sterbende Pferd herumzustehen, bis der Tierarzt eintraf. Es war ein todtrauriger Anblick gewesen, doch keiner der anwesenden Polizisten, auch sie nicht, hatte sich getraut zu tun, was sie eigentlich gern getan hätten: die Pistole zu ziehen, wie sie es alle schon in irgendeinem Western gesehen hatten, und das Tier mit einem Schuss von seinen Leiden zu erlösen. Sie verdrängte das schreckliche Bild und machte sich auf den Weg ins Präsidium.

Beim Betreten des Gebäudes überkam sie Heißhunger. Sie machte einen Abstecher in die Cafeteria und rief von dort aus im Büro an, um Terletzki wissen zu lassen, dass sie schon im Präsidium war. Er war noch immer beleidigt.

»Rufst du an, um zu kontrollieren, ob ich pünktlich bin?«

»Ich rufe dich an, um dir zu sagen, dass ich gerade einen Donut esse.«

Tatsächlich war sie schon beim zweiten. Der erste war mit Zuckerguss gewesen, der zweite mit Schokoladenguss. Beim dritten Donut, diesmal wieder mit Zuckerguss, beschloss sie, dass es nun genug war. ›Übermäßiger Zuckerkonsum kann zu Fettansammlungen führen, welche Arterien und Nebenadern verstopfen und Herz- oder Hirnschläge zur Folge haben können ...‹ Sie ging auf die Toilette, um sich zu waschen, denn sie wollte nicht mit einem zuckerkrümelverzierten Gesicht im Büro auftauchen. Beim Hinausgehen sah sie den rasierten Schädel von Kommissar Sven Juncker, der dabei war, nebenan in der Herrentoilette zu verschwinden. Mit gespielter Höflichkeit lupfte er einen imaginären

Hut und brachte dabei sein Gesicht ganz nah an das ihre. Seine wulstigen blassen Lippen verzogen sich zu einem geringschätzigen Lächeln.

»Guten Tag, Frau Weber-Tejedor. Ich habe gehört, Sie wissen schon, wer der Tote im Fluss ist.«

Cornelia grüßte knapp zurück.

»So ist es.«

»Ich wollte Ihnen nur sagen, wie sehr es mich freut, dass die positive Diskriminierung erste Resultate zeitigt, auch wenn das auf Kosten hoch qualifizierter Kollegen geht.«

»Ach ja?« Cornelia tat, als blicke sie sich suchend um. »Wo sind die denn? Ich sehe hier keinen.«

Junckers Kiefer mahlten.

»*I'm watching you.* Bilden Sie sich nicht ein, dass der Chef diese politisch korrekten Spielchen bis in alle Ewigkeit weitertreibt. Er wartet nur darauf, dass Sie einen Fehler machen, um Sie auf Ihren Platz zu verweisen. Und wenn ich mich nicht irre, hat Ihr Team eine Schwachstelle, eine gewaltige Schwachstelle. Wir alle wissen, welche.«

Cornelia wandte sich ab.

»Guten Tag.«

Während sie wegging, hatte sie das unangenehme Gefühl, sie würde ihn, wenn sie sich plötzlich umdrehte, bei einer obszönen Geste überraschen.

Reiner Terletzki legte gerade den Hörer auf, als sie hereinkam.

»Und? Gut gegessen?«

»Königlich.«

»Der Chef hat angerufen. Er will dich sehen.«

»Wann?«

»Sofort.«

Sie ging hinaus, ohne Terletzki von ihrer Begegnung mit Juncker zu erzählen.

Von Frau Marx erfuhr sie, dass Matthias Ockenfeld auf sie wartete. Trotzdem nahm sich Cornelia die Zeit, den Hund zu streicheln, bevor sie an die Tür klopfte.

»Herein, Frau Weber, bitte setzen Sie sich.«

Ockenfeld wartete, bis Cornelia vor seinem Schreibtisch Platz genommen hatte.

»Ich freue mich über Ihr Kommen, Frau Weber.«

»Sie haben mich rufen lassen.«

»Ach ja, richtig.«

Ockenfelds Zerstreutheit erschien ihr gekünstelt, als wollte er den Eindruck erwecken, ihr Gespräch sei nicht weiter von Belang. Er legte seinen Füllfederhalter, einen Montblanc, in ein Ebenholzschälchen, stützte die Ellbogen auf den Tisch und faltete die Hände. Seine Finger waren kurz und dick, und so aneinandergelegt erinnerten sie sie an ein Paket Bockwürstchen. Cornelia fiel ein, dass sie noch einkaufen musste.

»Ich wollte nur mal hören, wie es im Fall Soto vorangeht.«

Dieses Mal wusste er den Namen des Opfers.

»Sie sind sich ja sicher darüber im Klaren, dass dieser Fall höchst aufmerksam verfolgt wird. Heute haben alle Zeitungen darüber berichtet.«

Cornelia dachte an die Journalisten, die im Regen auf der Brücke gestanden und fotografiert hatten. Sie war noch nicht dazu gekommen, in die Zeitung zu sehen. Im Stillen hatte sie gehofft, die Medien seien durch das Hochwasser abgelenkt, aber die Tatsache, dass die Leiche im Fluss gefunden worden war, machte diese Hoffnung zunichte.

»Es ist noch zu früh für Schlussfolgerungen in irgendeiner Richtung.«

»Eigentlich wollte ich mit Ihnen auch in erster Linie über die Zusammensetzung Ihres Teams sprechen. Da ich mir sicher bin, dass Sie die Vorschriften keineswegs willkürlich missachtet haben, will ich noch einmal darüber hinwegsehen, dass sie von meinem geschätzten Kollegen Kachelmann einen seiner Männer, Leopold Müller, angefordert haben, bevor ich seiner Aufnahme ins Team zugestimmt hatte.«

Ja, das war unleugbar ein Fehler gewesen, zwischen ihrem Anruf bei Kachelmann und dem Vorlegen ihrer Liste waren einige Stunden vergangen. Das hatte er aber sicher nicht von Kachelmann, die beiden konnten einander bekanntermaßen nicht ausstehen. Vielleicht war ihm im Nachhinein aufgefallen, dass sie in ihrem Gespräch gar nicht erwähnt hatte, dass man Müller anfordern müsse, und er hatte sich selbst bei Kachelmann erkundigt. Aber wozu? Das Beste war, sie ließ ihn erst mal weiterreden.

»Mit weit größerer Verwunderung – oder besser gesagt: Sorge – erfüllt mich allerdings, dass Sie Oberkommissar Reiner Terletzki im Team haben wollen.«

»Warum? Ich arbeite doch immer mit ihm zusammen.«

»Das weiß ich. Aber als Leiter dieser Abteilung ist es meine Aufgabe, dafür zu sorgen, dass die Arbeitsgruppen optimal funktionieren, und ich muss sagen, Herr Terletzki ist nicht gerade in Hochform. Mir wurde gesagt, er sei in den letzten Wochen häufig zu spät oder überhaupt nicht erschienen.«

»Das ist doch eher unwichtig, Reiner Terletzki erledigt seine Arbeit immer äußerst zuverlässig.«

»Auch das ist mir bekannt. Ein guter Vorgesetzter weiß nicht nur, wann etwas falsch, sondern auch, wann etwas richtig läuft. Aber das, was vor knapp zwei Wochen beim Staatsanwalt geschehen ist, hätte schwerwiegende Folgen haben können. Der Fehler von Terletzki hätte beinahe die Arbeit seiner Kollegen zunichtegemacht.«

»Ich glaube, die interne Kommission hat das Ganze schon geklärt. Und letztlich ist ja nichts passiert.«

»Es ist nichts passiert, aber es hätte etwas passieren können, und wer weiß, ob in einer Gefahrenlage am Ende nicht doch noch etwas schiefgeht.«

Sie wollte etwas sagen, aber Ockenfeld gab ihr mit einer energischen Handbewegung zu verstehen, dass er keinerlei Einwand duldete.

»Ich kann daher das Team so, wie Sie es vorschlagen, nicht gutheißen. Die übrigen Kräfte, die Sie angefordert haben, sogar Leopold Müller, kann ich Ihnen ohne weiteres bewilligen, aber ich glaube, um diesen Fall so zu lösen, wie ich, das spanische Konsulat und die Bürger es erwarten, brauchen Sie Verstärkung. Ich dachte, Kommissar Juncker und Oberkommissar Gerstenkorn könnten Ihnen wertvolle Hilfe leisten.«

»Bei allem Respekt, Herr Ockenfeld, ich glaube, das Team, das ich Ihnen vorgeschlagen habe, ist der Aufgabe, die vor uns liegt, völlig gewachsen. Zwei Kommissare sind nicht nötig und würden nur zu Kompetenzstreitigkeiten führen.«

Obwohl ihr Chef scheinbar aufmerksam zuhörte, hatte Cornelia das Gefühl, dass alles Reden zwecklos war.

»Und da das Opfer Mitglied der spanischen Gemeinde war, bin ich der Ansicht, dass ich auch wunderbar ohne Verstärkung auskomme.«

Die Stille, die auf ihre Worte folgte, verhieß nichts Gutes. Ockenfeld tat so, als bemerkte er erst jetzt, dass die Kommissarin ausgeredet hatte, und setzte eine wohlwollende Miene auf.

»Frau Weber, wie gesagt, diesmal will ich Ihnen den Verfahrensfehler noch durchgehen lassen, aber ich hege ernsthafte Zweifel betreffs Oberkommissar Terletzki.«

Matthias Ockenfeld machte eine kleine Pause und fuhr dann in vertraulichem Tonfall fort: »Sie wissen doch, Frau Weber, dass ich Sie für eine meiner fähigsten Mitarbeiterinnen halte.«

In Cornelias Kopf begannen die Alarmsirenen zu schrillen.

»Aufgrund Ihrer Herkunft halte ich Sie für geradezu prädestiniert für Fälle, mit denen andere Kollegen Schwierigkeiten haben.«

»Was meinen Sie mit ›meiner Herkunft‹?«

»Lassen Sie mich ausreden.«

Ockenfelds Ausführungen waren wie eine Lawine: Einmal in Gang gekommen, waren sie nicht aufzuhalten, und man musste das Ende abwarten und alle Vorbemerkungen, Abschweifungen und Klammern ertragen. Der Versuch, sie durch Fragen oder Zwischenbemerkungen zu unterbrechen, war, als wollte man die Lawine mit einer Kinderschaufel aufhalten. Und so musste Cornelia wohl oder übel zuhören.

»Ich meine, manche Fälle erfordern eine gewisse Sensibilität, das, was man gemeinhin Fingerspitzengefühl oder Takt nennt, etwas, das bei vielen Ihrer Kollegen bemerkenswert schwach ausgeprägt oder gar nicht vorhanden ist. Dafür haben diese Kollegen Vorzüge auf anderen Gebieten.«

Cornelia begriff sofort, dass er auf Juncker anspielte und davon ausging, dass sie die Anspielung verstand. Und da Ockenfeld zweifellos von der gegenseitigen Abneigung zwischen ihr und Juncker wusste, begriff sie auch, dass die Drohung, mit ihm zusammenarbeiten zu müssen, weiterhin im Raum stand.

»Vor allem in den Fällen, in denen ausländische Mitbürger betroffen sind, sind Takt und Umsicht gefragt. Nicht nur, um jeden Vorwurf der Diskriminierung im Keim zu ersticken ...«

Sie fragte sich, wann er seine Karten offenlegen würde.

»Die Frankfurter Polizei ist die Polizei aller Frankfurter, und Frankfurter ist jeder, der in Frankfurt lebt, ohne Ansehen von ...«

In einer amerikanischen Fernsehserie, dachte Cornelia, würde an dieser Stelle im Hintergrund eine leise Fanfare erklingen, eine getragene Melodie. Sie schob den Gedanken beiseite und konzentrierte sich wieder auf ihren Chef, der jetzt wieder von ihr sprach.

»Und aus diesem Grund, Frau Weber-Tejedor, glaube ich, dass Sie genau die Richtige für einen delikaten Fall sind, den ich sonst niemandem anvertrauen kann. Dabei ist mir durchaus bewusst, dass dies eine gewisse Mehrarbeit für Sie bedeutet.«

Er hatte sie mit ihrem Doppelnamen angesprochen, ein schlechtes Vorzeichen.

»Worum geht es?«

»Um eine verschwundene Frau. Genauer gesagt, um eine Ecuadorianerin, die bei einer respektablen Frankfurter Familie als Hausangestellte gearbeitet hat.«

»Legal?«

»Leider nein.«

»Dann kann die Familie ja so respektabel nicht sein.«

Ockenfelds Augen flammten zornig auf. Cornelia ignorierte es nur halb.

»Bekannte von Ihnen?«

Ockenfeld zögerte mit der Antwort.

»Gute Freunde. Die Familie Klein.«

»Von der Privatbank Klein & Willmann?«

Cornelia musste an die vielen Kollegen denken, die Matthias Ockenfeld, gemessen an seinem Vorgänger Krause, nicht als einen der Ihren betrachteten, und gab ihnen im Stillen recht. Werner Krause, der vor knapp zwei Jahren in Pension gegangen war, war Polizist der alten Schule gewesen, einer von denen, die sich hochgearbeitet hatten, nicht mit Leuten wie den Kleins verkehrten und eher zähneknirschend zu den Festen der Bürgermeisterin in den Frankfurter Römer gingen. Ockenfeld hingegen war dort regelmäßig zu Gast.

»Was erwarten Sie von mir?«

»Ich sagte ja bereits, Frau Weber-Tejedor, dass Sie genau das richtige Profil für Fälle wie diesen aufweisen. Aufgrund Ihres familiären Hintergrunds können Sie sich besser in unsere ausländischen Mitbürger hineinversetzen, und außerdem sprechen Sie Spanisch, was sich hier als äußerst nützlich erweist.«

Er trieb sie mit ihren eigenen Argumenten in die Enge. Und wieder hatte er sie mit ihrem vollen Nachnamen angesprochen.

»Ich bin mir nicht so sicher, ob ich besonders geeignet bin, mich in unsere ausländischen Mitbürger hineinzuversetzen.« Sie konnte nicht verhindern, dass dieser Begriff, den Ockenfeld zu lieben schien, aus ihrem Munde ein wenig spöttisch klang.

»Aber Spanisch ist Ihre Muttersprache.«

»Genauso wie Deutsch. Ich bin hier geboren.«

»Natürlich«, gab Ockenfeld gönnerisch zu. »Ich denke, Sie und Ihre Leute – selbstverständlich stelle ich Ihnen bei Bedarf noch zwei weitere Mitarbeiter zur Verfügung – sollten Kontakt zu den Lateinamerikanern in dieser Stadt aufnehmen und versuchen, so viel wie möglich über das verschwundene Mädchen in Erfahrung zu bringen. Die Sache ist, wie gesagt, heikel, da sie einen angesehenen Bürger dieser Stadt betrifft, und sollte am besten unter uns bleiben. Habe ich mich deutlich ausgedrückt?«

Cornelia schüttelte den Kopf.

»Es handelt sich also Ihren Angaben nach um einen heiklen Fall, wenn ich auch noch nicht so richtig verstehe, warum. Aber so, wie Sie ihn darstellen, fällt er doch gar nicht in unser Ressort.«

Ockenfeld schnaubte ungeduldig. »Ihre Bedenken gehen also dahin, dass wir uns in die Arbeit unserer Kollegen der Bundespolizei einmischen? Lassen Sie das meine Sorge sein.«

»Ist das eine Dienstanweisung?«

Ockenfeld atmete tief ein. Als er weitersprach, hatte seine Stimme einen vertraulichen Tonfall.

»Hören Sie, Frau Weber, ich weiß, dass ich Ihnen das nicht befehlen kann, aber es handelt sich um eine wichtige Angelegenheit, und sie betrifft einen bedeutenden Mitbürger. Ich sähe den Fall gerne in Ihren Händen, weil ich Ihnen voll und ganz vertraue. Mein Vertrauen in Sie geht so weit, dass ich sogar bereit wäre, das von Ihnen vorgeschlagene Ermittlerteam zu akzeptieren, auf Ihren ausdrücklichen Wunsch meine mehr als berechtigten Vorbehalte gegen Oberkommissar Terletzki hintanzustellen und seiner Aufnahme ins Team zuzustimmen, anstatt ihn in Zwangsurlaub zu schicken. Wie sehen Sie das?«

Cornelia senkte den Blick.

»Alles klar, Herr Ockenfeld.«

»Na, dann an die Arbeit.«

Cornelia sprang auf.

»Auf Wiedersehen.«

»Auf Wiedersehen. Die Informationen über das verschwundene Mädchen liegen schon auf Ihrem Tisch.«

Sie ging hinaus. Frau Marx sah sie überrascht an, als sie ihre verdrossene Miene bemerkte, sagte aber nichts. Stattdessen wechselten die beiden Frauen einen stummen Blick. Mit dem linken Fuß hielt die Sekretärin Lukas zurück, obwohl das nicht nötig war. Der Hund war schon lange genug im Büro, um genau zu wissen, wann seine tollpatschigen Zärtlichkeiten willkommen waren und wann nicht. Unter dem Tisch hervor warf er Cornelia einen ebenso besorgten Blick zu wie sein Frauchen.

Wie Ockenfeld gesagt hatte, fand sie bei ihrer Rückkehr ins Büro auf ihrem Tisch eine Akte vor.

»Die ist eben gekommen«, sagte Terletzki.

Cornelia las die Akte durch. Sie gab nicht viel her. Die verschwundene Ecuadorianerin hieß Esmeralda Valero und kam aus einer Stadt namens Machala in der Provinz El Oro. Esmeralda Valero war zwanzig Jahre alt und arbeitete seit drei Monaten im Haushalt der Kleins. Sie war mit einem Touristenvisum in die Bundesrepublik eingereist und hatte somit keine Arbeitserlaubnis. Frau Klein hatte sie als vermisst gemeldet.

Cornelia rief Müller dazu und schilderte ihm und Terletzki die neue Lage. Terletzki stellte dieselbe Frage, die auch Cornelia gestellt hatte, erhielt aber eine andere Antwort.

»Und was hat die Mordkommission damit zu tun?«

»Nichts, aber der Chef ist der Ansicht, wir seien das ideale Team für diesen Fall.«

Die Antwort entlockte Terletzki einen misstrauischen Blick, als glaube er, Cornelia wolle ihn auf den Arm nehmen.

»Niemand darf erfahren, dass wir an diesem Fall arbeiten, vor allen nicht Juncker und Gerstenkorn. Wir wissen nicht allzu viel. Die Kleins haben wenig mehr angegeben als die Arbeitszeiten des Mädchens. Frau Klein hat Esmeralda Valero als vermisst gemeldet, nachdem diese drei Tage hintereinander nicht zur Arbeit erschienen war.«

»Was für ein Schwachsinn«, maulte Terletzki.

»Anordnung von oben, Reiner.«

»Aber es ist doch seltsam, dass wir unsere Zeit mit so etwas vergeuden sollen.«

»Ich weiß. An der ganzen Geschichte ist etwas faul, und ich hoffe bloß, wir verbrennen uns nicht die Finger daran. Ich habe den Verdacht, dass Ockenfeld damit punkten will. Deshalb werde ich heute Nachmittag allein zu den Kleins gehen. Ich kann mir nicht vorstellen, dass das, was sie uns zu erzählen haben, eine ganze Polizeistaffel erfordert. Während ich mit ihnen rede, könnt ihr euch weiter um den Fall Soto kümmern. Gestern habe ich euch ja die notwendigen Fragen geschickt. Weitere Ideen?«

Beide machten Vorschläge, aber jeder hatte sie für sich allein ausgearbeitet.

»Müller, Sie sind für die Durchführung der Befragungen verantwortlich. Wir haben drei Beamte zu unserer Unterstützung, die sollen die Personen auf der Liste ausfindig machen und mit ihnen Termine vereinbaren. Achten Sie darauf, dass die Kollegen sich genug Zeit nehmen, um mit allen in Ruhe zu reden, und dass sie wissen, welche Informationen für uns wichtig sind.«

Sie wusste, dass sie als Vorgesetzte beim Konsulat vorbeischauen müsste, aber irgendetwas in ihr sträubte sich dagegen. Mit achtzehn hatte sie sich für die deutsche Staatsbürgerschaft entschieden und ihren spanischen Pass zurückgegeben, und seither hatte sie nichts mehr mit dem Konsulat zu tun gehabt.

»Reiner, du gehst nachher beim spanischen Konsulat

vorbei. Die Generalkonsulin hat angerufen und Hilfe angeboten. So gegen eins ist eine gute Zeit. Da ist wenig Publikumsverkehr, und es fällt weniger auf, wenn die Polizei da ist. Alles klar?«

Terletzki beharrte: »Ich verstehe immer noch nicht, wieso du diesen neuen Fall akzeptiert hast.«

»Muss ich mich wiederholen? Anordnung von oben.«

»Aber ich kapiere einfach nicht, was wir mit der ganzen Sache zu tun haben.«

»Was wir damit zu tun haben, entscheidet der Chef, und damit basta.«

»Normalerweise würdest du dir so einen Mist nicht anhängen lassen.«

»Normalerweise würden wir das Ganze gar nicht diskutieren und du wärst schon längst dabei, Informationen über Marcelino Soto zusammenzutragen. Also hör auf, mir auf die Nerven zu gehen, und mach dich an die Arbeit.«

Terletzki starrte sie an. Cornelia spürte, wie er mühsam um Beherrschung rang und seine Wut die Oberhand gewann. Er schlug die Hacken zusammen und bellte: »Zu Befehl, Frau Hauptkommissarin.«

Sie verkniff sich jeden Kommentar, weil Müller aus den Augenwinkeln die Szene verfolgte, während er so tat, als läse er den Bericht über das verschwundene Mädchen. Unbewusst verwendete sie Ockenfelds Worte: »An die Arbeit. In einer Stunde wird Sotos andere Tochter hier erscheinen, Irene. Du wirst mit ihr reden, Reiner. Ich habe diesen Verwandten aus dem Dorf, Carlos Veiga, gebeten, mitzukommen. Ich will mich noch einmal mit ihm unterhalten, diesmal auf Spanisch. In Ihrer Anwesenheit, Müller.«

DIPLOMATIE

Vom Empfang kam der Anruf, Irene Weinhold und Carlos Veiga seien bei der Anmeldung. Marcelino Sotos ältere Tochter hatte darum gebeten, das Gespräch im Präsidium zu führen, um ihrer Mutter weitere Aufregung zu ersparen.

»Doktor Martínez Vidal rät dringend dazu.«

Irene Weinhold war sechs Jahre älter als Julia. Die Ähnlichkeit zwischen beiden war unverkennbar, doch im Gegensatz zu ihrer Schwester sprach Irene akzentfrei Spanisch.

Sie führten Irene Weinhold und Carlos Veiga in zwei nebeneinanderliegende Büros. Cornelia sah ihnen die Erleichterung an, dass es sich nicht um finstere Löcher handelte, sondern um ganz normale Büroräume ohne Gitter vor den Fenstern. An der Wand hing ein gerahmtes Foto der Frankfurter Skyline, vom Mainufer aus aufgenommen. Die Nachmittagssonne spiegelte sich in den gläsernen Wolkenkratzerfassaden.

Reiner Terletzki übernahm wie verabredet die Befragung von Sotos Tochter, Cornelia stellte Müllers Spanischkenntnisse auf die Probe, indem sie ihm im Gespräch mit Veiga die Führung überließ.

Die Unterredungen förderten nichts Neues zutage außer der Erkenntnis, dass Irene Soto im Gegensatz zu ihrer Schwester nicht glaubte, sich stark zeigen zu müssen. Reiner war auf sich gestellt, mit einem Schmerz konfrontiert, der ihn zwang, das Gespräch mehrmals zu unterbrechen, wie er Cornelia hinterher mit kaum verhohlenem Zorn berichtete.

Dann war es Mittag, Zeit für die Pause. Cornelia fragte in den Raum hinein, an keinen der beiden direkt gewandt: »Gehen wir essen?«

Müller nickte, Terletzki nicht.

»Ich muss weg, etwas erledigen. Ich esse unterwegs eine Kleinigkeit.«

»In Ordnung.«

In der Kantine setzten sich Cornelia und Müller zu zwei Kollegen. Die ersten Minuten wurde, wie üblich, über das miese Essen gemeckert, dann sprach man über die eigene Arbeit. Cornelia hatte keine große Lust zu reden, hörte aber gerne zu. Ein junger, heftig sächselnder Oberkommissar, den sie anfangs überhaupt nicht verstanden hatte, beklagte sich über seine eintönige Archivrecherche.

»Na ja«, sagte ein Kollege, um ihn aufzumuntern, »wenigstens hast du es mit einem anständigen Fall zu tun, ganz im Gegensatz zu unseren heiß geliebten Kollegen Juncker und Gerstenkorn.«

Bei diesen Namen spitzte Cornelia die Ohren.

»Was haben die beiden Dummköpfe denn jetzt wieder angestellt?«

Cornelia hätte ihren sächsischen Kollegen für diese Bemerkung umarmen können.

»Sie haben einen ziemlich merkwürdigen Fall am Hals. Am Samstag hat man am Hauptbahnhof hier in Frankfurt bei einer technischen Kontrolle unter einem Wagon einen Fuß gefunden. Der Zug kam von Fulda. Der Fuß klemmte wohl schon seit einem Tag unter dem Zug, und nun sollen Juncker und Gerstenkorn herausfinden, ob an der Strecke zwischen Fulda und Frankfurt ein Verbrechen stattgefunden oder sich jemand vor den Zug geworfen hat.«

Cornelia prustete los. Die Vorstellung, wie Juncker und Gerstenkorn, auf der Suche nach einer Leiche mit nur einem Fuß, Kilometer um Kilometer die Gleise entlangliefen, war einfach zu komisch, vor allem, wenn sie an die eleganten Anzüge von Juncker dachte, die eher zu einem Rechtsanwalt passten als zu einem Polizisten. Sie sah aus dem Fenster und stellte erfreut fest, dass es noch immer regnete. Sie gönnte den beiden allen Schlamm dieser Welt.

Nach dem Essen kehrten sie ins Büro zurück. Obwohl die Mittagszeit schon vorbei war, war Terletzki nicht da. Sie versuchte ihn auf dem Handy zu erreichen, doch er ging nicht dran.

Deshalb bat Cornelia Müller, zum spanischen Konsulat zu fahren und mit der Generalkonsulin zu sprechen.

»Terletzki wird mit Ihrer Arbeit weitermachen.«

Terletzki würde sich über den Wechsel der Aufgabenverteilung ärgern. Er hasste Schreibtischarbeit, das stundenlange Blättern in Akten, das Stöbern in Archiven und das Notieren von Daten. Aber das hatte er sich selber zuzuschreiben.

Sie schrieb ihren Bericht über den Fall Merckele, um ihn für sich abzuschließen. Sie tat sich sehr schwer damit, hatte das Gefühl, nicht die richtigen Worte zu finden. Die Routine ließ sie im Stich. Als sie endlich alle Protokolle sortiert und in einem dicken Ordner abgeheftet hatte, war sie so erleichtert, dass sie beschloss, die Unterlagen höchstpersönlich bei der Poststelle abzuliefern, von wo aus sie an die Staatsanwaltschaft weitergeleitet würden. Es war, als wollte sie sich vergewissern, dass sie nie wieder in ihrem Büro auftauchten.

Sie hoffte, Müller werde aus dem Konsulat genauere Informationen über Soto mitbringen, irgendetwas, das ihnen weiterhalf. Sie brauchten einen Erfolg, und wenn er noch so winzig war, um denjenigen den Wind aus den Segeln zu nehmen, die ihrem Team ein Fiasko prophezeiten. Sie brauchten ihn, auch um ihre eigenen Zweifel auszuräumen. Was, wenn Ockenfeld recht hatte mit seinen Befürchtungen? Rasch wischte sie ihre Bedenken beiseite. Sie hatte ein Team, und an dieses Team wollte sie glauben.

Wenn sie es genau bedachte, war dies der erste Mordfall innerhalb der spanischen Gemeinde. Zwar waren durchaus einige Spanier aktenkundig, aber in anderen Abteilungen, vor allem im Drogendezernat. Die meisten von ihnen lebten nicht einmal hier, sondern waren Drogenkuriere, die am Flughafen geschnappt wurden, besonders auf den Flügen aus Kolumbien oder Thailand. So betrachtet, war das Interesse des Konsulats verständlicher.

Terletzki blieb verschwunden. Sie machte sich im Computer die ersten Notizen zum Fall Esmeralda Valero. Wie still dieses Büro ohne Terletzki war! Reiner Terletzki gehörte zu den Menschen, die selbst dann lärmen, wenn sie ruhig dasitzen. Wo sie sind, knarrt, summt oder klickt immer irgendetwas, ununterbrochen produzieren sie undefinierbare Geräusche. Ihre Abwesenheit hat den gleichen Effekt wie eine plötzliche Verkehrsumleitung. Anfangs genießt man die Stille in der nicht befahrenen Straße, aber bald vermisst man den gewohnten Verkehrslärm.

Und sie vermisste Reiner. Ihren großspurigen, lauten, impulsiven Reiner Terletzki, der sich manchmal aufführte wie die Axt im Walde, um seine Gefühle zu verbergen. Der gegen einen Laternenpfahl trat, wenn er mit den Angehörigen eines Opfers gesprochen hatte. Einmal hatten sie im Zentrum für Rechtsmedizin die Leiche eines Vierjährigen gesehen, der von seinen Eltern totgeprügelt worden war. Danach hatte Terletzki darauf bestanden, in einem Schnellimbiss einen Big Mac zu essen. Sie kannte das schon und spielte das Spiel mit, tat so, als nehme sie ihm den harten, eiskalten Typen ab. Und sie wusste, wie sie verhindern konnte, dass er sich zu sehr in diese Rolle hineinsteigerte.

»Wieso stopfst du diesen Fraß in dich hinein?«, hatte sie ihn gefragt, während er seinen Schmerz im Fett ertränkte.

»Mir schmeckt's.«

»Und was sagt deine Frau dazu?«

Wenn Terletzki kurz vor dem Schiffbruch stand, lotste der Gedanke an seine Frau ihn in den sicheren Hafen.

Vor sieben Jahren hatte er überraschend geheiratet. Die Kollegen waren aus allen Wolken gefallen, als sie die Einladung zur Hochzeit von Reiner Terletzki und Sandra Kunze im Römer erhielten. Die Trauung war an einem Freitagmorgen, und natürlich gingen alle hin. Sicher fand Terletzki es nicht besonders witzig, dass jeder meinte, Bemerkungen über seine wesentlich jüngere Frau machen zu müssen, und wer weiß, wie schwer es ihm fiel, jedes Mal zu lächeln, wenn einer seiner Kollegen sagte: »Wie hat es ein Gorilla wie du nur geschafft, sich eine solche Schnecke zu angeln?«, wobei manche ihn kumpelhaft in die Rippen stießen.

Jedenfalls war dies das erste und das letzte Mal gewesen, dass sie Terletzkis Frau zu Gesicht bekommen hatten. Was nicht bedeutete, dass sie nicht ständig präsent war. In fast jedem Gespräch mit Terletzki hieß es »Meine Frau sagt ...«, »Meine Frau findet ...«, »Meine Frau hat gelesen, dass ...«. Diese unsichtbare Allgegenwart hatte ihr unter den Kollegen den Spitznamen »Mrs. Columbo« eingetragen.

Plötzlich fiel Cornelia auf, dass Terletzki seine Frau seit Wochen nicht mehr erwähnt hatte. Ihr Kollege war in den letzten Tagen ungewöhnlich schweigsam gewe-

111

sen, hatte nichts erzählt, vor allem aber hatte er mit keinem Wort seine Frau zitiert. Hatten die beiden sich getrennt? Auf einmal erschienen ihr sein mürrisches Schweigen, seine Zerstreutheit und seine Lustlosigkeit in einem völlig neuen Licht, und schlechtes Gewissen überkam sie. Sie erinnerte sich an jeden einzelnen Streit der letzten Tage, aber nun war sie nicht länger die Beleidigte, diejenige, die sich zu Recht beschwerte; jetzt war sie die blinde, unsensible Kollegin, die einen Freund in der Ehekrise quälte.

In einem Anfall von Masochismus ließ sie noch einmal Revue passieren, was sie ihm in letzter Zeit gesagt oder an den Kopf geworfen hatte. Reue überkam sie und sie blickte fast liebevoll auf Reiner Terletzkis Schreibtisch, den Papierstapel, der sie sonst zur Verzweiflung trieb, die halb verrostete Lampe, die er aus dem alten Büro herübergerettet hatte, das Chaos aus Kugelschreibern, Bleistiften, vollgekritzelten gelben Klebezetteln und Büroklammern, und bei jedem neuen Gegenstand – dem scheußlichen Maskottchen, dem Kaktus, den er hingebungsvoll pflegte, den Papierbechern, die sich vor dem Computer stapelten – wurde ihr elender zumute.

Auf einmal drangen die zornigen Stimmen zweier laut streitender Männer vom Gang an ihr Ohr. Noch bevor sie aufstehen konnte, stieß Terletzki die Tür auf, stürmte herein und schlug sie Müller vor der Nase zu. Dieser reagierte nicht schnell genug, stieß mit den Armen gegen die geschlossene Tür, und Hefter und Ordner fielen zu Boden.

Terletzki baute sich angriffslustig vor Cornelia auf.

»Wieso hast du Müller zum spanischen Konsulat geschickt? Das war mein Job. Weißt du, wie lächerlich ich mich gemacht habe, als ich ankomme, mich vorstelle und mir dann anhören muss, die Konsulin sei gerade im

Gespräch mit einem Polizisten? Ich musste im Gang warten, und nach einer Weile kommt dieser Kerl hier raus, den du dir angelacht hast.«

Nun schämte Cornelia sich über die sentimentale Anwandlung beim Anblick von Terletzkis Schreibtisch. Und die Scham verwandelte sich noch schneller in unbändige Wut auf den Menschen, dem sie dieses Wechselbad der Gefühle zu verdanken hatte und der es nun wagte, Tür knallend hereinzustürzen und sie anzuschreien. Cornelia sprang auf. Mit der rechten Hand scheuchte sie Müller, der gerade das Büro betrat und sich vor Zorn auf die Lippen biss, aus dem Zimmer. Mit dem Zeigefinger der Linken zielte Cornelia auf Terletzkis Brust.

»Und du? Darf man erfahren, wo du dich herumgetrieben hast?«

»Ich hatte was zu erledigen.«

»Während der Arbeitszeit? Seit wann erledigen wir unsere Privatangelegenheiten während der Arbeitszeit? Oder gelten für dich Sonderregeln? Und wenn dem so ist: Hättest du mir nicht Bescheid sagen müssen? Schließlich bin ich deine unmittelbare Vorgesetzte!«

Bei jeder Frage stippte Cornelia mit dem Finger auf das Hemd des Oberkommissars. Die ersten drei Male ließ Terletzki das reglos über sich ergehen, beim vierten Mal wich er einen Schritt zurück.

»Glaubst du vielleicht, ich finde es lustig, dass ich mich nicht mehr auf meinen Mitarbeiter verlassen kann? Warum hast du dich nicht bequemt, ans Handy zu gehen? Vor zwei Stunden hättest du zurück sein sollen, um mit mir über den Besuch beim Konsulat zu sprechen, und jetzt stürmst du wie ein Berserker hier herein und beschwerst dich, dass ich die Arbeit, die du hättest machen sollen, einem anderen übertragen habe, weil der Herr etwas zu erledigen hatte.«

Terletzki wich noch einen weiteren Schritt zurück.

»Und anstatt dich zu entschuldigen, spielst du die beleidigte Leberwurst.«

Der Oberkommissar setzte zu einer Antwort an, aber Cornelia öffnete die Tür und winkte Müller herbei, der die Ordner vom Boden aufgesammelt hatte und den bedrohlich schwankenden Stapel hereinbalancierte.

»Legen Sie alles auf den Tisch.«

Sie schaute auf den Gang hinaus und begegnete, wie erwartet, dem schadenfrohen Blick Junckers, der, wie die Kollegen aus den umliegenden Büros, auf das Geschrei aufmerksam geworden war. In seinen Augen las sie die gleiche Verachtung, die zweifellos auch in ihren stand. Sie schloss die Tür und ließ die Jalousie über dem verglasten Teil herunter. Dann drehte sie sich zu den beiden Männern um. Nur ihre Anwesenheit hinderte sie daran, aufeinander loszugehen.

»So kann das nicht weitergehen.«

»Cornelia ...«

»Frau Weber, ich ...«

»Ich will keine Erklärungen hören! Falls jemand es vergessen haben sollte: Wir sind ein Ermittlerteam und haben zwei Fälle zu lösen, einen Toten und auf Anweisung von oben eine verschwundene Frau. Deshalb bin ich nicht bereit, meine Zeit mit unnützen Diskussionen zu vergeuden. Sotos Mörder läuft frei herum und Esmeralda Valero ist vielleicht in Gefahr. Also werdet ihr euch von jetzt an während der Arbeitszeit wie Kollegen benehmen; wenn ihr euch danach auf der Straße die Köpfe einschlagen wollt wie dumme Jungen, dann ist das nicht meine Angelegenheit. Ist das klar?«

Die Männer sagten nichts. Terletzki sah mürrisch zu Boden. Er wusste, dass die Standpauke vor allem ihm galt. Müller ertrug den ungerechtfertigten Tadel nicht, er öffnete und ballte die Fäuste.

114

»Ich habe gefragt, ob das klar ist?«

Terletzki sah sie an und sagte ja. Müller nickte mit zusammengepressten Lippen.

Alle drei schwiegen. Schließlich sagte Cornelia:

»Hast du schon gegessen, Reiner?«

Der Oberkommissar schüttelte den Kopf.

»Das solltest du. Und Sie, Müller, gönnen sich auch eine Pause. Gehen Sie einen Kaffee trinken oder so. In einer halben Stunde seid ihr wieder da, nicht früher und nicht später.«

Die Männer machten sich, gemeinsam schweigend, auf den Weg zur Cafeteria. Cornelia sah ihnen von der offenen Tür aus nach. Sobald die beiden im Aufzug verschwunden waren, wandte sie sich zu Juncker, der die Szene beobachtet hatte.

»Na? Kurze Ruhepause zwischen zwei Runden Solitär?«

Sie wartete Junckers Antwort nicht ab, hörte aber noch das Gelächter aus Kommissar Grommets Büro.

Nach genau einer halben Stunde waren die beiden zurück. Cornelia war so in ihre Arbeit vertieft, dass sie nicht mitbekam, ob sie gemeinsam gekommen waren.

»Was ist in den Ordnern, Müller?«

Leopold Müller schlug einen der Ordner auf, die er auf Cornelias Tisch abgelegt hatte. Sie hatte sie nicht angerührt, da sie wollte, dass er etwas dazu sagte.

»Im Konsulat haben sie uns Material über die Aktivitäten in der spanischen Gemeinde zusammengestellt. Soto war doch jahrelang Vorsitzender des spanisch-deutschen Kulturvereins.«

Er zog ein paar Blätter hervor und zeigte sie Cornelia.

»Hier haben wir eine Liste von Veranstaltungen verschiedener Vereine.«

»Warum hat das Konsulat so genau über diese Veranstaltungen Buch geführt?«

»Sie wurden von der spanischen Regierung finanziert. Die Konsulin sagte mir, sie könne uns auch die restliche Dokumentation zur Verfügung stellen: Anträge, Kostenvoranschläge, Berichte und so weiter. Allerdings weiß sie nicht, ob die Unterlagen vollständig sind, weil einige dieser Veranstaltungen mehr als dreißig Jahre zurückliegen und vor dem Umzug des Konsulats in das neue Gebäude alle Unterlagen vernichtet wurden, die man für unwichtig hielt. Ich habe aber trotzdem gebeten, noch einmal in den älteren Archiven nachzusehen.«

Cornelia nahm sich die lange Liste vor. Sie enthielt alles Mögliche, von Theateraufführungen spanischer Klassiker oder Weihnachtsgeschichten bis hin zu Lesungen und Konzerten, Festen und Umzügen der spanischen Gemeinde. Ihr fiel ein, was ihre Mutter am Vortag über die valencianische Tracht erzählt hatte. Und plötzlich sah sie einen Jungen vor sich – das musste dieser Sohn von Quique Sánchez gewesen sein, den ihre Mutter erwähnt hatte –, der sie an den Haaren gezogen und ihre Frisur aufgelöst hatte. Das Bild wurde immer deutlicher, und ihr wurde bewusst, dass sich das Ganze in einer Frankfurter Straße zugetragen hatte, die ihr vage vertraut erschien. Die Mainzer Landstraße! Es war in der Mainzer Landstraße gewesen, aber nicht in dem Teil, in dem die Banken lagen, sondern in dem Teil mit den Autohändlern, in dem Viertel mit den Sozialwohnungen Richtung Gallusviertel, wo viele Ausländer lebten. Sie war von anderen Kindern umringt, ausnahmslos Kinder spanischer Eltern und alle in Trachten der verschiedensten Regionen gekleidet. Sie erinnerte sich an schrille Musik, Dudelsäcke und Trommeln, und daran, dass sie auf der Straße marschierten und die

Deutschen ihnen vom Bürgersteig aus zusahen. Ihre Frisur hatte sich aufgelöst, und sie glaubte, die Blicke aller Zuschauer richteten sich auf die Haarsträhnen an ihrer rechten Wange. Sie wusste, dass hinter ihr ein Junge ging, der sie von ganzem Herzen hasste, weil sie ihn geohrfeigt hatte und er daraufhin vor den anderen Jungen in Tränen ausgebrochen war. Sie blickte zu den Leuten hinüber, die ihnen zusahen, aber nicht in ihre Gesichter, denn vielleicht lachten sie über ihre Haare und dann hätte sie auch weinen müssen, sondern auf ihre Füße, und fing an zu zählen, wie viele von ihnen auf der Straße standen und damit die unsichtbare Linie überschritten, die die Zuschauer von den Akteuren trennte. Für jeden von ihnen, der die Regeln verletzte, bekam sie einen Punkt und schämte sich weniger.

Die Liste der Veranstaltungen zog an ihren Augen vorbei wie eine endlose Kolonne. Nachdem sie die Papiere durchgeblättert hatte, gab sie sie an Terletzki weiter.

»Ich verstehe kein Wort. Das ist alles Spanisch«, brummte er.

»Entschuldigung.«

Sie nahm ihm die Blätter ab und gab sie Müller zurück.

»Wir müssen diese Listen genau studieren, um herauszufinden, wo Marcelino Soto überall mitgemacht hat und ob es irgendwann einmal Probleme gab. Ich fürchte, das wird Ihre Aufgabe sein, Müller.«

Terletzki, der die spanischen Unterlagen zurückgewiesen hatte wie eine beleidigte Diva, nahm sie wieder in die Hand und musterte gnädig die Aufgabe, die er aufgrund seiner mangelnden Sprachkenntnisse nicht übernehmen konnte.

»Glauben Sie, dass wir etwas Brauchbares finden

werden, Frau Weber? Hier sind Ereignisse aufgelistet, die mehr als zwanzig Jahre zurückliegen«, sagte Müller.

»Ich mache mir da auch keine großen Hoffnungen, aber bevor wir etwas ausschließen, sollten wir sicher sein, dass wir nichts übersehen haben.«

»Natürlich.«

Müller klang selbstsicher, ganz anders als der Leopold Müller, der sich auf der Alten Brücke nach dem Fund der Leiche an Cornelia gewandt hatte. Und etwas sagte ihr, dass er bisher noch nicht alles gezeigt hatte. Und in der Tat zog Müller mit einer theatralischen Geste einige Papiere aus den Unterlagen des Konsulats und legte sie auf den Tisch. Es handelte sich um Fotokopien von Grundbucheintragungen, aus denen hervorging, dass Marcelino Soto mehrere Immobilien in Frankfurt besessen hatte. Nicht nur das Haus, in dem die Familie lebte, auch die Restaurants waren sein Eigentum sowie mehrere Wohnungen.

Cornelia und Terletzki machten ihrer Verwunderung Luft. Marcelino Soto war nicht nur wohlhabend gewesen, sondern reich. Und doch hatte er bei seiner Ankunft in Deutschland nur das, was er auf dem Leib trug. Als illegaler Einwanderer hatte er es anfangs noch schwerer gehabt als Cornelias Familie. Ihre Eltern hatten ein Leben lang gearbeitet und gespart und so das Häuschen am Rande Offenbachs abbezahlen können, in dem sie lebten, und sie bekamen eine anständige Rente. Aber selbst wenn Soto, wie alle versicherten, äußerst geschäftstüchtig gewesen war, blieb es ein Rätsel, wie er zu so viel Geld gekommen war.

Sie studierte die Unterlagen weiter auf der Suche nach neuen Informationen, Telefonklingeln zerriss die Stille, Cornelia hob ab.

»Frau Kommissarin Weber? Hier spricht Julia Soto.
Könnte ich kurz bei Ihnen im Präsidium vorbeikommen?«

»Natürlich. Was gibt es denn?«

»Ich habe beim Durchsehen der Papiere meines Vaters in seinem Arbeitszimmer etwas gefunden, das für
Sie wichtig sein könnte. Ich bin gleich da.«

Cornelia stellte sich vor, wie sie aus dem Haus in
Sachsenhausen stürmte, nachdem sie Carlos Veiga gebeten hatte, sich um ihre Mutter zu kümmern.

Carlos Veiga. In dem Gespräch mit ihm am Morgen
hatte sich der negative Eindruck von ihrer ersten Begegnung im Hause der Sotos bestätigt. Auch die Unterredung in seiner Muttersprache hatte ihn ihr nicht sym-
pathischer gemacht. Er hatte sich so servil gezeigt, so
bemüht, zu gefallen, so fügsam, dass sie sich gefragt hatte, ob er ihr auch verraten würde, welche Farbe seine
Unterwäsche hatte. Während Müller mit ihm sprach,
hatte Cornelia ihn genau beobachtet. Sie hatte nur selten eingegriffen. Leopold Müller hatte Veiga reden lassen und ihn selbst dann nicht unterbrochen, wenn er
vom Thema abkam, manchmal waren Abschweifungen
aufschlussreicher als direkte Antworten. So hatte Veiga
viel geredet, aber bei ihr den Eindruck hinterlassen,
noch mehr zu verschweigen.

Jetzt würde Carlos Veiga zu Julia Soto gesagt haben,
sie solle sich keine Sorgen machen, er kümmere sich um
alles. Julia Soto würde jetzt ins Auto steigen, um sich
auf den Weg ins Präsidium zu machen. Cornelia rief
beim Pförtner an, um anzukündigen, dass sie Besuch erwartete.

SYNTAX

Als Julia Soto das Büro betrat, machte sie einen aufgewühlten Eindruck. Sie setzte sich, ohne die Jacke aufzuknöpfen. Keine Spanierin würde je auf die Idee kommen, in der Trauerzeit eine hellgrüne Jacke anzuziehen, dachte Cornelia, aber vielleicht hatte Julia Soto das in ihrer Aufregung gar nicht bemerkt. Sie öffnete ihre Tasche, zog ein paar Blätter hervor, die in Klarsichthüllen steckten, und gab sie Cornelia mit den entschuldigenden Worten: »Ich fürchte, sie sind mit meinen Fingerabdrücken übersät. Aber als ich gesehen habe, was es ist, habe ich versucht, sie so wenig wie möglich anzufassen, und sie in diese Hüllen gesteckt.«

Cornelia lächelte. Sie musste an ihr Gespräch mit Pfisterer denken, daran, was die Leute über die Polizeiarbeit zu wissen meinten. Vielleicht waren die Fernsehserien doch nicht so nutzlos, wie der Gerichtsmediziner glaubte.

Sie griff nach den Hüllen. Es waren sechs, und jede von ihnen enthielt ein Blatt. Zwei bekam Terletzki und zwei Müller. Sie las das erste. Es war ein am Computer geschriebener Drohbrief, ebenso wie die anderen. Sie tauschten die Blätter und lasen weiter. Alle Briefe waren im gleichen Ton gehalten. Bei allen war die Syntax schaurig, der Inhalt aber unmissverständlich. Fünf drohten mit Schlägen und Tod in nächster Zeit, wobei die Zeiträume immer kürzer wurden, was eine chronologische Ordnung der Briefe ermöglichte. Nur einer enthielt keine Todesdrohung.

»Das muss der erste sein.«

Cornelia legte ihn vor die anderen, die auf dem Tisch aufgereiht waren. Dann lasen sie sie noch einmal, während Julia Soto ihnen erwartungsvoll zusah.

Alle verlangten von Marcelino Soto, etwas zu tun, »du weißt schon, was«.

»Wo genau haben Sie sie gefunden?«

»In einem der Rechnungsbücher meines Vaters.«

Julia Soto zog mehrere Hefte aus der Tasche.

»Sie lagen in diesem Heft mit den Abrechnungen für das *Santiago*. Aber ich habe Ihnen auch die anderen mitgebracht, vielleicht helfen sie Ihnen ja weiter. Das vom *Alhambra* und dieses hier mit der Buchführung für die anderen Wohnungen.«

»Und Ihr Vater hat die Drohbriefe niemals erwähnt?«

»Mit keinem Wort.«

»Er hat auch keine Anzeige erstattet«, warf Terletzki ein, »sonst hätten wir im Computer einen entsprechenden Vermerk gefunden.«

Wieder sahen sie sich die Briefe genau an.

»Aufgrund der Sprache und einiger ziemlich haarsträubender Deklinationsfehler würde ich vermuten, dass die Briefe nicht von einem Deutschen stammen.«

»Wir könnten einen unserer Sprachgutachter zu Rate ziehen. Vielleicht lässt sich durch eine Analyse der Rechtschreibfehler auf die Herkunft der Verfasser schließen«, schlug Müller vor.

Terletzki las die Briefe noch einmal.

»Ich fürchte, dazu ist es zu wenig Text mit zu vielen Wiederholungen.«

»Versuchen können wir es«, schaltete sich Cornelia ein. »Schicken Sie eine Kopie an unsere Experten. Mal sehen: Das *Santiago* ist das Restaurant im Westend.«

»Soweit ich weiß«, sagte Müller, »gibt es in dem Viertel keine Schutzgelderpresser.«

»Das müssen wir trotzdem überprüfen«, erwiderte Terletzki.

Julia Soto saß zusammengesunken auf ihrem Stuhl und sah von einem zum anderen, ohne zu ahnen, dass sie Zeugin der letzten Hiebe in der unausgesprochenen Auseinandersetzung zwischen den beiden Männern war. Sie schien vielmehr zu hoffen, dass am Ende der Überlegungen auf wundersame Weise der Verfasser dieser Briefe herauskäme. Aber das Einzige, was die Polizisten hatten, waren weitere Fragen. Cornelia versuchte, sie so vorsichtig wie möglich zu formulieren.

»Nach allem, was wir bisher in Erfahrung bringen konnten, war Ihr Vater sehr beliebt, aber auch erfolgreich, und das weckt ja immer Neid. Hat er nie erwähnt, dass er sich bedroht fühlte?«

»Nein, nie. Wirklich nicht.«

»Vielleicht hat er nur mit Ihrer Mutter darüber gesprochen?«

»Bestimmt nicht. Das Letzte, was er getan hätte, wäre, meiner Mutter so etwas zu erzählen. Sie macht sich sowieso schon zu viele Sorgen.«

»Hätte er vielleicht mit jemand anderem darüber gesprochen? Einem Verwandten? Einem Freund?«

»Früher mit Regino. Regino Martínez, seinem besten Freund. Jetzt vielleicht mit dem Pfarrer.«

»Und mit Ihnen?«

»Nein, mit mir nicht. Ich bin die Kleine. Wenn überhaupt, dann Irene, aber die hätte mir das gesagt.«

Terletzki sammelte die Briefe, um sie ins Labor zu bringen.

»Das haben Sie sehr gut gemacht, Frau Soto. Und machen Sie sich keine Sorgen, weil Sie sie angefasst haben, sicher haben Sie sie nur an einigen Stellen berührt, und es ist genug Papier für die Analyse übrig.«

Julia Soto lächelte dankbar, wirkte aber immer noch angespannt. Cornelia stellte ihr eine weitere Frage.

»Hatte er vielleicht Schulden?«

»Nein.«

»Wie können Sie da so sicher sein?«

»Weil Papa immer so stolz darauf war. ›Was uns gehört, gehört uns allein und keiner Bank‹, hat er immer gesagt. Die Hypotheken waren abbezahlt, und die Restaurants liefen gut. Er schuldete niemandem Geld.«

Sie verstummte plötzlich, beschämt über ihre eigene Heftigkeit. In ihre hellgrüne Jacke verkrochen, sah sie sie an.

Cornelia nahm sich die Hefte vor. Wie Julia Soto gesagt hatte, waren zwei von ihnen Rechnungsbücher für die Restaurants. Das dritte unterschied sich äußerlich nicht von den anderen beiden; wie sie war es kariert und hatte einen blauen Pappeinband. Cornelia schlug es auf. Es enthielt Zahlen, Mietzahlungen der Wohnungen, Listen von durchgeführten oder noch durchzuführenden Reparaturen, Namen von Mietern, aber auch Anmerkungen und Zeichnungen. Sie blätterte es rasch durch. Allen Texten und Bildern war eines gemeinsam: Sie behandelten religiöse Themen. Julia Soto erklärte:

»Mein Vater hat sich hier auch Bibelzitate und Texte notiert, die ihm gefallen haben.«

»Wenn Sie sie uns für ein paar Tage überlassen, können wir sie genauer analysieren.«

»Wenn sie Ihnen von Nutzen sind.«

»Das ist im Augenblick alles, Frau Soto. Wir werden herausfinden, ob andere Restaurants in der Gegend ähnliche Briefe erhalten haben oder nur Ihr Vater. Wir informieren Sie über alles, soweit wir können.«

Julia Soto stand auf. In der Tür drehte sie sich noch einmal um.

»Am Samstag ist die Beerdigung.«

Ihr Tonfall war völlig neutral. Die Selbstbeherrschung dieser Frau machte Cornelia schaudern.

»Ja, wissen wir.«

»Kommen Sie?«

Cornelia bemühte sich, nicht allzu herzlos zu klingen.

»Das gehört zu unserer Arbeit. Auf dem Südfriedhof um zehn, nicht wahr?«

Julia Soto nickte kaum merklich.

»Gestatten Sie mir noch eine Frage? Viele Ausländer möchten in ihrer Heimat beerdigt werden. War es der Wunsch Ihres Vaters, hier in Frankfurt begraben zu werden?«

»Ja. Er hatte das schon vor einiger Zeit beschlossen. Meiner Mutter gefiel das nicht. Sie selbst würde lieber ein Grab in ihrem Heimatdorf haben, aber da mein Vater alle diese Dinge regelte, sagte sie, wenn er in Deutschland liege, wolle sie auch nicht in Spanien begraben sein.«

»Sprach man in Ihrer Familie häufiger darüber?«

»Nein. Nur manchmal hat meine Mutter wieder davon angefangen, weil sie, wie gesagt, lieber bei der übrigen Familie in Galicien liegen würde. Aber mein Vater hat es so entschieden und war dann nicht mehr davon abzubringen. Ich glaube, das war 1988, nach der Beerdigung meines Großvaters.«

»Hier in Deutschland?«

»Nein, im Dorf. Ich war dabei. Ich war zum ersten Mal im Winter dort und fand es, ehrlich gesagt, einfach nur schrecklich. Es war kalt und regnete ununterbrochen, und die Häuser waren nicht beheizt. Ich war damals zwölf und beschwerte mich sowieso schon, dass ich jedes Jahr einen Monat dort sein musste, ohne Deutsch sprechen zu können und ohne meine Schulfreundinnen. Nach diesem Besuch war dann endgültig Schluss. Ich hatte schon früher bemerkt, dass mein

Großvater im Dorf nicht sonderlich beliebt war, aber bei seiner Beerdigung war die Feindseligkeit nicht zu übersehen. Außer den direkten Angehörigen kam kaum ein Nachbar in die Kirche. Die anderen standen in ihren Türen und haben dem Trauerzug nachgeschaut. Aber keiner ist mitgegangen, und keiner hat sich in der Kirche blicken lassen. Da war es feuchter und kälter, als ich es je erlebt habe, daran erinnere ich mich noch ganz genau, und auch daran, dass uns auf dem Weg zum Friedhof zwei Jungen mit Steinen und Matsch beworfen haben.«

Julia Soto sah zu Boden, in ihre Erinnerungen vertieft. Als sie den Matsch erwähnte, lachte sie leise durch die Nase. Sie hob den Kopf und bemerkte Cornelia Webers fragenden Blick.

»Ich bin sicher, Carlos war einer von ihnen, auch wenn er sagt, er könne sich nicht mehr erinnern. Er ist bei seiner Großmutter aufgewachsen, und ich nehme an, die hat ihm so einiges durchgehen lassen. Wie Menschen sich verändern.«

Cornelia dachte wieder an den Jungen, den sie geohrfeigt hatte und der laut ihrer Mutter jetzt bei der Deutschen Bank war. Sie nickte.

»Nach der Beerdigung hat mein Vater das Haus seines Vaters verkauft, und wir sind nie wieder ins Dorf zurückgekehrt. Am meisten bedauere ich, dass ich mich danach jahrelang strikt geweigert habe, Spanisch zu sprechen, sogar mit meiner Mutter. Ich wollte mit diesem Dorf und seinen Bewohnern nichts mehr zu tun haben. Und sehen Sie? Jetzt spreche ich Spanisch mit deutschem Akzent.«

»Haben Sie eine Ahnung, woher die Feindseligkeit der Dorfbewohner stammen könnte?«

»Mein Großvater war, genau wie mein Vater, ein Linker. Im Dorf sind viele Leute rechts, es gab viele Franquisten. Mein Vater hat zum Spaß immer etwas erzählt, das meiner Mutter ein wenig peinlich war. Er hat immer gesagt, ich sei das Ergebnis seiner Freude über die Nachricht von Francos Tod.«

Julia Sotos Blick war leer, als lauschte sie in sich hinein, als hörte sie in diesem Augenblick die Stimme ihres Vaters, die genau das sagte, was sie soeben gesagt hatte. Sie wandte sich um, murmelte einen Abschiedsgruß und verschwand.

MARCELINO SOTO

Marcelino Soto war zweifelsfrei ein feiner Kerl gewesen. Alle, die ihn kannten, bestätigten das ohne jegliche Einschränkung. Er hatte die höhere Schule besucht, und es fiel ihm nicht besonders schwer, sich recht schnell ein paar Brocken Deutsch anzueignen. Seine weniger vom Glück begünstigten Landsleuten unterstützte er gern, indem er gelegentlich als ihr Dolmetscher fungierte. Zu den Zeiten, als Soto noch, wie viele der Spanier im Rhein-Main-Gebiet, in Offenbach lebte, hatte er die junge Celsa Tejedor mehr als einmal bei ihren Einkäufen begleitet.

Es war damals gar nicht so einfach, Lebensmittel zu kaufen, wenn man sich nicht auf Deutsch verständigen konnte. Es gab kaum Supermärkte, und das frische Fleisch lag nicht in der Auslage, sondern in Kühlschränken in den Hinterräumen der Läden. Aber für Marcelino Soto war das kein Problem.

»Was willst du denn heute kaufen, Celsa?«

»Eine Schweinelende.«

Also ging Marcelino zu der Metzgersfrau, grunzte laut und schob dabei mit dem Finger seine Nasenspitze nach oben, um einen Rüssel zu imitieren. Mit der anderen Hand klopfte er sich auf den Körperteil, von dem das Fleisch stammen sollte. Die Frau, die ihn schon kannte, ließ Marcelino das Ganze ein paarmal wiederholen. Manchmal, wenn ihre Kinder schon von der Schule zurück waren, rief sie sie aus der Wohnung im Stockwerk über dem Laden herunter, um ihnen diesen lustigen Spanier zu zeigen. Die Kinder verfolgten das Spektakel eher verwundert als amüsiert, ja der Kleine hatte sogar ein wenig Angst. Der dunkelhäutige Mann mit den dichten Augenbrauen, der merkwürdige Geräusche ausstieß und sich mal auf den Rücken, mal auf den Bauch oder auf die Schenkel klopfte, war ihm nicht geheuer, und das Gelächter der Erwachsenen klang ihm laut und schrill in den Ohren. Aber seine Mutter hatte ihm gesagt, er solle zusehen, und so tat er es, auch wenn er nachts Angst hatte, der spanische Mann mit der Tierstimme könne kommen.

Wenn sie meinte, es sei genug, ging die Metzgersfrau in den Hinterraum und kam mit einem Stück Fleisch zurück, das sie mit einem dumpfen Platschen auf die marmorne Theke fallen ließ. Damit war Marcelino Sotos Aufgabe beendet. Celsa Tejedor zeigte mit dem Finger, wie dick sie die Stücke haben wollte und wie viele sie brauchte, wobei sie am Anfang – sie lernte recht schnell die Zahlen – die Finger zu Hilfe nahm.

Nach erfolgreichem Kauf verließen die beiden die Metzgerei, Marcelino stolz und aufrecht wie ein Torero, der soeben dem toten Stier ein Ohr als Trophäe abgeschnitten hat, und nicht etwa wie jemand, der wie ein Schaf geblökt hatte, während er sich wie wild auf die Rippen klopfte, oder wie eine Kuh gemuht, um zu zeigen, dass er Beefsteak wollte. Keiner seiner Landsleute, denen er so half, kam jemals auf die Idee, dass Marcelino problemlos auf Deutsch hätte bestellen können.

HERR UND FRAU KLEIN

Cornelia hatte sich bei den Kleins bereits angekündigt. So sah sie sich gezwungen, Terletzki und Müller mit den anonymen Briefen allein zu lassen. Müller sollte mit den Gutachtern sprechen und Terletzki Informationen über Erpresserbanden einholen. So wäre jeder der beiden beschäftigt. Sie hatte nicht vor, auf den Fall der verschwundenen jungen Frau mehr Zeit zu verwenden als nötig.

Kurz nach Julia Soto verließ sie das Präsidium. Sie holte den Wagen aus dem Parkhaus und fuhr die Eschersheimer Landstraße in Richtung Süden. An der Kreuzung Miquelallee musste sie an einer roten Ampel halten. Links neben ihr stand ein Wagen, und aus den Augenwinkeln nahm sie einen hellgrünen Fleck wahr. Sie wandte den Kopf. Es war Julia Sotos Jacke. Offenbar merkte Julia Soto, dass sie beobachtet wurde, denn sie sah zum Auto der Kommissarin hinüber. Einen Augenblick lang schien sie nicht zu erkennen, wer im Wagen neben ihr saß. Diese Sekunden genügten Cornelia, um festzustellen, dass von Julia Sotos Gelassenheit nichts mehr übrig war. Ihr Gesicht war tränenüberströmt und ihr Weinen nur wegen der geschlossenen Fenster nicht zu hören. Nachdem Julia Soto sie erkannt hatte, verzog sich ihr Mund sofort zu einem Lächeln, das von ihren Augen Lügen gestraft wurde.

Ungeduldiges Hupen zwang sie, ihre Blicke voneinander zu lösen. Obwohl beide den gleichen Weg hatten, bog Julia Soto nach links ab in die Adickesallee. Cornelia fuhr weiter geradeaus, überzeugt, dass Julia Soto einen Umweg wählte, um nicht länger Cornelias Blick ausgesetzt zu sein. Sie fragte sich, ob ihr bewusst war, dass dieser Umweg sie fast unweigerlich zur Alten Brücke führen würde, wo die Leiche ihres Vaters gefunden worden war.

Unterwegs glaubte sie mehrmals, einen weißen Golf zu sehen, am Steuer eine Frau mit grüner Jacke, aber nie kam sie der flüchtigen Erscheinung nah genug. Vielleicht war es gar nicht Julia Soto.

Die Villa der Kleins lag in der Nähe des Viertels, in dem die Sotos wohnten, doch ein Vergleich zeigte den Standesunterschied zwischen neuem und altem Geld. Es war nicht allein der Vorgarten, dem man ansah, dass mehr als ein Gärtner nötig war, um japanischen Minimalismus mit englischem Wildwuchs zu kombinieren, es war noch deutlicher das dreistöckige, an einem künstlichen See gelegene Haus, zu dem man über einen breiten hölzernen Steg gelangte. Es war Frau Klein, die ihr höchstpersönlich die Tür öffnete, als gäbe es in diesem Haus nicht andere Leute, die eigens dafür bezahlt wurden. Es war die scheinbar schlichte Einrichtung, bei der aber jeder Gegenstand exakt an der richtigen Stelle stand.

Caroline Klein war eine gepflegte Erscheinung Mitte vierzig. Vom geknoteten Halstuch bis hin zu den Schuhen war alles dezent Ton in Ton auf ihr hellbraunes Haar abgestimmt. Als sie an ihr vorbeiging, atmete Cornelia den schlichten Wohlgeruch nach Sauberkeit ein, der sie an die Seifen ihrer Kindheit erinnerte.

»Endlich«, sagte Frau Klein in einem kindlichen Tonfall, der nicht recht zu den Fältchen um ihre Augen und Mundwinkel passte.

Sie führte Cornelia in ein weitläufiges Wohnzimmer, das zum Garten hinausging. Dort wartete ihr Mann Edmund Klein, Spross einer alten Bankiersfamilie. Klein mochte etwa im gleichen Alter sein wie seine Frau, doch im Gegensatz zu ihren fein geschnittenen Zügen wirkte sein Gesicht unfertig, wie aus rotem Ton geformt. Mit seiner breiten Nase und den kleinen, tief liegenden Augen sah er aus wie ein Bauer, aber sein heller, intelligenter Blick machte die Plumpheit seines Gesichts wett.

»Ich muss gleich fort. Ich habe eine Sitzung, und dann muss ich nach Berlin. Aber ich wollte meine Frau in dieser für uns alle unerquicklichen Angelegenheit nicht allein lassen.«

Im letzten Satz schwang ein Unterton mit, der Cornelia gegen Frau Klein gerichtet zu sein schien, doch diese hatte ihn entweder nicht wahrgenommen oder tat zumindest so. In ihrem kindlichen Tonfall fragte sie Cornelia, ob sie einen Kaffee wolle, und diese nahm dankbar an. Sie versprach sich nichts von diesem Gespräch; blieb die Hoffnung, dass die Kleins eine dieser ausgezeichneten Kaffeemaschinen besaßen, die man nur in Bars und in den Häusern von Leuten findet, die alles haben.

Edmund Klein wartete, bis seine Frau hinausgegangen war.

»Frau Kommissarin, ich weiß von Matthias Ockenfeld, Ihrem Chef, dass Sie mit den Besonderheiten dieses Falles vertraut sind und ich auf Ihre Diskretion und Rücksichtnahme rechnen kann.«

»Selbstverständlich«, erwiderte Cornelia. Für sie war der Fall sowieso nebensächlich, aber da er nun mal das Unterpfand zu Reiners Rettung war, tat sie, als lauschte sie den Ausführungen des Bankers mit ungeteilter Aufmerksamkeit.

»Sehen Sie, ich will offen mit Ihnen sein: Meiner Ansicht nach misst meine Frau der ganzen Geschichte zu viel Bedeutung bei. Leider handelt sie manchmal unbesonnen, ohne mich vorher um Rat zu fragen.«

Kleins Blick schwenkte von Cornelia zur Wohnzimmertür, um sich zu vergewissern, dass seine Frau noch nicht mit dem Kaffee zurück war.

»Deshalb hat es mich sehr geärgert, dass sie eine Vermisstenanzeige aufgegeben hat, als Fräulein Valero mehrere Tage hintereinander nicht zur Arbeit erschien. Ich halte das Ganze für nicht weiter wichtig und fürchte, meine Frau hat völlig umsonst die Pferde scheu gemacht.«

Klein beugte sich zu ihr und senkte die Stimme.

»Ich war derjenige, der sich mit Herrn Ockenfeld in Verbindung gesetzt hat. Als meine Frau mir erzählt hat, dass sie zur Polizei gegangen sei, um nach dem Verbleib des Mädchens zu forschen, bin ich unruhig geworden.«

»Warum? Finden Sie das, was Ihre Frau getan hat, nicht richtig? Wenn eine Ihrer Hausangestellten verschwindet, ist es doch nur natürlich, dass sie sich Sorgen macht.«

»Genau das ist das Problem, Frau Kommissarin, dass Fräulein Valero keine Hausangestellte war. Jedenfalls nicht so wie unsere übrigen Angestellten.«

»Wie viele sind das?«

»Eine Köchin, Petra, ein Chauffeur, Andrej, und eine Hausdame, Iwona.«

»Und was war Esmeralda Valeros Aufgabe?«

Offensichtlich wollte Klein noch etwas loswerden, bevor seine Frau zurückkam, denn er antwortete eilig: »Sie half Iwona. Bei der Einstellung von Fräulein Esmeralda Valero gab es eine Reihe von Irrtümern und Missverständnissen, sodass sie illegal bei uns beschäftigt war.«

Er ratterte das herunter, als hätte er es auswendig gelernt. Die Formelhaftigkeit, mit der er sich ausdrückte, ärgerte Cornelia.

»Wie lange hat Frau Valero für Sie gearbeitet?«

»Knapp drei Monate, bis sie verschwand.«

»Wie sind Sie auf sie gekommen?«

»Durch Bekannte, für die sie ebenfalls zwei Tage pro Woche gearbeitet hat.«

»Können Sie uns den Namen nennen?«

»Ungern.«

Er wusste, dass sie ihn zu nichts zwingen konnte, das hörte man ihm an.

»Vorläufig wollen wir es dabei belassen, aber wenn wir mit den Ermittlungen nicht vorankommen, werde ich darauf bestehen müssen, dass Sie uns den Namen nennen.«

»Einverstanden«, stimmte er widerwillig zu.

»Haben Sie nachgefragt, ob Esmeralda Valero bei Ihren Bekannten ebenfalls nicht mehr zur Arbeit erschienen ist?«

»Selbstverständlich. Und so ist es auch. Sie haben nichts mehr von ihr gehört.«

Die Wohnzimmertür ging auf, und Frau Klein trug ein Tablett mit Tassen und einer großen versilberten Kaffeekanne herein. Ihr Mann stand auf.

»Caroline, wieso schleppst du das denn ganz alleine? Kann dir Iwona nicht helfen?«

Er ging zu ihr, machte aber keinerlei Anstalten, ihr das Tablett abzunehmen. Vielleicht wollte er nur das Thema wechseln. Frau Klein ignorierte die Worte und stellte das Tablett auf einem Beistelltischchen ab. Cornelia wandte sich an den Bankier: »Könnte ich mit den anderen Hausangestellten sprechen?«

Er sah sie erstaunt an, als sei unvorstellbar, dass andere ihr etwas berichten könnten, was er ihr nicht schon erzählt hatte. Caroline Klein, die die Reaktion ihres Mannes nicht bemerkte, mischte sich ein:

»Am meisten hatte Esmeralda mit Iwona zu tun. Wenn Sie wollen, rufe ich sie.«

»Das wäre nett.«

Wieder ging Frau Klein hinaus. Ihr Mann wandte sich im gleichen vertraulichen Tonfall wie zuvor an Cornelia: »Wie gesagt, Frau Kommissarin, meine Frau hat die ganze Geschichte unnötig aufgebauscht und mich dadurch, ohne es zu merken, in eine unangenehme Lage gebracht, weil sie die Polizei mit der Suche nach einer illegal beschäftigen Person beauftragt hat. Verstehen Sie?«

Cornelia verstand sehr wohl, dass es dem Ansehen eines Bankiers schadete, wenn herauskam, dass er Leute schwarz beschäftigte. Aber eine einfache Hausangestellte war nichts weiter als ein kleiner Kratzer auf der makellosen Oberfläche der Bank Klein & Willmann. Sie hakte nach.

»Jeder hat schon mal jemanden schwarz beschäftigt. Das Problem ist, dass Sie sich durch die Meldung bei der Polizei selbst ins Blickfeld gerückt haben.«

Der Bankier nickte, zum Zeichen, dass die Kommissarin endlich begriffen hatte, worum es ging.

»Warum haben Sie denn nicht Ihre guten Verbindungen zu Ockenfeld spielen lassen, wenn ich mir die Bemerkung erlauben darf, um die Anzeige zurückzuziehen? Hat Frau Valero etwas mitgehen lassen?«

Der Bankier hatte nur Zeit, kurz den Kopf zu schütteln, da kam Frau Klein wieder herein, gefolgt von einer etwa dreißigjährigen, stämmigen Frau in einem kobaltblauen Kittel mit weißem Kragen und weißen Manschetten. Offenbar trugen die Dienstboten im Hause Klein Uniform. Unter dem aschblonden Haar, das zu einem Dutt hochgesteckt war, wanderte der Blick der Frau, die Iwona sein musste, unruhig von einem zum anderen. Cornelia stand auf, gab ihr die Hand und bat sie, sich zu ihnen zu setzen.

»In der Küche ist viel zu tun«, erklärte Iwona.

»Es ist nur für einen Augenblick, nicht wahr, Frau Kommissarin?«, fragte Caroline Klein unschuldig, doch mit befehlendem Unterton. Iwona setzte sich dahin, wo Cornelia zuvor gesessen hatte. Die beiden Sessel waren tabu, sie waren den Herrschaften vorbehalten.

Cornelia setzte sich neben sie und sagte: »Iwona, ich bin Kommissarin Weber-Tejedor und würde gerne einen Augenblick mit Ihnen über Esmeralda Valero sprechen. Ich habe gehört, Sie haben sich gut verstanden.«

Die Frau sah zuerst zu Caroline Klein hinüber, die es sich in einem Sessel bequem gemacht hatte und sich sichtlich bemühte, entspannt zu wirken. Edmund Klein hingegen war stehen geblieben und ließ sie nicht aus den Augen. Schließlich nickte Iwona.

»Sie wissen ja, dass Esmeralda seit ein paar Tagen verschwunden ist und dass Frau und Herr Klein sie als vermisst gemeldet haben.«

Wieder zögerte Iwona und sah – Erlaubnis heischend oder Hilfe suchend – zu Frau Klein hinüber.

»Sie brauchen mich nicht ansehen, Iwona, erzählen Sie einfach, was Sie wissen.«

Iwona nickte wieder gehorsam.

»Hat sie Ihnen vielleicht von Plänen erzählt, sich eine andere Arbeit zu suchen?«

»Sie hat nie etwas in diese Richtung gesagt, aber in den letzten beiden Wochen war sie merkwürdig.«

»Inwiefern?«

»Ich weiß nicht. Sie redete weniger, wirkte erschöpft und lustlos. Als sie nicht mehr kam, dachte ich, sie sei krank.«

»Wussten Sie, dass Esmeralda schwarz arbeitete?«

Die Wirkung dieser Frage war verheerend. Sofort schossen Iwona Tränen in die Augen, und sie stammelte: »Bei mir ist alles legal. Mit Papieren, alles legal, mit Papieren. Mein Mann auch.«

Da die Kleins sich nicht rührten, zog Cornelia ein Päckchen Papiertaschentücher aus ihrer Jacke und hielt es ihr hin. Iwona nahm ein Taschentuch heraus und umklammerte es mit beiden Händen, als wäre es ihr einziger Halt. Sie atmete ein paarmal tief durch.

»Beruhigen Sie sich, Iwona. Niemand bezweifelt das. Mich interessiert nur, ob Sie etwas über Esmeralda Valero wissen, mehr nicht.«

Alle warteten schweigend, bis Iwona sich wieder gefangen hatte. Immer noch das Taschentuch umklammernd, erzählte sie, dass sie nichts mehr von Esmeralda Valero gehört hatte, seit diese vor drei Tagen verschwunden war, dass sie sehr still, aber sehr nett gewesen war und sie sich irgendwie hatten verständlich machen können, obwohl sie kaum Deutsch sprach.

»Und worüber haben Sie sich unterhalten?«

»Über unsere Kinder. Sie hat zwei Jungen und ich einen Jungen und ein Mädchen. Wir haben uns gegenseitig Fotos gezeigt, auch von unseren Männern. Meiner ist hübscher. Er ist blond.«

Zum ersten Mal lächelte sie.

Caroline Klein schlug die Hände an die Wangen und rief aus: »Ach, das arme Mädchen! So ganz allein, ohne die Sprache zu können und vielleicht krank ...«

Frau Kleins naives Getue ging Cornelia allmählich mehr auf die Nerven als die Arroganz ihres Ehemannes. Sie musste sich zurückhalten, um sie nicht daran zu erinnern, dass sie für Esmeralda keine Krankenversicherung gezahlt hatte, und ihr nicht zu sagen, wohin sie sich ihr verspätetes Mitleid stecken könne. Der Gedanke an Ockenfeld half ihr, sich zu beherrschen.

Caroline Klein hatte den Blick gesenkt und eine betroffene Miene aufgesetzt, doch plötzlich hellte sich ihr Gesicht auf. Ihr war etwas eingefallen.

»Fast hätte ich vergessen – Sie wollten doch ein Bild von Esmeralda. Edmund, haben wir nicht bei Iwonas kleiner Geburtstagsfeier Fotos vom Personal gemacht? Wo sind sie denn?«

Klein, der es sich inzwischen in dem anderen Sessel bequem gemacht hatte, fuhr zusammen wie von einem elektrischen Schlag getroffen und starrte seine Frau aus weit aufgerissenen Augen an. Er brauchte einige Augenblicke, um die Fassung wiederzuerlangen. Er sprang auf.

»Ich gehe sie mal suchen. Ich glaube, ich weiß, wo ich sie hingetan habe.«

Er ging zu einer Kommode hinter Cornelias Rücken, und zog eine Schublade auf. Sie hörte, wie er in Papieren wühlte.

Als er ihr das Foto gab, fiel ihr sofort das ungewöhnliche Format auf. Es war quadratisch, ein Stück war abgeschnitten. Auch Klein warf einen flüchtigen Blick darauf und sah dann zu seiner Frau, die vor sich hin lächelte. Cornelia unterdrückte die Frage, wer oder was auf dem Foto fehlte. Sie hatte um ein Bild der jungen Frau gebeten, und das hatte man ihr gegeben. Esmeralda Valero stand auf einem gepflegten Rasen in einem Garten, der von einer hohen, sorgfältig gestutzten Hecke umgeben war. Links von ihr standen Metallstühle um einen dunklen Edelholztisch. Esmeralda Valeros lächelnder Mund zeichnete einen hellen Bogen in ihr dunkles, von langen schwarzen Haaren umrahmtes Gesicht. Unter dem kobaltblauen Kittel ließ sich ihr langer, schmaler Körper erahnen. Auf ihrer linken Schulter waren zwischen den Haarsträhnen Finger zu erkennen, eine männliche Hand, doch ihr Besitzer fehlte. Es war das abgeschnittene Stück.

Vor Cornelias innerem Auge schob sich Marcelino Sotos aufgeschwemmtes Gesicht vor das Foto des verschwundenen Mädchens, und plötzlich hatte sie es eilig, sich zu verabschieden. Sie hatte genug Zeit mit diesem Fall vergeudet, es gab Wichtigeres zu tun. Um sich ihre Ungeduld nicht anmerken zu lassen, stellte sie den Kleins noch ein, zwei Fragen, versprach, sie auf dem Laufenden zu halten, und verließ das Haus.

I LOVE HOMER

»Wie war's bei den Kleins?«

»Geh mal zu Müllers Büro hinüber und sag ihm, er soll kommen. Dann erzähle ich es euch.«

Reiner Terletzki ging los, um Müller zu holen. Cornelia atmete erleichtert auf. Eigentlich hatte sie damit gerechnet, dass er protestieren würde.

Gleich darauf waren Müller und Terletzki da, und sie erzählte von ihrem Besuch bei dem Bankierehepaar.

»Klare Sache: Der Chef erweist einem seiner Spezis einen kleinen Freundschaftsdienst, und das war's. Das haben wir in null Komma nix erledigt«, urteilte Reiner Terletzki, nachdem sie den Bericht gehört hatten.

»Da wäre ich mir nicht so sicher, Reiner. Irgendwas an dieser Geschichte ist faul.«

Terletzki sah sie fragend an.

»Der Ehemann war mir zu eifrig darum bemüht, das Ganze kleinzureden, andererseits hat er Ockenfeld überzeugt, uns auf die Suche nach diesem Mädchen zu schicken. Kommt euch das nicht komisch vor? Seine Frau hat die Vermisstenanzeige aufgegeben. Entweder ist sie wirklich so naiv, wie sie tut, oder eine begnadete Schauspielerin. Angeblich ist es ein reines Versehen, dass sie das Mädchen schwarz beschäftigt haben. Sie arbeitete stundenweise bei ihnen, auf Empfehlung von Freunden, über die ich keine näheren Angaben habe. Auf jeden Fall macht es Klein nervös, dass die Polizei auf der Suche nach dem Mädchen ist.«

»Vielleicht fürchtet er wirklich einen Skandal, wenn bekannt wird, dass er Hausangestellte schwarz beschäftigt«, meldete sich Müller zu Wort.

»Es hat schon wegen weit unbedeutenderer Geschichten üble Kampagnen in der Presse gegeben«, ergänzte Terletzki. »So was ist ein gefundenes Fressen für die Bildzeitung.«

Cornelia sagte nichts. Sie sah sie nur an und nickte, nicht weil sie ihnen zustimmte, sondern weil es das erste Mal war, dass Reiner mit Müller einer Meinung war. Sie warf einen Blick in ihre Notizen.

»Nach Aussage von Frau Klein fing Esmeralda Valero um halb neun mit der Arbeit an. Sie kam immer mit dem Bus, dem Einundsechziger.«

»Dem Putzfrauenbus.«

Beide starrten Müller an.

»Der wird so genannt, weil die Frauen, die in den Villen im Süden der Stadt putzen gehen, mit ihm fahren«, erläuterte Müller. »Vielleicht sollten wir auch mal den Einundsechziger nehmen und sehen, ob wir ein paar Südamerikanerinnen auftreiben, die Esmeralda Valero kennen.«

Wieder nickte Cornelia. Müller sprach weiter: »Aber wenn wir im Bus etwas in Erfahrung bringen wollen, steigen wir besser nicht alle drei zusammen ein.«

»Wieso?«

Das war Terletzki.

»Um diese Zeit sitzen immer die gleichen Leute im Bus. Wenn wir drei zusammen einsteigen, werden sie uns für Fahrkartenkontrolleure halten. Die tragen nämlich keine Uniform und keine Erkennungsmarken mehr, sondern kleiden sich wie ganz normale Fahrgäste. Und sobald die Türen dann zu sind, holen sie die Ausweise aus der Tasche, und los geht's.«

Sie sahen Müller an, als wäre er ein Forschungsreisender, der von seinen Abenteuern in einer fernen, fremden Zivilisation berichtet. Cornelia fragte sich, wann sie das letzte Mal Bus oder Straßenbahn gefahren war. Sie nahm sie gar nicht mehr richtig wahr, sie gehörten zum Stadtbild wie die Bankentürme, die Fachwerkhäuser und die Betonungetüme, die seit der Spekulationswelle der Siebziger die Stadt verunzierten.

Terletzki, der außerhalb Frankfurts wohnte, in Bad Vilbel, kam jeden Morgen mit seinem BMW zur Arbeit, der ihn einen Gutteil seiner Ersparnisse gekostet hatte und ihm neiderfüllte Witzchen der Kollegen einbrachte. »Na, Reiner, arbeitest du nach Feierabend noch bei der Deutschen Bank? Ein echter Bankerschlitten!« Während der Arbeitszeit teilte er sich mit Cornelia einen Einsatzwagen, und abends kutschierte er in seinem BMW wieder nach Hause. Wenn er samstags keinen Dienst hatte, fuhr er mit seiner Frau im Auto ins Nordwestzentrum zum Einkaufen.

So lauschten Cornelia und Terletzki nun fasziniert Müllers kenntnisreichem Bericht über den Mikrokosmos des öffentlichen Nahverkehrs.

»Der Verkehrsverbund setzt jetzt ganz unauffällige Leute ein, nicht mehr diese Gorillas wie noch vor ein paar Jahren, vielmehr junge Kerle, die aussehen wie Kfz-Lehrlinge, Männer, von denen man denken könnte, dass sie nur Kontrolleure geworden sind, um selbst umsonst fahren zu dürfen, oder Frauen mittleren Alters mit Einkaufstaschen.«

»Wollen Sie damit etwa sagen, ich soll auf keinen Fall eine Plastiktüte mitnehmen, wenn ich in den Bus steige?«, fragte Cornelia.

Müller stammelte: »Sie sehen nicht gerade aus wie eine Hausfrau mittleren Alters, Frau Weber.«

Reiner Terletzki stieß ein spöttisches Lachen aus, doch bevor er eine entsprechende Bemerkung machen konnte, ließ ihn Cornelias Blick verstummen. Leopold Müller bekam davon nichts mit, weil er, tiefrot im Gesicht, beim Sprechen den Blick gesenkt hatte.

»Sehr liebenswürdig von Ihnen.«

Müller fuhr fort: »Ich schlage vor, wir fahren die Strecke mehrmals ab, aber nur bis zur Rennbahn; die Weiterfahrt bis zum Flughafen können wir uns sparen, denn die Putzfrauen steigen zwischen Mörfelder Landstraße und Oberforsthaus aus.«

»Gut. Am Montag werden wir also ein paar Stunden Bus fahren.«

Sie machte eine kurze Pause.

Die beiden Männer nickten.

»Was, glauben Sie, steckt wirklich hinter der Geschichte, Frau Weber?«, fragte Müller.

»Das weiß ich nicht. Hoffentlich täusche ich mich und das Ganze ist so belanglos, wie es auf den ersten Blick scheint. Was haben übrigens die Gutachter zu unseren anonymen Briefen gesagt?«

»Bisher können sie nur mit Gewissheit sagen, dass alle Briefe vom gleichen Verfasser stammen, weil die Fehler immer die gleichen sind.«

»Ausländer?«

»Oder jemand, der so tut.«

»Und welche Muttersprache?«

»Der Gutachter tippt auf eine slawische Sprache, aber das ist eine vorläufige Vermutung. Er will sie noch genauer analysieren.«

Terletzki und Müller sahen erschöpft aus. Es war Zeit, nach Hause zu gehen, für alle drei.

»Für heute reicht's.«

Die beiden verabschiedeten sich, aber sie blieb noch ein wenig. Bevor sie für heute Feierabend machte, wollte sie noch hören, was die drei Beamten zu berichten hatten, die weitere Angehörige und Freunde befragt hatten. Keiner der drei hatte etwas in Erfahrung gebracht, was ihnen weiterhalf. Sie sah auf die Uhr und verließ rasch das Präsidium. Wenn sie sich beeilte, würde sie es noch rechtzeitig nach Hause schaffen.

Nur drei Straßen von ihrer Wohnung entfernt fand sie einen Parkplatz. Sie hatte es so eilig, nach Hause zu kommen, dass sie es tatsächlich schaffte, den Wagen mit nur zweimaligem Einschlagen des Lenkrads in eine unmögliche Parklücke zu bugsieren. Den Supermarkt ließ sie links liegen. Einkaufen konnte sie auch ein anderes Mal. Hoffentlich traf sie unterwegs keinen Bekannten. Es wäre wirklich Pech, auf den letzten paar Metern noch jemandem in die Arme zu laufen. Frankfurt ist zu klein, um anonym zu sein, und man lief immer Gefahr, auf der Straße Freunden, Kollegen oder Relikten alter Fälle zu begegnen, Verdächtigen, ihren Freunden und Verwandten, die einem einen finsteren Blick zuwarfen und dann demonstrativ den Kopf in eine andere Richtung drehten, oder Opfern und deren Freunden und Verwandten, die sie leidvoll grüßten, wenn sie sich plötzlich mit der Erinnerung an ein Verbrechen konfrontiert sahen, obwohl sie doch eigentlich nur kurz aus dem Haus gegangen waren, um am Kiosk Bier und eine Tüte Chips zu kaufen und sich nun dieser banalen Tätigkeit schämten.

Sie ging schneller, um allen und jedem zu signalisieren, sie habe es eilig. Sie würde Bekannte nur flüchtig grüßen, ohne anzuhalten. Höflich, aber kurz. Das Schlimmste, was passieren konnte, dachte sie mit einem Anflug schlechten Gewissens, war, dass an der nächsten Ecke unmittelbar vor ihrem Haus ihre Nachbarin Iris Fröhlich auftauchte, die Einzige im Haus, mit der sie befreundet war. Iris arbeitete als Redakteurin bei der Frankfurter Rundschau und hatte mehr oder weniger ihr Alter. Die übrigen Hausbewohner waren größtenteils Rentner, hr4-Hörer, wie sie manchmal feststellte, wenn sie zu ihrer Wohnung im dritten Stock hinaufstieg und bayerische Volksmusik durch die Türen drang, mit dem unvermeidlichen *Humtata*. Eine reine Welt mit Lederhosen, Puffärmeln und gestärkten weißen Schürzen. Und dann gab es noch die häufig wechselnden Mieter, Leute um die fünfundzwanzig, die für ein oder zwei Jahre bei einer Bank oder in einer Konzernniederlassung arbeiteten und dann wieder aus Frankfurt verschwanden. Sie bewohnten die kleineren Appartements in den oberen Stockwerken. In den fünf Jahren, die sie nun hier wohnte, war jedes Jahr einer von ihnen aus- und ein anderer eingezogen. In den ersten beiden Etagen lebten also die Rentner, unterm Dach die Fünfundzwanzigjährigen, und in der Mitte steckten Iris Fröhlich, Cornelia Weber-Tejedor und ihr Mann Jan Schumann, drei Enddreißiger, als der Belag zwischen zwei Sandwichscheiben der gesellschaftlichen Pyramide.

Ihr fiel ein, dass Iris diese Woche aus dem Urlaub zurückkam. Sie hatten sich zum Laufen verabredet, aber sie wusste nicht mehr genau, für welchen Tag. Iris würde sich schon melden. Dann würden sie nebeneinanderher joggen wie immer, der Paradiesvogel und die Krähe.

»Diese Abneigung gegen alles, was bunt ist, gehört wohl zu deinem spanischen Erbe«, hatte Iris einmal gesagt. Und vielleicht hatte sie ja recht, dachte Cornelia, als sie jetzt ihr dunkel gekleidetes Spiegelbild in einem Schaufenster sah. Sicher lag es auch an ihren spanischen Genen, dass sie nicht größer war als einen Meter und fünfundsechzig. Zum Glück betrug die Mindestgröße für den Polizeidienst einen Meter sechzig, für Männer wie für Frauen.

Sie lächelte, aber das Lächeln gefror ihr auf den Lippen, als sie die Haustür genauer betrachtete. Der Hausmeister, Herr Topitsch, schnitt die Hecke; er hielt Iris

Fröhlich mit ihren wechselnden Liebhabern, ihrem unregelmäßigen Tagesablauf und ihrer Musik für das anarchistische Element in der an sich perfekten Hausordnung. Die Kommissarin hingegen bewunderte Topitsch, obwohl sie ihm kühl begegnete. Nur Herr Rink, der pensionierte Juraprofessor aus dem ersten Stock, stand noch über ihr.

Topitsch! Das letzte Hindernis. In den letzten drei Wochen hatte sie es nicht ein einziges Mal geschafft, rechtzeitig zu Hause zu sein. Und Topitsch stutzte die Hecke mit einer Akribie, die befürchten ließ, er liege auf der Lauer nach einem Hausbewohner, mit dem er ein Schwätzchen halten konnte.

Sie konnte nicht zulassen, dass ausgerechnet er ihr dazwischenfunkte, dieser siebzigjährige, schmerbäuchige Rentner, der seine Nase in alles steckte. Sie zog das Handy aus der Manteltasche und sprach in den stummen Apparat. Als Topitsch sie erkannte, strahlte er, aber seine Freude verkehrte sich in Enttäuschung, als er sah, dass sie telefonierte. Befreit von der Pflicht, ein Wort mit ihm wechseln zu müssen, schenkte ihm Cornelia ihr strahlendstes Lächeln und ging rasch an ihm vorbei. Der Hausmeister hatte die Haustür offen gelassen. Wunderbar. Bis in den ersten Stock setzte sie die Farce fort, dann kramte sie nach ihren Schlüsseln. Sie schloss auf, und noch während sie die Tür mit dem Rücken zudrückte, schleuderte sie rechts und links die Schuhe von den Füßen. Sie hängte die Jacke an den Kleiderhaken im Flur. Fünf vor sieben. Genial! Sie hatte es geschafft. Sie lief ins Wohnzimmer und sah sich suchend nach allen Seiten um. Die Fernbedienung lag da, wo sie hingehörte, auf der rechten Sofalehne. Während sie sich in den Sessel plumpsen ließ, richtete sie die Fernbedienung auf das Gerät. In dem Moment, in dem sie saß, erklang schon die Anfangsmelodie der Simpsons.

Und nur fünf Minuten später, noch vor der ersten Werbepause, klingelte das Telefon. Automatisch – sie hatte es seit so vielen Wochen nicht geschafft, rechtzeitig zu Hause zu sein, dass sie ihren Vorsatz vergessen hatte, während der Simpsons nicht ans Telefon zu gehen – drückte sie auf den grünen Antwortknopf.

Ihre Mutter rief unter dem Vorwand an, ihr noch einmal zu sagen, wann Marcelinos Beerdigung stattfand. In Wirklichkeit wollte sie mehr über den Fall erfahren. Bis Cornelia ihr begreiflich gemacht hatte, dass sie ihr nichts sagen durfte, lief der erste Werbeblock; während der Werbung sprachen sie über anderes, vor allem über ihren Bruder Manuel. Erst nach der Werbepause konnte sie ihre Mutter abwimmeln, aber Cornelia war die Lust vergangen. Sie schaltete den Fernseher aus, griff sich den Ordner mit den Gesprächsprotokollen und las zerstreut darin herum, bis es Zeit war, ins Bett zu gehen. Sie nahm das Telefon mit, ins Bad und in die Küche, aber Jan rief nicht an.

DIE ANDEREN

hr1, guten Tag. Mein Name ist Marion Baumgarten, ich begrüße Sie zum Wochenende. Der Dauerregen der letzten beiden Wochen lässt nach, und die Stadt kehrt allmählich zur Normalität zurück. Alle Straßen in Frankfurt sind wieder befahrbar, und am Flughafen können die Flugzeuge planmäßig starten und landen.

Cornelia steckte ihr Haar hoch und stieg in die Dusche. Nachdem sie den ganzen Freitag im Büro telefoniert und Befragungsprotokolle und Vorberichte von Gutachtern gelesen hatte, war sie mit dem Gefühl nach Hause gegangen, in keinem der beiden Fälle auch nur einen Schritt weitergekommen zu sein. Sie hatte sich vorgenommen, früh schlafen zu gehen. Seit sie am Mittwoch den Fall Soto übernommen hatte, schlief sie schlecht. Noch schlechter als sonst.

Aufgrund von Erdrutschen sind mehrere Landstraßen im Odenwald gesperrt.

Schließlich hatte sie dann doch bis um eins ferngesehen. Zwar musste sie auch am Samstag arbeiten, aber zum Glück konnte sie später kommen.

Zwei, drei sachte, präzise Griffe, und schon war die Wassertemperatur ideal.

Schlaganfälle sind in diesem Land die dritthäufigste Todesursache. Einem Schlaganfall gehen häufig Warnsignale voraus, die aber nicht rechtzeitig erkannt werden. Das wird heute unser erstes Thema sein.

Rasch drehte Cornelia das Wasser ab und starrte zu dem kleinen Transistorradio auf der Fensterbank.

Nach der Anmoderation war Unterhaltungsmusik zu hören. Zwischen zwei Themen immer ein Song. Sie rechnete sich aus, sie könnte es schaffen, wenn sie sich beeilte. Wasser wieder einschalten. Schnell einseifen. Abduschen. Aus der Dusche steigen, nicht zu hastig, denn im Bad kann man leicht ausrutschen. Ohne sich richtig abzutrocknen, schlang sie den Bademantel um und ging in die Küche. Das Radio nahm sie mit. Im Küchenradio suchte sie den gleichen Sender, und erst als sie sicher war, ihn gefunden zu haben, schaltete sie das andere Radio aus. Rasch trug sie es ins Bad zurück, das Lied lief noch. Sie setzte Kaffeewasser auf. Endlich erklang wieder die Stimme der Moderatorin.

Jeder dritte Todesfall in Deutschland geht auf einen Schlaganfall zurück. Dabei wären viele von ihnen mit den entsprechenden Vorsichtsmaßnahmen und dank neuer Behandlungsmethoden vermeidbar. Bei uns in der Sendung ist Professor Dieter Franzbach, Leiter der Gefäßabteilung der Uniklinik Frankfurt. Guten Tag, Herr Professor Franzbach.

Die Stimme des Professors erwiderte den Gruß langsam und würdevoll. Cornelia stellte das Radio ein wenig lauter.

... Es gibt zahlreiche Risikofaktoren: Bluthochdruck, Diabetes, Rauchen. Tatsächlich sollte jedermann ab fünfunddreißig Jahren regelmäßig seinen Blutdruck messen ...

Was hatte ihr der Arzt bei der letzten Vorsorgeuntersuchung gesagt? Sie erinnerte sich nicht, aber dann beruhigte sie sich damit, er hätte ihr etwas gesagt, wenn es Grund zur Besorgnis gäbe.

... dieses Problem betrifft nicht nur Menschen ab einem gewissen Alter, sondern kann jeden von uns treffen; allerdings sind die Folgen weniger gravierend, wenn die Vorzeichen rechtzeitig erkannt werden.

Sie hielt das Ohr näher ans Radio, weil der Wasserkocher immer lauter blubberte.

Dabei ist entscheidend ...

In diesem Moment ließ eine schrille, vage an den Barock erinnernde Melodie sie aus ihrem Stuhl auffahren. Einige Sekunden lang stand sie in der Küche, unentschlossen, ob sie dem hartnäckigen Telefongeklingel nachgehen oder auf die ruhige, feste Stimme des Arztes hören sollte. Schließlich ging sie in den Flur und nahm das Telefon ab. Gleich an der ersten Silbe erkannte sie Terletzki.

»Soll ich dich im Präsidium abholen? Wir könnten mit meinem Wagen zu Sotos Beerdigung fahren.«

»In Ordnung. Die Beerdigung ist um halb elf, am besten, wir fahren um zehn los. Der Verkehr ist unberechenbar. Sei pünktlich.«

»Klar.«

Terletzki klang leicht gereizt, aber sie ging nicht darauf ein. Sie kehrte in die Küche zurück. Der Arzt beantwortete Hörerfragen. Sie nahm das Radio mit ins Schlafzimmer. Während sie sich anzog, speicherte Cornelia die Worte des Arztes in ihrem Gedächtnis.

Kurz vor zehn war sie im Präsidium. Müller kam nur fünf Minuten später.

»Ich habe Ihnen einen Kaffee mitgebracht, Frau Weber.«

Er hatte zwei dampfende Pappbecher dabei.

»Mit Milch und ohne Zucker, stimmt's?«

Er gab ihr einen der Pappbecher und setzte sich an den Schreibtisch. Cornelia nahm ihren Becher, trank ein paar Schlucke und bedankte sich, und zwar in einem fast schon vertraulichen Ton, weshalb sie unwillkürlich zu Terletzkis Tisch hinübersah, um sich zu vergewissern, dass er nicht da war. Müllers helle Augen lächelten ihr über seine bewundernswert gerade Nase hinweg zu.

Hastig zählte sie auf, was er tun solle, während Terletzki und sie auf der Beerdigung waren. Obwohl sie ihm das alles gestern schon gesagt hatte, hörte Müller stillschweigend zu und nippte dabei an seinem Kaffee.

»Sie können hier arbeiten. Ich bin gleich weg.«

Terletzki tauchte nicht auf. Sie sah auf die Uhr. Zehn. Punkt zehn waren sie verabredet. Nun, sie würde sich auf den Weg machen und nicht eine Minute länger warten. Sie nahm Jacke und Regenschirm und ging hinaus.

»Noch mal danke für den Kaffee, Müller.«

»Es war mir ein Vergnügen, Frau Weber.«

»Nach Sotos Beerdigung reden wir.«

Sie brauchte nur fünfzehn Minuten, weil viel weniger Verkehr war, als sie befürchtet hatte. Vor dem Haupteingang des Friedhofs sah sie die geparkten Wagen. Sie folgte einer spanisch sprechenden Gruppe. Männer wie Frauen waren ganz in Schwarz gekleidet, einige Frauen trugen sogar eine Mantilla. Sie kamen von der Totenmesse.

Die Gruppe wandte sich nach links und schlug einen schmalen, von Bäumen gesäumten Pfad ein. Der Regen hatte aufgehört, aber der Himmel war grau. Von den Bäumen fielen tropfnasse Blätter und bildeten auf den Friedhofswegen einen dichten, glitschigen Teppich. Eine der Frauen rutschte aus und wäre gestürzt, wenn sie sich nicht mit beiden Händen an die Schultern der Frauen links und rechts von ihr geklammert hätte. Die beiden erschraken, und eine von ihnen schrie leise auf. Die drei sahen sich an und mussten lachen, hörten aber damit auf, noch bevor tadelnde Blicke sie trafen. Sie senkten die Köpfe und hakten einander unter, sodass ihre schwarzen Arme eine feste Kette bildeten.

Die Gruppe bog erneut ab. Cornelia folgte ihnen. Sie waren fast da. Weiter vorn sah man schon eine sich um den Sarg scharende dunkle Masse. Die Gruppe ging schneller. Cornelia hingegen wurde langsamer und hielt Ausschau nach einem abgelegenen Fleck, von dem aus sie die Zeremonie beobachten konnte. Am besten platzierte sie sich so, dass sie den gleichen Blickwinkel hatte wie der Pfarrer. Auf diese Weise würde sie die Gesichter der meisten Trauergäste sehen können, auch wenn das angesichts der Menge, die sich um das offene Grab drängte, fast illusorisch war. Es hatte den Anschein, die gesamte spanische Gemeinschaft habe sich versammelt. Marcelino Soto musste wirklich sehr beliebt gewesen sein.

Bald machte sie in der Menge bekannte Gesichter aus. Magdalena Ríos saß reglos zwischen ihren Töchtern, den Kopf nach links auf Julias Schulter geneigt, die Hände ineinander verkrampft. Obwohl sie klein und schmächtig war, hing sie so schwer auf ihrem Klappstuhl, dass man befürchten musste, dieser könne jederzeit unter ihr zusammenbrechen. An ihrer rechten Seite kämpfte die ältere Tochter mit den Tränen und versuchte zugleich, zwei etwa sechs- und achtjährige Jungen im Zaum zu halten. Neben der bleichen, erschöpften Julia entdeckte Cornelia Carlos Veiga, aber gerade als sie ihn eingehender betrachten wollte, versuchte jemand aus der Menge, ihre Aufmerksamkeit zu erlangen. Eine Hand wurde gehoben, kurz geschwenkt, verschwand und erschien aufs Neue, winkte drei, vier Mal und verschwand erneut. Ihre Mutter. Cornelia grüßte sie mit einem Kopfnicken und sah, wie ihre Mutter den Vater in die Rippen stieß. Horst Weber unterbrach sein Gespräch mit zwei Männern vor ihm und sah seine Frau gereizt an. Sie zeigte auf Cornelia. Horst Weber bemerkte seine Tochter, hob grüßend die Hand und lächelte ihr scheu zu.

Celsa Tejedor war unterdessen schon dazu übergegangen, die Umstehenden auf Cornelias Anwesenheit aufmerksam zu machen. Innerhalb kürzester Zeit stand sie im Zentrum der Aufmerksamkeit. Einige sahen verstohlen zu ihr hinüber, andere musterten sie aus sicherer Distanz ganz unverhohlen.

Gerade als die Neuigkeit die rechte Flanke erreichte, erschien der Pfarrer. Wie ein Orchester beim Auftritt des Dirigenten verstummten alle brav und schauten auf die Gestalt, die mit gefalteten Händen am Sarg stand. Bei seinen ersten Worten wurden verhaltene Schluchzer laut, und als er den Namen des Verstorbenen nannte, schrie die Witwe leise auf. Cornelia konnte nicht genau verstehen, was er sagte, beobachtete aber die Reaktionen der Anwesenden. Sie sah zu ihren Eltern. Beide senkten die Köpfe. Ihre Mutter weinte, ihr Vater starrte auf irgendeinen Punkt zwischen seinen Schuhspitzen.

Die Ansprache war kurz. Als der Pfarrer geendet hatte, zerfiel die Menge in kleine Grüppchen, doch keiner schien weggehen zu wollen.

Beim Anblick der Trauergemeinde fragte sich Cornelia, was sie eigentlich hier zu suchen hatte. Es waren zu viele Leute da, und es hatte sich nichts Außergewöhnliches ereignet. Vielleicht hätte sie Müller bitten sollen, mitzukommen und zu fotografieren. Das war in solchen Fällen üblich, aber diesmal hatte die Anwesenheit ihrer Eltern sie davon abgehalten. Sie wollte keine Fotos ihrer Familie im Präsidium, wo sie am Ende noch ihren Kollegen in die Hände fielen.

Plötzlich klopfte ihr jemand auf die linke Schulter. Im ersten Augenblick dachte sie, es sei Müller. Aber es war Terletzki.

»Warum hast du nicht auf mich gewartet?«

»Du warst zu spät.«

»Zehn Minuten, Cornelia, nur zehn Minuten. Müller kann es dir bestätigen.«

»Das waren zehn Minuten zu viel.«

»Ist dir eigentlich bewusst, was für einen Blödsinn du redest?«

Sie sprachen im Flüsterton, und Terletzkis wuterfüllte, mühsam beherrschte Stimme klang drohender, als wenn er geschrieen hätte. Sie kam nicht dazu, etwas zu erwidern, denn am Grab waren ebenfalls zornige Stimmen zu hören.

Während die meisten Trauergäste anstanden, um der Witwe zu kondolieren, stritten etwa zehn Leute heftig miteinander. Anfangs versuchten sie noch, sich zurückzuhalten, weshalb nur Wortfetzen zu den Kommissaren hinüberdrangen, aber bald verloren sie die Beherrschung. Cornelia trat näher, Terletzki folgte ihr. Die Stimmen wurden deutlicher, man konnte verstehen, was sie sagten, auch wenn die Gruppe halb hinter einer hohen Hecke verborgen war.

»Ihr habt hier nichts verloren.«

»Ach, und das entscheidest du?«

»Ihr könntet etwas mehr Respekt zeigen.«

»Ausgerechnet ihr redet von Respekt ...«

»Sich so zu streiten, hier, bei Marcelinos Beerdigung.«

»Ihr habt damit angefangen!«

»Ihr hättet euch erst gar nicht hier blicken lassen sollen. Habt ihr der Familie nicht schon genug angetan?«

Cornelia blieb so abrupt stehen, dass Terletzki ihr beinahe in den Rücken gelaufen wäre.

»Was ist los?«

»Meine Mutter.«

Nur wenige Meter von ihnen entfernt stritten sie weiter.

»Das frage ich mich allerdings auch, warum wir zur Beerdigung dieses Verräters gekommen sind.«

»Wie kannst du es wagen, so über Marcelino zu sprechen, bei seiner eigenen Beerdigung und vor der ganzen Familie?«

»Es stimmt, sein Vater war ein Dieb und ein Verräter. Und wie der Vater, so der Sohn.«

»Ihr habt weder Anstand noch Respekt. Das hier ist ein Friedhof und kein Fischmarkt. Verschwindet!«

Cornelia war wie gelähmt. Ihre Mutter gab in der Gruppe, die die anderen vertreiben wollte, den Ton an. Sie sprach mit einer Wut, die Cornelia noch nie bei ihr gehört hatte. Sie merkte, wie Terletzki an ihr vorbei auf die Gruppe zuging. Im selben Augenblick mischte sich eine neue Stimme ins Gespräch.

»Ruhe! Was ist denn hier los?«

Plötzlich herrschte angespannte Stille. Der Neuankömmling sprach versöhnlich weiter.

»Jeder kümmert sich um seinen Kram, und das hier vergessen wir lieber.«

Wie von Zauberhand löste sich die Gruppe auf. Einige machten sich auf den Weg in Richtung Ausgang, andere, unter ihnen Celsa Tejedor, die ihre Tochter noch nicht entdeckt hatte, gingen zu Marcelino Sotos Familie.

Terletzki hatte nicht ein Wort des Streits verstanden. Er ging auf den Neuankömmling zu und fragte ihn auf Deutsch: »Entschuldigung, können Sie mir sagen, was hier los war?«

Der Mann musterte ihn argwöhnisch.

»Was geht Sie das an?«

Terletzki zeigte seine Dienstmarke. Der Misstrauen im Blick des Mannes verstärkte sich.

»So was passiert nun mal bei Beerdigungen. Die Leute sind nervös, da knallt es schnell.«

»Sind Sie ein Angehöriger des Toten?«

Der Mann sah ihn einige Sekunden lang an, bevor er antwortete.

»Ein Freund. Regino Martínez, Vorsitzender des ACHA, des spanisch-deutschen Kulturvereins.«

Cornelia trat hinzu. Regino Martínez wies mit einer Kopfbewegung auf sie.

»Eine Kollegin von Ihnen?«

»Meine Chefin.«

Cornelia, die Martínez' ausweichende Antwort auf Terletzkis Frage mitbekommen hatte, wiederholte die Frage auf Spanisch.

»Worüber haben die Leute gestritten?«

Im ersten Moment war Martínez verblüfft, auf Spanisch angesprochen zu werden, fasste sich jedoch schnell.

»Sind Sie etwa Celsas Tochter, die Kommissarin? Ich habe schon gehört, dass Sie hier sein sollen. Sie leiten die Ermittlungen, nicht wahr? Merkwürdig, ich dachte, Sie wären weniger …«

»… deutsch?«

»Genau das, weniger deutsch.«

Regino Martínez' Augen verengten sich zu boshaften Schlitzen und er sagte: »Wenn Sie wollen, können wir auf Deutsch weiterreden. Wenn Ihnen das angenehmer ist.«

Cornelia fuhr auf Spanisch fort.

»Und was halten Sie davon, einfach Klartext zu reden? Worum ging es in dem Streit eben? Und kommen Sie mir nicht damit, die Leute seien nervös gewesen, es gab da richtige Beschimpfungen.«

»Ich weiß nicht, was Sie gehört haben, Frau Kommissarin, oder was Ihnen Ihre Mutter erzählt hat, aber das sind alles uralte Geschichten, Schnee von gestern.«

»Dann können Sie sie mir ja erzählen.«

»Hören Sie, Frau Kommissarin, wenn Sie wirklich so brennend daran interessiert sind, erzähle ich es Ihnen gern, aber vergessen Sie nicht, dass Ihre Mutter bei diesem Streit nicht gerade eine glorreiche Rolle gespielt hat.«

Sie sah zu Terletzki hinüber, der es unverkennbar satt hatte, nichts zu verstehen, und dann zu den Trauergästen, die immer noch kondolierten. Die Witwe ließ die Woge von Küssen, Tränen und Umarmungen mit leerem Blick über sich ergehen, während die Töchter mechanisch Dankesworte murmelten.

»Ihr Kollege spricht kein Spanisch, nicht wahr? Nun, dann lassen Sie sich gesagt sein, dass niemand anderes als Ihre Frau Mutter den Streit vom Zaun gebrochen hat. Sie und zwei ihrer Freundinnen vom Katholischen Elternverein haben sich aufgeführt wie die Furien, als sie gesehen haben, dass unter den Trauergästen einige Vorstandsmitglieder des ACHA waren, einschließlich mir, dem Vorsitzenden. Sicher wissen Sie, dass Marcelino selbst jahrelang Vorsitzender war.«

»Und dass Sie beide den Verein gegründet haben.«

»Sie sind gut informiert.«

»Warum hat Marcelino Soto den Vorsitz aufgegeben?«

»Er hat ihn nicht aufgegeben. Die Mitglieder haben einen neuen Vorsitzenden gewählt.«

»Sie?«

»Das war später. Alle vier Jahre finden Neuwahlen statt.«

»Wenn dem so ist, was sollten dann die Verratsvorwürfe?«

Terletzki winkte ihr zu, um ihr zu bedeuten, dass er ging. Cornelia sah, wie er auf den Pfarrer zutrat, der unter den Zypressen stand und eine Zigarette rauchte. Martínez wartete, bis sie sich wieder ihm zugewandt hatte, dann fuhr er fort: »Marcelino hatte viele löbliche Eigenschaften, aber eines konnte er nicht vertragen: Er konnte nicht verlieren. Als die Mitglieder des ACHA einen anderen Vorsitzenden wählten, trat er aus dem Verein aus. Mit einigen Mitgliedern, die er dafür verantwortlich machte, hat er jahrelang kein Wort geredet, mit anderen heftig gestritten. Der Austritt war für ihn ein schwerer Schritt. Schließlich war der Verein sein Werk. Unser Werk. Jahrelang hatten wir Kulturabende, Gesprächsrunden und politische Diskussionen organisiert, und als er den Vorsitz abtreten musste, hat er die Welt nicht mehr verstanden. Später fing er sich wieder, eröffnete seine Restaurants, hatte Erfolg. Vielleicht war es für ihn, im Nachhinein betrachtet, gar nicht schlecht, dass es so gekommen ist. Ich weiß es nicht. Eine Zeitlang hat er mit dem Gedanken gespielt, dem Katholischen Elternverein beizutreten, ich glaube, er hat für den Verein die eine oder andere Veranstaltung mitorganisiert, aber wirklich bei der Sache war er nicht. Einige vom ACHA haben ihm das übel genommen. Für sie war das glatter Verrat. Zu den Rechten überzulaufen! Das war das Letzte! Und das war es, was Sie heute gehört haben.«

Regino Martínez schien von ihrer Unterhaltung genug zu haben, und Cornelia hatte einstweilen keine weiteren Fragen. Außerdem sah sie, wie ihr Vater sich aus der Gruppe um Celsa Tejedor davonstahl und auf sie zukam.

»Danke, Señor Martínez.«

Regino Martínez ging zu Marcelino Sotos Familie hinüber. Die Warteschlange war kürzer geworden, aber noch immer gab es viele, die der Witwe ihr Beileid aussprechen wollten. Unterwegs begegnete er Cornelias Vater. Die beiden Männer grüßten einander mit einem freundlichen Händedruck und gingen weiter.

REGINO MARTÍNEZ

Eigentlich hatte Regino Martínez nur zwei oder drei Jahre in Deutschland bleiben wollen. Dieses lächerliche Regime würde sich nicht mehr lange halten. Wenn es nicht von selbst zusammenbrach, würde es unter dem Druck des Volkes oder der internationalen Gemeinschaft stürzen. Aber das Volk blieb ruhig und kaufte sich einen Seat 600, und die internationale Gemeinschaft schickte lieber Touristen. Und auch wenn er gerne geglaubt hätte, dass die vielen Stunden, die er in Versammlungen des ACHA und anderer konspirativer Gruppen zugebracht hatte, zur Schwächung des franquistischen Regimes beitrugen, musste er sich doch eingestehen, dass es schließlich an Altersschwäche gestorben war. 1975 war Martínez fünfunddreißig, hatte einen guten Job bei Opel und in Spanien nichts mehr verloren.

Sein Vater war acht Jahre nach Ende des Bürgerkriegs an den Folgen der dreijährigen Haft gestorben. Seine Mutter, inzwischen eine alte Frau, hatte Reginos kleinem Bruder anfangs Briefe an ihn diktiert und später, als sie Telefon hatte, alle vierzehn Tage angerufen, um ihm Geschichten von Leuten zu erzählen, an die er nicht die leiseste Erinnerung hatte. Sommers wie winters fragte sie ihn, ob in Deutschland Schnee läge. Sie war nie über Posadas in der Provinz Córdoba hinausgekommen, wo er geboren war. Und jedes Mal, wenn sie anrief, ermahnte sie ihn, ordentlich zu essen, und erinnerte ihn daran, wie gut ihm als Kind die Weinsuppen und das hineingetunkte Brot zum Nachtisch geschmeckt hatten.

Er hatte Spanien im letzten Moment verlassen, bevor sie ihn wegen seiner politischen Aktivitäten verhaften konnten. Nach Francos Tod konnte er sein Dorf wieder besuchen. Vielleicht wäre es auch vorher möglich gewesen, aber er hatte nie den Versuch unternommen. Seine Familie begrüßte ihn mit einer Mischung aus Jubel und Neugierde. Sie freuten sich über die Geschenke und bestaunten jedes einzelne, aber Regino merkte, dass seine Mitbringsel sie einander nicht näherbrachten, sondern im Gegenteil zwischen ihnen standen. Sie waren um den Tisch versammelt – seine Mutter, seine zwei Schwestern und Paco, der Kleine, dessen Geburt der Vater nicht mehr miterlebt hatte und der nun auch schon siebenundzwanzig war – und sahen ihn über die Geschenke hinweg an, mit den gleichen Augen und dem gleichen herzlichen und distanzierten Lächeln auf den Lippen. Er war einer von ihnen und war es doch nicht. Sie hatten miteinander gelebt, Tag für Tag. Er war weg gewesen. Er war ein Fremder mit vertrautem Gesicht; ein Fremdkörper in diesen festen Gewohnheiten, die nicht die seinen waren.

Von allen Besuchen in seinem Dorf war ihm nur einer genau in Erinnerung. Regino hatte verblüffende Ähnlichkeit mit Francisco Rabal, den er nicht nur als Schauspieler verehrte, sondern der auch ähnliche politische Ansichten vertrat wie er, was ihn mit Stolz erfüllte. In einem Sommer in den späten Siebzigern las er in der Regionalzeitung, in der Provinzhauptstadt fände ein Wettbewerb für Doubles von Prominenten statt. Der Dorffriseur schnitt ihm die Haare, wie Rabal sie in dem Film *Nazarín* getragen hatte, und ein wenig Übung und ein gewisses Naturtalent halfen ihm bei der Stimme. Er gewann den Wettbewerb und fuhr zum Finale nach Madrid. Dort siegte er nicht, aber er war im Fernsehen zu sehen, und Francisco Rabal persönlich schrieb ihm und gratulierte ihm zu seinem Auftritt. Diesen Brief hütete er, zusammen mit den Zeitungsausschnitten, wie einen Schatz. Eine Zeitlang überlegte er ernsthaft, sie in den Räumen des ACHA auszuhängen, aber schließlich klebte er sie in das Album mit den Fotos seiner Familie in Spanien und seiner Familie in Deutschland: seiner Frau Carmela und den beiden Mädchen.

Solange seine Mutter lebte, fuhren sie jedes Jahr für zwei Wochen nach Posadas. Nach ihrem Tod fand er immer neue Ausflüchte, um nicht hinzufahren. Und da seine Geschwister ihn nicht gerade drängten und auch kein sonderliches Interesse daran zeigten, ihn in Deutschland zu besuchen, beschränkte sich der Kontakt auf die obligatorischen Anrufe zu den Geburtstagen und zu Weihnachten und das eine oder andere kurze Telefonat, wenn seine Geschwister es für nötig hielten – so, wie ihre Mutter es getan hatte –, ihm mitzuteilen, dass Onkel Rafael oder Señora Antonia gestorben waren. Nie brachte Regino den Mut auf, ihnen zu sagen, dass er mit diesen Namen nichts verband und dass sie ihm nichts bedeuteten, ganz im Gegensatz zu Rabals plötzlichem Tod 2001. Für ihn trug er Trauer.

BESESSEN

»Hallo, Kind.«

Ihr Vater gab ihr zwei schmatzende Küsse auf die Wange und tätschelte ihr wie immer das Kinn. Dann wandte er sich nach seiner Frau um, die ein paar Meter entfernt von ihm stand, vergewisserte sich, dass sie anderweitig beschäftigt war, und zeigte auf ein nur wenige Schritte entferntes Mausoleum.

»Gehen wir auf die andere Seite.«

Schweigend gingen sie zur Rückseite des Mausoleums. Ihr Vater war mit den Jahren geschrumpft. Cornelia musste nicht länger den Kopf heben, um ihm ins Gesicht zu sehen. Außerdem bereitete ihm das Gehen Mühe, er setzte behutsam einen Fuß vor den anderen, aus Angst zu fallen.

»Ist was, Papa?«

»Ich mache mir große Sorgen um deine Mutter.«

»Ist sie krank?«

»Nein, auch wenn es mir manchmal fast so vorkommt. Diese Sache mit dem armen Marcelino will ihr nicht aus dem Kopf. Sie ist wie besessen davon, kennt kein anderes Thema. Den ganzen Tag stellt sie irgendwelche Vermutungen an. Sie spricht mit sich selbst, und immer geht es um Marcelinos Tod, warum, was aus Magdalena wird, und so weiter und so fort. Als ich am Mittwoch nach Hause kam, hörte ich sie reden; ich dachte, sie hätte Besuch, und als ich in die Küche ging, stand sie allein da, spülte Geschirr und dachte laut über Marcelinos Tod nach.«

»Auf so einen Schock reagieren die Menschen sehr unterschiedlich.«

Sie versuchte, überzeugend zu klingen, aber die Worte ihres Vaters hatten sie beunruhigt.

»Wenn es nur das wäre; aber das Schlimme ist, dass sie andere mit dieser fixen Idee ansteckt. Sie trifft sich mit ihren spanischen Freundinnen und sie reden von nichts anderem, und – das erzähle ich dir, weil es dich betrifft, obwohl deine Mutter sicher nicht will, dass du es erfährst – sie erklärt ihnen, du würdest den Fall innerhalb kürzester Zeit lösen.«

»Das behauptet sie?«

»Vor kurzem hat sie eine Stunde lang mit einer Freundin zusammengesessen und es so oft wiederholt, bis es mir zu viel wurde und ich ihr gesagt habe, sie soll endlich aufhören. Dabei weißt du ja, ich halte mich sonst doch immer zurück ... Nun gut, ich mache mich auf den Weg, sicher sucht sie mich schon. Seit Marcelinos Tod wird sie immer schrecklich nervös, wenn sie nicht weiß, wo ich stecke. Wer hätte gedacht, dass ich auf meine alten Tage noch einmal so viel Fürsorge erlebe! Erzähl ihr nichts von unserem Gespräch, so misstrauisch und schlau, wie sie ist, wird sie sich ausrechnen können, dass ich dir von ihrer Manie berichtet habe. Und du, pass gut auf dich auf, du siehst schlecht aus.«

Er tätschelte ihr noch einmal das Kinn und ging. Cornelia wartete einen Augeblick, dann machte sie sich auf die Suche nach Terletzki. Sie fand ihn im Gespräch mit dem Pfarrer, das heißt, eigentlich hörte Terletzki nur zu und der Pfarrer sprach. Er zeigte dem Kommissar verschiedene Winkel des Friedhofs und rauchte dabei eine Zigarette nach der anderen. Sie trat auf die beiden zu. Terletzki schien überglücklich, sie zu sehen, und stellte sie eilig vor.

»Das ist die Kollegin, die die Ermittlungen leitet, Frau Hauptkommissarin Weber.«

»Weber-Tejedor, wenn ich mich nicht täusche, die Tochter von Celsa und Horst.«

Musste denn ganz Frankfurt oder wenigstens die gesamte spanische Gemeinde wissen, wessen Tochter sie war? Sie dachte an das, was ihr Vater ihr erzählt hatte, und seufzte resigniert. Der Pfarrer streckte ihr die Hand entgegen. Ein Glück, denn sie hatte nicht gewusst, welche Begrüßung von ihr erwartet wurde, obwohl sie sicher gewesen war, keinen Ring küssen zu müssen.

»Recaredo Pueyo.«

Recaredo Pueyo erinnerte sie an Robert de Niro. Er hatte sogar die gleiche Stimme oder zumindest die Stimme des deutschen Synchronsprechers von Robert de Niro: Sie klang tief, heiser, etwas rauchig. Sie wechselten ein paar Worte, genug, um festzustellen, dass er trotz seines starken Akzents ein gewähltes Deutsch sprach. Dann trat der Pfarrer seine Kippe aus und verabschiedete sich.

»Ich muss mich um die Familie kümmern, die letzten Trauergäste sind gleich weg. Aber wenn ich Ihnen helfen kann, stehe ich Ihnen gerne zur Verfügung. Sie finden mich in der St.-Familia-Kirche.«

Sobald sie außer Hörweite waren, fragte Cornelia: »Findest du nicht, er sieht aus wie Robert de Niro?«

Terletzki brummte übellaunig: »Was nutzt es, wenn er so aussieht, wenn er sich nicht so benimmt?«

»Wie benimmt sich denn Robert de Niro?«

Der Kollege überhörte die Frage.

»Ich gehe mal kurz rüber zu meiner Mutter.«

Der Oberkommissar blickte neugierig in die Richtung, in die sie gezeigt hatte. Celsa Tejedor sprach gerade mit dem Pfarrer.

»Kommst du mit?«

Terletzki zögerte.

»Kommst du oder kommst du nicht?«

»Ich kann diesen Typen nicht ab.«

»Wen?«

»Diesen Robert de Niro. Du hast ihn doch reden hören, er klingt wie ein Fernsehansager. Er benutzt Verben, die ich in meinem ganzen Leben noch nicht benutzt habe. Wie Thomas Mann.«

»Du hast Thomas Mann gelesen?«

»Du weißt schon, was ich meine.«

»Ja, klar. Kommst du jetzt?«

Terletzki folgte ihr lustlos, wie ein bockiger Junge, der immer einige Schritte hinter seiner Mutter zurückbleibt. Es fehlte nur noch, dass er die Hände in die Hosentaschen gesteckt und einen Stein oder besser noch eine Dose weggekickt hätte. Aber als sie bei Celsa Tejedor ankamen, hatte sich der Pfarrer schon von ihr verabschiedet.

Ihre Mutter legte Cornelia den Arm um die Hüfte und blickte sich mit kaum verhohlenem Stolz um, wie um allen zu sagen: »Das ist meine Tochter, die Kommissarin.« Cornelia sagte auf Deutsch: »Das ist mein Kollege, Oberkommissar Terletzki.«

Celsa Tejedor musterte ihn kritisch, zu kritisch für Cornelias Geschmack. Er streckte ihr die Hand entgegen, und Celsa, die ihn gerade auf die Wangen hatte küssen wollen, konnte sich gerade noch bremsen. Sie lächelten sich gegenseitig an, ohne zu wissen, was sie sagen sollten. Horst Weber beobachtete sie aus einiger Entfernung, im Gespräch mit drei Männern, die sich den gleichen schwarzen Anzug, nur in drei verschiedenen Größen, S, M und L, gekauft zu haben schienen. Cornelia vermutete, dass Terletzki bei ihrer Mutter nach vertrauten Gesichtszügen forschte, während ihre Mutter sich vorzustellen versuchte, wie ihre eher klein geratene Tochter diesem Koloss von einem Mann Befehle erteilte. Noch bevor einer von beiden ein verlogenes »Ich habe schon so viel von Ihnen gehört« von sich geben konnte, fragte Cornelia: »Was war denn da vorhin los, Mama?«

Celsa sah sie beunruhigt an.

»Was meinst du?«

»Du weißt schon, der Streit.«

»Das sind alte Geschichten. Bei Beerdigungen passiert so was schon mal. Da kommen alte Erinnerungen und alte Streitigkeiten wieder hoch, die Leute verlieren die Nerven.«

Hatten ihre Mutter und Regino Martínez dasselbe Drehbuch auswendig gelernt? Oder hatten sie die gleiche Art, um den heißen Brei herumzureden? Aber sie konnte ihre Mutter jetzt nicht weiter ausfragen. Nicht vor Terletzki. Nicht auf einer Beerdigung. Nicht ihre Mutter. Es würde sich eine Gelegenheit ergeben.

»Wenn das so ist ...«

»Kommst du morgen zum Mittagessen?«

Da war sie, die Gelegenheit.

»Gern.«

»Um eins. Sei pünktlich. Du weißt doch, dass dein Vater sonst ungeduldig wird.«

Nicht nur das; spätestens fünf Minuten nach der verabredeten Zeit begann er einfach mit dem Essen, ob sie nun da war oder nicht. Mehr als einmal war sie ein wenig zu spät gekommen und hatte ihn beim zweiten Gang angetroffen, gereizt, aber essend.

Celsa wandte sich an Terletzki.

»Sie sind selbstverständlich ebenfalls eingeladen.«

Cornelia blieb fast das Herz stehen. Die spanische Sitte, jemanden der Höflichkeit halber einzuladen und davon auszugehen, dass er ablehnte, war eine Quelle ständiger Missverständnisse in Deutschland, wo Einladungen üblicherweise ernst gemeint waren. Aber ihre Sorge war unbegründet. Im Hause Terletzki gab es eine Frau Terletzki.

»Vielen Dank, aber meine Frau und ich haben schon etwas vor.«

»Schade. Nun, dann vielleicht ein anderes Mal.«

»Genau. Dann vielleicht ein anderes Mal«, schaltete sich Cornelia ein, bevor es den beiden einfiel, sich auf einen Termin zu einigen. »Wir haben noch viel zu tun. Bis morgen.«

Sie winkte ihrem Vater zum Abschied zu und zog Terletzki mit sich zum Ausgang des Friedhofs. Am Haupteingang stand der Pfarrer, Recaredo Pueyo, und rauchte. Als er sie sah, trat er seine Zigarette aus und winkte sie zu sich heran.

»Entschuldigen Sie, ich habe auf Sie gewartet. Haben Sie eine Minute Zeit?«

Sie nickten und gingen einige Schritte zur Seite, um sich außer Sichtweite der Trauergäste, die nach und nach den Friedhof verließen, unterhalten zu können.

»Vorhin konnte ich nicht mit Ihnen reden, ich musste mich um die Familie kümmern, aber es gibt da noch etwas, das ich Ihnen erzählen wollte. Ich weiß nicht, ob es wichtig ist, aber seit ich von Marcelinos Tod erfahren habe, muss ich ständig an meine letzte Begegnung mit ihm denken.«

»Wann war das?«

»Letzten Freitag. Seit ein paar Monaten kam Marcelino jeden Freitag zur Beichte. Aber offen gesagt hatte ich immer das Gefühl, dass er nicht alles erzählte, dass es da einige dunkle Punkte gab, die er nur andeutete. An diesem Freitag saß er im Kirchenschiff völlig geistesabwesend auf einer Bank, fast eine Stunde lang. Und später sah ich, dass er vor der Kapelle des heiligen Dimas kniete und alle Kerzen angezündet hatte.«

»Was heißt das, er hatte alle Kerzen angezündet?«

»Zunächst einmal, dass er ziemlich viel Geld gespendet hatte. Die Gläubigen entrichten normalerweise einen kleinen Obolus und zünden dann eine der Kerzen an. Aber Marcelino hatte sie alle angezündet, mehr als zweihundert.«

Terletzki stieß einen bewundernden Pfiff aus.

»Wie interpretieren Sie das?«

»Ich weiß nicht, was ich davon halten soll. Tatsächlich war mir dieser Mann ein Rätsel, obwohl man annehmen sollte, dass man durch die Beichte die tiefsten Geheimnisse eines Menschen erfährt. Ich habe nie verstanden, was mit ihm los war, was ihn bewogen hat, sich nach so vielen Jahren wieder der Kirche zuzuwenden.«

»Von diesem Sinneswandel hat auch seine Tochter Julia berichtet.«

»Es war mehr als ein Sinneswandel, es war eine Bekehrung, aber die Motive sind immer im Dunkeln geblieben. Und wie er an diesem Tag auf den Beichtstuhl zukam, nachdem er alle Votivkerzen vor dem heiligen Dimas entzündet hatte, dachte ich, nun sei es so weit, und er wolle mir alles erzählen; aber irgendetwas hielt ihn dann doch zurück.«

Recaredo Pueyo schüttelte den Kopf.

»Wenn ich geahnt hätte, dass ich ihn nie mehr wiedersehen würde, hätte ich hartnäckiger nachgebohrt.«

»Das konnte niemand wissen«, sagte Cornelia.

»Das stimmt, Frau Kommissarin, aber ich muss immer daran denken, dass Marcelino gestorben ist, ohne diesen Schatten abschütteln zu können, der ihn quälte. Ich hoffe, ich habe das Richtige getan, indem ich Ihnen das alles erzählt habe. Ich weiß nicht, ob es Ihnen etwas nützt, aber ich glaube, es war meine Pflicht, es Sie wissen zu lassen.«

»Wir danken Ihnen. Ich nehme an, manches, was er Ihnen anvertraut hat, fällt unter das Beichtgeheimnis.«

»So ist es. Aber wir haben auch lange Gespräche außerhalb des Beichtstuhls geführt, und darüber kann ich offen reden.«

»Worüber haben Sie sich unterhalten?«

»Er erzählte von seiner Familie, von seinem Leben in Deutschland, von seinem Heimatdorf. Im Gegensatz zu vielen seiner Landsleute hat er es keineswegs idealisiert, eher gehasst, aber er hat mir nicht gesagt, warum.«

»Hat er Ihnen etwas von anonymen Briefen berichtet, die er bekommen hat?«

»Nein, nichts.«

»Und er hat auch nicht erwähnt, ob er sich bedroht fühlte? Sie haben vorhin gesagt, dass ihn etwas bedrückte.«

»Ja, aber das war nichts Äußeres. Es kam von innen.«

»Eine letzte Frage. Verzeihen Sie meine Unwissenheit, aber dieser heilige Dimas, ist das ein besonderer Heiliger?«

»Er ist der Schutzpatron der Diebe.«

Cornelia sah ihn an und wartete auf eine Erklärung. Einen Augenblick lang schien der Pfarrer zu zögern, doch dann sagte er: »Ich muss zurück in die Kirche. Sie finden mich dort.«

Er ging aus dem Friedhof zu den Wagen hinüber, die auf der gegenüberliegenden Straßenseite parkten. Eine feine Rauchsäule stieg von seinem Kopf auf: Er hatte sich eine Zigarette angezündet. Neugierig gingen Cornelia und Terletzki ihm nach. Was für ein Auto fuhr ein Pfarrer? Einen Golf. Rot. Cornelia war überrascht, aber jeder andere Wagen hätte sie genauso überrascht. Sie sahen den roten Golf am Friedhofseingang vorbeifahren. Recaredo Pueyo winkte zum Abschied mit der Hand.

Cornelia winkte zurück.

»Siehst du? Sogar darin ähnelt er Robert de Niro. Wenn Robert de Niro einen Pfarrer spielt, dann natürlich nur einen, der raucht und keinen schwarzen Wagen fährt.«

RECAREDO PUEYO

Recaredo Pueyo wurde 1943 in einem kantabrischen Dorf im Tal von Pas geboren. Als jüngster Spross einer verarmten adligen Familie wurde er im Alter von acht Jahren, wie die Tradition es verlangte, ins Seminar gesteckt, und Jahre später kam er als Priester wieder heraus. Ohne sich berufen zu fühlen, aber mit einem ausgeprägten Pflichtgefühl übernahm er die Pfarrei in einem Dorf der Gegend, denn schließlich, so sagte er sich, war dies sein Beruf. Und so widmete sich Recaredo Pueyo mit beispielhafter Hingabe dem Einzigen, was er im Leben je gelernt hatte – von einigen toten und ein paar lebenden Sprachen einmal abgesehen. Sein Mangel an Überzeugung hatte ihm während des Studiums zu hervorragenden Noten verholfen, denn er galt als braver Schüler, der nicht zu theologischen Kontroversen neigte. Nach dem Studium stand diese fehlende Überzeugung seiner Karriere im Wege, da er keinen Ehrgeiz entwickelte. Er wollte nichts weiter als eine Stelle, an der er ungestört arbeiten und seinen Hobbys nachgehen konnte: dem Erlernen von Sprachen und dem Origami.

Als er 1970 erfuhr, dass Priester für die Spanier gesucht wurden, die zum Arbeiten nach Frankreich, Holland, Deutschland und in die Schweiz gingen, bewarb er sich daher sofort. Das war seine Chance, der kastilischen Provinz zu entfliehen, der gedrückten Atmosphäre des Franco-Regimes, dessen Ende nicht abzusehen war. Und es war die Gelegenheit, die Kenntnisse in seiner Lieblingssprache Deutsch zu verbessern.

Man schickte ihn nach Frankfurt.

Nun, da die spanische Gemeinde geschrumpft war, war seine einzige Sorge, man könne ihn nach Spanien zurückbeordern. Um nichts in der Welt würde er Deutschland verlassen. Er hatte sogar einige Abhandlungen über besondere Aspekte der deutschen Grammatik veröffentlicht. Anfangs wollte er unter Pseudonym schreiben, aber dann hatte er gedacht, dass kaum je ein Mitglied der Emigrantengemeinde seine Texte lesen würde – womit er recht behielt. Auch seine beiden Büchlein über die Kunst des Papierfaltens liefen nie Gefahr, entdeckt zu werden.

Nun hatte er nur noch ein Ziel: zwei weitere Jährchen auszuharren und dann in den Ruhestand zu gehen. Er hoffte auf einen glücklichen Lebensabend ohne Messen und Soutanen. Zunächst würde er das ganze Land bereisen, um alle Dialekte zu hören, von Plattdeutsch bis Bayerisch. Und später würde er seinen Traum verwirklichen, nach Japan reisen und an der Weltmeisterschaft im Origami teilnehmen. Blieb zu hoffen, dass seine Arthrose ihm das erlaubte, aber in dieser Hinsicht vertraute er auf seine Gene, auf seine robuste kantabrische Herkunft. Und er vertraute auf die Präventivmedizin. Auf Gott vertraute er nicht. Denn einer Sache war er sich sicher: Wenn es irgendetwas nicht gab, dann war es Gott.

CONGRATULATIONS

»Nun gut. Hier sind wir fertig.«

»Was hast du jetzt vor?«

»Ich fahre ins Präsidium zurück. Die Beschimpfungen hier könnten etwas mit den anonymen Briefen zu tun haben.«

»Aber dann wären sie doch auf Spanisch geschrieben.«

»Nicht wenn der Verfasser sich nicht verraten wollte. Auf jeden Fall müssen wir die Unterlagen des Konsulats und unsere Papiere unter diesem Gesichtspunkt durchgehen.«

Terletzki sah sie interessiert und missmutig zugleich an. Sie wusste genau, was dieser Gesichtsausdruck bedeutete.

»Wenn du willst, kannst du nach Hause gehen. Ich sehe mit Müller die Unterlagen durch.«

»Ist das ein Befehl oder ein Wunsch?«

Cornelia errötete, aber gleich darauf begriff sie, dass Terletzki nicht gemeint hatte, sie wolle lieber mit Müller allein sein. Vielmehr fürchtete er wohl, sie habe kein Vertrauen in seine Arbeit und wolle ihn loswerden.

»Was wäre dir denn lieber?«

»Ein Befehl.«

»Nun gut, da hast du ihn.«

Sofort machte Terletzki sich auf den Weg zu seinem Wagen. Auch wenn Cornelia es sich ungern eingestand: Das Missverständnis hatte sie verwirrt. Benahm sie sich wie ein Teenie, der versuchte, ein paar Stunden mit Müller in trauter Zweisamkeit herauszuschinden? Blödsinn. Sie arbeitete einfach gern mit einem so höflichen und zuvorkommenden Kollegen zusammen, der sie bewunderte und ihr aufmerksam zuhörte.

»Ich bin eine verheiratete Frau«, sagte sie laut vor sich hin.

»Freut mich für Sie, meine Dame.«

Der Satz kam von einem Penner aus einem fleckigen Schlafsack mitten auf der Straße.

»Vielleicht haben Sie zur Feier dieser Tatsache ja auch ein bisschen Kleingeld für mich?«

Cornelia blieb stehen, lachte und gab dem Penner zwei Euro. Der betrachtete die Münze voller Staunen, sah dann zu ihr auf und stimmte mit rauer Kehle *Congratulations* von Cliff Richards an. Als sie etwa fünfzig Meter weiter bei ihrem Auto war, hörte sie ihn immer noch. Offenbar war er entschlossen, sich die zwei Euro zu verdienen.

Sie fand Müller in seinem Büro in die Arbeit vertieft.

»Dieses Mal bringe ich den Kaffee«, sagte sie, während sie mit der Schulter die Tür aufschob.

Müller stand auf und half ihr tragen.

»Wie war die Beerdigung?«

»Traurig, wie immer.«

»Irgendetwas, das uns weiterhelfen könnte?«

Cornelia erstattete ihm Bericht.

»Und ein Name. Regino Martínez.«

Sie stellten sich vor die Tafel, auf der sie Namen, Ideen und Daten notiert hatten. Cornelia wischte alles aus, was sie bisher dort festgehalten hatten, und begann von neuem.

»Im Moment sind wir in der klassischen Situation: Wir haben, wie beim Puzzle-Spiel, einige Teile, aber keine Vorstellung, wie sie zusammenpassen. Also: Vordringlich ist, den Anwürfen nachzugehen, die wir auf der Beerdigung gehört haben.«

Während der Stift über die Tafel glitt, wobei sie wie

alle Linkshänder darauf achtete, nicht mit dem Handballen zu verwischen, was sie gerade geschrieben hatte, wuchs Cornelias Unruhe. Ihre Mutter war in diese Auseinandersetzung verwickelt, und sie musste herausfinden, was das zu bedeuten hatte. Müller gegenüber erwähnte sie ihre Mutter nicht.

»Das heißt, dass wir alles über die Aktivitäten und die Mitglieder des ACHA in Erfahrung bringen müssen. Zum anderen ist da Marcelino Sotos extreme Frömmigkeit, die selbst den Pfarrer, Recaredo Pueyo, offenbar verwundert. Und schließlich noch die Geschichte mit den Kerzen für den Schutzpatron der Diebe. Ich weiß nicht, was davon zu halten ist. Es könnte sein, dass Soto für ein eigenes Vergehen büßen wollte, aber auch, dass es mit dieser alten Geschichte zusammenhängt, die Julia Soto erwähnt hat.«

Sie betrachtete die Tafel. In eine Ecke, deutlich getrennt von den anderen Themen, schrieb sie den Namen Carlos Veiga.

»Was soll das?«

»Welchen Eindruck hat Carlos Veiga bei unserem Gespräch auf Sie gemacht?«

»Mir schien, dass er so viel redete, weil er eingeschüchtert und nervös war.«

»Hatten Sie nicht das Gefühl, dass er etwas verschweigt?«

»Nein. Sie?«

Sie antwortete nicht gleich. Vielleicht war es nur ihre persönliche Abneigung, vielleicht aber auch, was man gemeinhin Eingebung nennt, doch Carlos Veiga gefiel ihr nicht. Auf jeden Fall ließ sie den Namen an der Tafel, sie wollte ihn im Auge behalten.

»Fangen wir mit den spanischen Vereinen an. Was haben Sie gefunden?«

Ein paar Minuten später war der Tisch mit einem kleinen Berg von Akten bedeckt. Einen dicken Ordner hielt Müller noch in der Hand.

»Das habe ich über Marcelino Soto gefunden, über seine politischen Aktivitäten.«

Cornelia war überrascht von der Menge, aber die Unterlagen stammten aus jenen konfliktreichen Jahren, in denen die Gastarbeiter begonnen hatten, ihre Rechte einzufordern. Es waren Berichte aus den späten Sechzigern und frühen Siebzigern. Im Zusammenhang mit Demonstrationen tauchte immer wieder der Name Martínez auf. Auf einigen Fotos war ein blutjunger Regino Martínez mit üppiger Mähne und langen Koteletten zu erkennen. Eine Aufnahme zeigte ihn in Hosen mit Schlag vom Knie abwärts, den hageren, sehnigen Oberkörper in einen dunklen Pullover mit einem sehr engen, hohen Rollkragen gezwängt. Hinter ihm schwenkten Leute Transparente der IG Metall. Müller hatte auch Aufnahmen von Marcelino Soto gefunden. Auf einer war er bei einem Sitzstreik vor der Fabrik zu sehen, in der er gearbeitet hatte. Er trug einen Blaumann und eine Kappe, unter der dichtes, krauses Haar hervorquoll. Wenn man die Jahre und das Übergewicht berücksichtigte, ähnelten die Gesichtszüge denen auf dem Foto, das ihnen die Familie gegeben hatte. Und es waren die gleichen Züge, die auch sie gesehen hatte, vom Tod und vom Wasser entstellt. Herausfordernd blickte er in die Kamera. Er wusste offenbar, dass die Polizei ihn fotografierte und verbarg sich nicht, schenkte vielmehr dem Fotografen ein leichtes, spöttisches Lächeln.

Den Rest des Tages verbrachten sie damit, die Unterlagen durchzusehen und sich Namen, Daten und Aktivitäten zu notieren. Müller arbeitete äußerst präzise. Gegen sechs beschloss Cornelia, dass es genug war. Die

Informationen wiederholten sich. Es war überdeutlich, dass Soto wie Martínez politisch äußerst aktiv gewesen waren, die deutsche Polizei hatte sie deshalb eine Zeitlang überwacht.

Nächste Woche würde sie noch einmal mit Martínez sprechen.

Cornelia und Müller verabschiedeten sich auf dem Parkplatz. Jeder ging zu seinem Auto. Sie wagte nicht, Müller zu fragen, ob er mit ihr essen gehen wolle. Vielleicht wartete ja zu Hause jemand auf ihn. Außerdem hatte sie wieder die Stimme des Penners im Ohr. *Congratulations.*

FAMILIENESSEN

Am Sonntag war sie um zwölf in Offenbach bei ihren Eltern. Obwohl sie Schlüssel hatte, klingelte sie, schließlich wohnte sie nicht mehr hier, sondern kam zu Besuch. Ihre Mutter öffnete. Sie hatte die verwaschene blaue Leinenschürze an, die sie ihr Leben lang getragen hatte.

»Dein Vater kommt gleich, er ist bloß noch mal mit dem Hund raus.«

Die ganze Wohnung duftete nach Essen. Tintenfisch in Paprikasauce! Sie ging ihrer Mutter in die Küche nach. Ihr Vater würde wohl bald zurück sein.

»Mama, ich will nicht nerven, aber du musst mir erzählen, was gestern auf der Beerdigung von Marcelino Soto passiert ist.«

Celsa Tejedor rührte in der Sauce und tat zerstreut: »Nichts Besonderes. Ich verstehe nicht, warum du die Sache so wichtig nimmst. Ein paar Leute konnten sich nicht beherrschen.«

»Du auch. Ich habe dich nicht mehr so wütend gesehen, seit Manuel gesagt hat, dass er das Abi schmeißt.«

Die Sauce, die auch ohne ihre Hilfe zufrieden vor sich hin blubberte, schien Celsas gesamte Aufmerksamkeit zu beanspruchen. Cornelia wartete. Irgendwann würde ihre Mutter den Blick heben und etwas sagen müssen. Nachdem Celsa noch ein paar Sekunden lang wie hypnotisiert ein Tintenfischbeinchen angestarrt hatte, wandte sie sich zu ihr.

»Du willst mich doch nicht etwa verhören, Kind? Das sind Geschichten aus alten Zeiten. Erinnerungen. Belanglos.«

Seit wann waren die Erinnerungen ihrer Mutter belanglos? Die alten Zeiten, der Alltag während der ersten

Jahre in Deutschland – das war der Stoff, aus dem die Familienlegenden bestanden. Und natürlich das Dorf, aus dem Celsa Tejedor weggegangen war, ein Dorf, das ebenfalls zum Mythos geworden war, in einem fernen Land, das es nicht mehr gab.

Ihr Vater hätte eine ganz andere Geschichte. Nach dem Krieg war er mit seiner Familie aus dem Osten ins Ruhrgebiet gekommen, nach Bochum, danach waren sie in Offenbach gelandet. Im Gegensatz zu Celsa Tejedor hatte Horst Weber keinen Heimatort, um den sich Geschichten rankten. Das Leben der Webers begann nach 1945 in Bochum.

»Nein, das ist kein Verhör, dazu hätte ich dich ins Präsidium bestellt«, sagte sie spaßhaft. »Aber du könntest mir ein bisschen helfen.«

Der blubbernde Tintenfisch erforderte wieder Celsas Aufmerksamkeit, und für einen Augenblick schien sie unentschieden, was wichtiger war, ihre Tochter, die mit verschränkten Armen am Kühlschrank lehnte und sie ansah, oder die Tintenfischstücke, die in der Soße versanken wie in einem Lavastrom. Mit einem Holzlöffel tauchte Celsa Tejedor sie völlig unter.

»Was willst du wissen?«

»Was weißt du von Regino Martínez?«

Ihre Mutter zuckte kurz zusammen, versuchte aber, sich nichts anmerken zu lassen. Wieder rührte sie im Topf.

»Regino ist ein feiner Kerl, auch wenn er ein gottloser Roter ist. Er war einer von Marcelinos besten Freunden. Sie lernten sich gleich zu Beginn ihrer Zeit in Deutschland kennen. Zunächst waren sie die reinen Chaoten, sie machten sich über alles und jeden lustig. Regino war damals übrigens ein begnadeter Tänzer. Es war ein Vergnügen, ihm zuzusehen. Regino und Marcelino.«

Celsa Tejedor seufzte, und Cornelia nutzte die kurze Pause, um das Gespräch aus der Nostalgieecke zu lenken.

»Und diese beiden Chaoten haben den ACHA gegründet?«

»Sie steckten voller Ideen und wollten eben alles auf ihre Art machen.«

»Bist du mal bei einer ihrer Veranstaltungen gewesen?«

»Wenn es nichts Politisches war, ja. Sie haben nämlich auch sehr schöne Sachen organisiert, Gedichtlesungen und so etwas. Aber wenn es politisch geworden ist, habe ich Angst bekommen. Wer wusste schon, ob das alles erlaubt war oder ob hinterher die Deutschen kommen und uns alle ausweisen würden. Obwohl – einmal bin ich doch zu einer Demonstration gegangen.«

»Echt?«

»So wahr ich hier stehe ... Es ging um die üblen Zustände in den Unterkünften für die Gastarbeiter; viele von uns haben nämlich in Baracken gehaust. Wir sind alle auf die Straße gegangen, auch die vom Katholischen Elternverein. Sie haben mir ein Transparent mit einem deutschen Slogan in die Hand gedrückt und los damit. Ich hatte schreckliche Angst.«

»Wieso? Das war dein gutes Recht.«

»Das wusste ich damals nicht, Kind. Außerdem hatte jemand erzählt, Agenten von Francos Geheimpolizei würden die Demonstranten fotografieren und ihre Namen notieren, und danach würden sie dich nicht mehr nach Spanien hineinlassen. Vorsichtshalber habe ich die kleine Kette mit dem silbernen Kruzifix angezogen, du weißt, die habe ich von deiner Großmutter. Ich habe darauf geachtet, dass es immer gut sichtbar war, damit sie mich nicht für eine Kommunistin halten. Ich bin auch immer ein bisschen zurückgeblieben und habe keine Parolen gerufen. Ich habe aus Solidarität mitgemacht, denn ich hatte ein paar Monate in diesen Baracken zugebracht und wusste, wie das war. Regino und Marcelino gingen vorneweg und ließen die Demonstranten Sätze auf Deutsch und auf Spanisch rufen. Am nächsten Morgen waren sie in den deutschen Zeitungen zu sehen.«

»Die Spanier in Frankfurt schätzen Regino sehr, nicht wahr?«

»Ach, Kind, du redest von den Spaniern, als wären sie seltsame Vögel.«

»Versuch nicht abzulenken.«

Plötzlich fiel Celsa Tejedor wieder das Essen ein. Sie rührte im Topf, während sie nach Worten suchte.

»Regino genießt großen Respekt, und er hat viel für uns getan.«

»Und warum habt ihr gestern auf der Beerdigung gestritten?«

»Ich fand es nicht richtig, dass die vom ACHA da waren. Marcelino hat ihretwegen viel gelitten, und Magdalena auch.«

»Aber du hast gesagt, Regino hätte viel für euch getan. Ihr könnt ihn doch nicht für etwas beschimpfen, was euch gar nichts angeht.«

Celsa Tejedor drehte sich abrupt zu ihrer Tochter um, als wäre ihr plötzlich etwas eingefallen. Mit erhobenem Holzlöffel fuhr sie sie an: »Und du? Für wen hältst du dich, dass du glaubst, mich kritisieren zu können? Was tust du denn für uns? Hast du wenigstens schon eine Spur, wer Marcelino umgebracht hat?«

In diesem Moment klickte das Schloss der Eingangstür. Schnelles Getrappel auf dem Parkettboden war zu hören, und Estrella, die Hündin der Weber-Tejedors, stürzte sich auf Cornelia. Ihr Vater erschien zwei Sekunden später.

»Kaum zu glauben, wie schnell dieses alte Pummelchen auf einmal wurde, als es merkte, dass du hier bist.«

Estrella, das Ergebnis der Begegnung einer Setterhündin mit einem Straßenköter, warf sich vor Cornelias Füßen auf den Rücken und winselte vor Freude. Cornelia, noch immer unter dem Eindruck des Angriffs ihrer Mutter, bückte sich und streichelte das Tier. Celsa Tejedor nutzte die Gelegenheit, sich zu verdrücken und den Tisch zu decken. Horst Weber war die finstere Miene entgangen, mit der seine Frau Teller und Gläser an ihm vorbeitrug. Er beugte sich ebenfalls ein wenig nach unten, um besser mit seiner Tochter reden zu können, und murmelte: »Ich habe deiner Mutter verboten, während des Essens von Marcelino anzufangen.«

Er wartete auf eine Reaktion. Cornelia tätschelte weiterhin die Flanken der Hündin.

»Manuel hat sich auch angesagt. Ich hoffe, er kommt nicht zu spät.«

Ihr Bruder kam pünktlich. Anscheinend war auch er entsprechend instruiert worden, denn er erwähnte den Toten, von dem er sicher gehört hatte, mit keinem Wort. Cornelia war froh, dass er da war, denn so drehte sich das Gespräch hauptsächlich um seine Arbeit. Ihr Bruder war technischer Zeichner, verfolgte aber immer irgendwelche Projekte, deren Durchführbarkeit im Familienkreis heftig diskutiert wurde. Neuerdings arbeitete er als Schaufensterdekorateur, eine Entscheidung, über die weder Celsa Tejedor noch Horst Weber besonders glücklich waren. Ohne dass sie es ausgesprochen hätten, wusste Cornelia, dass ihnen das nicht als die richtige Beschäftigung für einen Mann erschien. Während des Essens lenkte ihr Bruder so die gesamte Aufmerksamkeit auf sich, doch beim Nachtisch war sie an der Reihe. Mit dem *Flan*, den Celsa eigens für sie gemacht hatte, kam auch das Thema auf den Tisch, das sie hatte vermeiden wollen.

»Was gibt es Neues von Jan?«, erkundigte sich die Mutter, als sie den Teller vor sie stellte. Der süße Pudding sollte von der vergifteten Frage ablenken.

»Nicht viel. Ich hoffe, es geht ihm gut, denn diese Woche haben wir es nicht ein einziges Mal geschafft, miteinander zu reden.«

»Du Arme.«

Das Mitleid ihrer Familie war echt, auch das ihrer Mutter, obwohl diese sich im Klaren darüber war, dass ein Gespräch über dieses heikle Thema Salz in Cornelias Wunden streute. Bis zum Kaffee hielt sie durch, dann beschloss sie aufzubrechen.

Auf dem Rückweg mussten es die anderen Autofahrer ausbaden. Der Taxifahrer, der sie am Anfang des Kaiserleikreisels rechts überholte, würde glücklicherweise nie erfahren, was seine geschlossenen Fenster ihm zu hören ersparten.

Als Cornelia ihre Wohnungstür aufschloss, lag eine kurze Nachricht auf dem Boden, die jemand unter der Tür hindurchgeschoben hatte. Sie stammte von Iris, ihrer Nachbarin. »Bin wieder zurück. Wenn du Lust hast, komm auf ein Glas vorbei, dann zeige ich dir meine Urlaubsfotos. Danke fürs Blumengießen.« Sie sah aus dem Fenster. Eine bleigraue Wolkendecke lag über der Stadt. Die Sonne würde nicht mehr herauskommen. Es war Sonntagnachmittag, die schlimmste Zeit, um allein zu Hause zu sein. Iris hatte sich bedankt, obwohl eine der Palmen in einem erbärmlichen Zustand war. Unter anderen Umständen hätte sie die Vorstellung abgeschreckt, sich einen von Iris' Reiseberichten anhören zu müssen. Sie konnte sich vorstellen, was sie erwartete: das Lob der »wunderbaren Strände von Teneriffa« und die detaillierte Beschreibung der »attraktiven Männer«, die sie dort kennengelernt hatte.

Und so war es.

»Was für Strände, Cornelia!«

Sie öffneten eine Flasche spanischen Wein. Warum bloß kauften die Leute Rioja auf den Kanaren und schleppten ihn in ihren Koffern nach Hause, wenn er in jedem deutschen Supermarkt zu haben war? Na ja, egal. Er war gut und süffig.

»Ich habe ein paar sehr interessante Männer kennengelernt. Alles Deutsche. Aber leider aus Düsseldorf, Hamburg und Dresden.«

»Aus Dresden?«

»Ja, sogar einen Ossi.«

Iris hatte mit ihnen Telefonnummern ausgetauscht und vereinbart, in Kontakt zu bleiben. Sie zeigte Cornelia unerbittlich Foto um Foto: Leute in grellbunter Badekleidung unter einem in Frankfurt unvorstellbar blauen Himmel. Bei der zweiten Flasche schmiedeten sie Pläne für ein gemeinsames Wochenende auf Mallorca. Iris war taktvoll genug, nicht ein einziges Mal Cornelias Mann zu erwähnen. Natürlich würden sie nicht wegfahren, weil sie einsam waren, sondern weil der Sommer noch in weiter Ferne lag. So versicherten sie einander immer wieder, bis sie es sich beinahe glaubten.

IM PUTZFRAUENBUS

Am nächsten Morgen erwachte sie mit hämmernden Schmerzen in den Schläfen, die sich rasch ausbreiteten und sich wie zwei spitze Nadeln in ihre Augen bohrten. »Migräne ist durch einen anfallsartigen, pulsierenden und normalerweise halbseitigen Kopfschmerz gekennzeichnet, der oft von zusätzlichen Symptomen wie Übelkeit, Erbrechen, optischen Wahrnehmungsstörungen, Schwindelgefühl oder Lichtempfindlichkeit begleitet wird.« Aber es war keine Migräne, obwohl sie das Gefühl hatte, jemand habe ihr eine zu enge Maske über das Gesicht gezogen. Bei halb geschlossenen Lidern war es nicht ganz so schlimm; sie hätte am liebsten den Rest des Tages so gelegen und nichts anderes gehört als die Geräusche, die, durch die Doppelglasscheiben gedämpft, wie aus weiter Ferne von der Straße heraufdrangen.

Sie schloss die Augen ganz. Vielleicht gelang es ihr, noch ein paar Minuten zu schlafen. Sie durfte sich nur nicht bewegen, musste den Kopf ruhig halten wie eine Statue.

Eine Stunde später riss das Telefon sie aus dem Schlaf. Sie fuhr hoch, aber der stechende Schmerz bremste sofort ihre Bewegung. Einige Sekunden lang blieb sie halb aufgerichtet sitzen. Das Telefon klingelte weiter. Sie stieg aus dem Bett, bemüht, den Kopf so ruhig wie möglich zu halten, und schlurfte an den Apparat, hoffend und zugleich fürchtend, er könne verstummen. Sie meldete sich mit leidender Stimme. Es war Reiner Terletzki.

»Cornelia? Wieso bist du noch zu Hause?«

Sie brachte keinen Ton heraus.

»Wir waren doch um halb acht verabredet.«

»Bin schon unterwegs.«

»Müller wird auch gleich da sein. Wir müssen mit dem Putzfrauenbus fahren.«

Ihr entging der spöttische Tonfall ihres Kollegen nicht. Sicher genoss er seine kleine Rache, aber ihr tat der Kopf zu weh, um mehr zu sagen als das Allernötigste. Sie legte auf. Dusche oder Kaffee? Sie entschied sich für Letzteres. Rasch zog sie sich an, froh über ihre Angewohnheit, sich immer schon am Abend die Kleidung für den nächsten Tag zurechtzulegen.

Im Treppenhaus lief sie Topitsch in die Arme, der gerade die Altpapiertonne vom Innenhof auf die Straße hinauszog.

»Guten Morgen, Frau Kommissarin.«

Er schob einen der Container beiseite, um für sie den Weg frei zu machen.

»Wie läuft die Arbeit?«

Das hatte ihr noch gefehlt. Natürlich platzte der Hausmeister fast vor Neugier, etwas von ihr zu erfahren, um sich damit in der Nachbarschaft wichtig zu machen.

»Alles bestens«, erwiderte Cornelia. Als sie schon fast zur Tür hinaus war, hörte sie ihn rufen: »Entschuldigen Sie bitte, Frau Kommissarin. Ich wollte Ihnen nur sagen, dass es am Samstagabend etwas lauter werden kann. Ein Fest.«

»Was gibt's denn zu feiern?«

»Goldene Hochzeit.«

»Herzlichen Glückwunsch. Das sind fünfzig Jahre, nicht wahr?«

»Ja, mehr als ein halbes Leben, in guten wie in schlechten Zeiten, auch wenn es nicht immer leicht ist. Die Ehepaare von heute haben ja kein Durchhaltevermögen, bei der kleinsten Kleinigkeit trennt man sich, die

Leute sind nicht mehr bereit, auf irgendetwas zu verzichten. Nach fünf Jahren ist Schluss. So schafft man es natürlich nie bis zur Goldenen Hochzeit.«

Der Hausmeister blickte vielsagend auf das Fahrrad von Iris Fröhlich, die sich vor einem Monat von ihrem Freund getrennt hatte.

»So schafft man es höchstens bis zur blechernen Hochzeit – wenn überhaupt.«

Der Hausmeister merkte bei seinem Lob der langen Ehe gar nicht, dass Cornelia dies auch auf sich beziehen konnte, und er ließ sich auch dadurch nicht am Weiterreden hindern, dass sie ungeduldig mit dem linken Fuß auf den Boden klopfte.

»Ehrlich gesagt war ich beruhigt, als Frau Fröhlich nach der Trennung von ihrem Verlobten erst mal verreist ist. Man weiß ja nie, was einer verlassenen Frau ohne Mann so alles einfällt. Also, ich bin jedenfalls in den ersten Tagen, wenn sie zu Hause war und es in ihrer Wohnung still war, vorsichtshalber von Zeit zu Zeit an ihre Tür gegangen, um zu überprüfen, ob es nicht nach Gas roch. Schließlich bin ich für die Sicherheit in diesem Hause verantwortlich, und ich muss sagen, Menschen mit einem Lebenswandel wie Frau Fröhlich sind eine potenzielle Gefahr für die anderen Hausbewohner.«

»Sie sollten sich mit Ihren Bemerkungen über die Hausbewohner zurückhalten, Herr Topitsch.«

»Sicher. Bei Ihnen in Spanien herrscht eine strengere Moral, da passiert so etwas gar nicht. In Deutschland hält sich heute keiner mehr an die Sitten, die Leute wollen sich nur noch amüsieren und Geld verdienen. Und dann diese Ausländer ... Ich meine natürlich nicht solche Leute wie Ihre Frau Mutter, anständige Menschen, die hierherkamen, um zu arbeiten, und uns geholfen haben, das Land aufzubauen, sondern die Ausländer, die uns jetzt überfluten, Russen und Jugoslawen und Leute aus Ländern, die es früher nicht gab und von denen kein Mensch weiß, wo sie liegen.«

»Herr Topitsch, Ihre Tätigkeit als Hausmeister erhebt Sie nicht zum Richter über die Hausbewohner. Außerdem sollten Sie aufpassen, was Sie sagen. Was Sie da von sich geben, ist reiner Rassismus.«

Eigentlich hatte Cornelia sich vorgenommen, die Ergüsse des Hausmeisters zu ignorieren und sich nicht mehr darüber aufzuregen, aber jedes Mal ging ihre Wut mit ihr durch. Der Hausmeister lehnte sich verschreckt an einen Container, als hätten ihn seine Kräfte verlassen. Bevor sich die Tür hinter ihr schloss, vernahm sie noch Topitschs Stimme: »Wenn Sie kommen möchten, Sie sind natürlich herzlich eingeladen.«

Ihre Kopfschmerzen waren seit dem Aufstehen noch schlimmer geworden. Auf dem Weg zu ihrem Wagen massierte sie sich die Schläfen. Sie würde ein paar Blumen kaufen, beschloss sie. Für Frau Topitsch.

Terletzki und Müller warteten im Präsidium auf sie. Es roch nach Kaffee. Auf dem Tisch des Oberkommissars standen zwei Pappbecher. Die Männer hatten sich unauffällig gekleidet; man sollte ihnen nicht sofort ansehen, dass sie Polizisten waren. Terletzki trug unter seiner Starsky-und-Hutch-Lederjacke ein T-Shirt und sah aus wie ein Arbeiter; genau das Richtige für ihr Vorhaben. Müller hatte sich für das Outfit eines Langzeitstudenten entschieden. Unter der Kapuze einer grauen Sportjacke mit dem gelben Abzeichen von Borussia Dortmund lugte ein Stoffrucksack hervor, der noch aus seiner Zeit als Polizeischüler stammen musste.

»Am besten fahren wir nur mit einem Auto zum Südbahnhof«, erklärte Terletzki und bot gleich seines an.

Cornelia nickte. Auf diese Weise konnte sich Müller nicht mehr als Fahrer ins Gespräch bringen, und sie musste nicht mehr entscheiden, wer neben ihm saß. Nun war klar, dass sie auf dem Beifahrersitz und Müller hinten sitzen würde. Sie lehnte den Kopf zurück und hoffte, Terletzki würde gemächlich fahren.

Am Südbahnhof würden sie den Bus zum Terminal 1 des Flughafens nehmen. Sie hatten vereinbart, in unterschiedlicher Besetzung zuzusteigen, mal zu dritt, dann wieder getrennt, und die spanischsprachigen Frauen immer außerhalb des Busses anzusprechen.

Das Kopfsteinpflaster, über das sie im Auto streckenweise fuhren, war für Cornelia eine Tortur, und als Terletzki auf einer Kreuzung über die Straßenbahnschienen bretterte, stöhnte sie unwillkürlich auf. Es kam ihr so vor, als ob ihr Gehirn an die Schädeldecke schwappte wie Gelatine. Terletzki warf ihr einen erstaunten Blick zu. Müller legte ihr die Hand auf die Schulter.

»Geht es Ihnen nicht gut, Frau Weber?«

»Ich habe Kopfschmerzen. Ziemlich heftige.«

»Kopfschmerzen oder Kater?«, erkundigte sich Terletzki.

Natürlich war es ein Kater. Terletzki hatte recht. Wären sie allein gewesen, hätte sie es zugegeben. Aber nicht mit Müllers Hand auf ihrer Schulter.

»Migräne.«

Müller lehnte sich zurück, und sie sah im Rückspiegel, wie er in seinem Rucksack kramte. Er zog ein paar riesige Tabletten hervor und hielt sie ihr hin.

»Das ist das Beste, was es gegen Migräne gibt. Wenn Sie wollen, löse ich Ihnen ein paar auf.«

Cornelia nickte. Wenn die Tabletten gegen Migräne halfen, würden sie auch ihrem verkaterten Kopf guttun. Müller zog eine Plastikwasserflasche aus seinem Rucksack.

»Die ist neu, ich habe noch nicht daraus getrunken.«
Cornelia hörte das Knacken des Plastikverschlusses.

»Trinken Sie erst mal einen Schluck, damit das Wasser nicht überläuft, wenn die Tabletten sprudeln.«

Das Wasser traf ihren leeren Magen wie ein Hammerschlag, aber sie sagte nichts. Vorsichtig schob Müller die Tabletten in den Flaschenhals, wartete, bis sie sich aufgelöst hatten, und gab ihr die Flasche zurück. Cornelia trank sie leer und unterdrückte den Ekel, den ihr der Tablettengeschmack verursachte. Terletzki drehte sich zu Müller um und ließ dabei die Straße gefährlich aus dem Blick.

»Du hast nicht zufällig auch noch ein belegtes Brot in deinem Rucksack?«

»Na klar.«

»Das ist ja wie beim Schulausflug!«

»Pass lieber auf, Reiner«, unterbrach ihn Cornelia.

Terletzki sah nach vorn, aber sein belustigter Gesichtsausdruck blieb. Er amüsierte sich. Und Müller ebenfalls. Bei der Bemerkung des Oberkommissars hatte Cornelia Müller beispringen wollen, doch der hatte ihre Hilfe nicht nötig. Jetzt zog er sogar ein in Alufolie gewickeltes Brot aus dem Rucksack und wog es wichtigtuerisch in seiner Hand.

»Paniertes Schnitzel, sage ich nur. Du wirst mich noch auf Knien anflehen, dich mal abbeißen zu lassen.«

Cornelia sah ihre Kollegen an. Ihre Kopfschmerzen waren wie weggeblasen. Woher kam diese plötzliche Kumpanei? Und seit wann duzten sie sich? Sollten ihre Appelle an den Teamgeist erfolgreich gewesen sein? Oder genügte eine Jacke mit einem gelben Aufnäher von Borussia Dortmund, um zähneknirschende Duldung in Freundschaft zu verwandeln?

Sie parkten den Wagen in der Nähe des Bahnhofs und

gingen zur Bushaltestelle. Auf dem Platz vor dem Südbahnhof drängten sich die Frauen, die mit der Straßenbahn aus dem Gallusviertel und Offenbach oder mit der
U-Bahn aus Bonames, Nied oder Griesheim gekommen
waren, den Vierteln, in denen diese Frauen aus Polen,
Kroatien, Litauen, Ecuador oder von den Philippinen
lebten.

Während sie auf den Bus warteten, hielten die drei
Abstand voneinander, als würden sie sich nicht kennen.
Cornelia betrachtete sich verstohlen in der Glasscheibe
der Haltestelle. Sie musste lächeln, als ihr einfiel, was
Müller bei der Besprechung im Büro gesagt hatte. Nein,
sie sah wirklich nicht aus wie eine Hausfrau mittleren
Alters. An der Haltestelle wurde es immer quirliger.
Mehr und mehr Frauen strömten auf den Platz; einige
blieben schweigend stehen, allein, andere begrüßten
einander und unterhielten sich. Als der lange Gelenkbus
endlich kam, drängten sie sich hinein, mit ihnen die drei
Polizisten. Cornelia setzte sich nach hinten, Terletzki
stellte sich auf die Mittelplattform, und Müller nahm
vorn in einer Vierersitzgruppe Platz. Cornelia fiel auf,
dass er sich gegen die Fahrtrichtung ans Fenster setzte,
um die beliebten Plätze freizulassen.

Der Bus war außen gelb und warb in roten Lettern
für eine Frankfurter Bäckereikette. Überdimensionale
Brötchen verdeckten zum Teil die Fensterscheiben. Sie
waren zwar aus halb durchsichtigem Kunststoff, sodass
man durch sie hindurchsehen konnte, schluckten aber
einen Großteil des Lichts. Die Haltestangen und die von
ihnen herabbaumelnden Lederschlaufen taten ein Üb-
riges, um den Bus noch niedriger und tunnelartiger wirken zu lassen. Die Frauen standen dicht an dicht. Je
mehr von ihnen einstiegen, desto lauter wurde das Stimmengewirr. Cornelia hörte aufmerksam zu. Vor ihr un-

terhielten sich zwei Frauen um die fünfzig in einer offensichtlich slawischen Sprache. Von weiter hinten tönte ein geradezu teuflisch schnelles Geschnatter. Warum kam einem eine fremde Sprache immer schneller gesprochen vor als die eigene? Sie versuchte, einzelne Wörter oder Sätze zu unterscheiden, vernahm aber nur einen Strom unbekannter Laute. Hinter ihr redeten zwei Frauen in einer Sprache, die sie im ersten Augenblick nicht als Deutsch erkannte, weil keine der beiden Muttersprachlerin war. Die eine hatte einen slawischen Akzent, den Akzent der anderen konnte sie nicht identifizieren. Sie sah aus dem Fenster, um sich besser konzentrieren zu können. Nun verstand sie zwar einzelne Fetzen, aber die beiden sprachen so gebrochen, dass sie der Unterhaltung nicht folgen konnte. Wie unterhielten sich zwei Menschen in einer Sprache, die sie kaum beherrschten? Sie dachte an ihre Mutter, an ihr Deutsch mit dem starken galicisch-spanischen Akzent, an ihre eher rudimentäre Ausdrucksweise, mit der sie sich über vierzig Jahre lang durchgeschlagen hatte, einkaufen gegangen war, nach dem Weg gefragt, Behördenkram erledigt und sich im Laden beschwert hatte, wenn man ihr zu viel berechnet hatte. Die Frauen hinter ihr verwendeten die Artikel falsch oder ließen sie ganz weg, sie deklinierten nicht und konjugierten die Verben, wie es ihnen passte, und doch unterhielten sie sich, ohne zu stocken. Cornelia strengte sich noch mehr an und verstand schließlich einige ganze Sätze: Die eine erzählte der anderen, ihre Arbeitgeberin beschwere sich, dass sie beim Wäschewaschen zu viel Weichspüler benutzte, und beschuldige sie indirekt, Weichspüler mit nach Hause zu nehmen, weil die Wäsche nicht weicher schien als sonst. Die andere meinte, so seien sie halt, diese Leute, je reicher, desto knauseriger, und erzählte ihr von einer Kollegin, die jedes Mal, bevor sie sich nach getaner Arbeit auf den Heimweg machte, die Tasche öffnen musste. Die Kollegin hatte diese Verdächtigungen schließlich so über, berichtete die Frau weiter, dass sie tatsächlich zu klauen begann. An dieser Stelle beschloss Cornelia lieber wegzuhören. Auf dieser Fahrt sprach niemand Spanisch. Am Oberforsthaus stiegen sie aus, obwohl der Bus noch ziemlich voll war – Flughafenpersonal und ein paar Passagiere. Auf dem Rückweg setzten sie sich in eine Vierergruppe, Müller neben Cornelia, Terletzki ihnen gegenüber, und unterhielten sich während der Fahrt über das, was sie gehört hatten. Es war das erste Mal, dass Cornelia so dicht neben Müller saß. Sie betrachtete sein Profil und bewunderte seine vollkommen gerade Nase. Sie konnte nichts dagegen tun: Wenn sie jemanden ansah, achtete sie, wie anscheinend alle Welt, als Erstes auf die Augen. Aber gleich darauf fiel ihr Blick immer auf die Nase, nur um festzustellen, dass offenbar alle Nasen gerader waren als die ihre. Allerdings war Müllers Nase zugegebenermaßen die vollkommenste, die sie seit langem gesehen hatte. Größe, Länge, Breite und der Winkel im Verhältnis zur Stirn – alles perfekt. Sie tastete verstohlen nach ihrer Nasenwurzel, da, wo die Katastrophe ihren Anfang nahm, wo ein Stück Nasenscheidewand fehlte und die Nase unregelmäßig, aber entschieden nach rechts verlief.

Am Südbahnhof stiegen sie wieder aus und traten die Reise von neuem an. Der Bus war noch voller. Müller und Terletzki setzten sich, Cornelia blieb dieses Mal stehen. Und sie hatte Glück: Drei Frauen, die sich direkt neben ihr an der Haltestange festhielten, unterhielten sich auf Spanisch. Zwei von ihnen stiegen gemeinsam aus. Cornelia machte Müller ein Zeichen, im Bus zu bleiben, Terletzki und sie hingegen folgten den Frauen und sprachen sie an, sobald der Bus sich wieder in Bewegung gesetzt hatte. Sie kannten Esmeralda Valero nicht. Die beiden Polizisten warteten auf den nächsten Bus, um zum Südbahnhof zurückzufahren. In ihm saß Müller, der den Kopf schüttelte, zum Zeichen, dass er ebenfalls erfolglos gewesen war.

»Ich habe mit einer Kolumbianerin geredet. Sie ist furchtbar erschrocken, als ich ihr gesagt habe, dass ich von der Polizei bin. Ich fürchte, sie hat keine Aufenthaltserlaubnis.«

»Haben Sie ihre Personalien aufgenommen?«

»Ich dachte, es sei besser, wenn ich das nicht tue. Wenn wir jemanden ohne Papiere aufgreifen und zur Ausländerbehörde schleppen, werden die sich fragen, was wir vorhaben. Und dadurch könnte die ganze Geschichte auffliegen.«

Ein kluger Kerl, dieser Müller.

»Also schön, eine neue Runde Bus fahren.«

Dieses Mal teilten sie sich auf, weil zwei Busse gleichzeitig kamen. Müller stieg in den ersten, der leerer war, Cornelia und Terletzki in den zweiten, er vorn, sie in der Mitte. Der Bus war noch voller als das Mal zuvor. Die Leute standen so dicht gedrängt, dass man in jeder Kurve hin und her geschoben wurde. Cornelia konnte nur diejenigen in nächster Nähe hören. Da rief plötzlich eine junge Frau neben ihr über das Stimmengewirr hinweg auf Spanisch: »Marta! Hier, Marta, hier!«

Die Angesprochene schaffte es, sich trotz der Enge und einiger wütender Kommentare zu der jungen Frau durchzudrängen.

Sie war zwischen fünfundfünfzig und sechzig und recht korpulent, was die Geschwindigkeit, mit der sie es bis zu ihrer Freundin geschafft hatte, noch erstaunlicher machte. Unterwegs sprachen sie über dies und jenes. Als sie ausstiegen, sah Cornelia fragend zu Reiner hinüber, aber der hatte anscheinend niemanden Spanisch reden hören. Cornelia gab ihm ein Zeichen, ihr zu folgen, und verließ den Bus. Die beiden Frauen gingen einige Meter vor ihnen, und Cornelia rief ihnen auf Spanisch zu:

»Entschuldigen Sie, hätten Sie einen Augenblick Zeit?«

Die beiden drehten sich gleichzeitig um und blickten sie überrascht, die Jüngere sogar ein wenig erschrocken, an. Cornelia und Terletzki zeigten ihre Dienstausweise. Die Frauen warteten, bis sie herangekommen waren.

»Bitte verzeihen Sie die Störung, aber wir suchen eine junge Frau, die verschwunden ist, Esmeralda Valero, und vielleicht können Sie uns ja helfen. Kennen Sie sie?«

Beide nickten. Die ältere Frau sprach als Erstes, eher misstrauisch und zurückhaltend.

»Wir müssen zur Arbeit.«

»Das verstehe ich, aber es ist wichtig. Wir können uns im Gehen unterhalten.«

»Lieber nicht«, antwortete die Frau. »Wir haben nichts Unrechtes getan, aber wenn die Herrschaften, für die wir arbeiten, uns mit zwei Polizisten ankommen sehen, glauben sie, wir hätten etwas ausgefressen. Also reden wir lieber hier.«

»Es gibt gar nicht viel zu bereden. Es geht nur darum, ob Sie wissen, wo Esmeralda Valero ist.«

»Ich weiß es nicht. Du hast doch mehr mit Esme zu tun gehabt, Lucía, nicht wahr?«

Als sie ihren Namen hörte, fuhr die junge Frau zusammen. Sie sah zuerst die Polizisten an und dann die andere Frau. Schließlich sagte sie:

»Warum gehst du nicht schon mal vor, Marta, damit Frau Scherer sich nicht wundert? Ich komm gleich nach. Sag ihr, ich bin im nächsten Bus, in Ordnung?«

»Ach Kleine, es gibt nichts, was du diesen Polizisten erzählen könntest, was ich nicht schon einmal gehört hätte. Ich bin schon viele Jahre in diesem Land und habe euch kommen und gehen sehen. Aber wenn du willst, dann verschwinde ich halt.«

Mit einer wegwerfenden Handbewegung machte sich die Frau davon.

Die junge Frau namens Lucía wartete, bis sie außer Hörweite war.

»Viel weiß ich auch nicht, aber Esme hat beschlossen, von den Kleins wegzugehen und sich etwas anderes zu suchen, warum, hat sie mir nicht erzählt.«

»Wissen Sie, wo?«

Lucía zögerte. Cornelia beschloss, ihr die Antwort etwas leichter zu machen.

»Sie arbeitet nicht mehr als Hausangestellte, nicht wahr?«

Die Frau nickte. Über Cornelias Schulter hinweg blickte sie ständig in Richtung Bushaltestelle. Cornelia vermutete, dass sie auch von anderen Kolleginnen nicht unbedingt im Gespräch mit der Polizei gesehen werden wollte. Zwar trugen sie keine Uniform, aber wer sie beobachtete, konnte leicht die richtigen Schlüsse ziehen, vor allem beim Anblick von Terletzki, der breitbeinig dastand, die Hände auf dem Rücken.

»Möchten Sie, dass wir woanders weiterreden?«

»Ja, bitte.«

Sie gingen zu einem kleinen Park an der Straße und ließen sich dort auf einer Bank nieder. Lucía vergewisserte sich, dass man sie von der Straße aus nicht sehen konnte. Cornelia hatte das schon überprüft, bevor sie die Bank ausgesucht hatte.

»Ich weiß nicht genau, wo sie ist, aber ich weiß, was sie macht. Vor Marta wollte ich es aber nicht sagen. Sie ist sehr nett, aber auch ziemlich geschwätzig.«

»Niemand erfährt es.«

»Esmeralda ist ein gutes Mädchen, und alles, was sie tut, tut sie für die Familie, für ihre Kinder.« Sie zögerte. »Sie hat zwei Kinder und eine sehr alte Mutter. Ihr Mann ist ohne Arbeit, und deshalb kam sie nach Deutschland.« Wieder stockte sie. »Um Geld zu verdienen, für die Familie. Nur deshalb. Und sie vermisst ihre Familie sehr. Sie will so schnell wie möglich nach Hause zurück, aber erst, wenn sie genug Geld beisammen hat.«

»Und deshalb hat sie etwas Einträglicheres gesucht?«

Lucía nickte. Sie fühlte sich unwohl. Cornelia hielt es für sinnlos, die Frau weiter zu quälen.

»Sie arbeitet in einem Bordell?«

Wieder nickte Lucía.

»Haben Sie eine Ahnung, in welchem?«

»Nein. Ich habe sie nicht wieder gesehen, seit sie mir sagte, dass sie als Begleitdame arbeiten würde. Esmeralda hat nie viel geredet. Aber sie wohnt noch in Frankfurt, das hat sie mir erzählt.«

»Wann war das?«

»Letzten Freitag. Da sind wir uns begegnet.«

»Wo?«

Lucías flehentlicher Blick bat sie, die Frage nicht beantworten zu müssen.

»Es ist äußerst wichtig.«

Die junge Frau senkte den Blick.

»In der Gutleutstraße.«

»Das ist eine sehr lange Straße. Oberhalb oder unterhalb des Baseler Platzes?«

Wenn es unterhalb gewesen war, wohnte Esmeralda in einer ziemlich heruntergekommenen Gegend, oder sie arbeitete in einem der Bordelle rund um den Bahnhof. War es oberhalb gewesen, so konnte es Zufall sein, denn dort gab es nur exklusive Büros.

»Oberhalb.«

»Was hatte sie dort zu suchen?«

Lucía sah zu Boden.

»Wir haben bei der Lebensmittelverteilung der Frankfurter Tafel angestanden.«

Die Frankfurter Tafel sammelte in Supermärkten und Restaurants Lebensmittel und verteilte sie an Obdachlose und bedürftige Familien.

Bevor sie sich von Lucía verabschiedete, nahm Cornelia ihre Personalien auf und stellte zu ihrer Erleichterung fest, dass ihre Papiere in Ordnung waren. Sie gab ihr eine Karte mit ihrer Telefonnummer, falls ihr noch etwas einfallen sollte, und ließ sie gehen, bevor der nächste Bus ankam.

Sie machten die Reise noch ein paarmal in wechselnder Zusammensetzung, doch stets vergeblich. Sie hörten niemanden mehr Spanisch sprechen, obwohl Cornelia bei einigen der Frauen aufgrund ihres Aussehens geschworen hätte, sie seien Lateinamerikanerinnen. Aber einige von ihnen waren allein unterwegs, und andere sprachen Deutsch. Immerhin: Wenn Lucía die Wahrheit gesagt hatte, hatten sie wenigstens einen Anhaltspunkt, auch wenn dies bedeutete, sich im Rotlichtmilieu der Stadt umzutun.

Sie kehrten zum Südbahnhof zurück.

»Jetzt müssen wir uns in den Bordellen und bei der Frankfurter Tafel umsehen. Ich hoffe, Esmeralda Valero arbeitet in einem der gemeldeten Puffs, sonst wird die Suche mühsam.«

»Mit ein bisschen Glück hat sie ihren Namen nicht geändert; Esmeralda macht sich gut in einem Bordell.«

Diese Bemerkung hätte von Terletzki stammen können, aber sie kam aus dem Munde Müllers. Cornelia sah ihn prüfend an, auf der Suche nach einem Anzei-

chen von Zweideutigkeit, einem anzüglichen Beiklang
oder einem obszönen Funkeln in den Augen. Vergebens.
Es war eine Feststellung von Tatsachen gewesen, nichts
weiter. Terletzki hatte das Auto aufgeschlossen und saß
schon auf dem Fahrersitz.

BANDEN

»Die Frankfurter Tafel verteilt zweimal pro Woche Lebensmittelpakete an fünftausend Leute und gibt täglich Suppen für Bedürftige aus.«

»Wo?«

»Die Pakete«, las Müller vom Bildschirm ab, »werden montags von zwölf bis zwei in der Maria-Hilf-Gemeinde in der Rebstöcker Straße verteilt und freitags, wie Lucía Sánchez gesagt hat, in der Gutleutstraße.«

»Rebstöcker Straße? Das ist im Gallusviertel.«

»Ist dort nicht auch das Vereinslokal des ACHA?«, fragte Cornelia. »Wenn ich schon mal in der Gegend bin, kann ich ja auch gleich dort vorbeigehen.«

Sie wollte einen der beiden bitten, sie zu begleiten, aber wen? Keine zwei Minuten später nahm Terletzki ihr die Entscheidung ab.

»Ich glaube, ich habe was über die Verfasser der anonymen Briefe.«

Cornelia stand auf und ging zu seinem Bildschirm.

»Seit einem halben Jahr beschweren sich die Besitzer verschiedener Lokale im Westend, dass eine Gruppe ziemlich aggressiver Jugendlicher Ärger macht.«

»Eine Bande?«

»Es ist nicht klar, ob sie organisiert sind oder sich eher spontan zusammenschließen, aber wir haben hier mehrere Anzeigen wegen Belästigungen von Gästen eines italienischen Luxusrestaurants in der Bockenheimer Landstraße, eines argentinischen Steakhauses weiter unten in der Guiollettstraße und noch eine aus einem japanischen Restaurant in der Mendelssohnstraße.«

»Das scheint ein eng umgrenztes Gebiet zu sein«, Cornelia umschrieb mit dem Zeigefinger einen Quadranten auf dem Stadtplan hinter Terletzkis Schreibtisch, »in diesem Teil des Westends, ganz in der Nähe des alten Präsidiums.«

»Normalerweise sind in dieser Gegend keine Banden am Werk. Es ist eine ruhige Ecke, nur Leute mit Geld, Luxusbüros, Ärzte.«

»Aber das sind Erpresser. Vielleicht haben sie in diesen traditionell ruhigen Vierteln eine neue Geldader entdeckt. Das Letzte, was die Besitzer dieser Restaurants gebrauchen können, ist eine Bande, die ihre Gäste belästigt oder ihre Lokale kurz und klein schlägt.«

»Das kann niemand gebrauchen, auch der Kioskbesitzer an der Ecke nicht«, warf Terletzki ein.

»Aber in diesen Lokalen ist die Toleranzschwelle der Kunden besonders niedrig. Ein unangenehmer Vorfall, und sie kommen nie wieder. Was weiß man von diesen Kerlen? Sind es Deutsche oder Ausländer?«

»Der Besitzer des italienischen Restaurants hat zu Protokoll gegeben, es seien Türken.«

»Türken?«

»Na ja«, schränkte Terletzki ein, »er sagt, es könnte sich um Türken handeln.«

»Also Ausländer. Viele halten jeden, der einen ausländischen Akzent hat, für einen Türken.«

»Ich glaube, es wäre ganz gut, wenn ich mal bei den Restaurants vorbeischaue, meinst du nicht?«

Cornelia nickte. Also würde sie mit Müller zur Lebensmittelverteilung gehen. Aber sie hatte die Rechnung ohne die neue Brüderschaft gemacht.

»Machen wir uns los, Poldi?«

Poldi! Am Morgen Scherze über das Frühstück und jetzt Poldi.

Sie rang sich zu einem Abschiedslächeln durch. Auf dem Gang hörte sie, wie sie Witze rissen. Auf einmal kam sie sich reichlich dumm vor mit ihrer Aufgabe, die Schlange vor der Frankfurter Tafel abzuklappern und den Leuten das Foto einer verschwundenen Putzfrau unter die Nase zu halten. Noch dazu waren die beiden gemeinsam abgezogen – und zufrieden.

Sie fuhr die Mainzer Landstraße hinunter in Richtung Gallusviertel. Die Gutleutstraße und die Mainzer Landstraße, in denen die Frankfurter Tafel Lebensmittel verteilte, besaßen einen schizophrenen Charakter. Im oberen Teil der Mainzer Landstraße, bei der Alten Oper, siedelte die Wirtschaftsmacht, die großen Banken und Versicherungen; im unteren Teil, in Richtung Gallus, blätterten die Hauswände der Sozialwohnungen ab und regierten die Gebrauchtwagenhändler. Schon von weitem sah man eine lange Reihe vor der Tür der Maria-Hilf-Kirche warten. Obdachlose, Greise, Mütter mit Kindern, Ausländer, Alkoholabhängige, Junkies. Viele hatten offenbar ihre besten Sachen angezogen. Man sah Männer in abgewetzten Anzügen und Frauen mit paillettenbesetzten Jäckchen, die unter diesem bleigrauen Himmel voller Regenwolken nicht glitzerten, aber von besseren Zeiten erzählten und von dem Versuch, sich wenigstens einen Rest Würde zu bewahren.

Ungeachtet der Blicke der Wartenden, die dachten, sie wolle sich vordrängen, trat sie ein und wandte sich an eine der Ehrenamtlichen, die Tüten, Milchkartons, vorgekochte Mahlzeiten, Dosen und Pakete mit Reis oder Nudeln verteilten. In einem Extrapäckchen gab es Fleisch und eine Tüte Äpfel.

Bei der Frau, die die Nahrungsmittel verteilte, handelte es sich um eine Dame von knapp sechzig Jahren, ganz grau in grau gekleidet.

»Und all das sollte in den Abfallcontainer?«

»Im Allgemeinen landen etwa zwanzig Prozent der Lebensmittel aus den Supermärkten im Müll. Unsere Lieferwagen sammeln alles ein, bevor es weggeworfen wird, überprüfen, ob es noch gut ist, und stellen dann Pakete zusammen.«

Die Frau hielt einer jungen Mutter mit zwei Kindern eine Tüte hin und gab ihr die doppelte Fleischportion.

Cornelia erklärte, warum sie gekommen war, wobei sie versuchte, die Frau so wenig wie möglich aufzuhalten, denn die Schlange war lang. Sie zeigte ihr Esmeraldas Foto.

»Sie kommt mir nicht bekannt vor. Aber hierher kommen viele Leute, und ich kann mir nicht alle Gesichter einprägen. Nur an unsere Stammkunden erinnere ich mich oder an besondere Fälle wie alte Leute, denen wir mehr Obst geben, oder kinderreiche Familien. Wir kontrollieren die Leute nicht. Wer hierherkommt, kommt, weil er es nötig hat, und wir stellen keine Fragen.«

»Wenn Sie nichts dagegen haben, würde ich gerne mit Ihren Kolleginnen und mit den Leuten in der Schlange sprechen.«

Letzteres schien der Frau nicht recht zu sein, aber sie protestierte auch nicht dagegen.

Die Leute begegneten ihr mit dem üblichen Misstrauen der Polizei gegenüber. Niemand kannte Esmeralda. Eine Frau mit einem Baby auf dem Arm, dem Akzent nach zu schließen Polin oder Bulgarin, studierte das Foto ausgiebig, bevor sie es zurückgab.

»Bei diesem Gesicht und diesem Körper hat sie es nicht nötig, hier Almosen in Empfang zu nehmen.«

Ihre Bemerkung provozierte bei einigen der Umstehenden Gelächter, nur ein Mädchen weiter hinten protestierte. Cornelia sagte nichts. Am Ende der Reihe war sie keinen Schritt weitergekommen. Sie ging zu ihrem Wagen und wartete dort, bis die Frau mit dem Baby herauskam. Sie folgte ihr, bis sie außer Sichtweite der Wartenden waren, dann sprach sie sie an. Die Frau erschrak, erstarrte und sah sich um.

»Und Sie kennen diese junge Frau wirklich nicht?«

»Nein.«

Die Frau wollte weitergehen, aber Cornelia hielt sie zurück.

»Aber Sie haben sie schon einmal gesehen? Wo? In der Schlange?«

»Sie stand letzte Woche hinter mir«, gab die Frau zu.

»Und Sie haben etwas mitbekommen.«

»Sie hat sich mit einer jungen Polin unterhalten, die bei mir im Viertel wohnt, und da sie Deutsch sprachen, habe ich das eine oder andere verstanden. Die Polin ist bei irgendeiner religiösen Gruppe und wollte sie überreden, es nicht zu tun.«

»Was nicht zu tun?«

»Na, als Nutte zu arbeiten, was denn sonst?«

Die Frau war ungeduldig, die Lebensmitteltüte war schwer, und auf dem Arm hatte sie das unruhig zappelnde Baby.

»Haben die beiden noch etwas gesagt?«

»Sie haben bemerkt, dass ich ihnen zugehört habe, und haben leiser gesprochen. Da habe ich nichts mehr verstanden.«

»Und Sie sind sicher, dass es die junge Frau auf dem Foto ist?«

»Wenn ich es Ihnen sage!«

»Sie dürfen gleich nach Hause gehen, aber ich brauche Ihre Daten: Name, Anschrift und so weiter. Haben Sie einen Ausweis dabei?«

Die Frau ließ die Schultern hängen.

»Wenn Sie das Kind halten, suche ich ihn heraus.«

Cornelia griff nach dem Kind, aber als es merkte, dass es von der Mutter fortgenommen werden sollte, fing es an zu plärren.

»Halten Sie besser den Beutel. Vorsicht, da ist ein Dutzend Eier drin!«

Sie kramte den Ausweis und die Aufenthaltserlaubnis hervor. Sie war Bulgarin und hatte noch ein Jahr Aufenthalt. Was hatte sie erwartet, als sie nach Deutschland gekommen war? Es war, als hätte die Frau ihre Gedanken gelesen.

»Ich würde sie gern verlängern. Sogar das hier«, sie zeigte auf die Tüte, die Cornelia auf dem Gehsteig abgestellt hatte, um sich ihre Papiere anzusehen, »ist viel mehr als das, was mich zu Hause erwartet.«

Cornelia gab ihr die Papiere zurück und sah ihr nach, wie sie davonging. Der Frau viel Glück zu wünschen, wäre ihr idiotisch erschienen.

Sie ließ das Auto stehen. Das Vereinslokal des ACHA war nicht weit entfernt.

EINE KRIEGSGESCHICHTE

ACHA, der spanisch-deutsche Kulturverein, war im Souterrain eines Hauses in der Wörsdorfer Straße untergebracht. In diesem Viertel hatten früher viele spanische Gastarbeiter gelebt. Einige hatten sich nach ein paar Jahren Arbeit wieder in Spanien angesiedelt; andere waren inzwischen in Rente und hatten ebenfalls beschlossen, in die Heimat zurückzukehren. Wieder andere waren geblieben. Wegen der Kinder. Wegen der Enkel. Wegen des deutschen Ehepartners. Oder weil sie sich in Spanien nicht mehr heimisch fühlten, weil sie sich an das Leben in Deutschland gewöhnt hatten – und was sollten sie jetzt in Dörfern und Städten, wo sie kaum jemanden kannten?

Das hatte ihr Regino Martínez erzählt und zugleich beklagt, dass neue Mitglieder fehlten, wodurch dieser und andere Vereine in ihrer Existenz bedroht waren. Das Vereinslokal, in dem sie keine Menschenseele antraf, gab ihm recht.

Die Räume des ACHA hatten schon bessere Zeiten gesehen. Die Stuckverzierungen waren geschwärzt, das Weiß längst vergilbt. Auch die Plakate mit den Ankündigungen von Veranstaltungen und die gerahmten Zeitungsausschnitte hatten ihre Kontraste eingebüßt, und das Rot, Grün und Schwarz waren zu einem Einheitsblau verwaschen.

Neben der Eingangstür stand ein hoher Verkaufsständer mit Faltblättern, auf denen die Veranstaltungen ausländischer Vereine in der Stadt nachzulesen waren. Ein Blick genügte, um zu erkennen, welche Themen inzwischen die großen Favoriten waren. Da wurden Salsa- und Merenguekurse angeboten, Vorträge über den Islam, Tai-Chi im Grüneburgpark, Kaffee und Tango in einem Lokal in Bockenheim, brasilianische Capoeira in der Volkshochschule und angolanische im afrikanischen Club, der im alten Polizeipräsidium am Platz der Republik untergebracht war.

Hinter dem Ständer führte eine Tür in einen weitläufigen Saal mit quadratischen Vierertischen. Bei vielen war die braune Resopalplatte in der Mitte so abgenutzt, dass das Weiß zum Vorschein gekommen war. Cornelia verstand gleich, warum: Hier hatten jahrzehntelang ausgedehnte Dominopartien stattgefunden.

Regino Martínez führte sie durch den Saal in den angrenzenden Raum.

»Unsere Bibliothek.«

Ein beißender Geruch nach altem Papier schlug ihnen entgegen. Die Luft stand schon genauso lang in diesem Raum wie die Bücher. Aufgereiht in Regalen, die die Wände vollständig einnahmen, warteten sie vergebens auf neue, frischere Kameraden. Regino folgte Cornelias Blick. Ihm entging nicht, dass sie in der staubigen Luft die Nase rümpfte.

»Unsere Mittel sind mehr als begrenzt. Da die Bibliothek von den Vereinsmitgliedern kaum noch genutzt wird, kommen neue Bücher nur hinzu, wenn uns jemand welche schenkt. Viele stammen von Leuten, die nach Spanien zurückkehren und ihre Bücher hierlassen. Wir behalten die, die für uns interessant sind. Die doppelten geben wir dem Konsulat, damit sie sie an spanische Strafgefangene verteilen. Schließlich haben wir hier nicht genug Platz für fünf Exemplare von *Los cipreses creen en Dios* oder das Gesamtwerk von Martín Vigil.«

Cornelia sagten diese Namen nichts. Ihre Mutter hatte die Groschenromane von Corín Tellado gelesen, die in der spanischen Gemeinde von Hand zu Hand gegangen waren, und einige galicische Autoren.

Regino Martínez zeigte ihr noch ein paar weitere Räume. Sie hätte nicht sagen können, ob es sich um Veranstaltungsräume oder Abstellkammern handelte. Zuletzt führte er sie in ein kleines Büro, dessen einzige Lichtquelle ein lang gestrecktes schmales Fenster auf einen Hinterhof war, der trotz der gärtnerischen Bemühungen der Anwohner einen tristen Anblick bot. Sie waren gerade eingetreten, als das Telefon in einem Nebenraum klingelte, und Martínez ließ Cornelia einen Augenblick allein. Sie betrachtete die Fotos an den Wänden.

Sie hatte den Kaffee ausgeschlagen, den Martínez ihr bei ihrer Ankunft angeboten hatte. Seit dem frühen Morgen spürte sie leichte Stiche auf der Höhe des Brustbeins, die sie auf ihren übermäßigen Koffeinkonsum der letzten Tage zurückführte. Während sie die Fotos betrachtete, rieb Cornelia die Stelle mit der Hand. Alle Bilder zeigten Veranstaltungen des Vereins. Der Kleidung und Haartracht der Personen nach zu urteilen, stammten die meisten Aufnahmen aus den Sechzigern und Siebzigern. Bald hatte sie Soto und Martínez entdeckt. Die beiden waren häufig zu sehen. Sie hielten Reden oder hörten anderen Rednern zu, überreichten Trophäen oder nahmen sie in Empfang, klatschten oder wurden beklatscht. Es gab auch Fotos von Lesungen, Theateraufführungen, Jungen und Mädchen in Rollkragenpullovern oder hellen Hemden, je nach Jahreszeit, auf Hockern sitzend und stets die Gitarre im Anschlag.

Ab einem gewissen Zeitpunkt tauchte Marcelino Soto nicht mehr auf. Und ab einem gewissen Zeitpunkt waren auch keine Bilder mehr aufgehängt worden, etwa ab Mitte der achtziger Jahre, der Kleidung der Aufgenommenen nach zu schließen.

Unter den Fotografien stach der vergilbte Ausschnitt eines Artikels aus einer deutschen Zeitung ins Auge, der Bericht über die Ankunft des millionsten Gastarbeiters, eines Portugiesen namens Armando Rodrigues.

»Arbeitgeberverband, Arbeitsverwaltung und ein Riesenaufgebot von Fernsehen, Funk und Presse hatten sich gestern Morgen auf dem Bahnhof Köln-Deutz bereitgestellt, um den millionsten Gastarbeiter in der Bundesrepublik zu empfangen. Die Beauftragten der Bundesvereinigung der deutschen Arbeitgeber-Verbände litten zwischen acht und zehn Uhr unter quälender Ungewissheit. Den millionsten Gastarbeiter hatten sie durch Blindtippen herausgepickt. Der Zeigefinger des BDA-Suchers war beim Überfliegen der Vorauslisten auf dem Portugiesen Rodrigues hängen geblieben. Nun wurde gestern bekannt, dass vierundzwanzig Portugiesen an der Grenze zurückgeschickt worden waren. Sollte, erschreckte es die BDA-Leute, unser Favorit bei den Zurückgewiesenen sein? Und sie suchten für alle Fälle einen Ersatzmann – einen portugiesischen Zimmermann namens Varela.

Schließlich lief der erste Zug ein. Dann, zehn Uhr, lief der zweite Zug ein. Ein Dolmetscher lief die Reihen entlang: Armando Rodrigues! Armando Rodrigues! Endlich, weit draußen am Ende des Bahnsteiges, meldete sich zögernd der ›Millionär‹. Armando, etwa 1,75 Meter groß, hager und verschlossen, wusste nicht, was ihm geschah.«

»Den habe ich nicht aufgehängt. Das hat Marcelino getan, aber gegen meinen Willen, schließlich war er damals Vorsitzender.«

Regino Martínez war in das Büro zurückgekommen. Er setzte sich auf seinen Stuhl und bot ihr den zweiten Stuhl auf der anderen Seite des abgenutzten Schreibtischs an.

»Mit der Zeit gewöhnt man sich daran und nimmt es gar nicht mehr wahr.«

Cornelia drehte sich wieder zu dem Foto um. Armando Rodrigues hatte schüchtern, verlegen, die Hand auf das Moped gelegt, das ihm soeben überreicht worden war. Die Anstrengung der Reise stand ihm noch ins unrasierte Gesicht geschrieben, und seine Lippen zeigten ein Lächeln, das seine tief liegenden Augen noch nicht erreicht hatte.

»Warum mögen Sie es nicht?«

»Mit Verlaub, Frau Kommissarin, man merkt, dass Sie eine echte Deutsche sind. Was schenkt man diesem Mann? Ein Moped. Ein Moped! Und das in einem Land, in dem man zwischen Oktober und März kurz vor dem Erfrieren ist. Warum haben sie ihm nicht gleich einen Esel geschenkt? In Wirklichkeit dachten sie nämlich, dass wir zu Hause noch auf Eseln reiten. Sie selbst haben natürlich Autos über Autos gekauft. Wir dagegen haben die Autos zusammengebaut, sind aber mit der U-Bahn zur Arbeit gefahren. Das war nämlich das Wirtschaftswunder: dass jeder Metzger sich einen schwarzen Opel Senator vor den Laden stellen konnte, um ihn durch die Schaufensterscheibe zu bewundern, während er ein Schwein zerlegt. Sehen Sie mal, wie der Artikel endet.«

Regino Martínez stand auf und las ihr den letzten Absatz vor, obwohl es fast so aussah, als zitiere er ihn aus dem Gedächtnis:

»Wir wären ganz froh, wenn wir in unserem Land nicht gezwungen wären, so viel Ausländer fern der Heimat beschäftigen zu müssen. Nun sind Sie aber da, wir brauchen Ihre Hilfe, und Sie sollen es so gut haben, wie es eben geht, so gut wie es ein Gast erwarten darf. Vergessen Sie nur nicht, Deutsche denken etwas anders als

Portugiesen, und Portugiesen empfinden manches anders als die Deutschen. Das kann man nicht ändern.

Tusch! In diesem Sinne: ›Auf in den Kampf, Senhor Rodrigues!‹«

Cornelia spürte, wie ihr Gesicht glühte; sie schämte sich für den Verfasser dieses Artikels und freute sich über die schlechte Beleuchtung in Martínez' Büro. Vor ihm fühlte sie sich wie eine Vertreterin der Deutschen und bedauerte die Überheblichkeit und Geschwollenheit dieser Zeilen. Unwillkürlich verglich sie den hageren Körper des Portugiesen mit dem Metzger des Viertels, in dem sie aufgewachsen war, mit seinen rosigen Armen und runden Fingern, die an die Würstchen erinnerten, die er in seinem Schaufenster aufschichtete. Obwohl sie nie einen Opel Senator vor dem Laden gesehen hatte, färbten die Worte von Martínez sofort auf ihre Erinnerung ab. Von nun an würde ein schwarzer Wagen vor der gekachelten Wand der Metzgerei Häcker stehen und einen Teil der Angebotstafel in Form eines Schweins verdecken.

»Herr Martínez, können Sie mir erklären, was es mit der Szene auf dem Friedhof auf sich hatte? Wieso wurde Marcelino Soto als Verräter beschimpft? Und kommen Sie mir nicht mit alten Geschichten und blank liegenden Nerven. Man hat ihn einen Dieb genannt.«

»Sohn eines Diebes«, berichtigte Martínez.

»Was hat das zu bedeuten? Wenn Sie es mir nicht erzählen wollen, geben Sie mir die Namen der Personen, die ihn beschuldigt haben.«

Martínez zögerte einen Moment, dann sagte er: »Es ist wirklich eine alte Geschichte.«

»Erzählen Sie sie mir trotzdem.«

»Sie betrifft Marcelinos Familie, genauer gesagt, seinen Vater, Antonio Soto, einen Linken. Vor dem Krieg ...

damit meine ich natürlich unseren Krieg, den Bürgerkrieg ...«

»Schon klar.«

»Vor dem Krieg, während der Republik, war Marcelinos Vater Gemeinderat. In dieser Zeit versuchten sie im Dorf unter dem Vorsitz eines kommunistischen Bürgermeisters Reformen durchzusetzen und zogen sich damit die Feindschaft der Kirche und anderer erzkonservativer Kräfte zu, die Galicien in ihren Klauen hatten und auch heute noch haben. Unter anderem beschlagnahmte der Gemeinderat die Besitztümer des Augustinerklosters, ein kleines Vermögen, und das kam sie teuer zu stehen. Es war ein öffentlicher Skandal, aber viele befürworteten die Aktion im Stillen, weil der Gemeinderat das Geld für den Bau einer Schule und von Straßen verwenden wollte. Schließlich beschlossen Gemeinderat und Bürgermeister, die Pläne und das Geld in der Öffentlichkeit zu präsentieren.«

»Sie meinen, sie haben das Geld gezeigt? Den Leuten Geldscheine gezeigt?«

»Genau. Sie zeigten das Geld wie einen Schatz auf einem versunkenen Schiff. Ganze Bündel von Scheinen, Stapel von Münzen, Schmuckstücke in Vitrinen, die sie aus irgendeiner Sakristei herausgeholt hatten. Die sechs Gemeinderäte im Sonntagsstaat bildeten die Eskorte. Es gibt davon sogar ein Foto in irgendeiner Regionalzeitung. Und die Leute aus dem Dorf defilierten schweigend an dem Schatz vorbei, als wäre er eine Reliquie, was er schließlich auch wurde. Ein Mythos. Denn der Schatz verschwand.«

»Wie das?«

»Mit Sicherheit weiß man nur, dass der Krieg ausbrach, bevor sie auch nur eine Pesete in das Dorf investieren konnten. Kurz darauf rückten die Franco-Leute an. Die Mitglieder des Gemeinderats flohen Hals über Kopf und versteckten sich, bevor die Franquisten zur Jagd auf sie bliesen. Aber ein paar Wochen später haben sie sie geschnappt. Sie sperrten sie in das alte Schulhaus und folterten sie, um herauszufinden, wo sie das Geld versteckt hatten. Alle zwei Tage wählten sie einen aus – manche waren wegen der Schläge kaum wiederzuerkennen –, schleppten ihn auf den Platz und erschossen ihn vor den Augen seiner Familie. Einen nach dem anderen, alle fünf. Als Letztes war der Bürgermeister dran, ein Mann namens Castro, der sowieso schon mehr tot als lebendig war.«

»Aber einer fehlte.«

»Genau.«

»Marcelino Sotos Vater.«

»So war es.«

»Wo steckte er?«

»Das weiß man nicht. Fünf Jahre nach Kriegsende, als seine Familie ihn schon für tot hielt, tauchte er wieder auf. Er erzählte, er habe den Franquisten entkommen können und sei wochenlang durchs Gebirge geirrt, bis sie ihn nahe der portugiesischen Grenze doch noch geschnappt hätten. Er sagte, sie hätten ihn ins Gefängnis gesteckt und erst jetzt wieder freigelassen.«

»Und stimmt das?«

»Das hat nie jemand erfahren. Aber bald gab es die ersten Gerüchte.«

»Welche?«

»Es hieß, er habe seine Kameraden verraten, um sein Leben zu retten, und dann habe er die Seite gewechselt und mit den Franquisten gekämpft.«

»Und das Geld?«

»Niemand konnte etwas darüber sagen. Und hier beginnt die Legende. Im Laufe der Jahre wuchsen die

Geldscheine in der Phantasie der Leute zu wahren Bergen und damit auch die Mutmaßungen über das Schicksal dieses Vermögens, das immer sagenhafter wurde. Im Dorf waren alle davon überzeugt, Marcelinos Vater habe das Geld versteckt und warte nur darauf, bis Gras über die Sache gewachsen sei, um es mit vollen Händen ausgeben zu können. Man mied die Familie. Marcelino sagte, dass sie nur aus Respekt vor seiner Mutter geduldet wurden, die im Dorf sehr beliebt war, und weil man annahm, dass sein Vater gute Beziehungen zu den örtlichen Kaziken besaß. Das hat die Leute davon abgehalten, ihre Vermutungen öffentlich zu äußern.«

»Und warum ist der Vater nicht samt Familie aus dem Dorf fortgezogen?«

»Weil das ein Schuldeingeständnis bedeutet hätte, wo er doch immer seine Unschuld beteuerte. Marcelino hat darunter sehr gelitten. Er war der Sohn eines Geächteten. Und sobald er konnte, hat er sich davongemacht. Mit sechzehn hat er sich Arbeit in einem anderen Dorf gesucht, und danach ist er nach Deutschland gegangen.«

»Aber Sie kommen doch aus Andalusien, woher kennen Sie dann diese Geschichte so genau?«

»Von Marcelino. Die Geschichte seines Vaters quälte ihn. Er hat sie mir mehr als einmal erzählt, und nicht nur mir, auch anderen, als hoffe er, sich reinzuwaschen, indem er sie öffentlich machte. Und dann, nach dem Tod seines Vaters, berichtete er mir auch von den seltsamen Gerüchten.«

»Gerüchte worüber?«

»Dass sein Vater keines natürlichen Todes gestorben sei.«

»Sie meinen, er wurde umgebracht?«

»Das hat man sich erzählt, aber ich weiß nichts Genaueres.«

»Standen Sie sich sehr nahe?«

»Anfangs ja.«

»Aber Sie sind in Kontakt geblieben.«

»Wir sind uns bei den Versammlungen und Festen des ACHA immer wieder begegnet, aber nach seinem Austritt aus dem Verein natürlich nur noch selten.«

»Sein Austritt bedeutete also einen Bruch in ihrer Beziehung?«

»Marcelino wollte nicht akzeptieren, dass er nicht zum Vorsitzenden wiedergewählt wurde. Er glaubte, dieser Posten gehöre ihm als Ausdruck des Dankes der Mitglieder. Die jeweiligen Wahlen dienten seiner Meinung nach einzig und allein zur Auffrischung dieser Dankbarkeit, und als Anfang der achtziger Jahre, genauer gesagt, 1982, ein anderer gewählt wurde, Pedro Serrano, konnte Marcelino sich damit nicht abfinden.«

»Und daraufhin trat er aus dem ACHA aus?«

»Nicht gleich. Zuerst startete er einen Gegenangriff. Er setzte einige Mitglieder unter Druck und tat auch sonst so manches, was nicht besonders anständig war …«

Martínez verstummte.

»Zum Beispiel?«

»Er streute das Gerücht, sein Konkurrent habe sich dadurch Stimmen gekauft, dass er Eintrittskarten für die Fußballweltmeisterschaft in Spanien organisierte.«

Regino Martínez senkte den Kopf, während er diese Geschichten erzählte, und so entging ihm, dass nach diesem Satz plötzlich ein Lächeln über das Gesicht der Kommissarin huschte. Ihr waren die T-Shirts mit dem WM-Maskottchen wieder eingefallen, und auch der Name kam ihr wieder in den Sinn: Naranjito. Ihr Bruder Manuel hatte sich zwei T-Shirts mit dieser scheußlichen Figur gekauft, damit er immer ein frisches hatte, und war zwei Monate lang stolz wie ein Schneekönig damit in der Schule herumgelaufen.

»In der Tat hatte Serrano über einen Verwandten ein Paket mit Eintrittskarten für die WM bekommen, aber das war nicht der Grund, warum die Leute nicht mehr für Marcelino gestimmt haben.«

»Und was war dann der Grund?«

»Marcelino war so viele Jahre Vorsitzender gewesen, dass er das Amt wie sein Eigentum behandelte. Er bestimmte alles und jedes, ohne irgendjemanden zu fragen. Viele Mitglieder wussten, was er geleistet hatte, mochten seine Art aber überhaupt nicht, und bei der erstbesten Gelegenheit haben sie ihn verabschiedet.«

»Und Sie? Was haben Sie getan?«

»Ich hatte ihn immer wieder gewarnt ... aber er wollte nicht auf mich hören. Es ist unglaublich, wie sehr sich Menschen verändern, sobald sie nur einen Zipfel der Macht in den Händen halten. Aber wenn Sie danach fragen: Ich habe für ihn gestimmt. Und die WM habe ich mir zu Hause im Fernsehen angesehen. Ich war nicht bei denen, die nach Spanien gefahren sind. Sehen Sie«, Martínez stand auf und zeigte auf ein Foto, auf dem zehn Männer in Anzügen wie eine Fußballmannschaft posierten, die vordere Reihe in der Hocke, die zweite Reihe stehend, »das sind die, die nach Sevilla gefahren sind.«

Cornelia stand ebenfalls auf, um die Gesichter genauer sehen zu können. Einige kamen ihr bekannt vor, aber sie war sich nicht sicher, ob das nicht daran lag, dass ihr die Gesichtszüge so spanisch vorkamen. Martínez zeigte auf einen etwa vierzigjährigen Mann, der lächelnd vorne kniete, die Arme auf seine Nachbarn links und rechts gestützt.

»Das ist Pedro Serrano.«

»Ist er immer noch im Verein aktiv?«

»Er ist gestorben. Vor fünf Jahren. Lungenkrebs, vom Asbest. Er war Bauarbeiter.«

In Martínez' Äußerung schwang ein leichter Vorwurf mit. Gegen wen? Gegen die Deutschen, weil sie solche Arbeitsbedingungen zugelassen hatten? Gegen sie, weil sie Deutsche war? Wieder betrachtete Cornelia das Foto. Hinter der Gruppe konnte man einen Kofferstapel erkennen, die Aufnahme war am Frankfurter Flughafen gemacht worden. Martínez zeigte auf einen anderen Mann am rechten Bildrand.

»Der Bruder von Pedro, José Miguel. Er war auch ein guter Freund von Marcelino, bis der anfing, üble Gerüchte über seinen Bruder zu verbreiten. Ein paarmal hätten sie sich fast geprügelt. José Miguel kann sehr aufbrausend sein.« Er machte eine Pause. »Er ist nach Spanien zurückgegangen.«

Martínez servierte ihr mögliche Verdächtige wie auf dem Tablett und ließ sie im gleichen Moment wieder verschwinden. Cornelia fragte sich, ob er Spielchen mit ihr spielte oder ob er es unbewusst tat. Auf jeden Fall war klar, dass es viele alte Geschichten und Streitigkeiten gab. Aber verfasste man wegen so etwas anonyme Briefe? Noch bevor Martínez ihr weitere Personen auf dem Foto zeigen konnte, hörte man, wie die Tür des Vereinslokals aufging. Schritte näherten sich dem Büro. Im Türrahmen erschien der Kopf eines etwa siebzigjährigen Mannes, der sie neugierig ansah.

»Joan, alter Katalane! Was führt dich hierher?«

»Nichts Besonderes«, erwiderte der Mann, ohne den Blick von Cornelia zu wenden. »Ich bin hier, um eine Partie zu spielen.«

Er grüßte Regino Martínez, ohne einzutreten. Die Frage »Wer ist denn das?« stand ihm ins Gesicht geschrieben. Regino Martínez stand auf.

»Das ist Frau Kommissarin Weber, die in Marcelinos Fall ermittelt.«

Der Mann stutzte kurz, vielleicht, weil sie keine Uniform trug, dann kam er ein paar Schritte näher, begrüßte sie, kehrte aber sofort wieder an die Tür zurück, als hinderte ihn eine unsichtbare Linie am Betreten des Büros. Bei der Erwähnung des Toten war seine Miene traurig geworden. Gleichwohl war seine angespannte Vorsicht unübersehbar. Cornelia realisierte, dass Martínez sie nicht als Celsas Tochter und halbe Spanierin, sondern als deutsche Kommissarin vorgestellt hatte.

Gerade deshalb meldete sich in ihr Celsas Tochter und flüsterte der deutschen Kommissarin zu: »Das ist Joan Font, der Katalane, der viele Jahre lang den Lyrik- und Erzählwettbewerb für spanische Gastarbeiter in Frankfurt organisiert hat.« Und sie erinnerte sich daran, wie ihr Bruder Manuel einmal mit einem Muttertagsgedicht den ersten Preis für Kinder gewonnen hatte. Die ganze Familie war bei der Preisverleihung dabei gewesen. Manuel hatte das Gedicht in einem affektierten, für einen zehnjährigen Jungen völlig unnatürlichen Tonfall vorgetragen, mit übertrieben rollendem R und vielen stumpfen Reimen, das Ganze hatte entsetzlich geleiert. Sie hatte zwischen ihren gerührten Eltern gesessen.

»Hört er sich nicht an wie Manuel Dicenta?«, hatte ihre Mutter verzückt gemurmelt.

Sie kannte diesen Dicenta nicht und ihr Vater sicher ebenso wenig, aber beide hatten zustimmend genickt. Er, um sich die Erklärung zu ersparen. Sie ebenfalls. Und, um den Mund nicht aufzumachen. Sonst hätte sie laut loslachen müssen. Ihre Eltern hätten dann gedacht, sie wäre neidisch, und ein wenig stimmte das auch, aber vor allem war ihr Bruder, die Männerkrawatte umgebunden und holperige Verse aufsagend, unglaublich komisch.

Bevor Joan Font sich zum Dominospielen zurückzog, ging Cornelia auf ihn zu: »Sie erinnern sich sicher nicht mehr an mich, aber mein Bruder Manuel, Manuel Weber-Tejedor, hat mal einen Preis bei einem Gedichtwettbewerb für Kinder gewonnen.«

Joan Font schien in den Archiven seiner Erinnerung nach allen Lyrikpreisen zu graben, die durch seine Hände gegangen waren. Dann fand er ihn. Erstaunt hob er die Augenbrauen.

»Sie sind Celsas große Tochter? Wieso habe ich Sie nicht erkannt? Natürlich erinnere ich mich! Dass ich nicht gleich darauf gekommen bin: Ich habe doch auf der Beerdigung gehört, dass Sie den Fall bearbeiten. Sie glauben gar nicht, wie sehr ich mich freue, Sie wiederzusehen, und wie froh ich bin, dass gerade Sie sich darum kümmern.«

In Richtung Regino Martínez sagte er: »Wieso hast du sie nicht vorgestellt?«

Und zu Cornelia gewandt: »Manchmal ist dieser Kerl förmlicher als die Deutschen.«

Cornelia winkte ab.

»Kommen Sie mit in den Aufenthaltsraum und wir trinken einen Kaffee, bis die Mitspieler da sind?«

»Gern.«

Sie verabschiedete sich von Martínez. Er blieb in seinem Büro und tat so, als beschäftige er sich mit irgendwelchen Unterlagen, aber sie wusste, dass er gern mitbekommen hätte, was sie mit dem Katalanen besprach.

JOAN FONT

Obwohl viele ihn *Catalanufo* nannten, »alter Katalane«, stammte Joan Font aus einem Dorf auf Mallorca. Den Spitznamen hatte ihm eines Tages ein Kollege aus Huelva verpasst, der mit ihm bei den Farbwerken Hoechst arbeitete. An diesem Tag ging es Joan Font gar nicht gut, er brütete eine Grippe aus, die sich später zu einer Lungenentzündung auswuchs und ihm schließlich eine chronische Bronchitis einbrachte. Und weil er sich so schlapp fühlte und ihm Kopf und Glieder weh taten, reagierte er überhaupt nicht, als der Kollege fragte: »Was ist los, *Catalanufo*, singst du heute gar nicht?« Am nächsten Tag ging es ihm noch schlechter. Und als der Mann aus Huelva rief: »Komm, *Catalanufo*, es ist Essenszeit!«, folgte er ergeben, vom Fieber geschüttelt. Tags darauf wurde er krankgeschrieben und musste zwei Wochen zu Hause bleiben. Als er in die Fabrik zurückkam, hatte er einen Lungenschaden und den Namen *Catalanufo* weg. An beidem war nichts mehr zu ändern.

Der Spitzname kümmerte ihn nicht, wohl aber die Bronchitis, die sich durch unvorhersehbare Hustenanfälle bemerkbar machte, vor allem, wenn er sang. Joan Font hatte immer davon geträumt, Sänger zu werden, Liedermacher. Viele waren der Meinung, seine Stimme sei mit der des jungen katalanischen Liedermachers Lluis Llach vergleichbar, klinge aber weniger affektiert. Er hatte eigene Texte oder Gedichte mallorquinischer Lyriker vertont und war damit bei politischen Untergrundversammlungen aufgetreten.

Nachdem er illegal das Land verlassen hatte, hatte er angefangen, Lieder auf Spanisch zu schreiben. Unter den spanischen Gastarbeitern gab es kaum jemanden, der Katalanisch sprach, und wenn der politische Kampf es erforderte, nun gut, dann würde er eben auf Spanisch schreiben. Oder auf Deutsch, wenn nötig.

Joan Font mietete sich in einer Pension für Gastarbeiter im Frankfurter Ostend ein. Ursprünglich hatte er nur so lange bleiben wollen, bis er eine Wohnung fand, aber da er allein lebte und nicht wirklich eine andere Bleibe suchte, war er einfach hängen geblieben. Inzwischen war er in Rente, bewohnte aber nach wie vor sein kleines Pensionszimmer und teilte Küche und Bad mit anderen Mietern. Solche Geschichten enden in der Regel damit, dass der Dauermieter die Pensionswirtin ehelicht, üblicherweise eine Kriegswitwe, aber in Joan Fonts Fall lagen die Dinge anders. Die Pension gehörte einem Mann. Hans, einem Witwer, der bei seiner Rückkehr aus italienischer Kriegsgefangenschaft feststellen musste, dass seine Frau bei einem Bombenangriff ums Leben gekommen war. Der Angriff hatte sie im Stadtzentrum überrascht, die Familienpension war unbeschädigt geblieben. Er übernahm den Betrieb und beschäftigte Ulrike, die Schwester seiner verstorbenen Frau, als Köchin. Nach einigen Jahren hatten sie ein Verhältnis miteinander, doch sie heirateten nie.

In den sechziger Jahren, als die Gastarbeiter ins Land strömten, beschloss Hans, sich auf diese Klientel zu konzentrieren. Dutzende von Männern gingen in seiner Pension ein und aus, Italiener, Portugiesen, Türken, Jugoslawen, Spanier. Einige blieben Wochen, andere Monate, andere Jahre – und Joan Font ein Leben lang. Für Hans gehörte er inzwischen fast zur Familie. Hans, Ulrike und Joan feierten Geburtstage, Weihnachten, die Siege von Eintracht Frankfurt und die der deutschen Nationalmannschaft gemeinsam.

An Weihnachten vor drei Jahren, als sie mit einigen Pensionsgästen am Heiligabend zusammensaßen, hatte der Wirt in einem Anfall von Gefühlsduseligkeit gesagt: »An dem Tag, an dem du nicht mehr bist, Joan, mache ich den Laden dicht.«

Hustend, um seine Rührung zu verbergen, hatte Joan geantwortet: »Das wird nicht mehr lang dauern, Hansi, diese Bronchitis gibt mir den Rest.«

DICHTERSTUNDE

Joan Font war etwa so alt wie Cornelias Vater, allerdings zwanzig Zentimeter kleiner, ein Größenunterschied, der teilweise durch seine dichte Mähne ausgeglichen wurde, die sich um seinen Kopf bauschte wie graue Zuckerwatte. Die hochgewölbte Stirn wurde jäh durch ein dickes schwarzes Brillengestell unterbrochen, dessen linker Bügel mit schwarzem Isolierband befestigt war. Cornelias Blick blieb eine Sekunde zu lang daran hängen. Joan Font bemerkte es.

»Er ist an einer Stelle abgebrochen, die schlecht geschweißt werden kann.«

Er sprach jetzt Spanisch mit ihr, schließlich war sie Celsas Tochter. Cornelia fiel die für Katalanen typische kehlige Aussprache der »Ls« auf, wie bei den Holländern oder den Kölnern.

»Es gibt auch neue Bügel.«

»Ehrlich gesagt ist er vor vielen Jahren abgebrochen, und ich habe mir inzwischen angewöhnt, das Band zu erneuern, wenn es unansehnlich wird, und bin zu faul, etwas anderes zu unternehmen.«

Cornelia lächelte. Fast hätte sie ihm gesagt, dass die dicken Brillengestelle der sechziger Jahre gerade wieder in Mode waren. Aber eben weil die Brille, mit einem Stück schwarzem Isolierband zusammengehalten, nun schon vierzig Jahre überstanden hatte, hätte ihn diese harmlose Bemerkung gekränkt. Außerdem zitterten Joan Fonts Hände, und er wusste nicht, wo er sie lassen sollte. Er war nervös. Sie war Celsas Tochter, aber sie war auch eine deutsche Polizeikommissarin. Und Font war, wie viele andere Mitglieder des ACHA, von seinen Erfahrungen mit der franquistischen Polizei geprägt.

Cornelia wollte etwas Freundliches sagen, wusste aber nicht, was. Das Unbehagen von Spaniern gegenüber dem Schweigen nahm ihr die Arbeit ab.

»Ach, Frau Kommissarin, wir sind alle so traurig über Marcelinos Tod. Sie können fragen, wen Sie wollen, alle werden Ihnen das Gleiche sagen. Wir alle mochten Marcelino sehr gern. In meinem ganzen Leben habe ich keinen besseren Menschen kennengelernt.«

Font konnte nicht weiterreden. Er kämpfte mit den Tränen. Mit bebenden Lippen sah er an die Decke, um die Beherrschung wiederzuerlangen.

»*Redéu!* Sehen Sie die Spinnweben da? Wie das Netz einer Tarantel!«

Cornelia musste sich umdrehen, zu dem dichten, staubigen Netz, das in einer Ecke von der Decke herabhing, aber sie merkte noch, wie Font sich verstohlen die Augen wischte. Als sie sich wieder umwandte, rezitierte er: »Die Spinne ist eine Technikerin, eine göttliche Uhrmacherin.«

Einen Augenblick lang argwöhnte Cornelia, diese Verse könnten einem der unzähligen Poesiewettbewerbe entstammen.

»Ist das von Ihnen?«, wagte sie zu fragen und befürchtete halb die Antwort: »Nein, von Ihnen.«

»Nein, schön wär's. Von Neruda.«

»Sie kannten Marcelino Soto seit vielen Jahren, nicht wahr?«

»Fast seit ich hier bin. Nur dass er bei Opel arbeitete und ich bei Hoechst.« Nun lächelte Font wieder. »Auch wenn meine Brille das nicht vermuten lässt, bin ich gelernter Schweißer.«

»Wie haben Sie Marcelino Soto kennengelernt?«

»Bei einer Versammlung spanischer Arbeiter, auf der drei Genossen von der UGT sprachen, die damals im

Exil agierte, von Toulouse aus. Wir trafen uns heimlich mit ihnen in einer der Baracken, in denen wir hausten. Obwohl Schikanen der deutschen Behörden zu befürchten waren, weil hier in den Sechzigern eine panische Angst vor allem herrschte, was links war, war die Baracke brechend voll. Die drei Männer von der Gewerkschaft berichteten uns von der Situation der Arbeiter in Spanien und rieten uns, uns zu organisieren, um in Deutschland bessere Bedingungen durchzusetzen, na ja, solche Dinge halt. Marcelino und Regino haben auch gesprochen, vor allem über die miserablen Wohnverhältnisse und die schlechte Gesundheitsversorgung der spanischen Gastarbeiter. Wir haben stundenlang diskutiert, und viele von uns sind danach einer deutschen Gewerkschaft beigetreten. Die meisten sind in die IG Metall oder die IG Chemie-Papier-Keramik gegangen. Regino, Marcelino und ich sind schnell gute Freunde geworden. Als die beiden dann den ACHA gegründet haben, haben sie mich gebeten, die Literatur- und Theaterveranstaltungen zu organisieren, weil sie wussten, dass ich ein begeisterter Leser bin. Also habe ich die Laienschauspielgruppe und die Poesiewettbewerbe gegründet.«

»Ich habe eine Liste der Veranstaltungen gesehen. Sie ist beeindruckend.«

»Es hat uns auch viel Schweiß und Mühe gekostet. Wir mussten alles selber erledigen.«

»Aber man hat sie finanziell unterstützt.«

»Kaum. Da wir eine linke Gruppierung waren und sind, haben wir weniger Gelder erhalten als konservative Gruppen oder diejenigen, die sich aus der Politik herausgehalten haben. Die Gewerkschaften, zumindest die UGT, haben uns mit Geld geholfen, aber es gab so viele, die die Hand aufhielten, und für die Gewerkschaft gab es sicher wichtigere Projekte als eine Laienaufführung von *Fuenteovejuna*. Und trotzdem kann sich das, was wir auf die Beine gestellt haben, sehen lassen: Theater, Tanzveranstaltungen, Wettbewerbe, Vortragsabende. Aber im Vergleich zu anderen Gruppen, die von der spanischen Regierung immer Geld für Kostüme, Instrumente oder Buchpakete bekommen haben, war unser Programm eher handgestrickt.«

Cornelia dachte an die dürftigen Bühnendekorationen, die sie auf den Fotos in Martínez' Büro gesehen hatte.

»Haben Sie sich untereinander gut verstanden?«

»Na ja, es war wie überall, Frau Kommissarin. Wenn Menschen sich zusammentun, gibt es Unstimmigkeiten. Der eine will es so machen, der andere genau anders herum, der eine sagt hü und der andere hott. Aber im Grunde genommen, ja: Wir haben uns gut verstanden. Wir stammten aus demselben Land, wir waren fremd hier, wir mussten zusammenhalten, sonst wären wir verloren gewesen. Der ACHA war ein Stück Heimat.«

»Waren Sie überrascht, als Marcelino aus dem Verein austrat?«

»Offen gesagt, ich konnte das nicht nachvollziehen. Warum hat es ihn so sehr getroffen, nicht wiedergewählt zu werden? Der Vorsitzende wird von den Mitgliedern gewählt, und in einem demokratischen Verein zählt die Meinung der Mehrheit. Die Mitglieder wollten frischen Wind und haben dementsprechend gewählt. Aber er hat das persönlich genommen. Mich hat er nicht einmal mehr gegrüßt, weil ich hier weiterhin Veranstaltungen organisiert habe und nicht aus Solidarität mit ihm ausgetreten bin. Aber ich habe ihm deutlich gesagt: ›So sind nun mal die Regeln der Demokratie, Marcelino, von denen wir beim ACHA überzeugt sind.‹ Meine Güte, ist er wütend geworden! Er sagte, wir hätten ihn heimtückisch abgesägt, und kam mir mit abstrusen Argumenten, wonach Freundschaft immer über der Politik stehen müsse, und dann hat er eine Zeitlang nicht mehr mit mir geredet. Schließlich hat er sich wieder beruhigt. Wenn wir uns trafen, haben wir kurz miteinander gesprochen, aber es war nicht mehr dasselbe. Es gibt Verletzungen, die eine Freundschaft zerstören, sodass sie nicht mehr zu kitten ist. Wie meine arme Brille.«

Joan Font lächelte traurig und nahm die Brille ab. Mit Daumen und Zeigefinger presste er die Nasenwurzel zusammen, wie man es macht, wenn man Kopfschmerzen hat. Dann setzte er die Brille wieder auf und warf Cornelia einen bewundernden Blick zu.

»Entschuldigen Sie, aber ich kann kaum glauben, dass ich Celsas kleines Mädchen vor mir habe. Jetzt weiß ich wieder ganz genau, wie Sie als Kind ausgesehen haben.« Er machte eine kurze Pause. »Aber Sie kommen mehr nach Ihrem Vater, Sie sind eher deutsch. Seltsam, wie es mit Kindern aus gemischten Ehen ist. Manchmal sind sie eine Mischung, und manchmal, wie bei Ihnen, ist der eine ein hundertprozentiger Spanier und der andere Deutscher. Manuel war immer der temperamentvolle, er war der Künstler der Familie, er sang gerne, tanzte auf allen Festen und ist ja auch Maler geworden. Sie sind, wenn Sie gestatten, ernster, methodischer. Bei den Wettbewerben waren Ihre Gedichte die einzigen, die das Reimschema strikt eingehalten haben.«

Das Gedächtnis dieses Mannes machte sie nervös. Als hätte die Erinnerung an den Lyrikpreis ihres Bruders nicht schon genügt, rief er weitere Bilder von diesen Veranstaltungen in ihr wach, an denen sie hatte teilnehmen müssen. Es würde sicher nicht mehr lange dauern, bis er auf die Geschichte zu sprechen kam, die ihr gerade wieder einfiel. Das einzige Mal, als sie auf die Bühne gestiegen war, um einen dieser grässlichen Lyrikpreise in Empfang zu nehmen. Und so war es.

»Haben Sie nicht mal einen dritten Preis gewonnen?«

Er wartete Cornelias Antwort gar nicht erst ab. Dieses wandelnde Archiv pickte den Augenblick heraus, bevor er wieder in den Winkel zurückschlüpfen konnte, wo er so viele Jahre lang in friedlichem Vergessen geruht hatte.

»Täusche ich mich oder war das ein Gedicht zum Muttertag?«

Er täuschte sich nicht. Und so hörte sich Cornelia voller Qual wieder als Neunjährige ein Gedicht aufsagen, dessen Verse alle auf -on endeten, bis Joan Font sie aus dieser Rückschau riss.

»Entschuldigen Sie, ich bin schon wieder abgeschweift. Wenn ich einmal anfange, von den alten Zeiten zu reden, bin ich einfach nicht zu bremsen.«

Um nicht zu deutsch, zu direkt zu erscheinen, verkniff sie sich ein Nicken. Und obwohl ihr Font mit seiner wilden Mähne eines verrückten Wissenschaftlers sympathisch war, musste sie auch ihn fragen: »Herr Font, glauben Sie, dass irgendjemand aus dem Verein ein Motiv haben könnte, Marcelino Soto zu töten?«

Er schüttelte energisch den Kopf.

»Aber Sie haben doch gesagt, dass Marcelino Soto es den Leuten sehr übel nahm, dass sie ihn nicht wiedergewählt hatten, dass er ausfallend wurde. Könnte da nicht eine Rechnung offengeblieben sein?«

»Sehen Sie, Frau Kommissarin, hier in der spanischen Gemeinde hat es öfter heftige, unangenehme Zwischenfälle gegeben, aber wir haben immer alles friedlich beigelegt.«

Font entzog sich ihr in der gleichen Weise wie ihre Mutter oder Martínez, indem sie ihr deutlich machten, dass sie nicht zu ihnen gehörte. Und da er offenbar vorhatte, ihr so diese Tür vor der Nase zuzuschlagen, stellte sie noch rasch einen Fuß dazwischen.

»Wie zum Beispiel?«

»In Sachen Marcelino?«

»Ja.«

Fonts unfehlbares Gedächtnis zog vorsichtig eine Schublade auf.

»Raúl Torres hatte geschworen, sich an ihm zu rächen. Er war ohne seine Familie hergekommen, und nach ein paar Monaten hatte er eine Freundin, eine Deutsche. Das gefiel Marcelino nicht. Im Grunde seines Herzens war er ein Moralist, ich glaube, deshalb ist er später auch zum Kirchgänger geworden.«

»Und wie ging es weiter?«

»Marcelino schrieb schließlich an Raúls Frau, und die kam unangemeldet nach Deutschland. Sie ging geradewegs zu der Pension, in der ihr Mann wohnte, und wartete auf ihn. Als Raúl kam, hatte sie schon die Koffer gepackt. ›Ab nach Hause‹, hat sie zu ihm gesagt. Aber vorher hat sie ihm noch eine ordentliche Standpauke gehalten, und dabei hat Raúl herausgefunden, wer seine Frau informiert hatte. Er hätte Marcelino am liebsten umgebracht, aber seine Frau hat ihn zum Bahnhof und zurück in sein Dorf geschleppt.«

»Hat man jemals wieder von diesem Raúl Torres gehört?«

»Einige Zeit später schrieb er Marcelino und dankte ihm dafür, dass er seine Ehe gerettet habe. Der war sehr stolz. Kurz darauf bekamen Raúl und seine Frau noch ein Kind, Marcelino wurde Pate des Jungen.«

Das übrige Gespräch brachte nichts weiter als einen

Schwall von Erinnerungen, der typisch war für diese Generation, Ausdruck einer Sehnsucht nach einer schwierigen, dennoch von Hoffnungen und Träumen bestimmten Zeit.

»Wissen Sie, viele Leute stellen sich unsere Vergangenheit vor wie die Fotos aus jener Zeit, schwarzweiß. Sie glauben, unsere Großeltern hätten in einer sepiafarbenen Zeit gelebt, und wir Gastarbeiter seien in ein schwarzweißes Land gekommen, wir seien schwarzweiße Leute in schwarzweißen Kleidern gewesen. Jeder kennt die Bilder von den Bahnhöfen, die dunklen Gesichter, die dunklen Augen hinter den Fensterscheiben, die Pappkoffer, die abgetragenen Anzüge. Aber diese Koffer waren braun, die Kleiderbündel rot, blau oder beige, die Anzüge schwarz oder grau. Die Kleider waren himmelblau oder grün, gestreift oder geblümt.«

Kaum war ihr Gespräch beendet, kam Regino Martínez aus seinem Büro. Offenbar hatte er ihre Unterhaltung verfolgt. Font bereitete schon den Tisch für die Partie vor. Die anderen Spieler waren nach und nach eingetrudelt und hatten sich an einen anderen Tisch gesetzt. Sie beachteten die Kommissarin nicht oder taten zumindest so. Martínez begleitete sie zur Tür. Als er den Mund öffnete, um sich von ihr zu verabschieden, klappte einer der Spieler nebenan sein Holzkästchen auf und ließ die Dominosteine auf den Tisch purzeln. Martínez fuhr wütend herum, sagte aber nichts. Er gab Cornelia die Hand.

»Wenn wir Ihnen helfen können, wissen Sie ja, wo Sie uns finden.«

Vom Nebenraum klang das Klacken der Dominosteine herüber.

TÜRKISCHER HONIG

Sie arbeiteten noch nicht einmal eine Woche an dem Fall, und schon wurden einige ungeduldig. Am Dienstagmorgen erhielt Cornelia in aller Frühe einen Anruf aus dem spanischen Konsulat. Die Konsulin höchstpersönlich erkundigte sich nach Fortschritten im Fall Soto. Zunächst fragte sich Cornelia, warum sie sich nicht an Ockenfeld gewandt hatte, aber die Konsulin sprach kaum Deutsch, und Ockenfelds Englisch war miserabel. Trotz des Drucks in diesem Anruf konnte sich Cornelia ein boshaftes Lächeln nicht verkneifen. Das Spanisch der Konsulin hatte einen leichten andalusischen Einschlag.

»Wenn es Ihnen nicht zu viele Umstände macht, Señora Weber, würde ich Sie gern persönlich kennenlernen. Hätten Sie heute noch Zeit, im Konsulat vorbeizuschauen?«

Nein, sie hatte eigentlich keine Zeit. Auf der anderen Seite: Sie hatte sich bisher nicht im Konsulat blicken lassen, und sie fürchtete, der Zusammenprall zwischen Terletzki und Müller könne einen schlechten Eindruck hinterlassen haben. Deshalb versprach sie, gleich vorbeizukommen.

Reiner war noch nicht da. Sie hinterließ ihm eine Nachricht auf dem Schreibtisch und machte sich auf den Weg zum Nibelungenplatz. Obwohl es nicht weit war, nahm sie den Wagen. »Eine sitzende Lebensweise, mangelnde Bewegung, zu viele Stunden vor dem Computer erhöhen das Risiko von Rückenkrankheiten wie zum Beispiel einem Bandscheibenvorfall. Neunzig Prozent der Bevölkerung in Deutschland leiden unter Rückenschmerzen.«

Gut zwei Stunden später war sie wieder zurück, und das Einzige, was sie mitbrachte, waren die überschwänglichen Vertrauensbeteuerungen der Konsulin. Die spanische Art, erst lange über dies und das zu reden, um eine freundliche Atmosphäre zu schaffen, machte sie ungeduldig. Sie hatten zunächst nicht über Soto, sondern über die fabelhafte Aussicht vom einundzwanzigsten Stock des Hochhauses gesprochen, hatten sich über die Stadt unterhalten, den Multikulturalismus gelobt und dabei einen ausgezeichneten Kaffee getrunken. Zwei Stunden hatte das Gespräch gedauert.

»Man bleibt leichter in Verbindung, wenn man sich mal gesehen hat«, hatte die Konsulin irgendwann im Laufe des zweistündigen Gesprächs gesagt.

Zwei Stunden! Und dann erwarten, den Fall schnellstmöglich aufzuklären.

Als sie das Präsidium betrat, gab ihr eine der Damen am Empfang eine Notiz. Ihre ehemalige Kollegin Ursula Obersdörfer bat um Rückruf. Cornelia und Ursula waren fast zeitgleich in den Polizeidienst eingetreten und hatten mehrere Jahre zusammen in der Abteilung für Jugendkriminalität gearbeitet, bis Cornelia ins Morddezernat gewechselt hatte.

Sie ging in ihr Büro. Es gab viel zu tun. Sie würde Ursula später anrufen.

Reiner war nicht da, aber sein Computer war eingeschaltet. Der Bildschirmschoner zeigte wechselnde Fotos von Detektiven aus Terletzkis Lieblingsserien: Columbo, Keller und Stone aus *Die Straßen von San Francisco*, Kojak, McGarett aus *Hawaii 5-0*, Cagney und Lacey und natürlich Starsky und Hutch. Terletzki hatte sich den Bildschirmschoner selbst zusammengestellt.

»Pass nur auf, dass du nicht eine Abmahnung wegen Missbrauchs der Arbeitszeit kriegst. Du weißt doch, dass so was jetzt kontrolliert wird, vor allem bei den Beamten«, hatte ihm Kommissar Grommet gesagt, als er ihn dabei ertappte, wie er Fotos im Internet suchte.

»Ich denke dabei über meine Fälle nach. Außerdem könnte man es als Maßnahme zur Verbesserung der Arbeitsatmosphäre betrachten«, hatte Terletzki dagegengehalten und ihm eines der vielen Rundschreiben gezeigt, mit denen das Innenministerium die Eingangsfächer verstopfte. »Guck mal, ›Arbeitssicherheit und -hygiene‹, ›Ergonomische Stühle und Tastaturen‹, ›Standort von Computerbildschirmen‹. ›Lichtverhältnisse‹. Und wo bleibt die Inspiration bei der Arbeit? Die Motivation? Die hier inspirieren mich.«

Kommissar Grommet hatte ihm recht geben müssen. Er hatte ihn sogar gebeten, ihm einen Bildschirmschoner mit Bildern aus *Derrick* und dem *Tatort* zu basteln.

»Mir sind die deutschen Kommissare lieber.«

Das Telefonklingeln trieb sie an ihren Schreibtisch. Am anderen Ende der Leitung meldete sich Ursula Obersdörfers tiefe und langsame Stimme. Das war ihr Erfolgsgeheimnis: die dunkle Stimme und ihre behäbige Art, die sie harmlos und geistesabwesend erscheinen ließen, sodass ihre Gesprächspartner unvorsichtig wurden. Sie erhob nie die Stimme, aber sie senkte sie auch nie.

»Cornelia, hast du meine Nachricht nicht bekommen?«

Ihr rollendes R verriet ihre bayerische Herkunft.

»Doch, aber ich bin gerade erst zurückgekommen von einer Unterredung in der Stadt, Uschi.«

»Ich brauche deine Hilfe. Hast du einen Moment Zeit?«

»Um was geht's denn?«

»Um einen alten Bekannten von dir, den wir heute Morgen festgenommen haben.«

Ursula Obersdörfer machte eine Pause, aber nicht etwa, um ihre Kollegin auf die Folter zu spannen, sondern weil sie angerufen hatte, während sie aß. Cornelia hörte, wie sie krachend ins Brot biss, hörte ihre Kiefer mahlen, als sie eilig kaute, und wie sie dann hastig schluckte.

»Entschuldige, ich dachte, du würdest mich fragen, wer es ist, und ich hätte Zeit, zwischendurch mal abzubeißen. Ich bin am Verhungern.«

Mit halbvollem Mund war Obersdörfers Aussprache noch teigiger. Cornelia tat ihr den Gefallen.

»Und wer ist es?«

»Ullusoy.«

Obersdörfer nutzte Cornelias überraschtes Schweigen, um den Rest des Happens hinunterzuschlucken.

»Schon wieder?«

»Ja, und wenn der, den er bei der Schlägerei verletzt hat, stirbt, ist er diesmal richtig dran.«

Ursula Obersdörfer erzählte ihr die Geschichte. Vier Tage zuvor hatte auf der Zeil in der Nähe des U-Bahn-Eingangs Konstabler Wache eine Prügelei zwischen zwei Jugendbanden stattgefunden. Dabei hatte ein Junge einen Messerstich in den Bauch abbekommen. Die Gäste eines McDonald's hatten alles mit angesehen, und aufgrund ihrer Zeugenaussagen war Ullusoy festgenommen worden.

Mehmet Ullusoy war siebzehn Jahre alt und hatte eine dicke Polizeiakte. Cornelia hatte ihn innerhalb von zwei Jahren dreimal festgenommen. Damals hatte sie gerade in der Abteilung Jugendkriminalität angefangen und hatte sich von dem schmächtigen Jungen mit den riesigen dunklen Augen beeindrucken lassen, der beim Grab seiner Mutter schwor, er habe nichts Böses vorgehabt, er wolle einfach zur Schule gehen wie alle anderen Kinder und habe nur darum nachts alle Fensterscheiben der Schule mit Steinen eingeworfen, weil die Lehrerin ihn vor den anderen blamiert habe. Sie glaubte ihm und setzte sich für ihn ein, auch wenn die Kollegen sie warnten, sich nicht zu sehr persönlich zu engagieren. Mehmet war ihr »Projekt« und blieb es auch, als er das zweite Mal verhaftet wurde, weil er gleich drei Fahrzeuge aufgebrochen und die Musikanlagen ausgebaut hatte. Beim dritten Mal war Schluss. Seine von Tattoos überzogenen, durch das Krafttraining angeschwollenen Oberarme bildeten einen zu großen Gegensatz zu seinen Rehaugen, und auch seine Sprache hatte sich verändert. Er sprach jetzt das gutturale Deutsch, das vielen Jugendlichen als Erkennungsmerkmal diente, mit einfachen Sätzen, die mit »weißdu« endeten und in denen das Adjektiv »scheiß« vor jedes Substantiv und jeden Namen gesetzt wurde, vor allem, wenn die Person zu einer rivalisierenden Gang gehörte.

Jungen wie Mehmet Ullusoy waren der Grund gewesen, warum Cornelia lieber im Morddezernat arbeitete. Mörder enttäuschen einen nicht: Man erwartet das Schlimmste, und das bekommt man auch.

»Warum glaubst du, dass ich dir in dieser Angelegenheit helfen kann?«

»Er hat nach dir gefragt. Er lässt niemand anderen an sich heran.«

»Habt ihr ihm nicht gesagt, dass ich nicht mehr bei euch bin? Wusste er das nicht? Dann habt ihr ihn schon länger nicht mehr geschnappt.«

»Wahrscheinlich hat er nur gelernt, sich nicht erwischen zu lassen. Aber wenn er so weitermacht, ist er bald ein Kandidat für euch. Hilfst du uns?«

»Ich habe wenig Zeit. Nach dem Essen setze ich mich mit meinen Leuten zusammen, und danach muss ich dem Chef den Bericht abliefern.«

»Immer noch Ockenfeld?«

»Ja.«

»Und trotzdem zieht es dich nicht zurück, *back to the roots?*«

»Red keinen Blödsinn! In zehn Minuten bin ich da. Wo habt ihr ihn?«

»Im üblichen Raum. Seine Mutter und der Dolmetscher sind auch da. Sie warten auf dich.«

»So sicher warst du dir, dass ich kommen würde?«

»Ganz sicher war ich nicht, aber gehofft habe ich es natürlich schon. Ich schicke dir per E-Mail die Berichte, damit du Bescheid weißt.«

Cornelia legte auf. Gleich darauf war die E-Mail da. Sie überflog die Berichte, dann machte sie sich auf den Weg zu dem Flügel, in dem die Abteilung für Jugendkriminalität untergebracht war. Während des Gangs über die langen Flure des Präsidiums bereitete sie sich darauf vor, gleich ihrem größten beruflichen Misserfolg gegenüberzusitzen.

Vor der Tür des Vernehmungszimmers wartete Ursula Obersdörfer auf sie. Cornelia hatte sie lange nicht mehr gesehen, und ihr schien, als habe sie zugenommen. Sie umarmten sich.

»Na? Du sagst ja gar nichts!«

»Was soll ich denn sagen?«

»Du könntest mir gratulieren, ich bin im fünften Monat.«

Cornelia trat einen Schritt zurück wie vom Schlag getroffen.

»Herzlichen Glückwunsch«, stammelte sie und starrte auf den Bauch ihrer Kollegin, die ihre Überraschung sichtlich erheiterte.

»Und wie fühlst du dich?«

»Großartig. Wir haben es schon eine ganze Weile versucht, und endlich hat es geklappt. Lieber spät als nie.«

»Aber Uschi, ist das nicht gefährlich: mit über vierzig das erste Kind?«

»Gefährlich ist das Früchtchen, das wir hier drin haben.«

Sie öffnete die Tür so, dass man sie von drinnen nicht sehen konnte.

»Viel Glück.«

Cornelia war beim Betreten des Zimmers erfreut, Alphan Yilmaz zu erkennen. Der türkische Dolmetscher stand auf, um sie zu begrüßen. Sie hatte schon öfter mit ihm zusammengearbeitet und wusste, dass er die Spielregeln kannte. Er war für die Mutter da, wie bei minderjährigen Migranten üblich. Auch die Mutter war aufgestanden, als sie sie hereinkommen sah. Aus dem von einem dunklen Kopftuch eingerahmten Gesicht sahen sie zwei verängstigte Augen an. Cornelia begrüßte sie, und Mehmets Mutter erwiderte den Gruß auf Deutsch, während sie zugleich unruhig den Dolmetscher anschaute. Cornelia bat, wieder Platz zu nehmen, und ging um den Tisch herum. Mehmet Ullusoy hatte sich nicht gerührt und nicht einmal den Kopf gehoben. Cornelia setzte sich den dreien gegenüber. Mehmet saß links, seine Mutter rechts und der Dolmetscher dazwischen.

»Frau Ullusoy, wir haben Sie kommen lassen, weil Ihr Sohn beschuldigt wird, am Freitagabend in der Nähe der U-Bahnstation Konstabler Wache in eine gewalttätige Auseinandersetzung zwischen zwei Banden verwickelt gewesen zu sein.«

Die Frau hörte mit unbewegter Miene zu. Alle im Raum kannten das Stück, das in der Abteilung Jugendkriminalität immer wieder aufgeführt wurde, mit wechselnder Besetzung, aber mit stets den gleichen Rollen: Polizist, Dolmetscher und Vater oder Mutter des verhafteten Minderjährigen. Die Sprachen variierten, wenn auch von der Übersetzungsagentur am häufigsten Dolmetscher angefordert wurden, die Türkisch oder eine der Sprachen des ehemaligen Jugoslawiens sprachen. Manchmal wurde Französisch benötigt, wegen der Afrikaner, aber das waren meist Erwachsene, Wirtschaftsflüchtlinge, die zwei Kontinente durchquert hatten, um in Frankfurt unterzuschlüpfen oder in einer Zelle zu landen.

Diesmal ging es um einen jener jungen Türken, deren Geschichte sich in fast nichts von zahllosen anderen unterschied. Die Familie lebte im Stadtteil Bonames im Norden Frankfurts, am berüchtigten Ben-Gurion-Ring, einem »Kanakenviertel«. Hier wuchsen die Kinder in einer rein türkischen Umgebung auf und kamen erst in der Schule mit der deutschen Sprache in Berührung. Schon mit sechs galten sie als Außenseiter, bekamen vom Unterricht kaum etwas mit und wurden schnell als »zurückgeblieben« eingestuft. Wenn sie dann die Mindestschulzeit abgesessen hatten, ohne wirklich etwas gelernt zu haben, kehrten sie auf die Straße zurück, und hinter ihnen schlossen sich alle Türen. Die Jungen hingen Tag und Nacht in den Fußgängerzonen herum, düstere Schatten in schwarzen Lederjacken. In ihrer Anfangszeit bei der Polizei hatten Cornelia diese Geschichten berührt; als halbe Ausländerin hatte sie das Gefühl gehabt, sich für diese Jungen engagieren zu müssen, und es für ihr persönliches Versagen gehalten, nichts für sie tun zu können. Nach der ersten Festnahme hatte sie Mehmet selbst zu Hause abgeliefert. Während der Fahrt hatte er sich wie der kleine Junge aufgeführt, der er in Wirklichkeit war, und sie, kaum dass sie fünfhundert Meter gefahren waren, gebeten, das Blaulicht einzuschalten. Cornelia hatte es nur ungern getan; vielleicht hatte sie schon damals geahnt, dass diese triumphale

Rückkehr ins Viertel, die Köpfe, die sich nach ihnen um-
wandten, die Leute, die sich auf den Balkonen des
Wohnblocks drängten, in dem die Ullusoys wohnten,
für Mehmet kein unschuldiges Spiel bedeutete, sondern
den Auftakt zu seiner kriminellen Laufbahn. In ihrer Erleichterung beim Anblick der Mutter, die ihr Kind in die
Arme schloss, hatte sie übersehen, dass der junge Türke
keineswegs eingeschüchtert auftrat, sondern siegreich,
im Polizeiwagen mit Blaulicht, ein Tür-zu-Tür-Service
mit einer jungen blonden Polizistin als Chauffeurin.

Cornelia lernte schnell, dass ihre Umgangsformen in
dieser Umgebung nicht galten, dass ihre Worte und
Taten anders interpretiert wurden und dass sie sich in
die Welt dieser Jungen hineinzuversetzen hatte, wenn sie
nicht noch mehr Fehler machen wollte. Und sie musste
einsehen, dass es keineswegs ausreichte, selber halbe
Ausländerin zu sein, um sie zu verstehen. Sie waren
– auch wenn sie es sich nur ungern eingestand – ausländischer als sie. Bald, sehr bald, wurde aus ihrem Mitleid
Routine und aus der Routine Überdruss, über den sie
die Maske der Professionalität legte.

Sie kannte Frau Ullusoy aus früheren Vernehmungen
und konnte nur mühsam ihre Ungeduld verbergen, als
die Frau weinerlich in gebrochenem Deutsch die gleiche
Litanei anstimmte wie vor Jahren, als sie ihr Fotos des
kleinen Mehmet gezeigt hatte, auf denen er unschuldig
mit einem Spielzeug oder in türkischer Tracht posierte.

»Mehmet gut. Mehmet guter Junge, aber schlechte
Freunde.«

Ihr Sohn verzog das Gesicht, während die Mutter
zum Türkischen überging. Der Dolmetscher richtete
sich auf seinem Stuhl auf und übersetzte. Am liebsten
hätte Cornelia Alphan Yilmaz gesagt, er könne sich das
Übersetzen sparen, sie konnte sich ohnehin vorstellen,
was Frau Ullusoy sagte.

Mitten ins Klagelied seiner Mutter hinein fragte plötzlich Mehmet von der anderen Tischseite her mit seiner
gutturalen Stimme: »Warum arbeitest du nicht mehr
hier?«

Bloß die Polizisten, die Jugendrichter und die Straf-
vollzugsbeamten immer duzen. Sie würdigte ihn keiner
Antwort.

»Wissen Sie, warum Sie hier sind, Herr Ullusoy?«

»Warum arbeitest du nicht mehr hier?«

Diesmal hatte die Frage einen starken aggressiven
Grundton. Falls die Rehaugen sie noch gerührt haben
sollten, diese bemüht tiefe Stimme holte sie in die triste
Realität zurück. Auch sie wiederholte ihre Frage. Mehmet sah sie an, als erwarte er von ihr eine freundschaft-
liche Geste, aber sie blieb reglos sitzen, die Hände auf
den Tisch gelegt, den Rücken gegen die Stuhllehne gedrückt, und sah ihn direkt an. Mehmet zögerte. Cornelia befürchtete schon, er werde nicht mehr mit ihr reden
wollen, da seufzte der junge Türke, sichtlich genervt,
und sagte gepresst: »Die haben gesagt, sie haben mich
auf der Zeil bei einem Streit gesehen und dass ich so
einen Scheißjugo abgestochen habe.«

»Die sagen? Wer sind die?«

»Deine Kollegin, die Schwangere.«

»Und was sagen Sie dazu?«

»Alles gelogen. Die sind bloß angepisst, weil sie mir
schon so lange nichts mehr anhängen konnten. Also hat
irgend so ein Idiot gesagt, er hat einen Türken gesehen,
und da hat es halt diesmal mich erwischt.«

»Wenn das so ist, verraten Sie mir doch, wo Sie am
Freitagabend waren.«

»Zu Hause. Frag meine Mutter.«

Diese legte sofort los, als hätte sie nur auf das Stich-
wort gewartet. Sie sprach Türkisch, wandte sich aber

nicht dem Dolmetscher zu, sondern Cornelia. Die Kommissarin fragte sich, ob sie im Laufe der Jahre nicht doch zu zynisch geworden war, denn offensichtlich lernten die Mütter von Straftätern aus ihrem Umgang mit der Polizei ebenso schnell wie ihre Kinder. Früher hatte Frau Ullusoy in Richtung Dolmetscher geredet. Jetzt sprach sie direkt mit ihr und legte von Zeit zu Zeit eine Pause ein, damit Alphan Yilmaz übersetzen konnte.

Nichts von dem, was Yilmaz übersetzte, überraschte Cornelia. Die Mutter versicherte, Mehmet sei den ganzen Freitag über zu Hause gewesen. Und auf die Frage, ob sie es für normal halte, wenn ein siebzehnjähriger Junge den Freitagabend bei seiner Mama verbringe, nickte sie nur. Sie merkte, dass ihr spöttischer Tonfall Mehmet reizte. Er warf ihr einen wütenden Blick zu, und so wandte sie sich wieder an ihn.

»Es ist wirklich eine Schande, dass die Polizei es wagt, dieses engelsgleiche Wesen zu verdächtigen, diesen mustergültigen Sohn, der am Wochenende lieber seiner Mutter Gesellschaft leistet, als mit seinen Freunden in die Disko zu gehen und Mädchen anzubaggern. Ein wahres Vorbild.«

Obwohl Mehmets Lippen sich zu einem gezwungenen Lächeln verzogen, spiegelte sich in seinem Blick wachsende Unruhe. Im gleichen Tonfall fuhr sie fort:

»Zu dumm nur, dass dieser Ausbund von Sohnesliebe einen Doppelgänger hat, der sich unbedingt von sämtlichen Überwachungskameras an der Konstabler Wache filmen lassen wollte. Und noch bedauerlicher, dass dieses Double die blöde Idee hatte, im Freitagabendfilm die Hauptrolle zu übernehmen.«

Das war gelogen. Den Unterlagen zufolge konnte der Täter nicht eindeutig identifiziert werden, da sein Gesicht halb unter der Kapuze des Pullovers verborgen war. Aber das konnte Mehmet nicht wissen. Und tatsächlich – er wusste es nicht und biss an.

»Na und? Ist es etwa verboten, durch die Fußgängerzone zu gehen?«

»Nein, aber es kann für Sie und Ihre Mutter sehr unangenehm werden, wenn Sie versuchen, die Polizei zu verarschen. Da können wir richtig hinterhältig werden.«

Zwischen Mutter und Sohn entspann sich eine heftige Diskussion. Sie sprachen Türkisch, als hätten sie vergessen, dass der Dolmetscher direkt danebensaß. Alphan Yilmaz sah Cornelia fragend an, ob er übersetzen solle. Sie schüttelte den Kopf. Mitten hinein fragte sie:

»Was gibt das: eine neue Version der Geschichte?«

Die beiden sahen sie an.

»Die können Sie sich nachher zurechtbasteln, wenn ich weg bin. Jetzt, Herr Ullusoy, setzen wir unsere nette Plauderei fort. Sie sind also am letzten Freitagabend mit Freunden, ehrbaren Bürgern wie Sie, in aller Unschuld über die Zeil geschlendert. Warum versichern dann mehrere Zeugen unabhängig voneinander, dass Sie sich mit einer anderen Jugendgang geprügelt haben, mit Kosovo-Albanern, genauer gesagt, wobei mehrere Menschen verletzt wurden, einer davon schwer? Und warum sind sich diese Zeugen so sicher, dass Sie derjenige waren, der das Messer in der Hand hatte und damit auf Miroslav Rimaç eingestochen hat?«

»Manche Leute haben halt was gegen mich.«

»Auch die Leute, die zufällig gerade bei McDonald's einen Hamburger gegessen haben?«

»Die, die mich da angeblich gesehen haben, sind das vielleicht Jugos? Würde mich nicht wundern. Die schieben immer den Türken die Schuld in die Schuhe, und diesmal hat's halt mich erwischt. Weißt du, was das Problem ist, Kommissarin? Die Jugos haben keinen Respekt. Die kommen hierher und denken, sie können anderen wegnehmen, was denen gehört. Die Zeil gehört uns, wir sind seit Jahren hier, aber diese Mistkerle halten sich einfach nicht an die Regeln.«

Cornelia wusste genau, dass sie ihn nicht unterbrechen durfte, obwohl sie Mehmet gerne ins Gesicht gelacht hätte. Er redete genauso wie viele Deutsche, wenn sie über Ausländer sprachen. Von ihrem Schweigen angespornt fuhr er fort:

»Die kommen hierher und bilden sich sonst was ein, weil sie in ihrem Land die Kings waren, und wollen nicht kapieren, dass sie hier der letzte Dreck sind. Hier sind wir, wir haben hier seit Jahren das Sagen. Und diese dämlichen Jugos, die nicht mal richtig Deutsch können ...«

Mehmet brach in Gelächter aus.

»Was ist denn so lustig?«

»Oh Mann, das sind Idioten! Die halten sich für superschlau, dabei sind sie reine Analphabeten. Jetzt wollen sie ins Schutzgeldgeschäft einsteigen, du weißt schon, anonyme Briefe, Drohungen gegen Restaurants und so.«

Cornelia stützte schnell die Arme auf den Tisch, damit niemand bemerkte, dass sie zusammengezuckt war. Sie bemühte sich, unbeteiligt dreinzublicken, um Mehmet nicht misstrauisch zu machen, aber der war völlig in seine Geschichte vertieft.

»Das sind solche Deppen! Kriegen keinen halben Satz zusammen und wollen den Leuten mit ihren Briefchen Angst einjagen! Wahrscheinlich haben sie sie auch noch unterschrieben. Obwohl die sicher noch nicht mal ihre eigenen Namen schreiben können ...«

»Diejenigen, von denen Sie sprechen, sind das die

gleichen, mit denen Sie am Freitagabend einen kleinen Privatkrieg angezettelt haben?«

Mehmets Lachen brach jäh ab. Es war nur noch das Gemurmel des Dolmetschers zu hören, der das Gespräch für Frau Ullusoy ins Türkische übersetzte. Dann war auch das vorbei. Mehmet sah Cornelia von der Seite her an.

»Woher soll ich das wissen?«

Er log und gab sich keine Mühe, das zu verbergen.

»Für mich, Kommissarin, sind alle Jugos gleich. Und wenn jetzt einer von denen, irgend so ein Miroslav, ins Gras beißt, umso besser. Meinetwegen könnte jeden Tag einer von denen verrecken. Soll ich dir mal was sagen? Ich war's nicht, aber wenn ich so drüber nachdenke, wäre ich es gern gewesen ...«

Bevor Mehmet mit seinen großkotzigen Äußerungen weitermachte, beugte sich seine Mutter nach vorn. Ihr rechter Arm schoss am Dolmetscher vorbei und verpasste ihrem Sohn eine schallende Ohrfeige.

»Was sagst du da?«

Die Mutter gab ihrem Sohn noch eine weitere Ohrfeige, ohne dass dieser einen Mucks von sich gab. Offenbar verstand Frau Ullusoy besser Deutsch, als sie zugab. Alphan Yilmaz trat zwischen die beiden. Auch Cornelia stand auf, um die Mutter festzuhalten, die inzwischen aufgestanden war, um besser auf Mehmet einschlagen zu können.

»Herr Yilmaz, ich glaube, es ist besser, wenn Sie jetzt hinausgehen. Sie auch, Frau Ullusoy.«

Yilmaz wiederholte das der Mutter auf Türkisch, und Cornelia nahm sie bei den Schultern und schob sie zur Tür. Die Frau widersetzte sich nicht.

Die Vernehmung war beendet. Ursula Oberödörfer hatte die Szene vom Nebenzimmer aus verfolgt. Als Yilmaz die Tür öffnete, kam sie in Begleitung eines uniformierten Polizisten herein.

»Setzen Sie sich, Ullusoy«, befahl Obersdörfer, als sie sah, dass Mehmet ebenfalls aufgestanden war. Dieser gehorchte.

Cornelia drehte sich um. Mehmet sah sie flehend an.

»Frau Kommissarin Weber, lassen Sie mich nicht hängen. Sie kennen mich doch seit Jahren.«

Es war ein letzter verzweifelter Versuch, doch Cornelia fiel nicht darauf herein. Dieser Junge hatte vielleicht einem anderen ein Messer in den Leib gerammt, nur weil er ein »Scheißjugo« war. Damit hatte er dem Mehmet mit den großen braunen Augen endgültig den Todesstoß versetzt.

Die beiden Polizistinnen gingen hinaus und ließen Mehmet am Tisch zurück, bewacht von dem Polizisten in der Tür. Frau Ullusoy hatte neben dem Dolmetscher auf einer kleinen Bank vor dem Vernehmungszimmer Platz genommen.

Cornelia raunte Ursula Obersdörfer zu:

»Wie du siehst, ist der Rassismus nicht rassistisch. Er macht keine Unterschiede.«

»Warum sollten die Ausländer besser sein als wir?«

»Wo liegt Rimaç?«

»In der Uniklinik. Aber es lohnt sich nicht, er liegt im künstlichen Koma, und darin wollen sie ihn auch noch mindestens eine Woche lassen, wenn er nicht vorher stirbt. Ich habe drei Kollegen auf den Fall angesetzt, sie sind hinter den Kumpanen von Ullusoy und Rimaç her.«

»Könntest du uns die Informationen weitergeben? Wenn das, was Ullusoy gesagt hat, stimmt, könnte das der Schlüssel für den Fall sein, an dem ich arbeite.«

»Klar. Mit wem arbeitest du daran?«

»Wie immer, mit Terletzki und ein paar anderen Kollegen.«

»Terletzki? Wie geht's dem denn? Ich habe gehört, er sei ganz schön ins Schleudern geraten.«

»Die Abteilung für innere Angelegenheiten hat das schon geklärt und ihn von allen Vorwürfen freigesprochen. Er hatte einfach einen Durchhänger.«

»Was ist los mit ihm?«

»Ich weiß es nicht, er redet nicht viel, aber ich vermute, dass er Probleme mit seiner Frau hat. Ich nehme an, sie sind dabei, sich zu trennen.«

»Reiner Terletzki trennt sich von seiner Frau? Ich fasse es nicht!«

Alphan Yilmaz stand von der Bank auf und kam zu ihnen. In dem von Neonlicht erleuchteten Flur sah er älter aus als sonst, sein Haar war von weißen Strähnen durchzogen, die Falten in den Mundwinkeln und rund um die Augen wirkten tiefer, die Augenbrauen grau. Seine Hände zitterten ein wenig; er hätte wohl gerne geraucht.

»Das fällt mir immer schwerer.«

»Das kann ich verstehen, Herr Yilmaz.«

»Manchmal hätte ich auch Lust, ein paar Ohrfeigen zu verteilen.«

»Das würde Sie Ihren Job kosten.«

»Schlimmer noch: Es würde bedeuten, dass ich das Handtuch werfe, dass ich das Ganze für hoffnungslos halte.«

Cornelia legte ihm kurz die Hand auf die Schulter und winkte Ursula Obersdörfer zum Abschied zu; sie hatte es eilig. Sobald sie außer Hörweite war, rief sie Terletzki an.

»Reiner, ich glaube, wir haben endlich eine Spur zu den Verfassern der anonymen Briefe, die Soto erhalten hat.«

Sie berichtete ihm von der Vernehmung Mehmet Ullusoys.

»Das nennt man Glück!«

»Stimmt. Manchmal frage ich mich, ob wir jemals einen Fall lösen würden, wenn uns nicht der Zufall zu Hilfe käme.«

»Na ja, ein bisschen was tun wir schon auch«, schränkte Terletzki ein.

»Du hast recht, es ist nicht nur eine Frage des Glücks, sondern auch der Ausdauer. Allgegenwart erlangt man, indem man sich bewegt.«

»Was?«

»Nichts. Was haben sie euch im Westend über diese Jugendgang erzählt, die Restaurantgäste bedroht hat?«

»Nicht besonders viel. Anscheinend wurden eine Zeitlang Gäste belästigt, aber das hat von einem Tag auf den anderen aufgehört, so plötzlich, wie es angefangen hat.«

»Versuch mal, alles über das Umfeld des Verletzten, Miroslav Rimaç, in Erfahrung zu bringen. Ich weiß nicht, ob er zu der Erpresserbande gehört. Wenn er dazugehört, müsste man herauskriegen, ob er der Kopf ist oder nur mittut. Wenn Ullusoy die Wahrheit sagt, sind sie Anfänger. Die von der Jugendkriminalität schicken uns, was sie haben. Ursula Obersdörfer wird uns mit den Kollegen zusammenbringen, die den Fall bearbeiten. Übrigens: Sie ist im fünften Monat schwanger.«

Terletzkis »wie schön, das freut mich aber« klang so bitter, dass Cornelia sich hätte ohrfeigen können, ihrem Kollegen etwas zu erzählen, was ihn an seine private Situation erinnern musste. Rasch wechselte sie das Thema:

»Stöbere Müller auf und sag ihm, er soll sich noch mal mit den Restaurantbesitzern der Gegend in Verbindung setzen. Mal sehen, ob sie jetzt, da wir vielleicht die Verfasser dieser anonymen Briefe kennen, gesprächiger sind.«

»In Ordnung. Ich esse sowieso mit ihm zu Mittag, da kann ich es ihm sagen.«

»Wollen wir zu dritt essen gehen?«

»Das wird, soweit ich sehe, nicht gehen. In deinem Büro wartet Besuch auf dich.«

»Wer?«

»Du wirst schon sehen.«

Reiner legte auf. Cornelia hörte noch, wie er dem Besuch sagte, sie sei auf dem Weg.

Das Verhör hatte sie durstig gemacht. Sie hielt kurz an einem der Getränkeautomaten, die die Flure säumten, zog sich eine Flasche Mineralwasser und setzte sich neben dem Automaten auf eine Bank. Endlich hatten sie eine viel versprechende Spur, was die anonymen Briefe anging. Trotz des bitteren Nachgeschmacks der Vernehmung kam nach und nach so etwas wie Euphorie bei ihr auf. Endlich schien sich im Fall Soto etwas zu bewegen.

Sie trank die Flasche fast in einem Zug aus und schlug sich mit der Handfläche ein paarmal gegen die Hüften, um sich dafür zu beglückwünschen, dass sie sich bereit erklärt hatte, Obersdörfer zu helfen. Dann stand sie auf, warf die Flasche schwungvoll in den nächsten Abfalleimer, und nachdem sie sich umgeschaut hatte, ob sie auch niemand sah, machte sie eine Geste wie ein NBA-Basketballspieler, der gerade drei Punkte gemacht hat. Sie war gespannt auf den geheimnisvollen Besucher in ihrem Büro.

DIE BESUCHER

Über ein paar Stufen erreichte sie den langen Flur, auf dem ihr Büro lag. Kaum hatte sie die ersten Schritte gemacht, zeigten sich in zwei Türen neugierige Gesichter. Eines gehörte Oberkommissar Steinmetz, dessen Raum direkt neben ihrem lag, das andere Grommet, dem Dienstältesten der Abteilung. Als sie merkten, dass sie ertappt waren, verschwanden sie sofort wieder hinter den Türen. Cornelia hörte Getuschel, dann tauchten in zwei weiteren Bürotüren drei Köpfe auf, zogen sich aber, als sie sie sahen, gleich wieder zurück, wie Kinder, die sich beim Versteckspielen kurz hervorwagen, um zu schauen, ob man sie gefunden hat, und dem Sucher direkt gegenüberstehen.

Sie ging langsamer, verwundert über die offensichtliche Verschwörung im Flur. Einen Augenblick lang überlegte sie, ob sie heute Geburtstag hatte. Unfug. Schließlich blitzte die Hoffnung auf, Jan sei überraschend zurückgekehrt und warte in ihrem Büro auf sie. Unmöglich. Unmöglich, wiederholte sie, aber trotzdem beschleunigte sich ihr Schritt. Aus einem Büro drangen gedämpfte Stimmen an ihr Ohr, und sie war sich sicher, einige beobachteten sie von hinten. Rasch drehte sie sich noch einmal um und erhaschte gerade noch einen Blick auf Junckers rasierten Schädel. Dann öffnete sie die Tür.

»Mama!«

Celsa Tejedor saß vor Cornelias Schreibtisch. Sie hatten ihr einen Kaffee und eine Flasche Wasser hingestellt. Sogar ein richtiges Glas hatten sie ihr gegeben. Jemand musste es aus irgendeinem Schrank hervorgekramt haben. Sie konnte sich nicht erinnern, wann sie das letzte

Mal in den Büros etwas anderes als Plastik- oder Pappbecher gesehen hatte.

»Hallo, mein Kind.«

»Was machst du denn hier?«

In ihren nunmehr fast sechzehn Dienstjahren hatte
ihre Mutter sie nie besucht. Keiner ihrer Kollegen war
jemals von seinen Eltern besucht worden. Deshalb also
führten ihre Kollegen sich auf wie eine Horde Pennäler.

»Wenn ich dich störe, kann ich auch wieder gehen«,
erklärte Celsa Tejedor leicht gekränkt.

»Nein, schon in Ordnung.«

Cornelia zögerte, wo sie sich hinsetzen sollte: Wenn
sie sich ihrer Mutter gegenübersetzen würde, wirkte das
viel zu förmlich. Kurz entschlossen nahm sie sich einen
weiteren Stuhl und setzte sich neben ihre Mutter, auch
wenn sie damit die berufliche Distanz aufgab, die sie,
wie eine innere Stimme ihr sagte, brauchen würde.

»Also, was führt dich hierher?«

Sie versuchte, locker zu klingen, obwohl es ihr schwerfiel, nicht an ihre Kollegen zu denken, die jetzt sicher,
vor Neugierde platzend, über den Flur schlichen. Außerdem hatte sie Hunger, und in einer halben Stunde würde
sie sich mit ihren Kollegen zusammensetzen müssen, um
eine Bilanz der Fälle zu ziehen.

»Du kannst es dir ja denken. Der arme Marcelino.
Die Geschichte lässt mir keine Ruhe. Und da ich heute
in Frankfurt beim Arzt war, dachte ich mir, ich schaue
mal bei dir vorbei.«

»Und was hat der Arzt gesagt?«

Normalerweise war ihre Gesundheit Celsa Tejedors
Lieblingsthema, heute jedoch nicht.

»Dasselbe wie immer«, antwortete sie. »Der Blutdruck. Ich soll mit dem Salz beim Essen aufpassen, du
weißt schon. Aber eigentlich krank macht mich, dass

ich den ganzen Tag darüber nachgrübele, warum es so schlechte Menschen gibt.«

Cornelia stand auf, um die Bürotür zu schließen, die nur angelehnt war. Wie sie bereits geahnt hatte, trieben sich im Flur einige Kollegen herum. Sie hatten Cornelia nicht kommen hören und erstarrten unter ihrem drohenden Blick wie Karnickel im Scheinwerferlicht eines heranrasenden Autos.

»Diese Schnüffler!«, sagte sie zu ihrer Mutter.

»Es sind gute Jungen. Der Kräftige, mit dem ich dich bei der Beerdigung gesehen habe, hat mich sogar an der Pforte abgeholt. Er hat mich hierher gebracht und allen deinen Kollegen vorgestellt, und alle waren sehr nett zu mir. Und dann kam noch ein junger Blonder und hat mir den Kaffee und alles andere gebracht. Wirklich reizend, die beiden.«

Celsa wartete, bis ihre Tochter wieder Platz genommen hatte. Cornelia spürte ihre Anspannung, hörte ihre zitternde Stimme und sah die tiefen Augenringe. Gleich würde sie in Tränen ausbrechen. Cornelia wusste, dass es falsch war und dass sie es später bestimmt bereuen würde. Vor ihr saß ihre Mutter und flehte förmlich um ein paar Worte, um ein wenig Information. Vielleicht war es auch die Freude über die erste heiße Spur bei den anonymen Briefen, vielleicht das Gefühl von Macht, die Angst ihrer Mutter mindern zu können. Auf jeden Fall erzählte sie ihr von den Briefen.

»Schrecklich, mein Kind! In welchen Zeiten leben wir bloß!«

Cornelia erzählte ihr auch, wie sie gerade erst im Verhör mit Mehmet Ullusoy von der jugoslawischen Bande erfahren hatte. Ihre Mutter legte die Hand auf die Brust und seufzte tief auf. Sie schien von einer gewaltigen Last befreit. Und gleich darauf schlug ihre Erleichterung in Freude, ja Euphorie um.

»Wusste ich doch, dass es kein Spanier gewesen sein kann!«

Völlig überrascht vom triumphierenden Ton ihrer Mutter, fragte Cornelia, was sie meine. Aber Celsa Tejedor war so begeistert, dass sie gar nicht zuhörte. Die Worte sprudelten nur so aus ihr heraus.

»Da sieht man wieder, wer die echten Gastarbeiter sind: Anständige Leute wie wir, die hierhergekommen sind, um zu arbeiten, und nicht dieses Volk, das jetzt kommt und von dem man nicht weiß, was es hier verloren hat. Heutzutage gibt es nämlich keine echten Gastarbeiter mehr, solche, wie wir es waren, und ich frage mich, was die anderen hier wollen. Ich habe weiß Gott nichts gegen Ausländer, aber wo soll das alles enden? Hier gibt es keinen Platz mehr, und außerdem sind die sowieso alle kriminell ...«

Cornelia brachte vor Entsetzen kein Wort heraus. Glücklicherweise riss das Telefon sie aus ihrer Lähmung. Sie stürzte an den Apparat, in der Befürchtung, das Klingeln könne aufhören und sie mit ihrer Mutter allein lassen. Celsa Tejedor nahm ruhig und zufrieden einen Schluck Kaffee.

Cornelia freute sich, als sie Müllers Stimme hörte.

»Entschuldigen Sie, Frau Weber, ich hatte ganz vergessen, Sie zu fragen, ob Sie mit uns zu Mittag essen.«

»Machen Sie sich nichts daraus, Müller, es gibt Menschen, die vergessen noch ganz andere Sachen. Danke, aber ich kann nicht.«

Celsa Tejedor bezog die Anspielung ihrer Tochter nicht auf sich, jedenfalls saß sie weiter seelenruhig da.

Obwohl Müller aufgelegt hatte, blieb Cornelia am Telefon stehen, den Rücken ihrer Mutter zugewandt, und setzte die Unterhaltung mit einem nun nicht mehr vorhandenen Gesprächspartner fort.

»Ja ... In Ordnung ... In fünf Minuten also ... Bis gleich ...«

Sie legte auf und drehte sich um.

»Mama, ich muss zu einer Sitzung.«

Celsa Tejedor stand rasch auf, um anzudeuten, dass sie schon so gut wie fort war. Beim Hinausgehen machte Cornelia so viel Lärm, dass die neugierigen Kollegen sich rechtzeitig verziehen konnten. Dann brachte sie ihre Mutter bis zum Ausgang.

»Soll ich ein Taxi rufen?«

»Nicht nötig. Ich schaue noch bei Reme vorbei, die wohnt hier um die Ecke, und dann nehme ich die S-Bahn.«

»Ich bitte dich nur um eines, Mama. Was ich dir erzählt habe, muss unter uns bleiben. Wir stecken mitten in den Ermittlungen, und eine Indiskretion könnte mich in Teufels Küche bringen.«

Celsa Tejedor setzte eine beleidigte Miene auf, als wolle sie sagen: Wie kannst du nur an meiner Verschwiegenheit zweifeln? Sie wiederholte noch einmal, wie froh sie sie gemacht habe, küsste sie flüchtig auf beide Wangen und ging.

Durch die Glastüren hindurch sah Cornelia, wie ihre Mutter die Rampe hinunterging. Die Frau, die jetzt das Polizeipräsidium verließ, hatte nichts mit der bedrückten Celsa von eben zu tun, sie wirkte froh und erleichtert, wie ausgewechselt. Ihre Mutter stand schon an der Ampel. Als hätte sie den Blick ihrer Tochter gespürt, drehte sie sich um, während sie kräftig auf den Fußgängerknopf drückte. Mit der anderen Hand winkte sie heftig. Automatisch winkte Cornelia zurück. Die Ampel schaltete auf Grün, und Celsa Tejedor überquerte rasch die vier Fahrspuren. Bei diesen autofreundlichen Straßen war die Grünphase sehr kurz, wie Celsa wusste. Auch

Cornelia wusste es, und trotzdem beunruhigte sie die Eile ihrer Mutter ein wenig.

Sie kehrte in ihr Büro zurück. Schließlich musste sie sich auf die Sitzung mit Terletzki und Müller vorbereiten und hatte nicht mehr viel Zeit. Morgen würde sie zu Ockenfeld gehen müssen, aber vorher wollte sie mit ihren Kollegen die Strategie festlegen.

In dieser kurzen Ermittlungszeit hatten sie schon Unmengen Papier mit Berichten, Notizen und Grafiken beschrieben. Sie zwang sich, die Notizen ihres Verhörs mit Ullusoy ins Reine zu schreiben, aber es gelang ihr nicht, das Unbehagen über den Besuch loszuwerden. Sie schwankte zwischen Empörung über ihre Mutter, die vergessen zu haben schien, was es hieß, das eigene Land verlassen und sich seinen Lebensunterhalt in der Fremde verdienen zu müssen, und Wut auf sich selbst, weil sie sie nicht zurechtgewiesen hatte. Dennoch konnte sie Minuten später bereits ihren Bericht zu den übrigen Unterlagen legen. Mit dem Stapel unter dem Arm machte sie sich auf den Weg zum Sitzungszimmer.

Sie hatte die Tür des kleinen Besprechungszimmers erst halb geöffnet, da bemerkte sie Reiner Terletzkis alarmierten Blick, und als sie den Raum betrat und die ganze Gruppe sah, verstand sie, warum. Matthias Ockenfeld. Er saß auf ihrem Platz. Sie hatten ausgemacht, sie würde ihm morgen ihre bisherigen Ergebnisse vorlegen, und sie hatte damit gerechnet, nach der Besprechung alles vorbereiten zu können.

»Ah! Frau Weber! Endlich sind wir vollzählig. Entschuldigen Sie bitte, dass ich so frei war, mich zu Ihrer Gruppe zu gesellen, aber Sie haben sich in letzter Zeit rargemacht, und gerade eben habe ich Herrn Terletzki getroffen, der mir von dieser Besprechung erzählt hat, und da dachte ich, das sei eine gute Gelegenheit, die neuesten Informationen zu erhalten, ohne bis morgen warten zu müssen.«

Cornelia sah Ockenfeld in die Augen. Wenn er Reiner vor ihr schlechtmachen wollte, musste er sich schon etwas mehr anstrengen.

»Außerdem«, fuhr Ockenfeld zuckersüß fort und sah dabei Müller an, der sich sein Unbehagen nicht anmerken lassen wollte, »habe ich so die Gelegenheit, den neuen Kollegen kennenzulernen, den Sie ins Morddezernat geholt haben.«

Ockenfeld setzte sich zwischen Terletzki und Müller, achtete aber peinlich genau darauf, Abstand zu wahren.

»Tun Sie so, als wäre ich nicht da. Ich will Sie nicht stören. Wenn ich es für nötig halte, werde ich schon mein Quäntchen beitragen.«

Cornelia riss sich zusammen und grüßte ihre Kollegen, als wäre sie gerade erst zur Tür hereingekommen. Sie versuchte, ihren Chef zu ignorieren, seinen Markenanzug, sein bleiches Gesicht, seine Brillenfassung, die ihm etwas Intellektuelles verlieh, das hier völlig fehl am Platz war.

»Gut. Im Fall Marcelino Soto hat der Gerichtsmediziner bestätigt, dass der Tod Dienstagabend eintrat und die Leiche noch am selben Tag ins Wasser geworfen wurde.«

»Sie haben den Bericht schon? Ich dachte, die sind im Bummelstreik«, fragte Ockenfeld.

»Das sind sie auch, aber sie sind auch professionell, und immerhin geht es hier um Mord.«

Ockenfeld murmelte etwas Unverständliches, aber sie ging nicht darauf ein.

»Wahrscheinlich wurde Soto von seinem Mörder überrascht. Der Stich wurde von hinten und oben ausgeführt, was darauf schließen lässt, dass das Opfer saß.«

Während sie sprach, hängte sie Zeichnungen an eine Schautafel, auf denen schematisierte menschliche Gestalten verdeutlichten, wie Soto erstochen worden war.

»Es ist also möglich«, schaltete sich Terletzki ein, »dass er den Mörder kannte und der das Opfer angriff, als es ihm den Rücken zudrehte. Es kann aber auch sein, dass der Mörder ihn völlig überraschte und so schnell zustach, dass er keine Zeit mehr hatte zu reagieren und sich zu verteidigen.«

So zeigt man dem Chef, wie gut das Team funktioniert. Sie hoffte, auch Müller werde seine Hemmungen überwinden und etwas sagen. Sie fuhr fort:

»Im Augenblick ermitteln wir in zwei Richtungen. Beim Begräbnis wurden wir Zeugen eines ungewöhnlich heftigen Streits.«

»Was war der Grund?«, fragte Ockenfeld.

»Es gibt da eine Menge alter Geschichten. Soto war früher sehr aktiv in einem Ausländerverein.«

»In Anbetracht von Sotos inzwischen mehr als gesicherten Verhältnissen lässt sich aber auch ein finanzielles Motiv nicht ausschließen.«

Das war Müller. Endlich.

»Genau. Sotos finanzielle Lage ist umso auffälliger, als er mit einem für Frankreich ausgestellten Touristenvisum nach Deutschland einreiste, das heißt ohne Arbeitserlaubnis, und als Arbeiter bei Opel begann. Von dort bis zum mehrfachen Immobilienbesitzer ist es ein großer Sprung, den wir bis jetzt nicht erklären können.«

»Vom deutschen Wirtschaftswunder haben auch die Ausländer profitiert«, warf Ockenfeld ein.

»Trotzdem sollten wir herausfinden, wie Soto zu so

viel Geld kam. Doch kommen wir zur zweiten Spur, die mehr verspricht: den Drohbriefen, die Julia Soto gefunden hat. Reiner, würdest du bitte...?«

»Die Drohbriefe sind eindeutig ein Versuch, Schutzgeld zu erpressen. Sie wurden von einem Ausländer verfasst.«

»Nach unseren letzten Informationen stammen sie von einer Jugendgang aus Ex-Jugoslawien«, sagte Cornelia und berichtete von Ullusoys Verhör. »Vielleicht haben wir sogar ein Mitglied der Bande, aber der liegt leider im Koma.«

»Würden die anonymen Briefe sich auf das andere Restaurant beziehen, das *Alhambra*, in der Nähe der Börse, dann wüssten wir, wer in Frage kommt«, bemerkte Terletzki. »Aber von einer Bande im Westend habe ich noch nie gehört.«

»Sotos Tochter hat sie bei den Unterlagen zum *Santiago* gefunden, und Marcelino Soto war sehr ordentlich und gewissenhaft«, sagte Cornelia.

»Es könnte sich also um eine neue Bande handeln.«

»Oder um eine bereits bestehende, die sich ein neues Revier gesucht hat. Die neuen Gruppen aus Osteuropa haben die Szene ordentlich aufgemischt.«

»Außer den Drohbriefen gab es bis jetzt aber nur vereinzelte Beschwerden wegen Belästigungen von Gästen durch Jugendliche. Das kann man kaum als Bandenkriminalität bezeichnen«, warf Müller ein.

»Das werden Sie sicher klären. Was ist denn mit dem anderen Fall?«, wollte Ockenfeld wissen.

»Gleich«, erwiderte Cornelia kurz. »Alles zu seiner Zeit.«

Sie besprachen das Vorgehen der nächsten Tage und gingen trotz Ockenfelds sichtlicher Ungeduld noch einmal detailliert die neuesten Daten zu Sotos finanziellen

Verhältnissen durch. Dann suchten sie nach Hinweisen in den Befragungen vor allem von Mitgliedern der spanischen Gemeinde. Aber alle hatten in gleicher Weise reagiert: Sie hatten sich entsetzt gezeigt, immer wieder beteuert, was für ein netter Mensch der Tote gewesen sei, und bei Fragen nach Konflikten in der spanischen Gemeinde behauptet, der Mörder könne unmöglich ein Spanier sein.

»Und nun zu Esmeralda Valero: Hier verfügen wir über einige wichtige Informationen.«

Sie hatte entschieden, was der Chef vorläufig nicht erfahren sollte. So wollte sie zum Beispiel Kleins merkwürdiges Verhalten unerwähnt lassen, der sich zu eifrig bemühte, die ganze Geschichte als Bagatelle hinzustellen. Sie würde ihm auch nicht verraten, dass der Fall sie genau deswegen zu interessieren begann.

Sie fasste ihr Gespräch mit den Kleins zusammen. Terletzki und Müller konnte nicht entgehen, dass die Version, die sie Ockenfeld auftischte, nicht der entsprach, die sie zu hören bekommen hatten, aber natürlich sagten sie nichts. Anschließend berichtete Cornelia in allen Einzelheiten von ihren Fahrten mit dem Einundsechziger. Als sie auf Esmeraldas Bekannte zu sprechen kam, die ihnen vom Bordell berichtet hatte, wurde ihr Chef unruhig. Sie tat so, als bemerkte sie es nicht. Sie wollte ihren Plan schnell darlegen, da sie fürchtete, Ockenfeld könne die Ermittlungen ruhen lassen, bis er die Folgen für die Kleins beurteilen konnte.

»Der nächste logische Schritt ist, die Bordelle der Stadt zu durchkämmen, um sie zu finden.«

Cornelia gab ihrem Chef einen Abzug des Fotos der jungen Frau.

»Das fehlt etwas«, bemerkte Ockenfeld. »Zwischen ihren Haaren ist eine Hand zu erkennen.«

»Und wem gehört das Händchen wohl?«, fragte Terletzki in einem Tonfall, der deutlich machte, dass er die Antwort kannte.

Auf ihn war Verlass, wenn es darum ging, etwas Unangenehmes und möglichst Unpassendes zu sagen. Obwohl ihm die Miene seines Chefs nicht entging, setzte er noch einen drauf: »Anscheinend vermisst Herr Klein etwas mehr als nur eine fleißige Putzfrau.«

Damit sprach er nur aus, was alle dachten, sogar Ockenfeld, aber diesmal reichte es dem Chef. Er sprang auf:

»In fünf Minuten will ich Sie in meinem Büro sehen, Oberkommissar.«

Er ging zur Tür und verabschiedete sich mit einem knappen »Guten Tag«. Die drei blieben ein paar Sekunden lang reglos sitzen, den Blick auf die Tür geheftet, als ob Ockenfeld heimlich lauschte und jederzeit wieder hereinkommen könnte. Schließlich war es Cornelia, die das Schweigen brach.

»Nun gut, meine Herren, der Chef ist informiert und dank der diskreten Bemerkungen des Oberkommissars so überzeugt von unserem Aktionsplan, dass wir ihn als akzeptiert betrachten können.«

»Ich wollte echt nicht …«

»Du musst dich für nichts entschuldigen. Du hättest es nicht besser machen können. Jetzt geh rauf, denn wenn der Chef sagt, fünf Minuten, dann meint er fünf Minuten. Und dann hauen wir ab, bevor er es sich anders überlegt.«

Behäbig wie eine alte Lok setzte sich Terletzki in Bewegung. Im Hinausgehen warf er Cornelia einen flehenden Blick zu.

»Ja, ja, wir warten im Büro auf dich.«

Er wollte gerade die Tür hinter sich zuziehen, da rief sie:

»Reiner?«

Erst erschienen die struppigen Haare, dann der ganze Kopf.

»Reiß dich zusammen und halt brav den Mund.«

Terletzki nickte und presste demonstrativ die Lippen aufeinander.

Obwohl Terletzki häufig unpassende Bemerkungen machte und rücksichtslos gegen andere sein konnte, bewunderte Cornelia andererseits diese Fähigkeit ihres Kollegen. Er nahm kein Blatt vor den Mund. Sie führte das darauf zurück, dass er aus dem Ruhrpott kam, aus Bochum. Cornelias Vater war ebenfalls im Ruhrgebiet aufgewachsen und wie Terletzki manchmal zu direkt. Kurz und direkt. Ihre Mutter hingegen redete wortreich und oft verschlüsselt. Cornelia konnte sich ebenso deutlich ausdrücken wie ihr Vater, hatte aber von ihrer Mutter die Art, Unangenehmes indirekt zu sagen.

Während sie mit Müller im Büro auf Terletzkis Rückkehr wartete, gingen sie noch einmal die Anschriften der Bordelle und die Reihenfolge der Befragungen durch. Eine Viertelstunde später war Terletzki zurück. Es war ein kurzer Rüffel gewesen.

»Und?«

»Nichts Besonderes. Etwas mehr Respekt einem bedeutenden Bürger unserer Stadt gegenüber und so weiter und so fort. Aber diese hässliche Töle von der Marx, die hat was gegen mich. Kaum dass sie mich sieht, fängt sie an wie verrückt zu kläffen.«

»Was hast du Lukas denn getan?«

»So heißt diese Missgeburt?«

»Du unterschätzt die Macht dieses Tieres.«

Terletzki sah sie ungläubig an, aber Cornelia bemerkte es nicht, weil sie sämtliche Unterlagen des Falls Soto neu sortierte. Dann öffnete sie einen anderen Ordner und gab jedem von ihnen die Fotokopie einer Adressliste.

»Das haben wir von den Kollegen bekommen. Es gibt fünfundzwanzig gemeldete Bordelle in der Stadt, und wir sind zu dritt. Jeder von uns übernimmt ein bestimmtes Gebiet. Sie, Müller, den Osten. Terletzki das Westend und anschließend das Bahnhofsviertel.«

»Mensch, erst die Edelpuffs und dann die Absteigen am Bahnhof«, beschwerte sich Terletzki.

»Ich werde mich um Sachsenhausen kümmern und dann ebenfalls ums Bahnhofsviertel. Den Norden heben wir uns bis zuletzt auf. Wenn wir sie in keinem dieser Bordelle finden, werden wir uns die nicht gemeldeten Puffs vornehmen müssen, und das kann ohne die Kollegen von der Sitte schwierig werden.«

»Wann fangen wir an?«

»Morgen. Wir treffen uns um acht hier.«

»Und die Jugos?«, fragte Terletzki.

»Wir warten, was die von der Jugendkriminalität uns schicken. Und Reiner, sag nicht Jugos. Das ist nicht korrekt.«

Sie beendeten die Besprechung. Cornelia arbeitete noch ein paar Stunden. Viel konnte sie nicht mehr tun, sie musste warten, bis Oberdörfer ihr neue Informationen zukommen ließ oder Rimaç aus dem Koma erwachte. Hoffentlich starb er nicht.

Eine Stunde später, als sie mit ihren eher impulsiven Einkäufen nach Hause kam, lief sie Topitsch wieder in die Arme, der die Mülltonnen ordentlich aufgereiht hatte und nun vor der Tür zu seiner Erdgeschosswohnung stand.

»Frau Kommissarin, Sie sind ja schwer beladen, lassen Sie mich Ihnen etwas abnehmen.«

Ihr morgendliches Gespräch schien er vergessen zu haben. Ohne ihre Antwort abzuwarten, nahm er ihr alle Tüten ab, ließ seine Wohnungstür sperrangelweit offen stehen und machte sich an den Aufstieg zu Cornelias Wohnung. Nur mit einem Paket Klopapier beladen, über das Topitsch schamhaft hinweggesehen hatte, ging sie immer zwei Stufen hinter dem Hausmeister her, der bis zum ersten Stock relativ schnell unterwegs war und danach immer langsamer wurde, schließlich mit krummen Beinen und keuchendem Atem im dritten ankam. Er trat zur Seite, damit Cornelia die Tür aufschließen konnte. Sie griff nach den Tüten, um zu vermeiden, dass er ihre Wohnung betrat, aber Topitsch ignorierte das und ging ohne zu zögern hinein, und zwar nach rechts, in Richtung Küche, mit der Unbefangenheit dessen, der jede einzelne Wohnung kennt. Er stellte die Tüten auf dem Tisch ab und trat, noch immer nach Luft ringend, ans Fenster.

»Sie haben es hier schön hell. Was für ein Unterschied zwischen dem Erdgeschoss und den Wohnungen in den oberen Stockwerken! Im Winter lassen wir in manchen Zimmern den ganzen Tag über das Licht brennen.«

Was auch immer es sein mochte, die Vorstellung von Herrn und Frau Topitsch in ihrer dunklen, kalten Wohnung im Erdgeschoss oder ein Anflug schlechten Gewissens, weil sie ihm so oft auswich – jedenfalls hörte Cornelia sich sagen: »Ich habe gerade etwas Gebäck gekauft. Möchten Sie vielleicht einen Kaffee?«

»Wir haben schon zu Abend gegessen. Da merkt man doch gleich Ihre südländischen Herkunft! Um acht einen Kaffee und Abendessen um elf.«

Sie war sich nicht sicher, ob seine Stimme bewundernd oder vorwurfsvoll klang. Für Topitsch waren geregelte Essenszeiten ein Glaubensartikel und ihr Vorschlag sicherlich eine Ketzerei; andererseits konnte er eine Einladung wie die ihre nicht einfach übergehen. Also ging er in die Offensive:

»Wir trinken um diese Zeit immer einen Kräutertee und sehen *Wer wird Millionär?*. Meine Frau würde sich freuen, wenn Sie zu uns kämen.«

Zehn Minuten später ging Cornelia zu den Topitschs hinunter, immer noch fassungslos darüber, wie ihr das passiert war. Sie hatte als Mitbringsel eine Schachtel Kekse der Marke *Reglero* dabei, die sie ein paar Tage zuvor in einem spanischen Supermarkt im Ostend gekauft hatte. Sie wusste, dass sie ihnen nicht schmecken würden, weil diese Kekse keinem Deutschen schmeckten. Aber da die Welt sich heute verschworen zu haben schien, sie als Spanierin zu betrachten, würde sie sich das Vergnügen gönnen, den Topitschs zuzusehen, wie sie diese trockene, süße Masse herunterwürgten, deren Genuss, wenn davon die Rede sein konnte, wahrscheinlich zu den Voraussetzungen für einen spanischen Pass zählte. Einen Moment lang hatte sie zwischen den Keksen und den *Nevaditos* geschwankt, aber die erinnerten sie so sehr an die Winter ihrer Kindheit, dass sie den Leuten nicht zusehen konnte, wie sie das Gesicht verzogen, wenn sie sie probierten. Seit sie vor Jahren einmal in der Schule die Reaktion ihrer Klassenkameraden beobachtet hatte, hatte sie sie niemandem mehr angeboten. Anscheinend wurde der Geschmack für Süßigkeiten in der Kindheit geprägt und war danach unveränderlich festgelegt. Obwohl ihre Mutter nun seit über vierzig Jahren in Deutschland lebte, mochte sie noch immer nicht das gleiche Weihnachtsgebäck wie ihr Vater. An Heiligabend lagen die *Polvorones* neben den Lebkuchen, die *Turrones* neben den Dominosteinen und dem Marzipan. Und Jahr für Jahr wiederholte sich die glei-

che Zeremonie: Ihre Eltern probierten das Weihnachtsgebäck des anderen, und einer von beiden sagte: »Ja, ich
glaube, so langsam finde ich Geschmack daran«, und
machte sich dann über die Süßigkeiten aus der eigenen
Kindheit her. Cornelia und ihr Bruder Manuel wussten,
dass es schließlich an ihnen war, den angebissenen *Pol-
vorón* ihres Vaters und das Stück Stollen aufzuessen,
das ihre Mutter auf dem Teller hatte liegen lassen.

Frau Topitsch, eine kleine, etwa sechzigjährige Frau
mit dunkelblond gefärbtem Haar, zeigte, als sie das
Wohnzimmer betraten, auf einen Sessel. Ein kurzer
Blickwechsel mit ihrem Mann machte Cornelia klar,
dass es sich um den Sessel von Herrn Topitsch handelte.
Auf einem Beistelltisch dampfte die Teekanne. Herr Topitsch ließ sich, nach der stummen Anweisung seiner
Frau, auf dem Sofa neben ihr nieder. Die Sendung hatte
schon angefangen. Günther Jauch becircte gerade eine
nervöse Kandidatin. Herr Topitsch gab seiner Frau die
Keksschachtel, und diese legte sie neben die Teekanne
auf das Tischchen, aber öffnete vorsichtshalber die Zel-
lophanhülle erst gar nicht. Sie schenkten Cornelia eine
Tasse Fencheltee ein.

»Aus welcher Blume wird Vanille gewonnen? a) Orchidee b) Rose c) Aloeblüte d) Lilie.« Kaum hatte Jauch
die Frage vorgelesen, sahen die Topitschs Cornelia an.
Sie war noch keine fünf Minuten da und bereute schon,
die Einladung angenommen zu haben. Und das passierte nicht zum ersten Mal. Es war immer das Gleiche: Behandelte sie Topitsch, diesen geschwätzigen, schleimigen
Rassisten, so, wie er es verdiente, hatte sie hinterher ein
schlechtes Gewissen und ließ sich auf grauenvolle Sachen ein. Und während sie sich vorstellte, wie Topitsch
sich an der ganzen Schachtel *Reglero* verschluckte, und
für sich den Hausmeister, der sie im Vertrauen auf die

richtige Antwort erwartungsvoll ansah, wüst beschimpfte, suchte ihr Gehirn nach der Antwort. Plötzlich hatte sie einen Geistesblitz: das Bild einer Dose Vanillezucker, bei ihr zu Hause. Sie konzentrierte sich auf das Bild, es wurde schärfer, jetzt konnte sie eine weiße Blüte erkennen, die weder eine Rose noch eine Lilie oder eine Aloeblüte war.

»Eine Orchidee!«, sagte sie bestimmt.

»Eine Orchidee?«, sagte die Kandidatin zwei Sekunden später zweifelnd.

Die Köpfe der Topitschs schnellten zurück zum Fernsehapparat. Für die Kandidatin standen 16.000 Euro auf dem Spiel. Für Cornelia ihr Status im Haus.

Günther Jauch spannte beide noch einige Minuten lang auf die Folter, aber die Kandidatin blieb bei ihrer Entscheidung, sie ließ sich nicht verunsichern. Auch Cornelia nicht.

»Richtig. Eine Orchidee!«

Die Topitschs applaudierten unisono und schenkten Cornelia noch eine Tasse Fencheltee ein, während sie sich ganz bescheiden gab.

»Wenn ich eines Tages mitspiele, sind Sie einer meiner Telefonjoker, Frau Kommissarin«, sagte Frau Topitsch.

»Man hat drei Telefonjoker. Wen würdest du denn noch nehmen?«, wollte Herr Topitsch wissen.

»Der zweite wäre Professor Rink aus dem ersten Stock.«

»Und der dritte?«

»Du natürlich, Arnold! Wo du doch so viel über Geschichte liest und weißt!«

Frau Topitsch war, wie Cornelia immer vermutet hatte, trotz ihres Ehemanns eine überaus kluge Frau.

Bei der folgenden Frage konnte der Hausmeister glänzen. Und beim nächsten Kandidaten verabschiedete sich Cornelia in ihre Wohnung.

Als Erstes checkte sie den Anrufbeantworter. Kein Anruf. Besser so. Es wäre wirklich eine grausame Ironie gewesen, wenn Jan in der Zeit angerufen hätte, in der sie zum Fernsehen beim Hausmeister war. Jan fand Topitsch auf seine Art witzig und verstand nicht, warum dessen Bemerkungen Cornelia auf die Palme brachten. Er wäre überrascht gewesen, wenn er erfahren hätte, wo sie gewesen war. Vielleicht hätte er dann verstanden, wie einsam sie sich fühlte.

Sie suchte die Handynummer, die Jan ihr für den Notfall dagelassen hatte. An den Türrahmen des Schlafzimmers gelehnt, schrieb sie mit zwei Händen eine SMS. »Lass den Blödsinn. Wenn du in einer Woche nicht zurück bist, brauchst du gar nicht mehr zu kommen.« Sie schickte sie ab. Dann zog sie sich mechanisch den Schlafanzug an, putzte sich die Zähne, fiel ins Bett und schlief tief und fest.

HOCHSAISON

Als sie aufstand, war sie verschwitzt, Augen und Kehle waren trocken. Beim Nachhausekommen hatte sie die Heizung aufgedreht und vor Müdigkeit vergessen, sie auszuschalten. Kopfschmerzen hatte sie auch. Sie holte die Augentropfen aus dem Badezimmerschrank. Wie lange war die Flasche schon angebrochen? Hatte sie etwa vergessen, es draufzuschreiben? Unmöglich. Sie nicht. Das war Jan gewesen. Sie spürte, wie ihr die Tränen in die Augen traten.

»Auch gut, dann brauche ich wenigstens diese blöden Tropfen nicht«, sagte sie zu ihrem Spiegelbild und lächelte das Selbstmitleid und die Wut über ihren Mann fort.

Eine Aspirin würde sie nehmen. Den Beipackzettel hätte sie besser niemals lesen sollen, aber sie brauchte einen klaren Kopf, denn es würde ein langer Tag werden. Sie schluckte die Tablette. »Die tägliche Einnahme eines Aspirin wirkt bei manchen Menschen vorbeugend gegen Herzinfarkt.«

Wie verabredet trafen sie sich um acht. Eigentlich hatte Cornelia vorgehabt, sich noch für ein paar Minuten mit ihren Kollegen zusammenzusetzen und Details der bevorstehenden »Bordell-Tour« zu besprechen, aber Müller, der am Fenster stand und hinaussah, drehte sich um und sagte: »Da kommt der Chef. Ich habe gerade Ockenfelds Mercedes gesehen.«

»Ich fürchte, er hat mit Klein geredet und ihm berichtet, dass wir Esmeralda hier in den Bordellen suchen. Sicher werden weder Klein noch seine Frau über diese Nachricht begeistert gewesen sein, also verschwinden wir besser, bevor Ockenfeld uns den Fall entzieht«, sagte Cornelia.

»Und Soto?«, fragte Terletzki.

»Wenn die anonymen Briefe von jugendlichen Erpressern stammen, werden wir sie bald haben. Der Fall Soto ist, so hart es klingen mag, trivial geworden, und unsere anscheinend triviale Putzfrauengeschichte wird allmählich spannend.«

»Schmutzig, meinst du«, sagte Terletzki.

»Das auch«, gab Cornelia zu. »Und deshalb sollten wir loslegen. Der Chef hat uns nur deshalb noch nicht vom Fall abgezogen, weil es ihm peinlich ist, uns das erklären zu müssen. Wo ist die Liste der Bordelle?«

Auf dem Weg zum Parkhaus gingen Cornelia und Terletzki nebeneinander den Flur entlang; Leopold Müller blieb ein Stück zurück.

»Heißt der Hund von der Marx wirklich Lukas?«

Cornelia nickte geistesabwesend.

»Mein Großvater hieß so. Warum geben die Leute Hunden Menschennamen? Merken sie nicht, dass sie damit jemanden beleidigen können?«

»Das darf man nicht so eng sehen.«

»Ach nein? Wie fändest du es denn, wenn du plötzlich jemanden rufen hörst: ›Fang den Ball, Cornelia!‹ ›Nein, Cornelia, nicht an diesen Baum pinkeln!‹«

»Hündinnen pinkeln nicht an Bäume.«

»Du weißt, was ich meine. Ein Hund sollte Fido oder Rex heißen und eine Hündin Laika oder Tapsi, nicht Oskar oder Marlene.«

»Wenn dir das solche Sorgen macht: Ich glaube kaum, dass es Hunde namens Reiner gibt. Es gibt ja auch immer weniger Männer, die so heißen.« Cornelia ignorierte das Grunzen ihres Kollegen. »Viel wichtiger ist, dass du begreifst, dass man sich mit Lukas gutstellen sollte.«

Sie blieb bei dem Thema, aber Terletzki war mit seinen Gedanken woanders.

»Reiner ist ein ziemlich altmodischer Name, was?«

»Ein bisschen. Heutzutage heißen Jungen Leon, Paul oder Tim.«

»Und die Mädchen?«

»Keine Ahnung. Lea, Anna, Laura. Namen mit vielen As, wie immer.«

Erst als sie vor dem Aufzug standen, merkten sie, dass Müller ihnen nicht mehr folgte. Seine Stimme war aus einem der Büros zu hören. Dann tauchte er in der Tür zu Junckers Büro auf, dicht hinter ihm Juncker. Die beiden Männer lachten. Juncker gab Müller die Hand und klopfte ihm ein paarmal auf die Schulter, was Müller zu gefallen schien. Die Lifttür ging auf.

»Müller!«

Als er seinen Namen hörte, verabschiedete Leopold Müller sich von Juncker, der Cornelia keines Blickes würdigte. Sie betraten den Aufzug. Cornelia wartete, bis die Türen geschlossen waren. Müller lächelte noch immer.

»Was wollte Juncker von Ihnen?«

»Nichts. Er hat mich bloß beim Morddezernat willkommen geheißen.«

»Vergessen Sie nicht, Müller, dass Sie nur vorübergehend bei uns sind.«

Müller antwortete nicht, schwieg, während Cornelia ihre Schroffheit leidtat und sich bei ihr Zweifel daran regten, dass sie die indirekte Ausdrucksweise ihrer Mutter geerbt hatte. Terletzki schien in Gedanken versunken. Vielleicht dachte er noch über die Sache mit den Namen nach.

Im Parkhaus wechselten sie nur ein paar Worte, dann stieg jeder in seinen Wagen. Cornelia machte sich auf den Weg zur ersten Adresse auf ihrer Liste, einem Bordell in einer Seitenstraße der Schweizer Straße, einer gutbürgerlichen Gegend.

Sie fuhr zum Fluss hinunter und folgte ihm in Richtung Alte Brücke. Die Hochwasserwarnung war aufgehoben, die Sonne strahlte wie an einem Augusttag, aber der Main wies immer noch eine starke Strömung auf. Das Wasser war schlammbraun, und ein breiter Streifen an den Hauswänden zeigte an, wie hoch es gestanden hatte. Dieses Hochwasser würde nicht in die Annalen der Stadt eingehen. Es gab Schäden, aber dafür gab es Versicherungen. Und der einzige Tote war nicht ertrunken. Cornelia dachte an Sotos Leiche, die an der Alten Brücke hängen geblieben war. Wie viele Kilometer mochte er getrieben sein? Wenige. Pfisterers Bericht nach war die Leiche in der Nähe des Fundorts ins Wasser geworfen worden und hatte fast die ganze Nacht an der Brücke festgehangen, verborgen durch die Dunkelheit und das Gestrüpp. Pfisterer hatte ihr diesen Bericht unter der Hand zukommen lassen. Er hatte ihn ihr nicht gefaxt, sondern per Post geschickt, in einem Umschlag ohne das Logo des Zentrums für Rechtsmedizin, damit niemand auf die Idee kam, dass der Bummelstreik sich verlief.

Endlich hatten sie eine Spur, auch wenn ihr die mutmaßliche Auflösung des Falls wie eine böse Ironie vorkam. Ein trauriger Gedanke, dass jemand, der so beliebt gewesen war, den die Achtung der Mitmenschen wie ein Schutzschild umgeben hatte, einer Erpresserbande zum Opfer gefallen sein sollte, die zu weit gegangen war. Irgendetwas stimmte an dieser ganzen Geschichte nicht. Das gerichtsmedizinische Gutachten stellte fest, dass Soto nicht mit seinem Mörder gekämpft hatte. Das passte nicht zu der Vorstellung, das Opfer sei bedroht worden, um Geld zu erpressen. Normalerweise wendet ein Erpresser Gewalt an, bringt aber seine Geldquelle nicht um, höchstens als Warnung für andere, brav zu zahlen. Aber Marcelino Soto war nicht geschlagen worden, weder als man ihn umbrachte noch vorher. Die Prellungen des Körpers waren alle postmortal. Oder waren sie mit einer weiteren Gewalteskalation der Erpresserbanden konfrontiert? Brachten sie neuerdings wahllos die Leute zur Abschreckung um? Wenn dies zutraf, war die Lage schlimmer, als sie angenommen hatte.

Sie bog auf die Brücke nach Sachsenhausen ab. Nach langem Suchen fand sie einen Parkplatz, ein paar Straßen von ihrem Ziel entfernt. Sie war im vornehmsten Teil des Viertels, an den Straßen die Häuser aus dem späten neunzehnten Jahrhundert mit gepflegten Vorgärten und schmiedeeisernen Zäunen. Die Schilder daran wiesen sie als die von Rechtsanwälten und Finanzberatern aus. Vor der Fin-de-Siècle-Villa, in der sich das Bordell befand, parkten schon mehrere teure Autos. Zwei Männer kamen aus dem Haus. Sie wirkten wie Geschäftsleute nach einem Termin. Sicher waren es Geschäftsleute zwischen zwei Terminen. Cornelia trat ein und wies sich unauffällig aus. Schließlich veranstaltete sie keine Razzia, und sie hatte kein Interesse, den Besitzer zu verärgern, der nun mit der ausdruckslosen und professionellen Miene eines Immobilienmaklers auf sie zukam.

»Adolf Roth. Ich bin der Geschäftsführer dieses Hauses.«

Adolf! Welche Eltern hatten ihren Sohn nach Kriegsende noch so genannt? Ein Künstlername war das nicht. Roth war keine vierzig, auch wenn Solariumsbesuche und der Alkohol, erkenntlich an den roten Äderchen auf seiner Nase, seine Haut vorzeitig hatten altern lassen.

Roth war also in den Sechzigern geboren. Ob die Eltern wussten, dass aus ihrem Adolf ein Zuhälter geworden war?

»Womit kann ich dienen, Frau Kommissarin?«

Er sprach mit einem leicht norddeutschen Einschlag, vielleicht war er Hamburger. Das lockige schwarze Haar war hinten zu einem Pferdeschwanz zusammengebunden. Er führte sie in das Büro, aus dem er gekommen war, einen Raum mit hoher Decke und vielen Bildern an den Wänden, die ausnahmslos stilisierte und verkitschte Sexszenen zeigten, sicher das genaue Gegenteil dessen, was hier und in anderen Bordellen der Stadt getrieben wurde. Während sie ihm gegenüber Platz nahm, musste Cornelia daran denken, dass es laut Statistik kaum noch deutsche Prostituierte gab. Fast alle waren Lateinamerikanerinnen oder Asiatinnen. Deutsche Frauen hatten sich, abgeschreckt von der ausländischen Konkurrenz, der Angst vor Aids und vor allem der zunehmenden Brutalität der Freier, zurückgezogen. Verstohlen musterte sie die Beine von Roths Mahagonitisch, gewundene Säulen aus ineinander verschlungenen Frauenkörpern, und nannte ihm den Grund für ihren Besuch.

»Wir suchen eine junge Frau, die als vermisst gemeldet wurde. Nach unseren Informationen arbeitet sie in einem Frankfurter Bordell.«

Nach dieser Einleitung lehnte sich der Bordellbesitzer beruhigt und zugleich abwehrend in seinem Sessel zurück.

»Wir beschäftigen nur gemeldete Mädchen.«

Cornelia hatte die Erfahrung gemacht, dass jemand, der sich grundlos rechtfertigt und ungebetene Erklärungen abgibt, irgendwann etwas Aufschlussreiches von sich gibt, also ließ sie Roth weitersprechen. Ermuntert oder eingeschüchtert vom Schweigen der Kommissarin, holte dieser Papiere aus einem Metallschrank hinter seinem Tisch.

»Sehen Sie, Frau Kommissarin. Alle registriert, alle amtsärztlich untersucht. Saubere, gesunde Mädchen, die freiwillig hier arbeiten und gehen können, wann sie wollen. Hier wird niemand zu etwas gezwungen oder mit falschen Versprechungen angelockt. Bei der Anwerbung in ihren Heimatländern, in Kolumbien, in der Dominikanischen Republik, in Thailand, in Vietnam« – während er die Länder aufzählte, blätterte er Papiere mit Angaben über die Frauen auf den Tisch, als legte er ihr die Karten – »wissen sie schon, was sie hier erwartet. Und – machen wir uns nichts vor – ihre Familien ebenfalls, auch wenn sie erzählen, sie würden als Dienstmädchen oder Sekretärin arbeiten. Wenn sie genug verdient haben, fahren sie nach Hause zu ihren Eltern, Ehemännern und Kindern, und wenn sie wieder Geld brauchen, kommen sie wieder nach Europa. Manche haben andere Jobs, putzen in Büros oder Privathäusern und verdienen sich kurz vor oder nach der Hochsaison etwas dazu.«

»Hochsaison?«

»Während der Messen. Die IAA alle zwei Jahre im September ist für uns fantastisch, da sind wir wie die Hotels regelrecht ausgebucht. Oder die Buchmesse im Oktober, auch nicht schlecht. Da können die Mädchen viel Geld nach Hause schicken.«

Nach dieser Erklärung schien Adolf Roth entspannter. Er stützte sich auf die Armlehne seines Sessels und zupfte seinen Pferdeschwanz zurecht, während er weitersprach.

»Sehen Sie, fünfzig Prozent der Mädchen, die zurzeit hier arbeiten, sind schon das zweite oder dritte Mal hier.«

»Sehr interessant, Herr Roth, aber damit ist mein Problem nicht gelöst. Ich suche diese junge Frau.«

Sie gab ihm das Foto. Roth betrachtete Esmeralda Valero aufmerksam, oder vielmehr: taxierte sie fachmännisch. Als er fertig war, gab er Cornelia das Foto zurück.

»Hier ist sie nicht, und in den anderen beiden Häusern, an denen ich beteiligt bin, habe ich sie auch nicht gesehen. Und ich kenne alle Mädchen.«

Cornelia verkniff sich die Frage, ob diese Bemerkung doppeldeutig gemeint war. Roths Stimme hatte jedenfalls völlig neutral geklungen. Geschäftsmäßig eben. Sie bat ihn um die Namen der anderen beiden Bordelle. Eines wäre ebenfalls in ihren Bereich gefallen, das andere stand auf Terletzkis Liste. Cornelia ging davon aus, dass Roth sich angesichts dessen, was für ihn auf dem Spiel stand, davor hütete zu lügen. In diesem Umfeld war Diskretion ein zu hohes Gut, als dass man es aufs Spiel setzte, indem man die Polizei provozierte. Ein paar Razzien würden genügen, um die Kundschaft zu vertreiben und das Geschäft zu ruinieren. Das wussten beide. Die Spielregeln waren eindeutig, und sie respektierten sie. Es gab nichts weiter zu besprechen. Aber auch sie musste ihre Rolle spielen.

»Sie haben dann ja nichts dagegen, wenn ich mich selbst davon überzeuge?«

Mit einer resignierten Handbewegung signalisierte er sein Einverständnis.

Erst als sie draußen stand, wurde ihr bewusst, dass sie in diesem Haus die ganze Zeit den Atem angehalten hatte. Die frische Luft tat ihr gut. Sie beschloss, sich vor dem nächsten Bordellbesuch eine kleine Pause zu gönnen. Sie schlenderte die Schweizer Straße Richtung Süden, betrachtete flüchtig die Schaufenster, blieb vor einer Konditorei stehen. Den Vorübergehenden musste sie wie eine Frau erscheinen, die gerade eine strenge Diät macht und nun verbotene Früchte betrachtet; in Wirklichkeit aber nahm sie die mit Marzipan, Trüffeln oder Likör gefüllten, in Goldpapier gewickelten Pralinen in den mit dunkelgrünem Samt ausgeschlagenen Kästen gar nicht wahr. Ihr gingen Roths Worte im Kopf herum. Buchmesse, Hochsaison, Überweisungen. Esmeralda Valero, die Geld nach Hause schickte. Die blaue Uniform, in die die Kleins sie gesteckt hatten. Die Hand des Bankiers zwischen ihren Haaren.

Sie machte auf dieser Seite des Mains weiter. Das nächste Etablissement erbrachte nichts außer dem Eindruck von Schmuddeligkeit, verstärkt durch grellbunte, mit Samt und Kunstleder ausgekleidete Nischen, und dem Angebot eines betrunkenen Freiers, der sie ansprach, als sie das Lokal betrat.

»Na, Barbra Streisand, wohin so eilig?«

Instinktiv fuhr sie sich mit der Hand an die Nase und brachte sich so um das Vergnügen, dem Typen ihren Dienstausweis zu zeigen und ihm etwas Stress zu machen.

Niemand schien Esmeralda zu kennen oder gesehen zu haben.

Auch die folgende Station erwies sich als fruchtlos, nur dass das Bordell noch ein wenig schäbiger war. Bevor sie weitermachte, strich sie die bereits besuchten Lokalitäten aus. Als sie die Liste vom Beifahrersitz nahm, rutschte ihr das Handy unter den Sitz, ohne dass sie es bemerkte. Kaum war sie losgefahren, klingelte es. Sie steuerte mit der Linken weiter und wühlte mit der Rechten in ihrer Tasche. Erst als sie dort das Handy nicht fand, fiel ihr auf, dass es unter dem Sitz klingelte. Sie beugte sich nach vorn und tastete den Wagenboden ab; sie erwischte das Handy mit den Fingerspitzen, richtete sich auf und hielt es sich vor die Augen. Es war Jan. Genau in diesem Augenblick hörte sie eine wütende Frauenstimme, sie sah nach vorn und musste scharf bremsen, das Telefon fiel ihr aus der Hand und klingelte nicht mehr weiter. Eine etwa dreißigjährige Frau in einem grauen Kostüm betrachtete sie überrascht und zornig, und ein junger Mann schlug ihr im Vorübergehen, ohne den Kopf unter der Kapuze seines Trainingsanzugs zu wenden, aufs Wagendach und stieg dann in die Straßenbahn, die bei offenen Türen wartete. Sie hatte nicht bemerkt, dass sie neben den Schienen gefahren und jetzt drauf und dran war, die Straßenbahn an der Haltestelle rechts zu überholen, gerade als die Leute ein- und ausstiegen. Nun stand sie genau zwischen der Straßenbahn mit den offenen Türen und dem Haltestellenschild der Linie sechzehn. Jeder der ein- und aussteigenden Fahrgäste blickte sie böse an. Eine junge Mutter richtete einen anklagenden Zeigefinger auf sie. Ihre beiden kleinen Kinder starrten Cornelia an, schienen aber der langen Erklärung ihrer Mutter nicht folgen zu können.

Die Frau, die sie angeschrien hatte, klopfte an die Scheibe. Cornelia kurbelte sie herunter, doch die Frau ließ ihr nicht einmal Zeit für ein »Entschuldigung!«.

»Sie sollten sich schämen. Noch dazu als Polizistin!«

Die Frau schimpfte, bis Cornelia schließlich eine zerstreute Entschuldigung stammelte. Sie hatte nicht mehr zugehört, sondern sich gefragt, wie die Frau herausgefunden hatte, dass sie Polizistin war. Dann fiel ihr ein, dass sie ihren Dienstausweis gut sichtbar auf der Ablage oberhalb des Handschuhfachs platziert hatte, um ohne Knöllchen parken zu können. Die Frau hatte einen Blick darauf geworfen, bevor sie in die Straßenbahn stieg. Hatte sie ihren Namen auf dem Ausweis entziffern können? War ihr Doppelname besonders schwer zu behalten, oder würde er der Frau eher helfen, wenn sie sich beschweren wollte? »Ich möchte Anzeige gegen eine blonde Polizistin mit einer schiefen Nase und einem halb ausländischen Namen erstatten.« Andererseits: Was konnte ihr, genau genommen, schon geschehen? Man kassierte einen Rüffel und schämte sich, das war das Schlimmste. Dann sprach sich die Sache herum, und man bekam die Sprüche der üblichen Spaßvögel der Truppe zu hören. Und die nicht so spaßigen Sprüche von Leuten wie Juncker. Vielleicht würde ja auch gar nichts passieren.

Ihre Mutter jedenfalls, sagte sie sich, während sie abbog, um nicht der Straßenbahnlinie folgen zu müssen, wäre erstaunt gewesen, dass jemand es wagte, eine Polizistin zurechtzuweisen.

»Das ist der Fortschritt, mein Kind, dass das Gesetz für alle gleich ist. In Spanien würde niemand es wagen, einem Polizisten die Leviten zu lesen.«

An dieser Stelle würde sich Horst Weber ins Gespräch mischen, gönnerhaft im Wissen um die lange europäische Tradition seines Landes.

»Das ist nicht mehr so, Celsa. Auch in Spanien haben sich die Zeiten geändert.«

»Mag sein, aber ich habe vor einem spanischen Polizisten mehr Angst als vor einem deutschen.«

An der nächsten Kreuzung hielt sie, um das Handy aufzuheben. Beim Herunterfallen war der Deckel des hinteren Fachs abgesprungen, und der Akku hatte sich gelöst. Sie baute alles wieder zusammen, mit zitternden Händen, weniger wegen des Zwischenfalls mit der Straßenbahn als vielmehr, weil sie unbedingt wissen wollte, ob Jan ihr eine Nachricht hinterlassen hatte. Das Handy war nicht kaputt, aber es ließ sich Zeit, bis es wieder funktionierte. Keine Nachricht. Nun, sie dachte nicht daran anzurufen. Sie warf das Handy auf den Sitz und fuhr wieder weiter.

Kurz darauf war sie bei der nächsten Adresse. Vier Stockwerke nahm das Bordell ein, und auch wenn es von außen einen unauffälligen Eindruck machte, war es eines der bekanntesten der Stadt. Hier waren die Mädchen nach »Farben« aufgeteilt: in einem Stockwerk die Blonden, im nächsten die schwarzhaarigen, im dritten Asiatinnen und schließlich Lateinamerikanerinnen und Dunkelhäutige. Ein großes Sexkaufhaus. Der Betreiber, der großen Wert auf die Kooperation mit der Polizei legte, ließ eine Kolumbianerin kommen, damit sie sich das Bild ansah.

»Ich weiß nicht.«

Sie sah genauer hin. Cornelia hätte ihr gern mehr Zeit gelassen, aber der Chef wurde ungeduldig.

»Na los, mach schon, die Dame hat schließlich nicht den ganzen Tag Zeit. Braucht ihr denn für alles so lange?«, fuhr er sie an.

Cornelia wusste aus Erfahrung: Wenn sie jetzt das Mädchen verteidigte, würde dieses das zu spüren bekommen, sobald sie weg war, also hielt sie sich heraus.

»Nein.«

»Meine Güte, ist das eine Art, die Zeit anderer Leute zu vergeuden. Na los, verschwinde.«

Die Kolumbianerin ging hinaus. Der Betreiber unterhielt sich noch ein paar Minuten lang mit Cornelia, ohne dass etwas Neues dabei herauskam. Cornelia vermutete, die Kollegen von der Sitte setzten ihn wohl mächtig unter Druck, denn so viel Zuvorkommenheit war keineswegs üblich.

Auf dem Weg zu ihrem Auto sah sie aufs Handy. Niemand hatte versucht, sie anzurufen. Sie hatte auch keine SMS. Von niemandem.

Als sie gerade einsteigen wollte, hörte sie, wie jemand ihr nachlief, und drehte sich um. Es war die Kolumbianerin. Sie hatte sich einen grauen Trainingsanzug über das schwarze Mieder gezogen, mit dem sie sie im Büro des Bordellbetreibers gesehen hatte, und sah sich ein wenig unsicher um. Cornelia winkte ihr zu, in den Wagen zu steigen, wo sie vor neugierigen Blicken sicher waren.

»Ich kenne die Frau von dem Foto doch. Vor kurzem war sie bei einem Treffen unseres Vereins.«

»Was für ein Verein?«

»Doña Carmen. Das ist ein Verein, der sich für Prostituierte einsetzt. Eine Freundin, auch eine Kolumbianerin, hat sie mitgebracht. Sie hat gesagt, sie heißt Esmeralda.«

»Ja, das ist ihr Name.«

»Ich dachte, den hätte sie sich zugelegt. Das machen viele. Sie wirkte völlig verloren, eine richtige Anfängerin.«

»Erzählen Sie mir das darum?«

»Ja, und aus einem anderen Grund. Aber das werden Sie verstehen, wenn Sie sie gefunden haben.«

»Wissen Sie, wo sie arbeitet?«

»Sie wollte es nicht sagen, aber aus ihren Bemerkungen habe ich geschlossen, dass es ein teures Haus ist. Das wundert mich nicht. Sie ist sehr jung und hat einen sehr schönen Körper. Meine Freundin hat sie mitgebracht, damit sie mit einem Rechtsanwalt reden konnte, den wir im Verein haben.«

»Wissen Sie, warum?«

»Das soll sie Ihnen besser selbst erzählen. Auch Huren haben ein Privatleben.«

»Das bezweifle ich nicht.«

»Ich wollte es nur gesagt haben. Nun gut, jetzt muss ich gehen, bevor sie mich vermissen.«

»Sind Sie in Schwierigkeiten?«

»Was glauben denn Sie?« Die Frau lächelte. »Nehmen Sie es mir nicht übel, Frau Kommissarin. Ich weiß, dass Ihre Frage nett gemeint war. Aber machen Sie sich keine Sorgen; dieser Kerl ist ein widerlicher Typ, aber ihm rutscht nur selten die Hand aus. Ich habe schon in übleren Läden gearbeitet, und seit ich im Verein bin, weiß ich, wie ich mich wehren kann. So richtig mies dran sind die kleinen Russinnen, die sie mit falschen Versprechungen aufs Kreuz legen – verzeihen Sie, Frau Kommissarin. Aber das ist eine andere Geschichte.«

»Darf ich Ihren Namen erfahren?«

»Ich heiße Gloria, Gloria Cifuentes. Aber mein Arbeitsname ist Maria. Die Deutschen macht es mehr an, mit einer Lateinamerikanerin ins Bett zu gehen, die Maria heißt.«

Während die Frau rasch davonging, blickte Cornelia in den Rückspiegel, bis sie im Haus verschwunden war. Sie rief Terletzki und Müller an, um ihnen zu sagen, sie sollten sich aufs Westend und das Holzhausenviertel konzentrieren.

Obwohl sie heute Nacht lange genug geschlafen hatte, war sie müde, und so beschloss sie, eine Pause einzulegen. Sie ging in ein kleines Café. Gerade als sie sich daranmachte, den Schaum auf dem Cappuccino unterzurühren, klingelte das Handy. Es war Müller. Sie versuchte, sich ihre Enttäuschung nicht anhören zu lassen, wobei ihr der Gedanke half, dass sie jetzt quitt waren, was das Kaffeetrinken während der Arbeitszeit betraf. Müllers Stimme klang euphorisch.

»Ich habe sie gefunden!«

DARF ICH VORSTELLEN?
ESMERALDA VALERO

Müller gab ihr die Anschrift durch, eine kleine Straße in der Nähe des Oeder Wegs. Sie parkte und ging zu der von Müller genannten Hausnummer. Schon von weitem sah sie, wie Terletzki sich vor dem Haus an seinen Wagen lehnte. Sie hatte ihn gebeten, auf sie zu warten; schließlich mussten sie ja nicht alle drei einzeln auflaufen. Offensichtlich hatte er noch nicht mit ihr gerechnet, denn als sie ihm auf die Schulter klopfte, fuhr er zusammen, schlug hastig das Buch zu, in dem er gelesen hatte, und steckte es in die BILD, die er unter dem Arm trug. Das war ungewöhnlich, denn Terletzki schwadronierte sonst gern über das, womit er sich gerade beschäftigte, seien es die Ergebnisse der Eintracht oder der IKEA-Katalog. Er ging wortlos mit ihr zum Eingang des Bordells. Noch bevor sie klingeln konnten, öffnete ihnen eine junge Frau.

»Ihr Kollege wartet auf Sie.«

Sie trug ein hellgraues Kostüm, das gut in eine Bank gepasst hätte. Die Einrichtung des Korridors, durch den sie sie führte, entsprach ihrer Kleidung: Möbel in minimalistischem Design, eine schlichte, geschmackvolle Dekoration. In einer Bewegung drückte sie die Klinke herunter und stieß die Tür auf.

Sie sahen Müller, der einer jungen Frau in einem eher kühl wirkenden Raum gegenübersaß und sich mit ihr auf Spanisch unterhielt. Als sie sie hereinkommen sahen, standen beide auf, und Müller sagte auf Deutsch:

»Guten Tag, Frau Kommissarin. Guten Tag, Herr Oberkommissar. Darf ich vorstellen? Esmeralda Valero.«

Die junge Frau lächelte scheu und ging mit ausgestreckter Hand auf sie zu.

Bevor sie sich setzte, fragte Cornelia auf Spanisch:

»Haben Sie etwas dagegen, wenn wir Ihre Aussage hier zu Protokoll nehmen, oder würden Sie lieber mit auf die Wache kommen?«

»Hier ist es mir lieber. Nachher fängt meine Schicht an, und so verliere ich keinen Arbeitstag«, antwortete Esmeralda Valero unbefangen.

Ihre sanfte, beinahe kindliche Stimme passte nicht zu ihrem Körper, der viel üppiger war, als die Uniform auf dem Foto vermuten ließ.

Müller zog einen Notizblick hervor, gerade als Terletzki die Hand in die Tasche steckte, um das Gleiche zu tun. Terletzki hielt mitten in der Bewegung inne und ließ die leere Hand auf den Schenkel sinken.

Cornelia begann das Gespräch auf Deutsch.

»Verstehen Sie mich gut, wenn ich Deutsch spreche?«

Esmeralda sah sie ein wenig verlegen an.

»Nicht besonders.«

»Gut, dann reden wir Spanisch. Wissen Sie, warum wir hier sind, Frau Valero?«

»Ihr Kollege hat es mir gesagt. Die Kleins suchen nach mir, aber ich will nicht zu ihnen zurück und will auch nicht, dass sie erfahren, wo ich bin.«

»Und warum, Frau Valero? Sie scheinen sich um Sie Sorgen zu machen, vor allem Frau Klein.«

Esmeralda lächelte traurig.

»Die arme Frau! Ihr Sohn ist vor drei Jahren bei einem Autounfall ums Leben gekommen. Ich habe zwei Kinder, und später vielleicht noch mehr. Frau Klein hatte nur einen Sohn, und den hat sie verloren. Die Arme tut mir wirklich leid. Sie ist ein guter Mensch, auch wenn man manchmal den Eindruck hat, sie ist ein bisschen daneben.«

»Und warum sind Sie dann von dort weggegangen?«

»Seinetwegen, wegen Herrn Klein.«

»Was ist passiert?«

Esmeralda Valero suchte nach Worten. Cornelia drängte sie nicht.

»Er ist ausfallend geworden und hat mich belästigt.«

»Sexuell, meinen Sie?«

»Ja.«

»Was hat er getan?«

»Es fällt mir schwer, über diese Dinge zu reden, Frau Kommissarin. Sie zu tun, ist das eine, darüber zu reden, etwas anderes. Bei meiner Arbeit hier versuche ich, nicht an das zu denken, was ich tue und was man mit mir tut. Ich mache, was sie von mir verlangen, und ich denke an etwas anderes. Aber ich will nicht darüber sprechen.«

»Ich verstehe Sie, aber ich muss Genaueres wissen. Was ist passiert und wann?«

»Es fing an, als ich etwas über einen Monat dort war. Anfangs hatte ich Herrn Klein fast nie gesehen, weil er immer auf Reisen ist, aber eines Tages schien er mich plötzlich wahrzunehmen. Er begann, mich zu taxieren und anzulächeln. Ich habe zurückgelächelt, aber nie – das schwöre ich bei meinen Kindern – habe ich ihn zu irgendetwas ermutigt. Eines Tages, als seine Frau nicht da war, hat er mich abgepasst, als ich mich umgezogen habe. Er ist ins Zimmer gekommen, hat die Tür geschlossen und hat mich vergewaltigt. Er hat mir gedroht, hat gesagt, er wisse, dass ich keine Aufenthaltserlaubnis hätte, und könne dafür sorgen, dass ich abgeschoben werde.«

»Und ist es bei diesem einen Mal geblieben?«

»Nein, er hat jede Gelegenheit genutzt. Zweimal sogar im Zimmer seines toten Sohnes, Frau Kommissarin.«

Sie verstummte. Cornelia hatte keine weiteren Fragen. Sie konnte sich vorstellen, wie schwer es ihr gefallen sein musste, all das zu erzählen. Aber dann sprach Esmeralda weiter. Ihr Blick war hart geworden.

»Wissen Sie was? Als ich angeworben wurde, um in Deutschland zu arbeiten, haben sie mir beides angeboten, eine Arbeit als Haushaltshilfe oder als Prostituierte. Obwohl man als Dienstmädchen weniger verdient und länger von zu Hause weg ist, habe ich mich dafür entschieden, weil ich sauber bleiben wollte. Dann habe ich gemerkt, dass ich mich geirrt hatte, dass ich das Gleiche tun und ihnen noch dazu für vier Euro pro Stunde den Dreck wegputzen musste. Da habe ich die Frau angerufen, die uns hierher gebracht hatte, und ihr gesagt, ich hätte es mir anders überlegt. Zwei Tage später hatte ich den Job hier. Ich bin abgehauen, ohne etwas zu sagen, weil ich nicht wollte, dass Klein mich findet. Nicht einmal für Geld würde ich es jemals wieder mit diesem Schwein tun wollen. Eine Kollegin hat mir gesagt, ich soll ihn anzeigen.«

»Deshalb sind Sie zu Doña Carmen gegangen.«

»Hat Ihnen das Gloria erzählt, die Kolumbianerin?«

Cornelia nickte.

»Leider werde ich Sie melden müssen. Es tut mir sehr leid, aber es geht nicht anders.«

»Tun Sie, was Sie tun müssen, Frau Kommissarin. Aber kann ich hier weiterarbeiten, bis ich abgeschoben werde?«

Esmeralda wirkte vollkommen ruhig. Es war, als wäre sie von einem unsichtbaren Schutzschild umgeben, unter dem sie nichts aus der Fassung bringen konnte – es sei denn die Erinnerung an Klein.

»Wann wollten Sie nach Hause zurück?«

»In zwei Monaten.«

»So lange kann ich die Geschichte nicht in der Schwebe halten.«

Bei diesen Worten ließ Müller den Stift sinken und sah sie erstaunt an. Terletzki, der geistesabwesend dabeigesessen hatte, merkte, dass etwas Wichtiges zur Debatte stand, stieß Leopold Müller in die Rippen und bat ihn um eine Erklärung. Die beiden Männer begannen zu tuscheln. Die Frauen blickten einander an. Esmeralda war diejenige, die als Erste das Wort ergriff.

»Wenn ich vor der vereinbarten Zeit zurückgehe, muss ich zur Strafe denen, die mich hergebracht haben, so viel Geld zahlen, dass mir fast nichts bleibt.«

»Das verstehe ich, aber Sie wissen doch, dass ich Sie eigentlich an Ort und Stelle verhaften müsste. Wenn Sie abgeschoben werden, kann doch niemand das Geld von Ihnen verlangen.«

»Das ist diesen Leuten völlig egal. Die schauen nur, dass wir Mädchen das vorgeschossene Geld doppelt und dreifach zurückzahlen, wie es abgemacht war. Sie treffen die Entscheidung, Frau Kommissarin. Ich brauche das Geld, sonst wäre ich nicht hier.«

»Werden Sie Anzeige gegen Klein erstatten?«

»Wenn ich das tue, kann ich dann weiter hier arbeiten?«

Müller übersetzte das Gespräch simultan für Terletzki. Er hatte den Notizblock zugeschlagen. Esmeralda Valero sagte entschlossen:

»Ich werde es tun, aber geben Sie mir zwei Wochen Zeit.«

»Ich denke darüber nach. Inzwischen wird niemand Ihren Aufenthaltsort erfahren.«

Müller steckte den Kugelschreiber in die Jackentasche.

»Sie wissen, dass Sie danach nicht mehr zurückkommen können. Sie werden einen Vermerk in Ihrem Pass haben.«

»Ich glaube nicht, dass ich zurückkommen will, Frau Kommissarin.«

Sie verließen das Bordell. Als sie außer Hörweite waren, wandte sie sich an ihre Kollegen.

»Einstweilen kein Wort zu irgendjemandem. Sind wir uns da alle einig?«

»Wir sind verpflichtet, Meldung zu erstatten, Frau Weber«, wandte Müller ein.

»Diese Frau hat uns um ein wenig Aufschub gebeten. Vielleicht traut sie sich dann, Klein anzuzeigen.«

»Eine illegale Ausländerin, die noch dazu als Prostituierte arbeitet, gegen einen angesehenen deutschen Banker. Was soll dabei herauskommen?«, beharrte Müller.

»Ich weiß es nicht. Außerdem werden sie sie sowieso abschieben, da kommt es auf einen Tag mehr oder weniger auch nicht an, oder?«

»In Ordnung, Frau Weber.«

»Ockenfeld wird uns in Stücke reißen, Cornelia«, warnte Terletzki.

»Ich rede mit ihm, aber niemand darf wissen, dass wir Esmeralda Valero gefunden haben, bis wir sicher sein können, dass Klein nicht ungeschoren davonkommt. Also: Sind wir uns alle einig?«

Diesmal nickten beide.

»Findet ihr nicht, dass wir eine Belohnung verdient haben?« Terletzki sah zum Mittelweg hinüber. »Ich lade euch auf ein Stück Kuchen im Café Wacker ein.«

OFFENBACH IST NICHT AMERIKA

Sie setzten sich an einen Marmortisch, bestellten Kaffee, und dann ging einer nach dem anderen zur Kuchentheke und suchte sich etwas aus. Als die Kellnerin die Kuchenstücke, begleitet von wahren Sahnebergen, an den Tisch brachte, waren die drei nicht mehr zu halten. Ein Fall war gelöst, der andere fast.

»Vier Stück! Wer hat zwei bestellt?«

»Ich.«

»Wolltest du dich nicht gesünder ernähren, Reiner?«

»Obstkuchen ist doch total gesund. Wenn das nicht gesund ist, was sonst?«

Sie tauschten die Teller untereinander aus, um die anderen probieren zu lassen, und verschlangen die Sahne löffelweise. Cornelia warf einen verstohlenen Blick auf Terletzki. Er wirkte ein wenig lockerer, aber trotzdem fiel ihr auf, dass er kein Wort über seine Frau verloren hatte, die ihn immer ermahnte, auf seine Linie zu achten.

»Probier mal den hier.«

»Ich kann nicht mehr. Ich brauche noch einen Kaffee.«

Als Cornelias Handy klingelte, fuhren alle drei zusammen. Sie sah auf das Display: Es war ein Anruf aus dem Präsidium.

»Cornelia, hier ist Uschi. Ich glaube, ich habe ein Geschenk für dich. Wir haben zwei Mitglieder von Miroslavs Rimaçs Bande festgenommen. Sie haben an der Konstabler Wache gedealt. Ich dachte, das interessiert dich vielleicht.«

»Und wie!«

Sie verschluckte sich fast an einem riesigen Stück Sachertorte, dann wandte sie sich an ihre erwartungsvollen Kollegen.

»Ich glaube, wir haben's. Sie haben zwei von Rimaçs Leuten geschnappt.«

Im Präsidium erwartete Uschi Obersdörfer sie schon. Sie musterte Müller, den sie noch nicht kannte, und begrüßte Terletzki herzlich. Dieser betrachtete ihren leicht gerundeten Bauch.

»Da sind sie.« Sie begleitete sie bis zu den Vernehmungszimmern. »Im rechten Zimmer Goran Nemec, ein Konzentrat aus schlechter Laune, schlechten Manieren und schlechtem Deutsch, auch wenn er nicht dumm zu sein scheint. Es ist das erste Mal, dass wir ihn festgenommen haben, aber das heißt ja nichts.«

Sie gab ihnen ein paar Blätter.

»Der im linken Zimmer ist Mirko Suker, im letzten halben Jahr dreimal festgenommen wegen Körperverletzung und Beleidigung. Fünfundachtzig Kilo hirnlose Muskelmasse.«

»Uschi!«

»Was denn? Sprich mit ihm, dann wirst du schon sehen.«

»Danke, ich übernehme lieber den anderen. Reiner, du kümmerst dich mit Müller um Suker.«

Die beiden Männer betraten gemeinsam das Zimmer. Ursula Obersdörfer stieß Cornelia in die Rippen.

»Siehst du? Es gefällt dir bei uns. Willst du nicht zurück?«

Cornelia schüttelte den Kopf.

»Hübscher Kerl, der Neue.«

»Du hast nichts Wichtigeres zu tun?«, entgegnete Cornelia schnell, um zu vermeiden, dass sie rot wurde. »Wie geht es Rimaç?«

»Schlecht, sehr schlecht. Sein Zustand hat sich verschlimmert. Es sieht übel aus für Ullusoy.«

»Das tut mir leid für ihn, aber noch mehr für Rimaç.«

Sie betrat den Raum. Nemec mochte etwa siebzehn Jahre alt sein, aber sein Blick und seine Bewegungen waren die eines Erwachsenen. Cornelia setzte sich ihm direkt gegenüber. Wie Ullusoy duzte auch Nemec sie. Und genau wie bei Ullusoy begann sie mit dem vorschriftsmäßigen Verhör, das sie schon so oft geführt hatte, dass sie es in- und auswendig kannte. Sie hatte Kopien der anonymen Briefe an Marcelino Soto dabei und versuchte, möglichst beiläufig zu fragen:

»Wo waren Sie und Ihre Freunde am letzten Dienstag?«

Keine fünf Minuten später sah Ursula Obersdörfer Cornelia wieder aus dem Zimmer kommen.

»Uschi, könntest du bitte Müller ausrichten, dass er sofort kommen soll?«

Kurz darauf betrat Müller das Vernehmungszimmer, in dem Cornelia mit Nemec saß. Obersdörfer sah, wie Cornelia auf ihn einredete. Der Polizist verließ das Zimmer, ging aber nicht zu Terletzki zurück, sondern machte sich auf den Weg zu dem Gebäudetrakt, in dem seine Abteilung lag.

»Was ist los, Cornelia?«

»Das erkläre ich dir, wenn Müller zurück ist.«

Cornelia schloss sich wieder mit Nemec im Zimmer ein, fragte ihn aber nichts mehr. Die Minuten zogen sich hin, und in den beiden Vernehmungsräumen spielten sich zwei höchst unterschiedliche Szenen ab. Im einen ging Reiner Terletzki unablässig auf und ab und redete auf einen Jugendlichen ein, der mit vor der Brust gekreuzten Armen dasaß und immer ängstlicher dreinblickte. In dem anderen starrten Cornelia Weber und Goran Nemec einander schweigend an.

Endlich kam Leopold Müller zurück und ging noch einmal in das Vernehmungszimmer, in dem Cornelia wartete. Kurz darauf kamen beide wieder heraus.

»Was ist los?«, fragte Obersdörfer.

»Reiner kann aufhören.«

»Warum?»

»Sie waren es nicht.«

»Warum?«

»Die Nacht, in der Marcelino Soto ermordet wurde, haben sie auf einer Polizeiwache in Offenbach verbracht, weil sie sich mit ein paar Albanern geprügelt hatten.«

Cornelia ließ sich auf eine Bank im Flur fallen.

»Goran Nemec hat regelrecht damit geprahlt, dass sie in dieser Nacht in Offenbach waren«, Cornelia warf einen Blick auf ihre Notizen, »›um ein paar Scheißalbanern aus historischen Gründen die Fresse zu polieren‹.«

»Aus historischen Gründen?«

»Das waren seine Worte. Ich habe Müller gebeten, die Information bei den Kollegen in Offenbach nachzuprüfen, und die haben das bestätigt.«

»Und warum hatten wir diese Information nicht im Computer?«

»Offenbach ist nicht Amerika, und wir sind hier nicht im Fernsehen«, sagte Müller.

»Wie bitte?«

»Das wiederum waren die Worte des Offenbacher Kollegen.«

»Und die anonymen Briefe?«

»Ullusoy hat die Wahrheit gesagt«, schaltete sich Cornelia wieder ein. »Nemec hat das mit den Briefen zugegeben, aber er behauptet, dass sie Soto kein Haar gekrümmt haben.«

»Und du glaubst ihm?«

»Ja. Nemec ist einer von denen, die den großen Macker markieren. Ich habe den Eindruck, dass er auf der Straße nicht so viel gilt, wie er gerne möchte. Du hast mir vorhin gesagt, dass ihr das erste Mal mit ihm Bekanntschaft macht, nicht wahr?«

»Ja. Ich habe seine Daten überprüft. Er ist noch nicht lange in Deutschland.«

»Das habe ich mir gedacht. Wahrscheinlich gehört er erst seit kurzem zur Gang und versucht zu punkten, um nicht als Anfänger dazustehen. Deshalb muss er alles, was er tut, groß rausposaunen. Jetzt, wo wir ihn geschnappt haben, wird er in der Hackordnung nach oben klettern. Ein paar Monate Knast vergrößern das Ansehen unheimlich. Wie dem auch sei, die Jungen waren es nicht. Trotzdem vielen Dank, Uschi.«

Ursula Obersdörfer legte ihr zum Abschied wortlos die Hand auf die Schulter.

Cornelia ging in ihr Büro und setzte sich an den Computer. Kurz darauf kamen Terletzki und Müller herein. Beide sahen sie mitleidig an, als wäre es ihre Schuld, dass die Jugoslawen Soto nicht umgebracht hatten.

»Es ist besser, wir schreiben unsere Berichte gleich.«

Müller verstand und ging in sein Büro.

Kurz darauf fragte Cornelia Terletzki: »Kann ich deinen lesen?«

»Ich habe ihn gleich fertig, es gab nicht viel zu schreiben.«

»Darf ich ihn sehen?«

»Das wird nichts ändern.«

»Ich weiß. Hattest du nie Zahnschmerzen?«

»Doch, aber ...«

»Das ist ganz ähnlich. Wenn dir ein Zahn weh tut, musst du immer wieder mit der Zunge darüberstreichen. Das macht es nicht besser, eher werden die Schmerzen dadurch noch schlimmer, aber du kannst nichts dagegen tun, du musst den Zahn mit der Zunge berühren, sie um ihn kreisen lassen, sie auf ihn drücken, bis die Zunge wund ist. Gibst du mir nun den Bericht?«

Terletzki stand auf und gab ihr die beiden Seiten, die er ausgedruckt hatte. Cornelia vertiefte sich sofort in die Lektüre, und Terletzki beeilte sich, den Rest fertig zu bekommen. Er gab ihr die letzte Seite mit den Schlussfolgerungen. Cornelia las weiter, machte sich ein paar Notizen und begann dann, ohne ein Wort, alles, was sie über den Fall hatten, noch einmal durchzusehen, obwohl beide wussten, dass sie nichts Neues finden würde. Aber so musste wenigstens keiner von ihnen etwas sagen.

So schwiegen sie fast eine Stunde lang, bis ein Polizist hereinkam.

»Frau Kommissarin Weber? Man hat mir gesagt, ich solle mich sofort mit Ihnen in Verbindung setzen. Frau Magdalena Ríos ist tot in ihrem Haus aufgefunden worden.«

UND MITTWOCHS CHLORIX

Magdalena Ríos, Magda für ihre spanischen Freundinnen, Maggi für ihre deutschen Bekannten, hatte sich an einem jener Tage das Leben genommen, die so schön sind, dass sie jeden Gedanken an den Tod zum Verschwinden bringen. Es war der erste regenlose Tag, in der reinen Luft leuchtete das blasse Grün der Bäume, nur von einer leichten Brise bewegt.

Ein schier unglaublich blauer Himmel hatte die Menschen auf die Straßen gelockt. Die Bars und Cafés hatten zum ersten Mal im Jahr Tische und Stühle auf die Terrassen gestellt, die nach den ersten Sonnenstrahlen gleich besetzt waren. Nur die Misstrauischen hatten eine Jacke dabei und ärgerten sich dann den ganzen Tag, weil sie sie über dem Arm tragen mussten. Für ein paar Stunden schien Frankfurt eine südländische Stadt.

Es war also kein Tag zum Sterben, und doch hatte Magdalena Ríos sich das Leben genommen. Und sie hatte dazu ein altes T-Shirt angezogen, das eigentlich einer ihrer Töchter gehörte und Garfield zeigte, wie er eine Lasagne verdrückt. Unter dem Bild von Garfield stand etwas, sicherlich irgendein witziger Spruch, der aber nicht mehr leserlich war: Das T-Shirt war von den Pfoten des Katers bis zum Hosenansatz der Toten von dem Erbrochenen bedeckt, mit dem sich Magdalena Ríos' Magen gegen den Chlorreiniger gewehrt hatte. Umsonst hatte der Magen einen ersten Schwall von sich gegeben, der auf der Kleidung zu einer milchigen Kruste getrocknet war. Der zweite Schwall hatte den Badvorleger in eine Lache aus Blut und Schleimhautfetzen getaucht und war am Duschvorhang und den Badewannenwänden herabgelaufen.

»Wenigstens wird die Pampe leicht abzuwaschen sein«, sagte der Beamte, der die Szene fotografierte.

Einer seiner Kollegen stieß ein freudloses Lachen aus. Cornelia Webers Blick nahm beiden die Lust, weitere Witze zu reißen.

Der Chlorgeruch durchzog das ganze Haus. Cornelia atmete ihn vorsichtig ein, sie spürte, wie er ihr in die Nase stach, aber wenigstens, so sagte sie sich, überdeckte er den Geruch von Erbrochenem.

Winfried Pfisterer untersuchte Magdalena Ríos' Leiche mit übergestreiften Handschuhen. Er hob ihren Kopf. Die Lippen waren vom Chlor verätzt.

»Ich kann es zwar nicht mit hundertprozentiger Sicherheit sagen, aber diese Frau ist vermutlich an dem Schock infolge der Schmerzen gestorben. Bei der oralen Aufnahme alkalischer Lösungen bilden sich durch die Reaktion mit dem Fett Gase, die ein äußerst schmerzhaftes Aufstoßen auslösen. Gemeinsam mit dem Erbrechen hat das wohl zum Herz-Lungen-Stillstand geführt.«

Cornelia fragte kaum hörbar: »Dann war es also ein schneller Tod?«

»Ziemlich. Aber ein extrem qualvoller. Eine schlimmere Art, sich das Leben zu nehmen, ist kaum vorstellbar. Es ist merkwürdig: Wir haben ganze Schachteln Beruhigungsmittel im Schlafzimmer der Toten und im Badezimmerschrank gefunden, mehr als genug für einen süßen Tod. Diese Art des Suizids ist typisch für psychisch gestörte Menschen.«

Pfisterer stand auf und untersuchte diskret, ob er seine Schuhe schmutzig gemacht hatte. Cornelia beobachtete ihn, an den Rahmen der Badezimmertür gelehnt. Sie spürte, wie ihr das Schlucken allmählich schwerfiel; es war, als hätte ihre Kehle sich verengt und als könnte ihr

Speichel nur noch durch eine schmale Röhre rinnen. Pfisterer fuhr fort:

»Wäre sie davongekommen, hätte sie ein erbärmliches Leben vor sich gehabt. Natriumhypochlorit hat eine verheerende Wirkung. Einmal in den Magen gelangt, verursacht es in der Regel eine Bauchfellentzündung und hinterlässt – falls der Patient nicht vorher stirbt – Narben, die dann häufig in Krebs ausarten. Aber angesichts der Menge, die diese Frau offenbar eingenommen hat, waren ihre Überlebenschancen gleich null.«

Magdalena Ríos hatte sich mit spanischem Chlorreiniger umgebracht, der in Frankfurt in mehreren kleinen Läden erhältlich war, in denen sich die spanische Gemeinde mit Wurst und Käse aus der Heimat sowie mit Flan Royal, Keksen der Marke María, Magno Gel und Heno-de-Pravia-Seife eindeckte. Und mit Chlorreiniger von Conejo. Cornelia war der durchdringende Geruch sehr vertraut. Ihre Mutter verwendete das Zeug zu Hause literweise, natürlich das aus Spanien.

»Der deutsche Reiniger ist nun mal schwächer und desinfiziert nicht so gut. Damit bekommt man einfach nicht alles richtig sauber.«

Allerdings hätte auch ein deutscher Reiniger Marcelino Sotos Witwe den gleichen schmerzhaften Tod beschert. Warum hatte sie nicht die Beruhigungstabletten genommen? Warum wählt man einen so grausamen Tod, wenn man sanft entschlafen kann?

Als sie eine halbe Stunde später die Leiche auf die Bahre hoben, verrutschte das T-Shirt, und ein Stück des verkrusteten Erbrochenen platzte ab, sodass der Text unter Garfields Pfoten zu lesen war. »Jeden Tag mindestens eine Lasagne.«

»Und mittwochs Chlorix«, sagte der Beamte mit der Kamera, nachdem er sich vergewissert hatte, dass Kommissarin Weber nicht in der Nähe war.

Wieder betrat Cornelia das Wohnzimmer, in dem die verzweifelte Magdalena Ríos sie empfangen hatte – ein seltsames Gefühl, fast, als erlebte sie die gleiche Szene noch einmal. Julia Soto saß in dem Sessel, in dem ihre Mutter gesessen hatte. Carlos Veiga hatte den Arm um ihre Schulter gelegt und wiegte sie sacht. Die halb zugezogenen Vorhänge tauchten das Zimmer in Dämmerlicht. Durch einen Spalt schien die Sonne auf die Wand hinter dem Sofa, sodass die Umrisse der beiden scharf hervortraten, ihre Gesichter aber im Dunkeln blieben. Julia Sotos Kopf lag an Veigas Schulter, die Haare fielen ihr ins Gesicht. Es war nicht zu erkennen, ob sie die Augen geschlossen hatte. Sie hob den Kopf nicht, als Cornelia hereinkam. Veiga strich ihr das Haar von der Wange.

»Julia, Frau Kommissarin Weber ist hier.«

Ein leises Stöhnen war die einzige Antwort. Cornelia nahm auf demselben Sessel Platz wie beim letzten Mal und wartete darauf, dass sich ihre Augen an das Helldunkel des Zimmers gewöhnten.

»Bitte glauben Sie mir: Es ist mir sehr unangenehm, Sie zu behelligen. Aber ich muss Ihnen ein paar Fragen stellen.«

Julia Soto saß noch einen Augenblick reglos da, dann richtete sie sich mühsam auf. Unter Strähnen wirren, feuchten Haars hervor sah sie sie an. Cornelia glaubte zu erkennen, wie sie sich bemühte, ein winziges Lächeln aufzusetzen, aber vielleicht bildete sie sich das auch nur ein.

»Selbstverständlich, Frau Kommissarin.«

Als Cornelia zum Sprechen ansetzte, klangen vom Hauseingang laute Geräusche herüber. Eine weibliche Stimme schrie:

»Wo ist meine Schwester?«

Dann näherten sich eilige Schritte.

Julia Soto sprang auf und rief:

»Irene! Hier bin ich!«

Irene Weinhold erschien auf der Schwelle. Julia Soto stürzte auf sie zu, die Schwestern fielen einander in die Arme und brachen in haltloses Schluchzen aus. Obwohl Irene Weinhold mindestens zehn Zentimeter kleiner war als ihre Schwester, umklammerte sie ihren ganzen Körper. Unter Tränen stieß Julia ein ums andere Mal hervor:

»Sie ist tot, Irene. Sie hat sich umgebracht. Ich konnte nichts dagegen tun. Ich konnte nichts dagegen tun. Und sie lassen mich nicht zu ihr.«

Cornelia sah zu Veiga, der immer noch auf dem Sessel saß.

Irene Weinhold fasste sich als Erste. Sie bedeutete der Kommissarin, dass sie mit ihrer Schwester in ein anderes Zimmer gehen werde. Cornelia nickte zustimmend. Carlos Veiga machte Anstalten aufzustehen, aber Irene Weinhold hielt ihn zurück.

»Ich kümmere mich schon um sie, Carlos.«

Langsam gingen die beiden hinaus. Cornelia sagte auf Spanisch zu Veiga:

»Mir wäre es ganz lieb, wenn Sie die Vorhänge aufziehen würden.«

Veiga sprang auf und erfüllte ihre Bitte mit einer Konzentration, die Cornelia übertrieben vorkam. So wie Betrunkene sich bemühen, besonders deutlich zu sprechen, um ihren Zustand zu verschleiern, kontrollierte er jede seiner Bewegungen. Er wandte sich wehrlos zu ihr um, als hätte ihn das helle Licht entblößt.

»Bitte setzen Sie sich.«

Veiga sackte auf dem Sessel in sich zusammen. Er senkte den Kopf und sah Cornelia von unten herauf mit einem Blick an, der ihr unheimlich gewesen wäre, hätte nicht so viel Traurigkeit darin gelegen. Cornelia blätterte in den Notizen, die die Polizisten ihr überlassen hatten, die zuerst hier gewesen waren.

»Sie haben also Frau Ríos gefunden. Wann war das?«

»Julia, also, Fräulein Soto«, verbesserte er sich, »war einkaufen gegangen, und ich blieb zu Hause bei Tante Magda« – wieder korrigierte er sich – »bei Frau Ríos. Na ja, eigentlich saß ich in der Küche und las Zeitung.«

»Ist Ihnen etwas aufgefallen?«

»Natürlich nicht! Wenn mir etwas aufgefallen wäre, hätte ich meine Tante keine Sekunde aus den Augen gelassen.«

Dieses Mal verbesserte er sich nicht. Cornelia sagte nichts und wartete darauf, dass er weitersprach.

»Tante Magda war wie immer seit dem Tod meines Onkels. Sie hatte ruhigere Momente und schwierigere Momente. Heute Morgen brachte Julia ihr wie jeden Tag einen Milchkaffee und ein paar Kekse auf ihr Zimmer und blieb bei ihr, bis sie gegessen hatte und sicher sein konnte, dass sie auch ihre Tabletten genommen hatte.«

»Was nahm sie?«

»Antidepressiva und Beruhigungsmittel. Vom Arzt verschrieben.«

Cornelia nickte kommentarlos.

»Julia zwang sie jeden Morgen aufzustehen und sich anzuziehen, und dann fingen sie an zu putzen.«

»Zu putzen?«

»Das war das Einzige, wozu sie Lust hatte. Stundenlang konnte sie sauber machen. Manchmal hat sie eines der Porzellanfigürchen genommen und mit dem Lappen darübergerieben, wieder und wieder, bis Julia es ihr aus der Hand genommen und ihr etwas anderes gegeben hat. Oder ihr gesagt hat: ›So, jetzt machen wir die Küche‹, ›Jetzt bügeln wir‹. Obwohl das mit dem Bügeln so eine Sache war, weil sie so geistesabwesend war, dass sie ein paarmal die Wäschestücke versengt hat.«

»Und der heutige Tag verlief genauso?«

»Wie immer. Sie begannen mit der Küche, und dann führte Julia sie nach und nach durchs ganze Haus. Im Bad ließ sie sie dann allein, um einkaufen zu gehen. Wie Kindern schien es ihr Spaß zu machen, mit Wasser zu spielen. Eben darum ließ Julia sie im Bad.«

Veiga hielt inne, er suchte nach den richtigen Worten für das, was nun kam.

»Sie bat mich, ab und zu ein Auge auf ihre Mutter zu werfen, damit sie nicht das Haus unter Wasser setze. Und das habe ich getan. Als ich einmal zu ihr geschlichen bin, polierte sie gerade die Wasserhähne. Ich habe nichts gesagt, bin in die Küche zurückgegangen und habe weiter Zeitung gelesen.«

Wieder machte er eine Pause, sie näherten sich dem entscheidenden Punkt.

»Irgendwann habe ich im Bad ein Geräusch gehört, Schläge, aber ich dachte, sie räume die Schränke aus. Das tat sie nämlich oft. Sie nahm alles heraus, wischte mit dem Tuch über die Tuben und Becher und stellte sie wieder hinein. Stundenlang konnte sie sich so beschäftigen. Bei den Kleiderschränken tat sie das Gleiche, räumte sämtliche Kleidungsstücke aus und wieder ein. Julia hat ihr allerdings verboten, die Kleidung ihres Vaters aus dem Schrank zu nehmen, weil es meiner Tante anschließend immer sehr schlecht ging und sie Panikattacken bekam. Aber im Bad und in der Küche konnte sie Stunden zubringen. Der Arzt sagte, es wäre gut, sie zu beschäftigen …«

»Sie haben gerade erzählt, dass Sie Schläge hörten.«

»Es waren kurze Schläge, und anfangs habe ich sie nicht beachtet, und dann habe ich andere Schläge gehört, dumpfer, aber heftiger. Ich dachte, sie hätte vielleicht einen Anfall und würde den Kopf gegen die Wand schlagen oder so etwas in der Art.«

»Tat sie das öfter?«

»Manchmal. Ich bin schnell ins Bad gelaufen. Meine Tante hatte sich eingeschlossen. Ich rief nach ihr, aber sie antwortete nicht. Dann habe ich gelauscht; es war nichts zu hören. Ich fürchtete, ihr sei etwas zugestoßen. Da habe ich die Tür eingetreten und sie so gefunden, wie Sie sie gesehen haben.«

»Was haben Sie daraufhin getan?«

»Ich bin ins Bad gegangen und habe gleich gesehen, dass sie tot war. Da habe ich die Tür zugemacht und die Polizei angerufen. Glücklicherweise kamen die Beamten, bevor Julia zurück war. So haben wir sie mit vereinten Kräften daran hindern können, ihre Mutter so zu sehen. Dann habe ich auch meine Cousine Irene und den Arzt angerufen.«

»Den Arzt?«

»Für Julia, damit er ihr ein Beruhigungsmittel gibt.«

Carlos Veiga beugte sich vor zu Cornelia, sah sich um, ob niemand zuhörte, und sah ihr zum ersten Mal in die Augen. Dann sagte er, beinahe im Flüsterton:

»Eines sage ich Ihnen, Frau Kommissarin: Auch wenn das Bild meiner toten Tante mich für den Rest meines Lebens verfolgen wird, bin ich froh, dass ich sie gefunden habe und nicht eines der Mädchen.«

Cornelia, die den Kopf instinktiv Veiga entgegengestreckt hatte, lehnte sich wieder zurück. Warum gefielen ihr diese doch zweifellos großmütigen Worte nicht? Veiga sah sie erwartungsvoll an. Was erwartete er? Eine Belohnung? Mitleid? Dass sie ihm die Absolution erteilte, indem sie ihm sagte, dass es nicht seine Schuld war?

Sie schwieg, bis er ihr selbst diese Frage beantwortete.

»Auch wenn wir sie noch genauer überwacht hätten, hätten wir es nicht verhindern können. Was Tante Magda getan hat, geschieht in Sekundenschnelle.«

Cornelia unterbrach ihn.

»Machen Sie sich keine Vorwürfe, Herr Veiga. Wenn jemand die Absicht hat, sich umzubringen, kann keine Macht der Welt ihn daran hindern. Man kann ihn nur eine Zeitlang aufhalten.«

»Aber vielleicht hätten wir ein wenig Zeit gewonnen, und Mutter hätte wieder Freude am Leben finden können.«

Unbemerkt von beiden war Julia Soto eingetreten. Sie blinzelte im hellen Licht, das das Wohnzimmer durchflutete. Carlos Veiga stand auf. Er tat einen Schritt auf seine Cousine zu und gleich darauf wieder zurück, auf das Fenster zu, um die Vorhänge wieder zuzuziehen.

»Lass, Carlos. Es ist egal.«

Auch Cornelia stand auf und ging auf sie zu. Wäre sie nicht die Ermittlerin in einem Mordfall, hätte sie Julia Soto in die Arme nehmen können. Aber sie war nun einmal die Kommissarin, und Julia Soto, die ihr entgegenkam, war die Tochter des Opfers. Carlos Veiga war endlich aus seiner Erstarrung erwacht. Er legte beide Arme um Julia und begleitete sie zum Sofa.

»Ich höre, Frau Kommissarin.«

Julia Soto bemühte sich, ruhig und stark zu erscheinen, wie nach dem Tod ihres Vaters.

»Sind Sie in der Lage, Fragen zu beantworten?«

»Selbstverständlich.«

Noch nie hatte Cornelia dieses Wort mit so schwacher Stimme ausgesprochen gehört. Veiga wollte Julia Soto den Arm um die Schulter legen, aber sie schüttelte ihn ab.

»Habe ich Sie vorhin richtig verstanden? Gab es Anzeichen dafür, dass Ihre Mutter die Absicht hatte, sich das Leben zu nehmen?«

Julia seufzte.

»Klare Anzeichen nicht. Aber sie war sehr niedergeschlagen. Und sehr verängstigt. Ohne meinen Vater war sie ganz allein in Deutschland, einem fremden Land.«

»Aber es gibt doch Sie, Ihre Schwester, die Enkelkinder ...«

»Das alles war für meine Mutter zweitrangig. Alles drehte sich nur um ihn. Obwohl ich das genau wusste, dachte ich, ich könnte es schaffen, ich könnte ihr als ihre Tochter einen Grund geben weiterzuleben. Aber meine Mutter lebte nur für meinen Vater.«

Julia Soto schüttelte den Kopf; als sie weitersprach, klang ihre Stimme hart.

»Wir Töchter waren nebensächlich.«

Die Wohnzimmertür ging auf, und Irene Weinhold trat ein. Sie gab Cornelia die Hand und ging zu ihrer Schwester. Julia sah sie an und wandte sich dann wieder der Kommissarin zu.

»Meine Schwester ist immer die Klügere von uns beiden gewesen. Sie hat das irgendwann begriffen, deshalb wohnt sie weit weg von hier. Aber ich dachte wirklich, ich könnte es schaffen. Mit Carlos' Hilfe.«

Irene Weinhold war neben ihr stehen geblieben.

»Übernimm dich nicht, Julia. Soll ich dir etwas Heißes zu trinken bringen? Einen Tee?«

»Ich kümmere mich darum, Cousine.«

»Habe ich dich darum gebeten, Carlos?« Irene Weinholds Tonfall war eisig, wurde aber sanfter, als sie sich an Cornelia wandte.

»Kann ich Ihnen etwas anbieten?«

»Ein Glas Wasser, wenn es nicht zu viele Umstände

macht. Danach würde ich mich gern einen Augenblick mit Ihnen unterhalten.«

Während sie sprachen, hatte keiner von ihnen bemerkt, dass Julia Soto angefangen hatte zu weinen. Sie schien in ihrem Sessel zu versinken. Cornelia entschied das Gespräch zu beenden.

»Lassen Sie uns weitersprechen, wenn Sie sich etwas besser fühlen, Frau Soto.«

Fast die gleichen Worte, die sie einige Tage zuvor zu ihrer Mutter gesagt hatte.

Carlos stand sofort auf. Mit dem Blick bat er die Kommissarin, dann Irene um Erlaubnis, Julia aus dem Zimmer führen zu dürfen. Erst als Irene nickte, wagte er es, Julia wieder den Arm um die Schulter zu legen. Cornelia sah den beiden nach. Veigas ganzes Verhalten kam ihr verlogen vor. War das Schüchternheit oder Theater? Sie ließ ihn ziehen, um mit Irene Weinhold allein zu sein, aber das Gespräch erbrachte nichts Neues über Magdalena Ríos' Verzweiflung und über die vergeblichen Bemühungen ihrer Schwester, die Mutter aus ihrem schwarzen Loch zu holen. Auch äußerte sich Irene Weinhold nicht zu den Gründen für ihre offenkundige Abneigung gegen Veiga.

Ein Polizist klopfte an den Türrahmen.

»Wir sind fast fertig, Frau Kommissarin.«

»Ich auch, ich komme gleich.«

Sie verabschiedete sich von Irene Weinhold.

»Soll ich Ihnen einen Psychologen schicken?«

Irene Weinhold sah sie erstaunt an.

»Nein danke. Unser Hausarzt weiß Bescheid und kommt gleich nach Praxisschluss vorbei.«

»Aber vielleicht würden Sie oder Ihre Schwester gern mit einem Spezialisten sprechen?«

»Wozu? Doktor Martínez Vidal kennt uns seit unserer Geburt und weiß, was zu tun ist.«

Cornelia verkniff sich, auf das ganze Pillenarsenal hinzuweisen, das sie, wie Pfisterer ihr erzählt hatte, im Bad und im Schlafzimmer von Magdalena Ríos gefunden hatten. Sie konnte sich denken, dass es in Julia Sotos Schlafzimmer nicht viel anders aussah. Aber das ging sie nichts an. Trotzdem gab sie Irene Weinhold eine Karte der psychologischen Opferberatungsstelle.

»Falls Sie es sich noch anders überlegen. Ein Anruf genügt.«

Sie ging ins Bad, um sich von Pfisterer und den anderen Kollegen zu verabschieden. Sie hatten länger gebraucht als sonst. Der Bummelstreik war noch nicht beendet.

In diesem Augenblick klingelte es an der Tür. Cornelia trat in den Flur und sah, wie Irene Weinhold einen etwa sechzigjährigen Mann in einem marineblauen Zweireiher mit einem schweren Arztkoffer hereinließ. Sie begrüßte ihn wie einen alten Bekannten. Cornelia wartete, bis er Irene kondoliert hatte. Das musste Doktor Martínez Vidal sein. Ihm gegenüber zeigte sich Irene ebenso hilflos und zerbrechlich wie ihre Schwester.

Cornelia stellte sich vor. Der Arzt gab ihr die Hand, mit ausgestrecktem Arm, als wolle er sie auf Distanz halten, und betrachtete sie mit kaum verhohlener Abneigung. Er sprach fließend Deutsch, allerdings mit starkem spanischen Akzent. Auch Pfisterer erschien und grüßte den Arzt, der ihm kurz und kühl die Hand schüttelte und sich dann an Irene Weinhold wandte.

»Wo ist Julia?«

»Oben, Doktor Martínez. Vielleicht können Sie ihr etwas geben, damit sie ein bisschen schlafen kann.«

Unwillkürlich warf Cornelia einen Blick auf seine schwere Tasche.

»Doktor Martínez, entschuldigen Sie bitte, wenn ich

mich in Ihre Arbeit einmische, aber wäre es nicht ratsam, einen unserer Psychologen heranzuziehen?«

»Wozu? Ich bin nicht nur der Arzt der Familie, sondern auch ihr Ratgeber und Freund.«

»Aber unsere Psychologen sind bestens geschult im Umgang mit Verbrechensopfern …«

»Schreibe ich Ihnen etwa vor, wie Sie Ihre Arbeit zu machen haben, Frau Kommissarin?«

»Ich habe ihr schon gesagt, dass wir keinen Psychologen wollen, Doktor Martínez.«

»Frau Weinhold …«, versuchte Pfisterer sich einzuschalten.

Der Arzt stampfte mit dem Fuß auf:

»Verehrter Kollege, kümmern Sie sich um Ihre Toten, ich kümmere mich um die Lebenden. Und Sie, Frau Kommissarin, machen sich lieber auf die Suche nach den Tätern. Die Opfer, wie Sie sie nennen, überlassen Sie gefälligst mir.«

Er ging die Treppe hinauf, in seinem Schlepptau Irene Weinhold.

Cornelia und Winfried Pfisterer hörten, wie sich im ersten Stock eine Tür öffnete und dann wieder schloss.

»Verstehst du jetzt, warum ich Gedichte schreibe?«

»Klar, Herr von Goethe.«

Pfisterer lächelte bloß.

»Gehen wir?«

»Ich muss mich noch vom Rest der Familie verabschieden.«

Sie sagte Carlos Veiga auf Wiedersehen. Die Techniker und Pfisterer warteten auf der Straße. Als Cornelia die Haustür hinter sich schließen wollte, hörte sie, wie im oberen Stockwerk eine Tür aufgerissen wurde und jemand die Treppe heruntergelaufen kam.

»Frau Kommissarin!«

Es war Julia Soto.

»Bleiben Sie!«

Mit angstverzerrter Miene blieb sie vor ihr stehen.

»Sie sind hinter uns her.«

Cornelia sah sie verständnislos an.

»Jetzt ist mir alles klar. Sie sind hinter der ganzen Familie her.«

»Sie? Wer sind sie?«

»Das weiß ich nicht, aber ich bin sicher, dass sie es auf uns alle abgesehen haben.«

»Warum sollte jemand so etwas tun wollen?«

»Ich weiß es nicht. Wegen der alten Geschichten aus dem Dorf.«

Julia Soto warf ihre Arme um Cornelia und barg den Kopf an ihrer Schulter.

»Ich habe Angst, Frau Kommissarin«, sagte sie auf Spanisch.

Beruhigend streichelte ihr Cornelia übers Haar. Irene Weinhold war leise die Treppe heruntergekommen und beobachtete die Szene, ob beschämt oder ergriffen, war schwer zu sagen. Sie ging auf ihre Schwester zu und löste sie sacht von der Kommissarin.

»Julia, sag so was nicht.«

»Sie sind hinter uns her, Frau Kommissarin. Sie müssen uns beschützen.«

»Wer, Julia?«

»Ich habe doch schon gesagt, ich weiß es nicht! Aber ich spüre es, es ist die Strafe für das, was Großvater getan hat.«

»Entschuldigen Sie, Frau Kommissarin. Sie ist völlig außer sich, sie weiß nicht, was sie sagt.«

Irene Weinhold packte ihre Schwester an den Schultern. Doktor Martínez Vidal erschien am oberen Ende der Treppe. Er wartete. Julia Soto wiederholte mit immer schwächer werdender Stimme »Sie sind hinter uns her«, während Irene Weinhold sie die Treppe hinaufschob. Oben wandte sie sich noch einmal zu Cornelia um.

»Sie weiß nicht, was sie redet.«

»Sind Sie dessen so sicher?«

Irene Weinhold schnaubte nur. Cornelia ging hinaus. Es wunderte sie, dass Carlos Veiga nicht aufgetaucht war.

Obwohl sie überzeugt war, dass Julia Sotos Worte dem Schock zuzuschreiben waren, hätte sie am liebsten einen Polizisten zur Bewachung des Hauses abgestellt. Die Befürchtungen der verstörten Frau mochten unbegründet sein, aber ihre Angst war echt. Trotzdem drohte keine unmittelbare Gefahr, die es rechtfertigte, einen Polizisten mit dieser Aufgabe zu betrauen. Die Familie hätte es auch gar nicht zugelassen.

Es war spät. Sie dachte an ihre Kollegen: Auf Terletzki wartete seine Frau. Wer auf Müller wartete, wusste sie nicht. Auf sie wartete eine schöne Dusche, ein Anrufbeantworter und vielleicht ein Fernsehfilm. Aber obwohl sie erschöpft war, wusste sie, dass sie nicht gut schlafen würde.

MAGDALENA RÍOS

Auf der Reise nach Deutschland hatte Magdalena Ríos beinahe ununterbrochen geweint. Als sie in Köln ankam, waren ihre Augen verquollen und trocken. Marcelino holte sie ab. Sie sah ihn auf dem Bahnsteig stehen, nervös und linkisch, den Blumenstrauß in der Hand. Als er bemerkte, in welchem Zustand sie war, blickte er so schuldbewusst drein, dass sie beschloss, in Deutschland nie wieder zu weinen. Und daran hielt sie sich. Mehr als dreißig Jahre lang vergoss sie keine einzige Träne.

An jenem ersten Abend führte Marcelino sie in ein vornehmes Restaurant aus. Er hatte wochenlang gespart, um sich das leisten zu können. Jahre später erschien ihm dieser Abend wie eine Vorankündigung seines zukünftigen Erfolgs als Besitzer zweier Lokale in Frankfurt, denn schon damals war ihm klar gewesen, dass er es einmal zu etwas bringen würde. Mit diesem Essen wollte er Magdalena davon überzeugen, dass sie nur in Deutschland eine Zukunft hatten, dass sie nur hier erfolgreich sein und aufsteigen konnten, und nicht in ihrem Dorf in Lugo. Magdalena waren solche Sachen gleichgültig. Und ihre Zukunft konnte sie sich sowieso nur an der Seite von Marcelino vorstellen, der ihr sagte, sie sei die Frau, die er brauche, um seine Träume zu verwirklichen. Am nächsten Tag trat sie mit der Entschlossenheit eines Pioniers ihre Stelle in einer Klinik in Bad Schwalbach an.

Magdalena war harte Arbeit gewöhnt; sie hatte in mehreren Häusern in Santiago gedient, ein Jahr lang sogar in Madrid, und wusste, was es hieß, weit weg von zu Hause zu sein. Aber die Klinik wurde bald unerträglich. Es war der Krankengeruch, das stundenlange Putzen endloser Korridore, ohne mit jemandem ein Wort zu wechseln, und, sobald sie die Klinik verließ, der Gestank der Molkerei in Bad Schwalbach. Wenn sie zu Hause davon erzählte, glaubte ihr niemand, dass Milchgeruch so unangenehm sein konnte.

»Es ist doch schön, wenn es nach Natur riecht, diejenigen, die in den Fabriken arbeiten, haben es viel schlechter, die müssen lauter Dreck einatmen.«

Aber es roch nicht nach Natur, nicht nach Kühen oder frisch gemolkener Milch, es war der Geruch von Tausenden Litern Milch, die in Lastwagen angeliefert wurden und riesige Tanks füllten.

Marcelino aber verstand sie und half ihr, Arbeit in einer Fabrik in der Nähe zu finden. Er zahlte der Klinik die hundert Mark Vermittlungsgebühr zurück, die sie für die Arbeiterin gezahlt hatten, und begleitete sie am ersten Tag in der U-Bahn zu ihrer neuen Arbeit, damit sie den Weg lernte.

»Ich habe dir alles auf diesen Zettel geschrieben.«

»Und wenn ich ihn verliere?«

»Dann fragst du eben.«

»Wie soll ich denn fragen, wenn ich die Antwort nicht verstehe?«

»Na, dann fragst du einfach noch einmal, damit sie es wiederholen.«

Für alle Fälle schrieb sie den Zettel ein paarmal ab und nahm immer einen mit, bis sie sicher war, den Weg genauestens zu kennen.

Vier Jahre lang arbeitete sie bei Sarotti in Hattersheim, bevor sie bei Opel anfing, wo sie auch Celsa Tejedor und Horst Weber kennenlernte.

Der Geruch der riesigen Mengen Schokolade war ihr anfangs ebenfalls zuwider, verursachte ihr beinahe Brechreiz, aber sie hielt durch, und nach ein paar Wochen nahm sie ihn gar nicht mehr wahr. Außerdem arbeiteten in der Schokoladenfabrik andere junge Spanierinnen. Sie fand Freundinnen und merkte, dass einige sie um ihren netten, aufmerksamen Verlobten beneideten.

»Er trägt dich auf Händen.«

Am Wochenende gingen sie tanzen. Fast alle waren Spanier, aber einige der Mädchen hatten Freunde aus anderen Ländern gefunden: Italiener, Griechen, den einen oder anderen Deutschen. Keine Türken.

In diesen Augenblicken, wenn sie gemeinsam in den Baracken kochten, wenn sie feierten, zusammen waren, einander so nah und so weit weg von zu Hause, wusste sie schon, dass sie niemals in diesem Land ankommen würde.

EIN SCHLAG INS WASSER

»Wir müssen wieder bei null anfangen. Alle Papiere erneut durchsehen, als wäre es das erste Mal. Die Fragen wiederholen, auf die wir schon eine Antwort haben, neue Fragen stellen, alle Daten noch einmal überprüfen.«

»Wonach suchen wir?«, fragte Müller.

Wenn ich das wüsste, hätte ihm Cornelia am liebsten geantwortet. Trotzdem mussten sie ihre Fäden noch einmal in alle Richtungen spinnen, auch wenn manche von ihnen nicht halten sollten.

»Einerseits müssen wir noch einmal jede Information über die Menschen in Marcelino Sotos Umfeld hin- und herwenden. Noch einmal Angehörige, Freunde und Bekannte, Angestellte, die Mitglieder vom ACHA ... Und auch wenn ich nicht glaube, dass uns das weiterbringt, müssen wir auch die Banden noch einmal unter die Lupe nehmen.«

»Aber die haben wir doch gerade ausgeschlossen!«, protestierte Terletzki.

»Wir können nichts ausschließen, solange es noch offene Fragen gibt. Können wir mit Sicherheit sagen, dass alle, ich betone, alle Mitglieder von Rimaços Gang an der Schlägerei beteiligt waren? Bis wir das nicht wissen, müssen wir diese Möglichkeit weiter in Betracht ziehen. Ein weiterer Punkt, auf den wir uns konzentrieren sollten« – Cornelia spürte, wie ihr Schwung erlahmte; alles, was sie hatten, war so vage, dass sie Mühe hatte, es einigermaßen geordnet darzulegen – »sind die alten Familiengeschichten.«

»Diese Sache im Dorf während des Bürgerkriegs?«, fragte Müller.

»Genau. Es ist doch auffällig, dass sie schon ein paar Mal bei diesem Fall aufgetaucht ist, und jetzt diese Angst von Julia Soto ... Ich werde versuchen, Genaueres darüber herauszufinden.«

Sie würde sich mit den Kollegen in Spanien in Verbindung setzen müssen. Es würde das erste Mal sein, und obwohl sie fürchtete, es könnte ein wenig lächerlich wirken, wenn die Frankfurter Polizei einer Geschichte nachspürte, die sich vor so vielen Jahren in einem galicischen Kaff zugetragen hatte, konnte sie es sich nicht erlauben, irgendeiner Spur nicht nachzugehen. Ihr schriftliches Spanisch war nicht besonders gut, und so beschloss sie, so viel wie möglich telefonisch zu erledigen.

»Noch eine offene Frage ist das Vermögen der Familie. Woher hatte Soto das Geld zum Kauf der Lokale? Er kam als einfacher Fabrikarbeiter nach Deutschland. Wir müssen bei seinen Finanzen weitermachen.«

Sie verteilte die Aufgaben, und jeder setzte sich an seinen Schreibtisch. Müller nahm an dem Tisch Platz, den sie sonst für Besprechungen benutzten. Sie würden alle Unterlagen noch einmal durchgehen müssen, noch tiefer in Sotos Leben wühlen, sich seine Verwandten, Freunde und Angestellten noch einmal vornehmen. Das war der unappetitlichste Teil jeder Ermittlung: wenn man alles, was diese Menschen jemals im Leben getan hatten, daraufhin prüfte, ob es sie verdächtig machte. Sie würden alles auf den Kopf stellen, auf der Suche nach etwas, von dem sie nicht einmal wussten, was es war: Spielschulden, Familienkräche, Alkoholprobleme. Sie erledigten unangenehme Anrufe, auf die sie wenig freundliche Reaktionen erhielten.

»Wieso kommen Sie denn jetzt mit dieser alten Geschichte?«

»Bitte versprechen Sie mir, dass meine Familie nichts davon erfährt.«

»Ach du meine Güte, das ist doch schon Ewigkeiten her!«

»Haben Sie nicht Besseres zu tun?«

»Das ist meine Privatangelegenheit, und ich kenne meine Rechte.«

»Lassen Sie mich in Ruhe!«

Sie arbeiteten schweigend, sprachen nur, wenn sie ihre Anrufe machten.

Nach dem Mittagessen versammelten sie sich vor der Tafel und starrten auf die Daten, Namen und Beziehungen. In eine Ecke hatten sie ein Foto von Marcelino Soto geklebt. Synchron rührten sie in Tassen, in denen der Kaffee längst erkaltet war. Einer von ihnen hatte den Namen Rimaç ausgestrichen; die anderen beiden wussten nicht, wer es gewesen war, und es war ihnen auch egal.

Sie überlegten, ob sie ein Foto von Magdalena Ríos neben das ihres Mannes hängen sollten. Im Grunde genommen hatte dieselbe Person sie auf dem Gewissen. Plötzlich kam Cornelia ein Geistesblitz.

»Dieses schreckliche Garfield-T-Shirt.«

Terletzki und Müller hörten gleichzeitig auf, in ihren Tassen zu rühren.

»Wir wissen nicht viel über Magdalena Ríos, aber sie gehört zur Generation meiner Mutter, einer Generation, die sich fein macht, bevor sie das Haus verlässt, und sei es auch nur, um in der Drogerie schnell etwas einzukaufen.«

»Ich verstehe nicht, worauf du hinauswillst«, sagte Terletzki.

»Ein Selbstmord ist keine Handlung, zu der man sich

plötzlich entschließt, während man die Waschmaschine einräumt. Oder doch? Aber selbst wenn es so wäre: Hätte Magdalena Ríos gewollt, dass ihre Töchter sie so finden?«

»Sie war völlig verwirrt und in diesem Augenblick allein«, hielt Müller dagegen.

»Das stimmt, aber die Frauen dieser Generation haben einen ausgeprägten Sinn für das, was sich ihrer Meinung nach gehört. Was, wenn jemand sie gezwungen hätte, den Chlorreiniger zu trinken? Sie war eine zierliche Person und hatte seit dem Tod ihres Mannes kaum etwas gegessen. Soto wurde mit einem einzigen Messerstich getötet, es handelt sich also um einen starken Mörder, der keine Mühe hätte, eine geschwächte Frau anzugreifen.«

Sie betrachtete ihre Kollegen, um zu sehen, ob sie der hauchdünnen Linie folgten, die sie zu ziehen versuchte. Müller sah sie neugierig an, als warte er auf das Ende der Erzählung. Terletzki, der Erfahrenere, blickte eher skeptisch drein.

»Versteht ihr, was ich meine? Wer hatte die Gelegenheit, sie zu töten? Wer hat angeblich die Leiche gefunden?«

»Veiga. Aber was für ein Motiv sollte er haben, Cornelia?«

»Das werden wir herausfinden. Ich muss mal kurz telefonieren.«

Sie rief beim Zentrum für Rechtsmedizin an. Nachdem sie die Hürde der streikenden Angestellten überwunden hatte, vernahm sie am anderen Ende der Leitung Pfisterers Stimme.

»Was führt dich dazu, mich bei der Ausübung meiner heiligen Pflicht zu stören?«

Die Ironie wurde durch seinen Wiener Dialekt noch

verstärkt, doch Cornelia war nicht zum Scherzen aufgelegt.

»Winfried, ich muss etwas überprüfen.«

Augenblicklich schlug Pfisterer einen professionellen Tonfall an.

»Um was geht es?«

»Um Magdalena Ríos' Tod. Können wir vollkommen sicher sein, dass es sich um Selbstmord handelt? Könnte jemand sie gezwungen haben, den Chlorreiniger zu trinken?«

Pfisterer überlegte einen Moment, bevor er antwortete.

»Diese Möglichkeit haben wir bislang nicht in Erwägung gezogen. Wir haben eine gründliche Autopsie durchgeführt, allerdings immer unter der Prämisse, dass es sich um Freitod handelt. Wenn du Zweifel daran hast, können wir ein paar zusätzliche Tests machen. Der Körper weist Prellungen auf, aber die hat sie sich während der Krämpfe zugezogen. Es gibt keine Kampfspuren.«

»Wurde sie vielleicht gefesselt?«

»Nein. Wir hätten die Spuren schon beim ersten Augenschein entdeckt. Eher sollten wir nachsehen, ob sich unter den Fingernägeln menschliche Hautreste befinden, obwohl ...«

Pfisterer brach ab. Ungeduldig hakte Cornelia nach:

»Obwohl was?«

»Obwohl sie kaum noch etwas hat, was man als Nägel bezeichnen könnte. Abgebissen bis aufs Blut. Ihr fehlen auch ganze Haarbüschel.«

»Hätte die ihr nicht jemand während eines Kampfes ausreißen können?«

»Das bezweifle ich. Die kahlen Stellen sind unterschiedlich stark vernarbt, was darauf hindeutet, dass sie sich in ihrer Verzweiflung öfter so stark die Haare gerauft hat, dass sie ganze Büschel ausriss. Meines Erachtens deutet alles auf Selbstmord. In einem ihrer Verzweiflungsanfälle hat die Frau keinen anderen Ausweg mehr gesehen, als sich umzubringen, und Chlorreiniger getrunken, bis die ersten Schmerzen sie zwangen aufzuhören. Aus der Schädigung des Verdauungstrakts haben wir schließen können, dass sie sogar geschluckt hat. Als sie den Chlorreiniger trank, war sie so außer sich, dass sie nicht gemerkt hat, wie sie sich die Speiseröhre verätzt. Meiner Ansicht nach befand sich diese Frau nach dem Tod ihres Mannes in einer Abwärtsspirale, in der sie sich immer stärkere Schmerzen zugefügt hat, bis sie schließlich die Kontrolle verlor. Ich denke, es war eine Mischung aus wachsender psychischer Instabilität und Angst vor dem Alleinsein.«

Pfisterer erwähnte noch ein paar weitere Einzelheiten, die auf Freitod hinwiesen, doch Cornelia hörte nicht mehr richtig zu. Sie dankte ihm und legte auf.

Terletzki sah sie resigniert und gleichzeitig mitleidig an.

»Ist schon gut, Reiner. Das war ein Schlag ins Wasser. In Wirklichkeit haben wir nichts. Machen wir weiter.«

ROBERT DE NIRO SPIELT PFARRER

Und wieder begann ein Tag, der genauso verlaufen würde wie der Tag zuvor: Anrufe, E-Mails, Durchsicht von Protokollen und Daten ...

Auf dem Weg zum Präsidium warf sie immer wieder einen Blick auf das Handy, das stumm auf dem leeren Beifahrersitz lag. Jans hartnäckiges Schweigen machte ihr von Tag zu Tag mehr zu schaffen. Heute Morgen hatte sie eine gute Viertelstunde mit einem Eisbeutel auf ihren verquollenen Augen zugebracht. Ihre Kollegen sollten nicht sehen, dass sie geweint hatte. Ihr waren die Tränen gekommen, als sie am Abend zuvor bei ihrer Rückkehr nach Hause feststellen musste, dass es sich bei den zwei Nachrichten auf ihrem Anrufbeantworter um Werbung handelte. Zwei Automatenstimmen, die ihr zu einem angeblichen Lotteriegewinn gratulierten und ihr einen sensationell günstigen Stromtarif anboten. Sie hatte sich die Namen der Firmen notiert und sich geschworen, sie zu verklagen. Wozu sonst war man Polizeikommissarin? Was bildeten die sich eigentlich ein?

Wenigstens war sie am Abend zu wütend gewesen, um traurig zu sein. Das änderte sich am nächsten Morgen, als sie im stillen Schlafzimmer erwacht war. Seit über einem Monat hörte sie nun schon morgens nicht mehr Jans Radio aus dem angrenzenden Bad dudeln, während er sich endlos lange duschte, abwechselnd heiß und kalt, weil das, wie er ihr unzählige Male erklärt hatte, das Immunsystem stärkte.

»Wann war ich in den letzten Jahren erkältet? Denk nach. Nie.«

Und diese Worte waren ihr heute Morgen im Bad in den Sinn gekommen. Kaum hatte das heiße Wasser ihre

Schultern berührt, war sie in Tränen ausgebrochen. Wegen der Bilder von Marcelino Sotos und Magdalena Ríos' toten Körpern, wegen der Tochter des Ehepaars, wegen ihrer Mutter – »wusste ich doch, dass es kein Spanier gewesen sein kann« –, wegen der Hand auf Esmeralda Valeros Schulter, wegen der leeren Mailbox ihres Handys, wegen Jans Schweigen nach einem einzigen Anruf, seines kränkenden, provozierenden Schweigens ...

Nun betrachtete sie sich im Rückspiegel. Ihre Augen waren noch leicht gerötet, aber es war nicht zu erkennen, dass sie geweint hatte.

Müller und Terletzki kamen fast gleichzeitig mit ihr an. Ohne viele Worte zu verlieren, nahmen sie ihre Arbeit wieder auf. Doch Cornelia ging das Gespräch mit Pfisterer nicht aus dem Kopf: Angst vor dem Alleinsein, die abgekauten Fingernägel von Magdalena Ríos, die kahlen Stellen am Kopf, die verätzten Eingeweide. Sie musste ständig an ihre Mutter denken. Fühlte sie sich auch so entwurzelt, lebte sie wie Magdalena Ríos nur provisorisch hier, in der Hoffnung, eines Tages zurückzukehren? Wohin? Nach Hause. Und für ihre Mutter war »zu Hause« immer noch Allariz. Was würde geschehen, wenn ihr Vater einmal nicht mehr da war?

Sie musste auf der Stelle mit dem Pfarrer der spanischen Gemeinde sprechen. Sie suchte Recaredo Pueyos Telefonnummer heraus.

Er war zu Hause, und sie bat ihn, vorbeikommen zu dürfen. Recaredo Pueyo lebte in einem Sozialbauviertel im Norden Frankfurts, in der Nähe der Hügelstraße.

»Das ist ganz leicht, es gibt drei U-Bahn-Linien und mehrere Busse«, sagte er.

»Kein Problem, ich komme sowieso mit dem Auto. Ich bin gleich bei Ihnen.«

»Es ist aber schwer, hier einen Parkplatz zu finden.«

Er hatte recht. Mehr als zehn Minuten irrte sie durch ein Labyrinth aus Einbahnstraßen, und als sie endlich eine Parklücke gefunden hatte, musste sie feststellen, dass sie so viele Straßen weiter unten gelandet war, dass sie doch eine Station mit der U-Bahn fahren musste. Das erzählte sie dem Pfarrer aber nicht.

Recaredo Pueyo empfing sie in ausgebeulten Cordhosen und einem dicken Rollkragenpullover. Er sah tatsächlich aus wie Robert de Niro in *Sleepers*.

Im Flur roch es nach Kaffee. Cornelia sog den Duft gierig ein. Jetzt erst wurde ihr bewusst, wie müde sie war. Sie hatte schlecht geschlafen in letzter Zeit, vor allem in der vergangenen Nacht.

»Ich habe uns einen Kaffee gekocht.«

Der Pfarrer hängte Cornelias Jacke an die Garderobe und zeigte ihr die Wohnung. Sie war klein, eine typische Junggesellenbehausung. Und sie war voller Papier: Im Flur und in dem kleinen Wohnzimmer, in das Recaredo Pueyo sie führte, waren die Wände mit Büchern, Ordnern, Zeitungen, Zeitschriften und Origamifiguren bedeckt. Vergebens hielt sie Ausschau nach dem klassischen Vögelchen. Die Wohnung war von anderen Gestalten bevölkert: von Blumen, Tieren, Ungeheuern. Ein orientalischer Dämon streckte ihr seine lange rote Zunge heraus; in einem anderen Regal entdeckte sie ein igelähnliches Wesen.

»Aus einem einzigen Stück Papier gefaltet. Hübsch, nicht wahr?«

Sie setzten sich an den Tisch, auf dem Tassen und eine Kaffeekanne standen.

»Ich nehme an, Sie möchten mit mir über die Sotos sprechen. Eine wahre Tragödie. Erst Marcelinos gewaltsamer Tod und jetzt Magdalenas Selbstmord.«

»Haben Sie schon mit den Töchtern gesprochen?«

»Ich war gestern Abend bei ihnen. Stört es Sie, wenn ich eine Figur falte, während wir reden?«

Er stand auf und kramte eine Schachtel Buntpapier hervor. Dann setzte er sich wieder und entschied sich nach kurzem Zögern für ein orangefarbenes Blatt.

»Ich habe mit Irene gesprochen. Es war nicht einfach. Eigentlich war ich hingegangen, um sie zu trösten, aber dann bin ich in eine Zwickmühle geraten, weil es mir offiziell nicht gestattet ist, die Trauerfeier in der Kirche abzuhalten. Schließlich hat Magdalena sich umgebracht. Das steht doch fest, oder?«

»Zweifeln Sie daran?«

»Nein, natürlich nicht. Es war eine rein rhetorische Frage. Rhetorisch und dumm. Bitte entschuldigen Sie.«

Er strich mit dem flachen Daumen kräftig über das Papier, um die Falten zu markieren.

»Gibt es etwas, das ich wissen sollte?«

»Da gäbe es in der Tat ein paar Dinge. Zuerst einmal, dass ich beschlossen habe, die Trauerfeier für Magdalena Ríos in der Kirche abzuhalten.«

»Werden Sie keine Schwierigkeiten mit Ihren Vorgesetzten bekommen?«

Noch während sie sprach, stand der Pfarrer wieder auf. Er suchte etwas, und schließlich fand er es in der Schublade einer einfachen weißen Kiefernkommode. Es war ein Etui mit Pinzetten in den verschiedensten Größen und Formen.

»Schon möglich«, antwortete er zerstreut und wählte eine Pinzette mit rechtwinklig abgebogenen Ecken. Er fasste das Papier an einer Stelle, an der es bereits viele kleine Falten hatte, und fügte noch ein paar Kniffe hinzu. »Aber was soll mir schon groß passieren? Dass man mich bestraft? Verraten Sie mir mal, wie.«

»Keine Ahnung. Durch Exkommunikation?«

Einen Moment lang blitzten Recaredo Pueyos Augen spöttisch auf, als hätte Cornelia einen dummen Witz gemacht. Die Metamorphose des Blattes geriet kurz ins Stocken, dann wandte er sich ihr wieder zu.

»Sie mögen die Sotos, nicht wahr?«, fragte Cornelia.

»Ja, auch wenn ich mir manchmal eher überflüssig vorkam.«

»Warum?«

»Diese Familie ist nicht einfach. Da war zum einen Marcelino mit seiner Rückkehr zum Katholizismus. Das war für viele schwer zu verstehen, sogar für ihn selbst. Wie bei allem, was dieser Mann tat, war er auch hier radikal. Er las leidenschaftlich in der Bibel, wenn er sie auch auf seine ganz eigene Weise interpretierte. Er suchte Antworten, und er fand sie, indem er Passagen so deutete, wie es ihm passte. Immer auf diese absolute, beinah fanatische Art.«

»Was suchte er?«

»Erlösung. Allerdings suchte er danach, als gäbe es eine Gebrauchsanweisung dafür. Er hatte einen Plan zu seiner Rettung ausgearbeitet, aber ich habe nicht herausfinden können, warum. Er starb, bevor er mir anvertrauen konnte, wovon genau er erlöst werden wollte. Und bei Magdalena kam ich auch zu spät.«

»Wie ging es Julia Soto gestern Abend?«

»Ich konnte nicht mit ihr sprechen. Der Arzt hatte ihr ein Beruhigungsmittel gegeben, und sie schlief.«

»Julia Soto hat große Angst. Sie sagt, das, was passiert, sei die Strafe für irgendein Ereignis aus der Vergangenheit.«

»Aus der Vergangenheit?«

Der Pfarrer schüttelte den Kopf. Er schien auf irgendeinen weit entfernten Punkt zu starren, setzte ein paarmal zum Reden an, ließ es dann aber sein. Cornelia beschloss, es ihm leichter zu machen.

»Ich kenne die Geschichte von Marcelino Sotos Vater und weiß, dass er verdächtigt wurde, die Stadträte verraten und das Geld oder zumindest einen Teil davon eingesteckt zu haben.«

Pueyo warf ihr einen schwer zu deutenden Blick zu. Cornelia hatte den Eindruck, dass er überrascht und zugleich erleichtert war.

»Das liegt lange zurück, Frau Kommissarin, mehr als ein halbes Jahrhundert. Wir sind keine Bruder mordenden Barbaren mehr, so wie Sie keine Nazis mehr sind. Vielleicht bin ich zu optimistisch, aber ich glaube, dass man aus der Geschichte lernen kann.«

»Also sind Julia Sotos Ängste Ihrer Meinung nach völlig unbegründet? Und was ist dran an dem Gerücht, dass ihr Großvater väterlicherseits umgebracht wurde?«

Das »Unsinn!« des Pfarrers klang so heftig, dass er selbst erschrak. Ruhiger fuhr er nach kurzer Pause fort:

»Ich glaube, es ist nicht mehr als das, ein Gerücht, Frau Kommissarin. Marcelino hat mir davon erzählt, und ich habe ihn beruhigt, so gut ich konnte. Dorfklatsch – und noch dazu eines Dorfes, das gar nicht mehr existiert. Wir leben im einundzwanzigsten Jahrhundert. Auch in Spanien.«

Der Pfarrer hob den Blick von dem Blatt Papier, das allmählich Form annahm, und sah sie traurig an.

»Ich hätte der Familie gegenüber energischer auftreten müssen. Aber ich habe immer nachgegeben, weil ich mich nicht gerne in persönliche Angelegenheiten einmische.«

»Was hätten Sie denn tun können?«

»Sie kennen wohl nicht die Depression der Migranten, Frau Kommissarin? Viele Menschen machen sich keine Vorstellung davon, was es bedeutet, das eigene Land, die eigene Kultur zu verlassen und an einem Ort zu leben, an dem eine fremde Sprache gesprochen wird. Es ist ein Verlust, der mit dem Tod eines geliebten Menschen vergleichbar ist. Aber die Migranten kommen hierher, um zu arbeiten, und haben keine Zeit darüber nachzudenken, warum sie so traurig sind, also bekommen sie Kopfschmerzen, Rückenschmerzen, Magenprobleme ... Wussten Sie, dass ein Großteil der Migranten Magengeschwüre hat, ohne es zu bemerken?«

»Litt Frau Ríos an Depressionen?«

»Ich bin Pfarrer und kein Psychologe, aber man musste kein Fachmann sein, um zu sehen, dass Magdalena Hilfe brauchte.«

»War der Familie das klar?«

»Ich habe ein paarmal mit ihnen gesprochen. Magdalena war in Deutschland sehr unglücklich. Sie war Marcelino zuliebe gekommen, aber sie hat sich nie zu Hause gefühlt. All die Jahre hat sie nur darauf gewartet zurückzukehren. Aber wenn man mehr als dreißig Jahre auf gepackten Koffern sitzt, rächt sich das früher oder später.«

Die Figur zwischen den Fingern des Pfarrers nahm allmählich die Gestalt eines Tieres an, und Cornelia musste ständig auf Pueyos geschäftige Hände sehen.

»Magdalena hatte oft furchtbare Migräne und klagte ständig, ihr sei kalt. Sie fror immer, sommers wie winters, unabhängig von der Temperatur. Die Kälte steckte in ihr.«

Er schenkte ihr Kaffee nach.

»Ich habe versucht, es Marcelino begreiflich zu machen, aber er sagte, das käme vom Älterwerden.«

»Die Familie hat also Magdalenas Beschwerden nicht ernst genommen?«

»Doch, aber sie haben versucht, das innerhalb der Familie zu lösen. Ich habe ihnen vorgeschlagen, sich an einen Psychologen zu wenden. In Frankfurt gibt es mehrere, die Therapien auf Spanisch anbieten. Aber das haben sie rundheraus abgelehnt. Ich glaube, sie waren sogar beleidigt.«

»Wieso?«

»Sie meinten, ich würde Magdalena für psychisch krank halten.«

»Und das stimmte nicht?«

»Doch, natürlich. Aber es gibt Dinge, die man nicht beim Namen nennen darf. Da ist dann die Rede von Unpässlichkeit, Schwermut, Melancholie, Niedergeschlagenheit, aber nie davon, mal zum Psychologen zu gehen.«

»Wegen des Geredes?«

»Genau. Die Angst, stigmatisiert, aus der Gruppe ausgeschlossen zu werden. Und das ist das Schlimmste, was einem Migranten passieren kann. Die Solidarität der Gruppe ist der einzige Halt. Für viele ist dieses Land nach wie vor kalt und feindselig. Wärme finden sie nur untereinander. Darf ich Ihnen dies als kleine Aufmerksamkeit überreichen?«

Zwischen Daumen und Zeigefinger der rechten Hand hielt er einen hoch aufgerichteten, angriffslustigen Löwen, das hessische Wappentier.

»Eine Eigenkreation. Ich bin noch dabei, ihn zu perfektionieren.«

Sie unterhielten sich noch eine Weile. Aber als Cornelia ging, hatte sie immer noch nicht gewagt, Recaredo Pueyo zu fragen, ob er glaubte, ihre Mutter könne die gleichen Probleme haben, die Magdalena Ríos in den Selbstmord getrieben hatten.

Während sie auf der Suche nach ihrem Auto durch

die Straßen irrte, musste sie sich eingestehen, dass sie vor allem um dieser Frage willen zu Recaredo Pueyo gekommen war; doch nun ging sie mit dem Gefühl, im Fall Soto schon mehr Puzzleteile zu besitzen, als ihr bewusst war. Sie ahnte, dass die Lösung vor ihnen lag, in den Stapeln von Papieren, in den Zeugenaussagen, in dem, was irgendjemand gesagt hatte, und dass es ihnen bloß noch nicht gelungen war, die Einzelteile zusammenzufügen. Als sie die Wohnung des Pfarrers verließ, hatte sie ein ähnliches Gefühl überkommen wie neulich, als sie den Sitz des ACHA verlassen hatte. Und dieses Gefühl hatte nichts mit der Sehnsucht nach den heldenhaften Anfangstagen der Gastarbeiter zu tun. Auch nichts damit, dass sie in eine Welt eintauchte, die sie hinter sich gelassen zu haben glaubte, als sie beschloss, Deutsche zu sein, und dass diese Welt jetzt wieder ihre ganze Aufmerksamkeit forderte. Es war etwas anderes.

ZACHÄUS

Im Büro waren Müller und Terletzki immer noch mit Telefonieren beschäftigt, sie überprüften Sotos Finanzen und sahen Papiere durch. Bei ihrem Eintreten hoben beide gleichzeitig den Kopf.

»Wie war's beim Pfarrer?«

Sie fasste ihren Besuch zusammen.

»Als ich Julia Sotos Angst erwähnt habe, hat er zusammengezuckt, als hätte ich einen empfindlichen Punkt berührt. Dann hat er so getan, als wäre nichts, aber ich habe das Gefühl, es gibt da etwas, das er uns nicht erzählen will.«

»Vielleicht hindert ihn das Beichtgeheimnis«, warf Müller ein.

»Wir sollten ihn unter Druck setzen«, meinte Terletzki.

Beide sahen ihn missbilligend an.

Cornelia setzte sich an ihren Schreibtisch und fuhr automatisch mit der Hand in die Tasche der Jacke, die über der Stuhllehne hing. Sie stieß auf ein Päckchen Zigaretten und nahm eine heraus. Eigentlich sollte sie nicht rauchen. »Berechnungen zufolge sterben jährlich mehr als zwei Millionen Menschen an den direkten Folgen der circa viertausend unterschiedlichen toxischen Substanzen, die bei der Verbrennung von Tabak entstehen.« Das war ihr egal, sie brauchte jetzt eine Zigarette, um weiter nachdenken zu können, um die Teile zusammenzusetzen.

»Hier ist Rauchen verboten, Cornelia. Außerdem wolltest du doch aufhören, oder?«

Aber auch Reiner Terletzkis Appell an ihr Gewissen war vergebens. Sie leitete das Telefon auf ihr Handy um, hängte sich die Jacke über die Schultern und ging, die unangezündete Zigarette zwischen den Lippen, auf die winzige Terrasse, die unausgesprochen zur Raucherzone erklärt worden war. Zum Glück war kein anderer da. Sie wollte das Feuerzeug aus der Tasche nehmen, stieß aber stattdessen an das Telefon, das genau in diesem Augenblick klingelte. Als sie den Mund aufmachte, um zu sprechen, fiel die Zigarette herunter, die an ihrer Lippe geklebt hatte.

»Weber, Morddezernat.«

»Vergiss das Tejedor nicht, Kind.«

Cornelia überhörte den stets wiederholten Tadel.

»Mama, ich bin beschäftigt.«

»Ich weiß, ich weiß. Aber ich bin ... wir sind so erschüttert über das, was der armen Magdalena zugestoßen ist, dass ich dachte, es würde mich vielleicht ein wenig beruhigen, mit dir zu reden.«

»Schon gut, Mama.«

Gespannte Stille. Keine von beiden wusste, was sie sagen sollte. Schließlich beschloss Cornelia, das Thema anzuschneiden, das ihr seit Magdalena Ríos' Tod keine Ruhe ließ.

»Mama, ich habe heute mit dem Pfarrer geredet, mit Recaredo Pueyo.«

»Ein guter Mann. Ein guter Pfarrer, auch wenn ich vermute, dass er gar nicht gläubig ist.«

»Wie kommst du denn darauf?«

»Ich weiß nicht, Kind, es ist halt so ein Gefühl.«

Jetzt war nicht der Zeitpunkt, um mit ihrer Mutter über den Glauben des Pfarrers zu diskutieren. Aber sie fand für das, was sie ihre Mutter fragen wollte, nicht die richtigen Worte. Ausdrücke wie Depression durften nicht fallen. Das Gespräch mit Recaredo Pueyo hatte ihr klargemacht, dass ihre Mutter dann sofort mauern würde.

»Mama, bist du eigentlich glücklich hier in Deutschland?«

»Ja natürlich, wir sind doch alle hier, die ganze Familie ... Was für eine Frage!«

»Hast du dir nie überlegt, nach Spanien zurückzugehen?«

»Und dein Vater?«

»Nein, ich meine, dass ihr zwei in Spanien lebt.«

»Ausgeschlossen. Dein Vater würde dort verrückt werden. Er ist sehr deutsch, und der Lärm und das Chaos würden ihn nach drei Tagen umbringen, den Armen. Und ich habe mich schon so sehr an alles hier gewöhnt, ich glaube, ich würde auch durchdrehen.«

Wieder schwiegen beide. Nun war es Celsa Tejedor, die nach den richtigen Worte in ihrem Kopf kramte, und sie fand sie offenbar in ihrem Archiv für Fernsehkrimis, denn sie fragte:

»Habt ihr die Verfasser der anonymen Schreiben schon dingfest machen können?«

»Nein.«

Cornelia schilderte ihrer Mutter, was geschehen war, ohne dass Celsa sie ein einziges Mal unterbrach. Das hätte Cornelia vorwarnen müssen.

»Kind, du hast ja keine Ahnung, wie ich mich jetzt wegen dir blamiere. Jetzt muss ich allen sagen, dass du dich geirrt hast.«

»Wie bitte! Wir hatten doch ausgemacht, dass du niemandem etwas erzählen würdest? Habe ich dir nicht erklärt, dass es nicht erlaubt ist, Informationen aus laufenden Ermittlungen weiterzugeben?«

Celsa klang beleidigt:

»Ich weiß, aber ich musste die anderen doch beruhigen. Alle sollten wissen, dass es keiner von uns war, und dann sind mir ein paar Einzelheiten herausgerutscht, aber die habe ich bloß Reme erzählt.«

»Ist dir eigentlich klar, dass du mich damit in Teufels Küche bringen kannst? Was ich dir gesagt habe, war vertraulich. Wenn rauskommt, dass ich geplaudert habe, kriege ich richtigen Ärger.«

»Und was glaubst du, wie blöd ich vor den anderen dastehe! Alle haben sich so über die Nachricht gefreut ... und jetzt muss ich ihnen sagen, dass alles gelogen war.«

Cornelia holte tief Luft, bevor sie weitersprach.

»Erstens, Mama, war es nicht gelogen, sondern das Ganze war eine Vermutung, eine Theorie, die sich als falsch erwiesen hat. Und zweitens: Was heißt denn hier alle? Eben hast du noch gesagt, du hättest es nur Reme erzählt?«

Celsa Tejedor, die sich ertappt fühlte, brauste auf:

»Red nicht mit mir wie eine Polizistin, schließlich bin ich deine Mutter!«

»Keine Angst, das vergesse ich nicht. Ganz im Gegenteil: Mein Fehler war zu vergessen, dass ich Polizistin bin, und mich wie eine Tochter zu benehmen. Aber das passiert mir nicht noch mal, da kannst du Gift drauf nehmen. Und noch was: Ruf mich nie wieder bei der Arbeit an.«

Sie legte auf, nicht nur wütend, sondern auch traurig. Ihre Mutter sagte noch etwas wie »Das ist ja schrecklich ...«, aber das Ende des Satzes bekam Cornelia nicht mehr mit. Kurz darauf klingelte das Telefon wieder, aber sie ging nicht dran.

Sie hob die Zigarette vom Boden auf und rauchte sie in drei Zügen. Ihre Kollegen und die Arbeit warteten auf sie.

Sie hatten die Tafel komplett abgewischt und versuchten nun erneut, mögliche Zusammenhänge zwischen Marcelino Soto, seiner Familie, den Banden und den Mitgliedern der spanischen Gemeinde herzustellen. Wie zu erwarten, waren die Namen und Daten die gleichen, aber sie mussten alles mit neuen Augen betrachten, und dazu mussten sie alle bisherigen Annahmen verwerfen.

Sie las noch einmal Nemecs Aussage durch, die sein ebenfalls verhafteter Kumpel Suker bestätigt hatte. Die anonymen Briefe stammten tatsächlich von ihnen. Rimaços Gruppe hatte beschlossen, sich nicht länger mit Diebstählen und kleinen Dealereien abzugeben, sondern groß ins Schutzgeldgeschäft einzusteigen. Sie hatten gemeint, im Westend allein auf weiter Flur zu sein. Nach kurzer Beobachtung waren sie sicher, der dicke, gutmütig wirkende Spanier, der Besitzer des Restaurants *Santiago*, sei als erster Kunde bestens geeignet. Der würde leicht einzuschüchtern sein, das perfekte Opfer. Zuerst schickten sie ihm die Drohbriefe, und als sie das Gefühl hatten, er sei reif, beschlossen sie, ihm einen Besuch abzustatten und ihm ein wenig Angst einzujagen. Suker und Rimaç passten Soto ab, als er gerade in seinen Wagen steigen wollte, nachdem er das Lokal abgeschlossen hatte; Nemec stand Schmiere. Rimaç war der Wortführer, Suker beschränkte sich darauf, Soto ganz dicht auf den Leib zu rücken, um ihn durch seine bloße Größe einzuschüchtern. Aber Soto wirkte nicht sonderlich verängstigt. Er sagte ihnen, er habe die anonymen Briefe erhalten und müsse mit ihnen darüber reden.

»Darüber reden?«, hatte Cornelia gefragt.

»Das hat er gesagt«, hatte Nemec bestätigt. »Aber Rimaç hat ihm gesagt, es gäbe nichts zu reden, wir wollten die Kohle, und zwar sofort. Dann hat Suker ihn ein bisschen rumgeschubst, damit die Sache klar ist.«

»Wie hat Soto reagiert?«

»Er hat gelächelt. Und Suker wusste nicht so richtig, was er machen sollte, weil es so aussah, als ob der Typ ihn verarschen wollte. Wenn Suker jemanden nur anfasst, scheißt der sich normalerweise in die Hose.«

Aber Marcelino Soto hatte sich ganz locker ans Auto gelehnt und ein Gespräch angefangen.

»Was hat er gesagt?«

»Am Anfang habe ich ihn nicht verstanden. Er hat religiöses Zeug dahergeredet. Dann hat er gesagt, er könnte uns helfen und wieder auf den rechten Weg zurückbringen, und er wollte mit unseren Familien sprechen. Da ist Suker nervös geworden. Er hat Rimaç gefragt, ob er dem Typ ein paar reinhauen dürfte, aber Rimaç hat es ihm verboten.«

»Warum?«

»Er hatte ihm Angst gemacht.«

»Angst?«

»Der Mann hat ganz ernsthaft geredet, gleichzeitig so, als wäre er verrückt. Und das hat Rimaç erschreckt. Er hat sich angehört wie diese religiösen Fanatiker im Fernsehen, so ein Prediger, ja wie sagte man früher, wie ein Prophet. Und das Einzige, vor dem Rimaç Respekt hat, das ist die Kirche.«

»Sind Sie katholisch?«

»Ja, Frau Kommissarin.«

Das »du« war auf einmal verschwunden, als käme mit der Erinnerung an diese Szene auch der Respekt vor Marcelino Soto zurück.

Schließlich hatte Rimaç Suker befohlen, schon mal vorauszugehen, und dann irgendetwas zu dem Mann gesagt, was Nemec nicht verstand. Dann waren sie abgehauen, und seitdem hatten sie Soto in Ruhe gelassen. Vielleicht hatte dieser sogar geglaubt, sie aus dem Viertel vertrieben zu haben, denn kurz drauf hatten die Belästigungen in den Restaurants im Westend wieder aufgehört, doch das hatte, wie Nemec ihr erklärte, einen anderen Grund. Anscheinend zahlten die Lokale schon einer deutsch-italienischen Bande Schutzgeld, und die Restaurantbesitzer hatten diese aufgefordert, endlich den Job zu machen, für den sie seit geraumer Zeit kassierte. Beim entscheidenden Aufeinandertreffen zwischen den beiden Gangs hatten Rimaçs Jungs den kürzeren gezogen. Also hatten sie die Finger davon gelassen.

Und so waren sie beim Üblichen erwischt worden: beim Dealen in der Fußgängerzone.

Marcelino Soto hörte sich an wie ein Prophet, hatte Nemec gesagt. Allein durch Worte hatte er drei Kerle davon abgebracht, ihn zu verprügeln. Um so überzeugend auf andere zu wirken, muss man selbst vollkommen von dem überzeugt sein, was man sagt und tut. Sie hatten sich intensiv mit den Angehörigen, Freunden, Bekannten und Angestellten des Opfers auseinandergesetzt ... Hatten sie dabei vielleicht Marcelino Soto selbst vergessen?

»Was steht eigentlich in Marcelino Sotos schwarzem Heft?«

Gleichzeitig, fast synchron, kramten alle drei nach den Fotokopien. Kurz darauf waren sie in die Lektüre des Hefts vertieft. Ab und zu stand einer von ihnen auf und schrieb etwas an die Tafel. Bald merkten sie, dass alle Notizen um dieselben Begriffe kreisten: Schuld, Strafe, Reue, Vergebung.

»Es ist immer das gleiche Schema«, fasste Cornelia zusammen. »Zuerst spricht er von Schuld, von Verbrechen, wie auf dieser Seite: ›Noch in den letzten Tagen sammelt ihr Schätze. Aber der Lohn der Arbeiter, die eure Felder abgemäht haben, der Lohn, den ihr ihnen vorenthalten habt, schreit zum Himmel; die Klagerufe derer, die eure Ernte eingebracht haben, dringen zu den Ohren des Herrn der himmlischen Heere. Ihr habt auf

Erden ein üppiges und ausschweifendes Leben geführt und noch am Schlachttag habt ihr euer Herz gemästet.‹ Darauf folgt die Androhung der Strafe: ›Ihr aber, ihr Reichen, weint nur und klagt über das Elend, das euch treffen wird.‹«

Müller und Terletzki lasen die Passagen mit. Die Bibelzitate waren auf Deutsch, Sotos Anmerkungen auf Spanisch.

»Dann«, fuhr Cornelia fort, »spricht er über die Buße.«

»Jetzt kommt etwas, von dem ich nicht weiß, woher es stammt. Nach diesem Zitat notiert er: ›Das Elend wird nicht über mein Haus kommen, wenn ich die Strafe akzeptiere, die allein ich und derjenige verdienen, der mit mir betrogen hat‹«, las Müller auf Spanisch und übersetzte dann für Terletzki.

»Ich glaube, das ist Sotos Kommentar zur Bibelstelle. Unter den Satz von der Buße hat er Bilder von Märtyrern eingeklebt, obwohl ich keine direkte Verbindung zwischen diesen Bildern und dem sehe, was er geschrieben hat.«

»Es ist auch ein Bild von einem schwarzen Heiligen dabei. Wer ist das?«

»Ich weiß es nicht. Recherchiert das mal.«

Müller setzte sich an Cornelias Platz, und die beiden Männer starrten auf die Computerbildschirme, während Cornelia im Zimmer auf und ab ging und weiterlas.

»Bisher habe ich drei: Sankt Moses den Schwarzen, Sankt Benedikt den Mohren und Sankt Martin von Porres«, sagte Terletzki.

»Suche nach Bildern von den dreien, damit wir sie mit dem Bild im Heft vergleichen können.«

Aus den umliegenden Büros drangen Stimmen und

Telefonläuten, bei ihnen aber herrschte angespannte Stille, nur unterbrochen vom Klappern der Tastaturen und dem Rascheln der Seiten, wenn Cornelia umblätterte.

»Ich hab's! Es ist Sankt Martin von Porres, ein peruanischer Heiliger.«

Cornelia sah sich die Seite mit dem Heiligenbild noch einmal an.

Unter dem Bild stand die Adresse einer peruanischen Wohltätigkeitsorganisation, daneben eine Zahl.

Sie hatte das Gefühl, allmählich bekäme das Ganze einen Sinn, fügten sich die Einzelteile zu einem Ganzen. Sie erinnerte sich an ein auffälliges Wort, das in Sotos Anmerkungen ständig vorkam, mit dem sie bisher nichts anfangen konnte: Zachäus.

»Müller, sehen Sie mal nach, wer oder was Zachäus ist.«

Gleich darauf las Müller vor: »›Dann kam er nach Jericho und ging durch die Stadt. Dort wohnte ein Mann namens Zachäus; er war der oberste Zollpächter und war sehr reich. Er wollte gern sehen, wer dieser Jesus sei, doch die Menschenmenge versperrte ihm die Sicht; denn er war klein. Darum lief er voraus und stieg auf einen Maulbeerfeigenbaum, um Jesus zu sehen, der dort vorbeikommen musste. Als Jesus an die Stelle kam, schaute er hinauf und sagte zu ihm: Zachäus, komm schnell herunter! Denn ich muss heute in deinem Haus zu Gast sein. Da stieg er schnell herunter und nahm Jesus freudig bei sich auf. Als die Leute das sahen, empörten sie sich und sagten: Er ist bei einem Sünder eingekehrt. Zachäus aber wandte sich an den Herrn und sagte: Herr, die Hälfte meines Vermögens will ich den Armen geben, und wenn ich von jemand zu viel gefordert habe, gebe ich ihm das Vierfache zurück. Da sagte

Jesus zu ihm: Heute ist diesem Haus das Heil geschenkt worden, weil auch dieser Mann ein Sohn Abrahams ist. Denn der Menschensohn ist gekommen, um zu suchen und zu retten, was verloren ist.‹«

»Ich muss etwas nachprüfen.«

Sie rief Julia Soto an.

»Ich möchte Sie nicht unnötig belästigen, aber ich habe ein paar Fragen zu den Heften Ihres Vaters. Wir haben festgestellt, dass darin regelmäßig die Namen von Organisationen auftauchen und Kontonummern sowie Zahlen, deren Bedeutung wir noch nicht kennen. Ich dachte, Sie könnten uns vielleicht weiterhelfen.«

»Spenden.«

»Wie bitte?«

»Diese Zahlen geben die Höhe der Spenden meines Vaters an.«

Cornelia sah ihre Listen durch.

»Es sind seltsame Beträge, niemals runde Summen.«

»Ich weiß. Außerdem spendete er nie zweimal an die gleiche Organisation. Mama sagte immer, wenn er schon so großzügig sei, könne er das Geld doch der Kirche spenden, aber er hatte ganz eigene Kriterien.«

»Und wie sahen die aus?«

»Keine Ahnung. Er hat uns nie erklärt, warum er was tat. Aber er überlegte immer lange hin und her, bis er sich für ein konkretes Projekt entschied. Dann errechnete er die dafür notwendige Summe und überwies das Geld. Uns erzählte er immer erst hinterher davon. Und dann war er wie verwandelt.«

»Was heißt das?«

»Er wirkte glücklich. Nach einer Weile ließ das wieder nach, und er war erneut niedergeschlagen und suchte andere, denen er sein Geld geben konnte. Mama wunderte sich auch über die krummen Beträge, aber sie vertraute unserem Vater blind.«

Cornelia schrieb alles mit.

»Wie geht es Ihnen?«

»Gut. Der Arzt hat nach mir gesehen und mir ein paar Tabletten gegeben. Der Pfarrer war auch da. Wir haben über Mamas Beerdigung gesprochen. Sie ist am nächsten Sonntag in der Kirche, und ich weiß schon, dass einige nicht hingehen werden, weil sie sich das Leben genommen hat. Andere werden aus krankhafter Neugier kommen, und nur ein paar aus Freundschaft. Und ich werde sie beobachten und Acht geben.«

Da war es wieder, obwohl das Gespräch ganz normal begonnen hatte.

»Worauf wollen Sie Acht geben, Julia?«

»Dass niemand uns weh tut.«

»Wenn Sie sich bedroht fühlen, schicke ich Ihnen einen Kollegen. Ich werde auch da sein.«

»Danke, Frau Kommissarin. Ich muss jetzt aufhören, ich habe wegen der Beerdigung noch viel zu erledigen.«

»Wenn Sie etwas brauchen, Sie wissen, wo Sie mich finden«, sagte Cornelia, aber das hatte Julia Soto nicht mehr gehört. Sie hatte schon aufgelegt.

Noch immer beunruhigt über den Verlauf des Gesprächs, blätterte sie weiter in dem Heft. Langsam wurde ihr einiges klar.

Sie rief noch einmal bei den Sotos an. Wieder nahm Julia ab. Ihre Stimme klang seltsam schleppend und undeutlich. Cornelia vermutete, dass sie die Tabletten genommen hatte, die der Hausarzt ihr gegeben hatte. Sie schien auch nur mit Mühe zu verstehen, was die Kommissarin von ihr wollte.

»Ich würde gern noch mal kurz vorbeischauen und einen Blick ins Büro Ihres Vaters werfen.«

Julia Soto zögerte, aber Cornelia ließ nicht locker.

»In zwanzig Minuten bin ich bei Ihnen.«

Sie wollte gerade hinausgehen, da rief ihr Müller von ihrem Computer aus zu: »Frau Weber, soeben ist eine E-Mail aus Spanien für Sie angekommen. Wollen Sie sie nicht lesen?«

ALTE RECHNUNGEN

Eine Viertelstunde später war Cornelia bei den Sotos. Carlos Veigas trübsinniges Gesicht erschien in der Tür. Er gab ihr die Hand und murmelte:

»Wundern Sie sich nicht darüber, wie es hier aussieht. Julia geht es sehr schlecht. Sie verhält sich merkwürdig, aber der Arzt sagt, das sei ganz natürlich.«

Als sie in den Flur trat, verstand sie, was Veiga meinte. Überall standen Pappkartons, in denen sich Porzellanfiguren, Kissen und Häkeldeckchen, die wohl einmal die Regale und Möbel des Hauses geziert hatten, wild durcheinander türmten. Veiga fühlte sich offenbar zu einer Erklärung verpflichtet.

»Julia hat beschlossen, das Haus umzuräumen, damit es nicht zu einem Mausoleum wird.«

Als hätte sie nur darauf gewartet, dass ihr Name fiel, erschien Julia Soto in der Küchentür. Cornelia erkannte die hellgrüne Jacke wieder, kaum aber die Frau, die darin steckte. Julia Sotos Haar war nicht länger zu einem tadellosen Dutt hochgesteckt, sondern hing ihr in wirren, mit den Fingern gekämmten Strähnen um das gelbliche Gesicht. Sie roch nach altem Schweiß. Gespielt freundlich begrüßte sie Cornelia, dann fiel ihr Blick auf eine Porzellanfigur in einem fast leeren Regal. Sie nahm die Figur, musterte alle Kartons der Reihe nach und wählte nach kurzem Zögern einen aus, ohne dass klar war, warum gerade diesen.

»Carlos, könntest du der Kommissarin einen Kaffee kochen?«

Veiga verstand und ließ sie allein.

Cornelia kannte Marcelino Sotos Büro im ersten Stock, sie hatten es bei ihrem ersten Besuch nach seinem

Tod durchsucht. Jetzt waren die Schubladen von Schreibtisch und Kommode halb aufgezogen, und in den Regalen zeigten sich hier und da Lücken. In einigen fehlten ein paar Bücher, in anderen offensichtlich ein Ordner, und auf dem Boden stapelten sich Mappen und Papiere. Im ganzen Zimmer roch es nach Putzmittel.

Julia Soto ging schwankend vor ihr her. Die Kommissarin fragte sich, ob sie in den letzten Tagen überhaupt etwas gegessen hatte. Ihre Hände zitterten, und Cornelia sah, dass sie, wie ihre tote Mutter, die Fingernägel abgebissen hatte. Julia bemerkte ihren Blick.

»Mama hat immer gesagt, ich solle aufhören, an den Nägeln zu kauen.«

Sie steckte ihre Hände in die Taschen der fleckigen Jacke.

»Ich hoffe, Sie finden, was Sie suchen, aber ich glaube eher nicht. Ich habe angefangen, Papas Büro auszuräumen, und einige Sachen sind schon in Kartons. Die Hefte waren in dieser Schublade.«

Julia Soto zeigte auf den Schreibtisch ihres Vaters.

»Haben Sie sie gelesen?«

»Nein. Ich habe nur einen kurzen Blick darauf geworfen. Ich dachte, es wären Kontobücher. Vielleicht hätte ich sie mir genauer ansehen sollen. Vielleicht wäre ich dort auf die Geschichte gestoßen, die meinen Vater getötet hat. Meine Eltern getötet hat.«

»Was meinen Sie mit ›die Geschichte‹? Die von Ihrem Großvater im spanischen Bürgerkrieg?«

»Was denn sonst?«

»Das liegt mehrere Generationen zurück ...«

»Mord verjährt nicht, oder?«

»Nein, aber ...«

»Wenn mein Großvater seine Kameraden denunziert hat, hat er sie ans Messer geliefert. Das ist auch Mord.

Er hat nicht abgedrückt, aber es ist, als hätte er sie selbst erschossen. Und dafür haben sie auch ihn umgebracht.«

Julia sprach langsam und stockend, als wäre jedes Wort ihr letztes.

»Ihren Großvater, meinen Sie?«

»Ja, meinen Großvater Antonio, den Verräter.«

»Ihr Großvater wurde nicht umgebracht.«

Das hatte in der E-Mail der Guardia Civil gestanden, die sie bekommen hatte, als sie gerade gehen wollte. Nach dem Tod war ermittelt worden, und alles deutete auf einen Unfall hin.

»Das wird behauptet, weil die Mörder sehr geschickt vorgegangen sind. Wissen Sie, wie mein Großvater ums Leben kam?«

Obwohl sie es wusste, schüttelte Cornelia den Kopf. Sie wollte Julia Sotos Version hören.

»Er ist vom Dach seines Hauses gefallen. Es heißt, er sei hinaufgestiegen, weil es reinregnete, und ausgerutscht. Mein Großvater war siebzig, als er starb. Glauben Sie, dass ein Siebzigjähriger allein aufs Dach klettert?«

Cornelia hätte ihr sagen können, dass sie schon ganz andere Dummheiten erlebt hatte, aber sie ließ es bleiben.

»Als wir zur Beerdigung kamen, haben uns alle geschnitten, sogar die Verwandten. Jahre später, als ich Großvaters Geschichte erfuhr, dachte ich, sie sei der Grund dafür, dass man uns auswich, und das stimmt auch zum Teil. Aber in den letzten Tagen habe ich wieder an die Gesprächsfetzen denken müssen, die ich damals im Dorf aufgeschnappt und nicht verstanden habe. Ich habe Irene gefragt, die erinnert sich besser, weil sie ja älter ist. Anfangs wollte sie mir nicht glauben, aber dann fiel es ihr doch wieder ein.«

»Was fiel ihr wieder ein?«

»Dass es damals im Dorf hieß, es sei kein Unfall gewesen. Jemand habe die Gelegenheit genutzt, jemand, den mein Großvater sogar um Hilfe bei der Reparatur des Daches gebeten hatte und der ihn dann hinunterstieß. Rufen Sie Irene an und fragen Sie sie. Sie wird es Ihnen bestätigen.«

Julia sah sie auffordernd an, als solle die Kommissarin auf der Stelle ihre Schwester anrufen, um ihre Angaben zu überprüfen. Als sie merkte, dass Cornelia sich nicht rührte, fuhr sie fort:

»Sie dachten, ich würde nichts mitbekommen. Immer haben sie geglaubt, die kleine Julita kapiert nichts, aber sehen Sie, ich weiß, was los ist. Ich bin die Einzige, die alles durchschaut. Es hängt alles miteinander zusammen, und mit Großvater Antonio, dem Verräter, hat es angefangen. Er ist schuld daran, dass ich jetzt Spanisch mit deutschem Akzent spreche. Und dabei sagte Papa immer, die Sünden der Väter würden nicht auf die Kinder fallen. Sogar diese Chance hat Großvater uns versaut.«

Plötzlich lächelte die junge Frau unschuldig.

»Nun gut, Frau Kommissarin, Sie sehen ja, ich bin beschäftigt.«

Sie ging zur Tür. In diesem Augenblick kam Veiga mit dem Kaffee herein. Julia verabschiedete sich hastig und ging ins Erdgeschoss; im Zimmer blieb ein strenger Geruch zurück.

»Herr Veiga, ich mache mir große Sorgen um Julia.«

»Ich auch, Frau Kommissarin. Aber Irene und der Arzt sagen, wir müssen ihr Zeit lassen.«

»Zeit wofür? Sich in paranoide Spinnereien hineinzusteigern?«

»Ich passe ständig auf sie auf, bin immer bei ihr. Das mit Tante Magda wird nicht noch einmal passieren.«

Veiga sah sie traurig an. Es klang ehrlich, aber Cornelia fiel es schwer, ihm zu glauben.

Sie begann, Sotos Büro zu durchsuchen. Lustlos, nur aus Höflichkeit, trank sie den Kaffee, den Veiga gebracht hatte. Unter seinen aufmerksamen Blicken ging sie an den Bücherregalen entlang. Obwohl seine Tochter eine Spur der Verwüstung hinterlassen hatte, konnte man immer noch erkennen, dass Marcelino Soto ein äußerst gewissenhafter Mann gewesen war. Ansatzweise war noch das System zu erkennen, nach dem er seine Bücher sortiert, Ordner nebeneinandergestellt und die Schnellhefter aufeinandergestapelt hatte. Auch die Wände zeigten die Auswirkung von Julia Sotos Treiben. In einer Reihe von fünf schwarzweißen Landschaftsfotos fehlte das vierte. Cornelia sah genauer hin: Es waren Bilder eines kleinen Dorfes, vielleicht des Geburtsorts von Marcelino Soto. Daneben hing ein gestickter Satz in einem prächtigen goldenen Rahmen, der in dem sonst eher karg eingerichteten Zimmer besonders auffiel; er war so aufgehängt, dass man ihn vom Schreibtisch aus im Blick hatte. Sie las: »Die Sünden der Väter werden nicht auf die Kinder fallen.« Der Satz, über den sich Julia lustig gemacht hatte. Wo hatte sie ihn kürzlich gelesen? Genau: In einem von Sotos Heften, dem mit dem schwarzen Einband, in dem er religiöse Zitate und Zahlen notiert hatte. Dort hatte das Gleiche gestanden: »Die Sünden der Väter werden nicht auf die Kinder fallen.« Hinter den Satz war ein rotes Fragezeichen gesetzt worden, das »nicht« war dick mit Rotstift umrandet gewesen, und ein Pfeil hatte von ihm weggezeigt, so energisch gezeichnet, dass er sich auf den nachfolgenden Seiten durchgedrückt hatte. Er führte zu einem Bild weiter unten auf der Seite, einer plumpen Darstellung der Zerstörung von Sodom und Gomorrha. Gezackte Blitze, mit mehr Leidenschaft als Geschick ausgeführt, fielen aus dunklen Wolken und umhüllten die brennende Stadt. Neben das Bild hatte Marcelino Soto geschrieben: »Ein Zeichen der Reue hätte genügt.«

»Herr Veiga, könnten Sie Julia einen Moment herbitten?«

Kurz darauf trat Julia Soto ein, ein Tuch in der einen, eine Sprühflasche mit Glasreiniger in der anderen Hand.

»Ich habe Ihnen doch gesagt, ich bin beschäftigt, Frau Kommissarin.«

»Ich will nur wissen, warum Ihr Vater diesen Satz so aufgehängt hat, dass er ihn stets vor Augen hatte. Sie selbst haben ihn vorhin zitiert. Was bedeutete dieser Satz für Ihren Vater?«

»Was weiß denn ich! Er wird ihn aufgehängt haben, weil er ihm gefiel.«

»Sei doch nicht so barsch zur Frau Kommissarin, Julia.«

»Ich habe zu tun.«

»Nur noch ein paar Fragen. Können Sie sich erinnern, wie lange dieser Satz schon hier hängt?«

»Jedenfalls nicht so lange wie die Fotos, die waren schon immer da. Vielleicht ein Jahr, vielleicht ein bisschen länger.«

»Würden Sie sagen, dass er dort hängt, seit Ihr Vater so fromm wurde?«

Julia hielt das Tuch zwischen Daumen und Zeigefinger, schlenkerte es hin und her und schaute in eine Ecke der Zimmerdecke.

»Ja, das ist möglich«, sagte sie zerstreut, ohne den Blick von der Ecke abzuwenden. »Der Rahmen ist hässlich, geradezu scheußlich. Ich werde ihn abhängen.«

»Darf ich ihn mitnehmen?«

»Wozu?«

»Er könnte uns einen Hinweis geben.«

»Wenn das so ist, nehmen Sie ihn mit.«

Julia Soto klang gleichgültig. Sie ging auf das Bild zu, besprühte das Glas mit Glasreiniger und wischte mit dem Tuch darüber. Dann nahm sie es von der Wand.

»Sehen Sie, nun ist es schön sauber. Und jetzt gehe ich, die Arbeit ruft.«

Damit verließ sie das Zimmer. Sie hörten, wie sie die Treppe hinunterging.

»Nehmen Sie das nicht so ernst, Frau Kommissarin, Sie haben ja selbst gesehen, wie nervös sie ist. Und ein wenig durcheinander, aber das ist ja verständlich nach zwei so grausamen Verlusten. Ich helfe, wo ich kann, aber ich fürchte, ich kann nicht viel tun. Ich versuche, sie zum Essen zu bewegen, aber sie täuscht mich, oder zumindest glaubt sie das; ich kann sie nicht überreden, sich zu waschen, und dabei putzt sie den ganzen Tag das Haus.«

»Herr Veiga, ich kann Ihnen nur noch einmal anbieten, einen unserer Psychologen zu schicken.«

»Ich hätte nichts dagegen, aber Irene hat nein gesagt, und sie ist jetzt das Familienoberhaupt.«

»Sie gehören doch auch zur Familie.«

»Wie das ganze Dorf. Wir alle dort sind verwandt und verschwägert, aber Irene ist nun mal die große Schwester.«

»Ich verstehe.«

Sie gab ihm die Tasse zurück.

Vom Flur aus sah sie Julia Soto eine Fensterscheibe putzen und hörte sie vor sich hin singen. Es war kein sorgloses Trällern; sie wiederholte die Melodie ebenso hartnäckig, wie sie immer wieder über die gleiche Stelle wischte.

Cornelia nahm das Bild mit in dem Gefühl, Julia Soto im Stich zu lassen. Um sich selbst zu beruhigen, sagte sie sich, das alles würde sich ändern, sobald sie den Fall gelöst hatten.

Sie betrat das Büro, grüßte kurz und warf ihren Kollegen ein Wort zu: »Wiedergutmachung«.

Die beiden sahen sie verständnislos an.

»Darum geht es. Marcelino hat versucht, sich durch Spenden von der väterlichen Schuld reinzuwaschen. Wahrscheinlich hat er das Geld von seinem Vater geerbt. Er hat davon die Restaurants gekauft und ist so seinerseits zu Geld gekommen, aber irgendwann wurde ihm der Ursprung seines Vermögens unerträglich.«

»Das ergibt Sinn«, sagte Terletzki. »Aber warum diese krummen Beträge?«

»Das müssen wir herausfinden. Und noch etwas.«

Sie berichtete ihnen, was Julia Soto über den Tod ihres Großvaters erzählt hatte.

»Ich werde bei den spanischen Kollegen noch einmal nachhaken, sie sollen versuchen, etwas darüber herauszufinden.«

»Wenn es sich um einen Racheakt für die Ereignisse während des Krieges handelt oder jemand hinter Sotos Geld her ist, sollten wir dann nicht Julia Soto und ihre Schwester unter Polizeischutz stellen? Vielleicht sind sie auch in Gefahr.«

Ihr fielen Recaredo Pueyos Worte wieder ein, nach denen die Barbarei des Bürgerkriegs der Vergangenheit angehörte. Im Grunde glaubte sie das auch. Warum sollte sich ausgerechnet jetzt jemand an den Sotos für etwas rächen, was mehr als sechzig Jahre zurücklag? Welchen Grund könnte er eine oder zwei Generationen später dafür haben?

»Nein. Julia Soto stützt sich nur auf Tratsch und Gerüchte.«

»Aber sie hat Angst.«

»Ich weiß. Das ist es, was mir am meisten Sorgen macht.«

»Außerdem ...«, begann Terletzki und brach ab.

»Außerdem was?«

»Da ist dieser Verwandte, Carlos Veiga. Er stammt aus demselben Dorf wie ihre Eltern, und seit wir an dem Fall arbeiten, hast du das Gefühl, dass er uns etwas verschweigt.«

»Ja, aber ich glaube, es steckt etwas anderes dahinter. Ich bin sicher, dass er ein Verhältnis mit seiner Cousine hat.«

Terletzki zog ungläubig seine dichten Augenbrauen hoch.

»Erinnerst du dich an unseren ersten Besuch bei ihnen? Als wir mit dem Auto wegfuhren, glaubte ich zu sehen, dass sie sich umarmten, aber nicht wie entfernte Verwandte, sondern viel inniger. Seither habe ich mich gefragt, wieso Irene sich ihm gegenüber so offen feindselig verhält. Ich glaube, sie weiß von dieser Beziehung und lehnt sie ab. Er hat ein paarmal versucht, Julia zu berühren, aber in unserer Gegenwart hat sie ihn stets zurückgewiesen.«

Terletzki schien nur halb überzeugt.

»Du hast ihn doch selbst verdächtigt, als du dachtest, jemand könne Magdalena Ríos den Chlorreiniger eingeflößt haben.«

»Ja, aber dann hat sich diese Idee als absurd erwiesen. Außerdem hat er ein Alibi für den Abend, an dem Marcelino Soto ermordet wurde: Er war mit den beiden Frauen zu Hause.«

»Das behauptet Julia, von der wir annehmen, dass sie ein Verhältnis mit ihm hat.«

»Die Mutter hat es uns ebenfalls bestätigt.«

»Bist du dir sicher, dass du Julia Soto allein mit ihm lassen willst?«

»Ich werde die Kollegen in Spanien bitten, uns alles zu schicken, was sie über ihn haben, aber ich sage dir noch einmal: Ich glaube, wir müssen uns in einer anderen Richtung umtun. Meiner Ansicht nach wäre es bei ihrem labilen Zustand gefährlicher, sie allein zurückzulassen, während wir Veiga wegen Verdächtigungen festhalten, die sich dann als haltlos erweisen.«

»Die Idee mit der Wiedergutmachung für das gestohlene Geld erscheint mir aber plausibel, Frau Weber«, sagte Müller.

»Mir auch, aber ich sehe noch nicht die Verbindung zu seiner Ermordung; irgendetwas übersehen wir noch immer.«

»Das heißt also, zurück zu den Unterlagen«, sagte Terletzki und setzte sich wieder hinter seinen Schreibtisch.

»Du sagst es.«

EINE INDISKRETION

Sie verbrachte die Nacht mit der Lektüre von Marcelino Sotos schwarzem Heft. Sie las darin, während ihre Kollegen noch im Büro waren, und sie las weiter, als die beiden sich müde verabschiedeten. Sie blieb. Für sie gab es keinen Grund, jetzt schon nach Hause zu gehen.

Wieder schlug sie das Heft an einer zufälligen Stelle auf. Vor ihr lag eine Seite, in die Marcelino Bilder aus irgendeinem Buch geklebt hatte. Es waren Bilder der Zerstörung. Sie blätterte zurück und ging Seite für Seite durch. Zitate, vermutlich aus der Bibel, wechselten sich ab mit Anmerkungen. Doch während Soto die Zitate sorgsam und fein säuberlich abgeschrieben hatte, waren die Anmerkungen unregelmäßig, nervös dahingekritzelt. Zwischendurch war immer wieder etwas so dick ausgestrichen, dass es unleserlich war. Es gab auch Zeitungsartikelausschnitte und immer wieder Zahlen, manchmal einzeln mitten auf einer Seite, manchmal ganze Zahlenkolonnen, ohne dass ersichtlich gewesen wäre, worauf sie sich bezogen. Auf Anzeigen von Wohltätigkeitsorganisationen folgten Zeichnungen, die offensichtlich aus Marcelino Sotos Feder stammten und bei denen er versucht hatte, den Stil religiöser Bildchen nachzuahmen: Flammen, die ganze Städte verschlangen, brennende Körper, Märtyrerszenen und immer wieder plumpe, aber darum nicht weniger eindrucksvolle Teufelsfratzen.

Schließlich ging sie gar nicht nach Hause. Als sie das Heft zuschlug, merkte sie, dass in drei Stunden ihr Dienst begann, und so legte sie sich auf das Sofa in einer Ecke des Büros. Ausnahmsweise war sie einmal froh darüber, so klein geraten zu sein, sie musste nur ein wenig die Knie anziehen, um daraufzupassen. Sie wickelte sich in eine Decke, die ihr Terletzkis Frau zusammen mit zwei orientalisch gemusterten Kissen einmal geschenkt hatte, um das Büro gemütlicher zu machen. Gelobt sei sie. Bevor sie einschlief, checkte sie noch einmal – zum x-ten Mal – die Mailbox ihres Handys. Und obwohl sie geschworen hätte, dass es so etwas nur in Romanen gab, sah sie im Traum tatsächlich Marcelino Sotos aufgedunsenes Gesicht, inmitten von Flammen. Die Teufel aus seinem Heft zogen ihn aus und warfen ihn in den Fluss.

In den ersten Morgenstunden wurde sie von einer Putzfrau geweckt, die ihr Wägelchen ins Büro rollte. Offenbar war es nicht das erste Mal, dass die Frau beim Betreten eines Büros einen schlafenden Polizisten fand; sie schlich auf Zehenspitzen an der Kommissarin vorbei, murmelte eine Entschuldigung und leerte rasch die Papierkörbe.

»Ist schon gut, danke«, murmelte Cornelia, bevor sie wieder in tiefen und diesmal glücklicherweise traumlosen Schlaf versank.

Sie wachte davon auf, dass Terletzki ihr eine Tasse Kaffee unter die Nase hielt.

»Habe ich geschnarcht?«

»Wie ein Wildschwein«, sagte Terletzki und verbesserte sich, als er Cornelias entsetzten Blick sah: »Ein ganz kleines Wildschwein.«

Sie ging ins Bad, um sich wenigstens ein bisschen frisch zu machen. Müller würde jeden Augenblick da sein. Als sie ins Büro zurückkam, suchte Terletzki gerade etwas im Internet.

Bevor sie sich mit ihren Kollegen an die Auswertung des schwarzen Hefts machte, wollte sie noch schnell ein paar Kopien in Auftrag geben, damit sie alle drei gleichzeitig mit dem Text arbeiten konnten.

»Bin gleich zurück.«

Der Oberkommissar nickte zerstreut. Als sie die Tür schloss, schien ihr, als ob er hastig vom Computer abrückte. Sie ging den Flur entlang, schlich aber nach ein paar Metern zurück und spähte durch ein Innenfenster in ihr Büro. Terletzki telefonierte. Nicht wie sonst mit zurückgelehntem Oberkörper, die Füße auf dem Tisch, sondern verstohlen, über den Hörer gebeugt.

Sie ging weiter, bevor er sie entdeckte oder ein anderer Kollege vorbeikam. Gerüchte machen in einem Polizeikommissariat schnell die Runde, und es genügte ihr, sich die Kommentare der Kollegen zum Besuch ihrer Mutter auszumalen.

Nach zehn Minuten war sie zurück, aber Terletzki war verschwunden. Mit ihm seine Jacke. Auf Cornelias Schreibtisch klebte ein gelber Notizzettel: »Bin in einer Stunde wieder da.«

Sie riss den Zettel ab, setzte sich aber nicht an ihren Tisch, ihr war ein Gedanke gekommen.

Sie zögerte einen Moment, dann setzte sie sich an Terletzkis Schreibtisch, nahm den Hörer ab und drückte die Wahlwiederholungstaste. Beschämt über das, was sie tat, hätte sie sicher gleich wieder aufgelegt, wenn am anderen Ende nicht sofort abgenommen worden wäre.

»Demeterklinik. Mein Name ist Claudia Stork, was kann ich für Sie tun?«

»Entschuldigen Sie, ich habe mich verwählt.«

Sie hängte auf, hatte sich aber aus reiner Routine den Namen der Klinik gemerkt. Sie ging an ihren Platz zurück und suchte im Internet.

»Demeterklinik. Zentrum für Fortpflanzungsmedizin.«

In diesem Moment lernte Cornelia, dass tiefe Scham und plötzliche Erleichterung durchaus vereinbar sind.

Das also war der Grund für Reiners häufige Abwesenheit, für seine Zerstreutheit und schlechte Laune. Aber warum hatte er es ihr nicht gesagt?

»Ihre Fotokopien, Frau Kommissarin.«

Der junge Mann aus der Kopierstelle gab ihr mit einer Hand die Kopien, mit der anderen das Original.

Sie legte eine Kopie auf Terletzkis Schreibtisch, dann sah sie auf die Uhr. Halb neun. Wo blieb Müller? Sie öffnete die Bürotür. Von links, aus Junckers Büro, drangen laute Stimmen. Sie ging näher, bis sie verstand, was geredet wurde. Gerade erklärte Juncker: »Weißt du, Leo, Papierkram, das ist reine Organisationssache.«

Hatte sie richtig gehört? Leo?

»Findest du nicht, dass sie es übertreiben mit dieser ständigen Berichtschreiberei?«

Müller. Leo der Löwe, und jetzt also Leo. Und seit wann duzten sich die beiden?

»Warum haben wir für so was keine Sekretärin?«

Müllers Großspurigkeit gab ihr den Rest. Sie betrat das Büro.

»Guten Tag, Müller.«

Diese drei Worte genügten, Leopold Müller, der ganz entspannt mit gekreuzten Armen dastand, in der rechten Hand eine Kaffeetasse, hätte vor Schreck beinahe Haltung eingenommen. Juncker hingegen fixierte Cornelia mit seinen hellen, stählernen Augen.

»Sieh an, die Frau Kollegin Weber-Tejedor, und bei mir ist nicht aufgeräumt«, sagte er zuckersüß, mit einem Augenaufschlag wie ein Pin-up-Girl. Cornelia verstand nicht, worauf er hinauswollte, bis er fortfuhr:

»Aber ich habe ja auch gehört, dass Hausputz gefährlicher sein soll, als man gemeinhin annimmt.«

Cornelias zorniger Blick über diese Anspielung auf Magdalena Ríos traf nicht Juncker, den sie sowieso für unverbesserlich hielt, sondern Müller. Wortlos drehte sie sich um und ging in ihr Büro. Leopold Müller lief ihr nach, verfolgt von Junckers Lachen.

»Lauf, Löwe, lauf.«

Schweigend setzten sie sich. Müller war wieder ganz der schüchterne Polizeiobermeister ihres ersten Gesprächs. Cornelia fragte so sachlich wie möglich:

»Müller, kann ich Ihnen vertrauen?«

»Selbstverständlich, Frau Weber.«

»Wirklich? Ich kann Ihnen vollkommen vertrauen?«

Er nickte eifrig.

»Also kann ich mich auf Ihre Diskretion in Sachen Klein verlassen?«

Müller antwortete wie aus der Pistole geschossen:

»Hundertprozentig.«

»Was wollte Juncker diesmal von Ihnen?«

»Hören, wie es mir im Morddezernat gefällt.«

Obwohl Müller nichts weiter sagte, wusste Cornelia, dass er in diesem Moment an ihren Anpfiff vom letzten Mal dachte. Jetzt war die Gelegenheit, die Sache wiedergutzumachen.

»Sie leisten ausgezeichnete Arbeit, und ich hoffe, Sie sind auch in Zukunft in meinem Team dabei, aber diese Abteilung ist nicht ganz ohne, und um den Alltag hier zu überstehen, ist man nicht nur auf die berufliche, sondern auch auf die moralische Unterstützung der Kollegen angewiesen. Wählen Sie sorgsam Ihre Freunde, Müller.«

Sie ließ ihm keine Zeit zu antworten, denn sie wollte keine Worte des Dankes oder gar einen Treueschwur von dem jungen Polizisten hören.

»An die Arbeit.«

Leopold Müller quittierte ihre Aufforderung mit einem vorsichtigen Lächeln. Hätte der Tisch nicht zwischen ihnen gestanden, hätte Cornelia ihn geküsst. Aber der Tisch war nun mal da, ebenso wie ihr Ehering und Müllers Antwort:

»Natürlich, Frau Weber.«

Die Schreibtische waren mit Zetteln, Akten und Fotos übersät. Bevor sie weiterarbeiteten, mussten sie die Unterlagen ordnen. Gemeinsam mit Müller machte sie sich daran, die ursprüngliche Ordnung wieder herzustellen, die bei der Arbeit durcheinandergeraten war. Sie arbeiteten konzentriert und schoben sich immer wieder gegenseitig Papiere zu.

»Das ist vom Restaurant Santiago.«

»Gerichtsmedizin.«

»Protokoll.«

»ACHA.«

Während Müller mit der Rechten versuchte, einen Papierstapel am Umkippen zu hindern, hielt er ihr mit der Linken ein Foto hin. Cornelia wollte es gerade in die Plastikhülle zu den anderen Fotos von Kulturveranstaltungen des Vereins stecken, als ihr Blick an den kärglichen Kulissen hängen blieb, laut Bildunterschrift das Bühnenbild für *Das Leben ein Traum.*

Cornelia betrachtete das Foto und schüttelte langsam den Kopf. Müller spürte, dass etwas nicht stimmte.

»Das ist es.«

Unter Müllers erwartungsvollem Blick suchte sie nach weiteren Fotos, als Reiner Terletzki das Büro betrat. Er war länger weg gewesen als die angekündigte Stunde. Cornelia sprang auf, lief auf ihn zu und klopfte ihm auf die Schulter.

»Reiner, du bist ein Genie.«

»Lass die Scherze, okay? Ich weiß, dass ich zu spät bin, aber es ging nicht anders.«

Sie ließ ihn nicht weiterreden, obwohl er möglicherweise drauf und dran war, ihr den Grund für seine häufigen Abwesenheiten zu berichten. Aber das war jetzt nebensächlich. Nicht nur wegen ihrer schäbigen Schnüffelei, sondern auch, weil es Wichtigeres zu tun gab.

»Ich hab's kapiert, endlich weiß ich, was Soto getan hat. Und du hattest mal wieder den richtigen Riecher, denn es gibt jemanden, der es uns bestätigen kann. Du fährst sofort zum Pfarrer und knöpfst ihn dir noch einmal vor.«

»Warum?«

»Weil dieser Mann geradezu auf Knien darum fleht, ausgequetscht zu werden, damit er endlich loswerden kann, was er über die Geschichte weiß und was ihm auf der Seele brennt. Nur dass er es nicht so mir nichts, dir nichts ausplaudern kann. Höchstwahrscheinlich fällt ein Teil dessen, was er weiß, unter das Beichtgeheimnis.«

»Und wieso glaubst du, dass er es uns trotzdem erzählen wird?«

»Weil er so etwas angedeutet hat, als er sagte, die Trauerfeier für Magdalena Ríos werde auf Bitten der Töchter in der Kirche abgehalten, obwohl sie erwiesenermaßen Selbstmord begangen hat.«

Auch wegen der Vermutung ihrer Mutter, dass es dem Pfarrer am rechten Glauben mangelte, aber das wollte sie den beiden nicht sagen.

»Und warum soll ich da allein hin?«

»Müller wird dich begleiten.«

Sie wollte allein sein, um ihre Hypothese zu überprüfen.

»Es macht mehr Eindruck, wenn ihr zu zweit aufkreuzt, und ihr könnt ihn besser in die Zange nehmen. Aber nur du wirst reden.«

»Warum?«

»Ganz einfach: Du siehst eher aus wie der böse Bulle.«

»Vielen Dank.«

Aber Terletzki schien zufrieden, dass er einen Auftrag hatte und der befürchtete Rüffel ausblieb.

»Außerdem ist er, wenn ich nicht dabei bin, gezwungen Deutsch zu reden. Das kann er zwar sehr gut, aber ich glaube, dass es ihm leichter fallen wird, über eine so heikle Angelegenheit in einer Sprache zu sprechen, die nicht die seine ist.«

Als sie Terletzkis skeptischen Blick bemerkte, fügte sie hinzu:

»In einer fremden Sprache ist es leichter, Abstand zu dem zu behalten, was man sagt. Das weiß ich aus eigener Erfahrung. Sie, Müller, halten schön brav den Mund, aber wenn Sie doch etwas sagen müssen, denken Sie daran: Sie sprechen kein Spanisch.«

»Aber was sollen wir denn überhaupt fragen?«

»Zeig ihm dieses Foto und frag ihn einfach, warum die Kulissen und Kostüme so armselig waren. Mach deutlich, dass wir wissen, dass er uns eine wichtige Information vorenthält, die wir sowieso bekommen werden, aber dass er der Familie viel Kummer ersparen kann, wenn er jetzt redet.«

»Was, glaubst du, wird er sagen?«

Cornelia berichtete von ihrer Vermutung.

»Ruft mich an, sobald ihr bei ihm fertig seid.«

HAT IHRE MUTTER ES IHNEN
NICHT ERZÄHLT?

Sie sah noch einmal alles durch, um sicherzugehen, dass sie sich nicht irrte, und war so in ihre Aufgabe vertieft, dass sie ganz vergaß, auf dem Display nachzusehen, als das Telefon klingelte. Als sie die Stimme ihrer Mutter hörte, hätte sie den Hörer beinahe wieder auf die Gabel gelegt.

»Nicht auflegen, Cornelia!«

Dass Celsa sie beim Namen nannte und nicht »Kind« wie sonst, bremste ihre Bewegung, aber ihr Tonfall war eisig, als sie fragte:

»Was willst du, Mama?«

»Ich wollte mich entschuldigen.«

Cornelia schwieg. Sie hatte im Augenblick anderes im Kopf.

»Ich hab's doch nicht böse gemeint. Ich habe so sehr befürchtet, es könne einer von uns gewesen sein, da musste ich es einfach jemandem erzählen.«

»Ist schon gut, Mama.«

Sie hatte keine Zeit für ein langes Gespräch mit ihrer Mutter, aber sie wollte sie auch nicht rüde unterbrechen.

»Ist das nicht furchtbar, wie so ein Unglück von heute auf morgen eine Familie zerstören kann? Erst die Tragödie mit Marcelino und dann das mit Magdalena. Und plötzlich steht die Kleine ganz allein da.«

Die Kleine war an die dreißig, und Cornelia wurde langsam ungeduldig, aber eine innere Stimme sagte ihr, dass sie die Erzählung ihrer Mutter nicht unterbrechen sollte.

»Ich war heute Morgen bei ihr und habe ihr meine

Hilfe bei den Vorbereitungen für die Beerdigung angeboten. Ich war eine ganze Weile dort. Sie hat mir gar nicht gefallen. Aber der junge Mann, mit dem sie zusammen ist, ist ja durchaus nett. Das ist beruhigend.«

Sieh an, ihre Mutter hatte es also auch bemerkt. Ein Polizist kam herein.

»Frau Kommissarin, dieses Fax ist soeben aus Spanien gekommen.«

»Danke.«

Der Polizist ging wieder hinaus. Cornelia legte das Fax auf den Tisch. Sie würde es gleich lesen.

»Wie bitte?«, fragte Celsa.

»Ich meinte nicht dich, ein Kollege hat mir gerade etwas gebracht.«

»Dann will ich dich nicht länger aufhalten. Ich sagte gerade, wie schön es doch ist, dass Julia nicht alleine ist, sondern in diesem Moment jemanden hat. Ich habe ihr auch gesagt, wie sehr ich mich freue, dass die beiden sich das nicht von den alten Streitigkeiten vergiften lassen.«

Cornelia war wie vom Donner gerührt.

»Erzähl weiter. Bitte.«

»Du wirst lachen, aber eine Zeitlang habe ich befürchtet, Carlos Veiga wäre es gewesen. Deshalb war ich so froh über die anonymen Briefe. Aber jetzt, wo ich ihn persönlich kennengelernt und gesehen habe, wie er sich um Julia kümmert, wie liebevoll er mit ihr redet, habe ich gemerkt, dass ich mich geirrt habe. Und das habe ich Julia auch gesagt. Na ja, so direkt natürlich nicht; dass ich ihn im Verdacht hatte, habe ich nicht erwähnt, ich habe ihr nur gesagt, wie sehr es mich freut, dass die Enkelin von Antonio Soto und der Enkel des Bürgermeisters die alte Fehde begraben haben.«

Cornelia wäre fast der Hörer aus der Hand gefallen.

Sie biss sich auf die Lippen und spürte, wie ihr Tränen der Wut in die Augen stiegen.

»Kind, hörst du mich?«

Sie atmete tief durch, bevor sie antwortete. Ihre Stimme zitterte.

»Mama, hast du etwa die ganze Zeit gewusst, wer Carlos Veiga ist? Und jetzt hast du Julia erzählt, dass Carlos der Enkel des Bürgermeisters ist, der während des Krieges ermordet wurde?«

Schweigen am anderen Ende der Leitung.

»Und wann hattest du vor, es mir zu erzählen?«

Sie wartete die Antwort ihrer Mutter nicht ab.

»Mama, wenn etwas passiert, dann wird das Folgen haben, das schwöre ich dir.«

Sie warf den Hörer auf die Gabel, riss die Jacke vom Kleiderhaken und stürzte hinaus. Sie musste nicht mehr lesen, was in dem Fax aus Spanien stand.

Es gab keine Zeit zu verlieren. Im Vorübergehen sah sie Juncker in seinem Büro sitzen.

»Juncker, bitte fordern Sie einen Streifenwagen in die Sachsenhausener Straße 32 an. Es ist dringend.«

Als er ihren Gesichtsausdruck sah, verkniff sich Juncker jede Bemerkung. Während sie den Gang entlanglief, hörte sie ihn noch rufen:

»Wird gemacht.«

Vom Auto aus rief sie bei den Sotos an. Niemand nahm ab. Stattdessen sprang der Anrufbeantworter an. Sie legte auf und versuchte es erneut. Wieder der Anrufbeantworter. Hartnäckig versuchte sie es ein drittes Mal, und dieses Mal hatte sie Erfolg. Julia meldete sich.

Ihre Stimme klang, als läge ein Tuch über der Sprechmuschel. Sie murmelte etwas Unverständliches.

»Wie geht es Ihnen, Julia?«

»Gut, immer besser.«

Sie sprach sehr langsam, als müsse sie jedes Wort mühsam suchen.

»Das höre ich gern«, log Cornelia, um das Spiel mitzuspielen. »Ich wollte Ihnen nur sagen, dass die Hefte, die Sie uns überlassen haben, eine große Hilfe waren.«

Stille. Heftiges Atmen.

»Sind Sie noch da, Julia?«

Das »ja« klang erstickt. Ob sie weinte?

»Kann ich etwas für Sie tun?«

»Nein danke. Es geht mir gut. Wirklich.«

»Haben Sie etwas genommen? Die Medikamente, die Ihnen der Arzt verschrieben hat – haben Sie die genommen?«

»Ja, ja, alle.« Wieder klang die Stimme abwesend, sie murmelte etwas.

»Entschuldigung, ich habe Sie nicht verstanden.«

»Das ist egal, es war nicht wichtig. Wichtig ist nur, dass bald alles vorbei ist. Verstehen Sie, was ich meine?«

»Nicht ganz.«

»Ich habe es Ihnen ja schon gesagt, Frau Kommissarin, die Vergangenheit straft uns für die Sünden unserer Väter.«

»Wovon reden Sie, Julia?«

»Verstehen Sie denn nicht? Von Carlos, der gekommen ist, um die Toten des Bürgerkriegs zu rächen. Der gekommen ist, um uns zu bestrafen. Wollen Sie mir etwa weismachen, Sie wüssten das nicht? Hat Ihre Mutter es Ihnen nicht erzählt? Jetzt weiß ich, warum er uns mit Steinen beworfen hat, als wir zu Großvaters Beerdigung gingen. Aber auch Ihre Mutter täuscht sich, die Enkel werden vom Hass der Großeltern verfolgt. Jetzt ist mir klar, warum wir nie nach Lugo zurückgekehrt sind. Doch jetzt liegt es in meiner Hand, den Mörder zu strafen. Er hat mich die ganze Zeit betrogen, aber nun weiß ich Bescheid. Was für eine Schande! Wissen Sie, dass ich mit dem Mörder meiner Eltern geschlafen habe? Aber machen Sie sich keine Sorgen, ich habe keine Angst.«

»Sie irren sich, Julia. Carlos hat mit dem Tod Ihrer Eltern nichts zu tun.«

»Versuchen Sie nicht, ihn zu schützen, Frau Kommissarin. Jetzt ist es meine Aufgabe, etwas zu unternehmen. Auf Wiedersehen.«

Sie legte auf.

Cornelia stellte das Blaulicht aufs Wagendach und schlängelte sich, so schnell sie konnte, durch den dichten Berufsverkehr.

Sie versuchte noch ein paarmal anzurufen, aber Julia Soto ging nicht mehr ans Telefon.

»Aus dem Weg, verdammt!«

Um ein Haar hätte sie beim Überqueren einer Kreuzung eine Straßenbahn gerammt.

Dann rief sie Terletzki an.

»Wo steckst du denn, Cornelia? Wir sind gerade im Büro zurück, und Juncker hat gesagt, du wärst rausgerannt und hättest Verstärkung angefordert, und zwar zum Haus der Sotos. Was ist los?«

»Ich fürchte, Julia Soto ist drauf und dran, eine Riesendummheit zu begehen. Was hat euch der Pfarrer erzählt? Hatte ich recht?«

»Ja.«

»Kommt so schnell wie möglich zu den Sotos. Ich kann jetzt nicht weiterreden, ich bin fast da.«

Sie parkte den Wagen vor dem Haus der Sotos, sprang heraus, ohne abzuschließen. Sie steckte die Hand durch das Gartentor und öffnete es von innen. Das Haus war festlich erleuchtet, alle Lichter brannten. Sie klopfte an die Tür, aber niemand machte ihr auf.

»Julia, ich bin's, Kommissarin Weber.«

Die Stille, die dieses Viertel zu einer begehrten Wohngegend machte, wirkte jetzt bedrohlich.

Wieder klopfte sie. Vergeblich. Sie ging ums Haus herum und schaute durch jedes Fenster, doch das Haus war leer. Verlassen.

Plötzlich hörte sie gedämpften Motorenlärm. Das Geräusch kam von der Rückseite des Hauses. Sie ging ihm nach bis zum Garagentor. Es war abgeschlossen. In der Garage versuchte jemand, einen Wagen anzulassen. Sie hämmerte an das massive Tor. Keine Reaktion.

Sie rannte zurück zum Vorderhaus. Mit dem Pistolengriff schlug sie ein Fenster im Erdgeschoß ein, stieg hinein und stürzte durch die Wohnung zur Garage. Zum Glück war die Verbindungstür nicht abgeschlossen. Sie riss sie auf. Dunkelheit und das Geräusch eines stotternden Motors empfingen sie. Sie tastete die Wand ab bis sie den Lichtschalter fand. Julia Soto saß im Auto, blinzelte in ihre Richtung, ohne sie zu erkennen. Cornelia trat auf sie zu.

»Was machen Sie denn da?«

»Peinlich, nicht wahr? Dem Racheengel springt der Wagen nicht an. Ich glaube, die Batterie ist hinüber.«

Im Wageninneren lehnte Carlos Veiga schlaff gegen die Beifahrertür. Julia sah sie durch die Scheibe hindurch an. Cornelia ging um den Wagen herum zu Veiga, der nur von dem straff angezogenen Gurt aufrecht gehalten wurde. Sie öffnete die Tür, während Julia weitersprach:

»Er ist nicht tot, nur betäubt. Einen Teil seiner Mission hat Carlos erfüllt, aber ich habe ihn daran gehindert, sein Werk zu vollenden. Er wird Irene und den Kindern kein Haar krümmen. Dieses Mal habe ich nicht versagt. Meine Mutter konnte ich nicht retten, aber wenigstens habe ich meine Schwester gerettet. Sie soll nicht auch noch für die Verbrechen meines Großvaters büßen müssen.«

»Das hat Ihr Vater nie gemeint. Er hat von seinen eigenen Taten gesprochen, von seinen Unterschlagungen.«

Sie rief einen Krankenwagen. Julia Soto starrte sie aus weit aufgerissenen Augen an.

Als Terletzki und Müller bei den Sotos ankamen, hatte Cornelia inzwischen das Garagentor geöffnet. Julia saß noch immer im Auto, den Rücken ihrem bewusstlosen Cousin zugewandt, die Beine nach draußen. Sie wiederholte mechanisch ein ums andere Mal:

»Warum Regino? Warum?«

Cornelia wandte sich an ihre Kollegen:

»Was hat Recaredo Pueyo euch erzählt?«

»Er hat uns alles erzählt. Marcelino hat ihm gebeichtet, dass er Fördergelder des ACHA unterschlagen hatte und es öffentlich zugeben wollte, sobald er alles zurückgezahlt hatte. Er wollte die ganze spanische Gemeinde in der Kirche versammeln und dann auf Knien von Bank zu Bank rutschen und um Verzeihung bitten. Und er wollte, dass derjenige mitmacht, der mit ihm zusammen die Unterschlagungen begangen hat.«

»Hat er euch den Namen genannt?«

»Er wusste ihn nicht. Marcelino wollte es ihm nicht sagen, er wollte, dass der andere sich selbst dazu bekennt.

Müller wiederholte Julias Frage, die unbeantwortet geblieben war: »Warum hat Martínez das getan?«

»Aus Angst, Marcelinos Frömmigkeit und dessen Schuldgefühle hätten ihn auch reingeritten.«

Der Krankenwagen kam und transportierte Veiga ab.

»Müller, Sie begleiten Frau Soto ins Präsidium. Wir müssen sie wegen versuchten Mordes festnehmen, aber angesichts ihres Zustands halte ich es für ratsam, psychologische Hilfe anzufordern.«

Plötzlich fühlte Cornelia sich hundemüde. Sie hätte sich den Besuch bei Martínez gern erspart, aber sie brauchten ein Geständnis.

Marcelino und Regino hatten den ACHA jahrelang regelrecht ausgeplündert. Von den Fördergeldern war nur ein geringer Teil tatsächlich in die Veranstaltungen des Vereins geflossen. Daher Joan Fonts Klagen über die eher dürftigen Kulturveranstaltungen, daher die armselige Ausstattung, die auf allen Fotos von den Veranstaltungen des Vereins deutlich zu erkennen war. Aber jetzt, Jahre später, hätte Marcelinos späte Reue die Veruntreuung früher oder später ans Licht gebracht. Er hatte begonnen, die unterschlagenen Gelder zurückzuzahlen. Vierfach, wie seinen Heften zu entnehmen war, weil das seinen Berechnungen zufolge den heutigen Lebenshaltungskosten entsprach, und mit Zinsen; daher die krummen Beträge. Am Ende, wenn er alles Geld zurückgezahlt hatte, wollte er öffentlich Beichte ablegen, auf Knien vor der Gemeinde. Er musste nur noch Regino Martínez überzeugen, dasselbe zu tun.

Das war es also, was hinter Marcelino Sotos Besessenheit steckte: hinter seinen Kerzenopfern, seinen zwanghaften Spenden, seinen Höllenvisionen, schließlich auch hinter seinem Tod.

Sie würden Martínez verhaften, und er würde gestehen. Zwar hatten sie keinerlei handfeste Beweise gegen ihn, aber die Masse der Indizien würde genügen.

Zuvor aber war es an ihr, ein Geständnis abzulegen.

»Reiner, ich weiß, was mit dir los ist«, sagte sie, als sie neben ihrem Kollegen im Wagen saß.

»Was mit mir los ist?«

»Du weißt schon, was ich meine. Ihr möchtet Kinder haben und geht dafür in eine Klinik.«

Beschämt gestand sie ihre Schnüffelei. Terletzki starrte auf die Straße, seine Hände umklammerten das Lenkrad.

»Wenn wir schon mal dabei sind, kann ich dir ja gleich sagen, dass das nicht alles ist. Es ist schon der zweite Versuch. Beim ersten Mal schien alles bestens zu laufen, aber dann haben wir das Kind verloren. Sandra hatte danach eine schwere Depression, und ich habe ihr versprochen, nicht aufzugeben und es noch mal zu versuchen, obwohl ich nicht weiß, wie ich das Ganze ein zweites Mal durchstehen soll.«

»Warum hast du nie etwas gesagt?«

»Wir wollten nicht, dass es irgendjemand erfährt. Kannst du dir vorstellen, was ich von einigen Kollegen zu hören bekäme, wenn die wüssten, warum ich ab und zu verschwinde? Manchmal musste ich auch gehen, weil Sandra Panikattacken hatte ...«

»Aber mir hättest du es doch erzählen können.«

Terletzki zögerte einen Moment mit der Antwort.

»Darf ich dir was sagen, auch wenn es idiotisch klingt? Lach nur, wenn du willst. Ich glaube, es wäre mir leichter gefallen, es dir zu erzählen, wenn wir uns nicht duzen würden.«

Cornelia lachte nicht.

»Wie meinst du das?«

»Ich weiß es nicht. Ich habe dir ja gesagt, es ist idiotisch, aber es ist mir gerade so eingefallen.«

»Sollen wir uns etwa wieder siezen?«

»Nein. Außerdem kann man ein Du nicht zurücknehmen.«

»Wer sagt das?«

»Niemand. Das ist so.«

Sie nahmen Regino Martínez in seiner Wohnung fest. Er leistete keinerlei Widerstand. Nachdem er im Präsidium ein Geständnis unterschrieben hatte, wirkte er erleichtert.

»Marcelino sagte, er wolle mit mir reden, und ich habe ihn zu mir nach Hause eingeladen, weil ich in dieser Woche allein war. Er hat mir angeboten zu kochen, ein Festmahl. Anfangs schien alles ganz normal, wir haben gegessen und dabei über die alten Zeiten geplaudert, aber nach dem Essen sagte er, wir müssten endlich einen Tag für unsere öffentliche Beichte festlegen. Ich habe ihm gesagt, ich sei nicht bereit, das zu tun, und da fing er an, von der Strafe Gottes zu predigen, die über uns kommen werde, und dass wir verdammt seien. Ich sagte ihm, das sei mir egal. Da fiel er vor mir auf die Knie und begann, laut zu beten. ›Bete‹, sagte er zu mir, ›bete mit mir, auf dass du erleuchtet werdest.‹ Als ich mich weigerte, wurde er wütend und schrie mich an, ich sei daran schuld, wenn seine ganze Familie ewige Verdammnis erleiden müsse, und dann drohte er, die öffentliche Beichte auch gegen meinen Willen durchzuziehen.«

»Und da haben Sie ihn erstochen.«

»Nein, ich wollte gehen, aber als ich aufzustehen versuchte, umklammerte er meine Knie und schrie, das sei alles nur zu meinem Besten. Er war durchgedreht, völlig außer sich. Ich bekam Angst. Wieder begann er zu beten und meine Rettung zu erflehen. Da habe ich den Kopf verloren. Er kniete immer noch vor mir, hatte sich jetzt aber abgewandt, und sprach, als legte er bei jemandem, der ebenfalls im Zimmer war, Fürbitte für mich ein. Ich habe mir ein Messer genommen, das an der Spüle lag, und dann weiß ich nur noch, dass er vornüber kippte. Als ich ihn aufrichten wollte, sah ich, dass er tot war.«

»Was haben Sie dann getan?«

»Ich habe alles eingesammelt, das Geschirr gespült und aufgeräumt.«

»Und Marcelino Soto?«

»Ich habe die Leiche in einen Sack gesteckt, ihn ins Auto geladen und bin losgefahren. Anfangs wusste ich nicht, was ich tun sollte. Dann habe ich im Radio die Hochwasserwarnung gehört und beschlossen, ihn im Osthafen in den Fluss zu werfen, da ist nachts kaum etwas los. Ich hätte nie gedacht, dass er an der Alten Brücke wieder auftauchen würde.«

Regino Martínez redete, als habe er sein Geständnis schon seit Tagen geübt.

»Sie wussten, dass wir Sie schnappen würden, nicht wahr?«

»Ja, ich habe mich nur gefragt, wann.«

»Warum haben Sie nicht versucht zu fliehen?«

»Wohin denn? Ich habe Marcelino getötet, weil er das Leben zerstören wollte, das ich mir aufgebaut hatte. Später merkte ich, dass ich es mir selbst zerstört hatte.«

»Warum haben Sie sich nicht sofort nach der Tat gestellt?«

»Ein klein bisschen Hoffnung bleibt immer. Schließlich hört man ja ständig von ungelösten Fällen.«

Regino Martínez lächelte traurig.

Als ihr Bericht fertig war, rief sie Ockenfeld an, um ihren Besuch anzukündigen.

»Du gehst zum obersten Boss?«

Terletzki hatte schon die Hand zum Salut an der Schläfe.

Cornelia tat das Gleiche, dann sagte sie: »Jawohl.«

»Was wirst du mit dem Fall Valero machen?«

»Ich werde ihm sagen, dass das Mädchen Anzeige gegen Klein erstatten wird.«

»Das wird ihm nicht passen.«

»Das ist mir egal.«

»Gehen wir nachher noch ein Bier trinken?«

»Ich weiß nicht, ich muss noch was erledigen.«

»Und was, verdammt noch mal?«

»Ich werde Jans Sachen zusammenpacken und zu seiner Schwester schicken.«

»Gib ihm noch ein bisschen Zeit.«

Terletzki griff zum Telefon und wählte eine Nummer.

»Leopold, wir gehen mit der Chefin einen trinken. In einer halben Stunde. Und du kommst mit.«

Cornelia ging hinauf zu Ockenfelds Büro.

»Hallo Lukas, wer hat dir denn dieses hübsche Schleifchen umgebunden?«

EPILOG

Zwei Wochen später machte sich Cornelia mit einem seltsamen Gefühl in der Magengegend auf den Weg nach Offenbach zu ihren Eltern. Es war der erste Besuch, seit sie den Fall Soto abgeschlossen hatten. Und vielleicht wäre sie nicht hingefahren, wenn ihr Bruder sich nicht eingeschaltet hätte.

»Sie wusste nicht, was sie tat, Cornelia.«

»Aber Manuel, stell dir vor, das Auto wäre angesprungen! Ist dir klar, dass Julia Soto und Carlos Veiga hätten tot sein können? Und sie wäre daran schuld gewesen.«

»Glaubst du denn, das weiß sie nicht? Seither macht sie sich ständig Vorwürfe.«

»Wie kommt man denn auf so was? Was hat sie sich bloß dabei gedacht?«

»Sie wollte Julia Soto nur etwas Tröstliches sagen, etwas Positives.«

»Und da ist ihr nichts Besseres eingefallen, als ihr zu erzählen, dass ihr Cousin der Enkel eines der Männer ist, die damals im Dorf erschossen wurden?«

»Sie war nervös, und da hat sie halt dummes Zeug geredet. Du weißt doch, dass sie sich manchmal um Kopf und Kragen quasselt.«

»Das kann sie gerne machen, wenn sie an der Wursttheke ansteht, aber nicht, wenn es um Mord geht. Und warum hat sie mir nichts gesagt? Sie hat mir Informationen vorenthalten.«

»Ich weiß, dass sie Fehler gemacht hat, ich will sie ja gar nicht entschuldigen. Und sie weiß es auch. Nur allzu gut. Seit das passiert ist, ist sie um zehn Jahre gealtert.«

Cornelia senkte den Blick.

»Und Papa fehlst du auch. Du weißt doch, dass du seine Prinzessin bist. Schade nur, dass es ihm nicht so gut gefällt, dass ich mich ebenfalls als Sissy entpuppt habe.«

Damit brachte er sie zum Lachen.

»Lass mir ein bisschen Zeit.«

Als sie über die Brücke fuhr, warf sie einen Blick nach rechts, auf den leeren Beifahrersitz neben sich und durch das Autofenster hindurch auf die Wolkenkratzer der Stadt. Sie glitzerten, trotz des bleigrauen Himmels an diesem zaghaften Frühlingstag. Wo mochte Esmeralda Valero sein? Am Tag, nachdem sie sie gefunden hatten, war sie untergetaucht. Cornelia hatte nicht herausfinden können, ob es daran lag, dass der Bordellbesitzer kein Mädchen duldete, das Besuch von der Polizei bekam, oder ob Esmeralda nicht daran glaubte, dass Cornelia wirklich etwas für sie tun würde. Vielleicht hatte sie sie einfach nur getäuscht. Ihr blieb von der ganzen Geschichte nichts weiter als eine Anschuldigung, die sie nicht beweisen konnte, und ein verärgerter Chef.

Sie fuhr auf die Autobahn in Richtung Offenbach. Sprühregen benetzte die Windschutzscheibe. Hinter ihr blieb der kalte Main zurück, der, wie üblich, ruhig und sanft dahinströmte.

DANKSAGUNG

Es gibt einen Grund, warum wir Autoren oft und gerne sagen, Schreiben sei ein einsames Geschäft. Es ist nämlich wahr. Deshalb möchte ich an dieser Stelle allen danken, die mich beim Schreiben dieses Romans begleitet haben.

Polizeioberrat Jörg Seiderer vom Präsidium der Polizei Südhessen danke ich für seine wertvollen Hinweise zur Polizeiarbeit in Deutschland. Frau Doktor Mercè Subirana für ihre Beratung in gerichtsmedizinischen Fragen und dafür, dass sie mir die menschliche Seite der Forensik gezeigt hat. Heike Martínez und Xavier Valls dafür, dass sie mich an ihren Erfahrungen als Gastarbeiterkinder in Deutschland teilhaben ließen.

Dank auch all denen, die das Manuskript in den verschiedenen Phasen seiner Entstehung geduldig gelesen und nützliche Anmerkungen dazu beigetragen haben: Nati Aparicio, Sabine Hofmann, Ana Ramírez, Asun Ricart, Eva Reichenberger, Juan Luis Milán und Enrique Camba. Mein besonderer Dank gilt meiner Agentin Margarita Perelló, einer großartigen Leserin. Corinna Santa Cruz und Kirsten Brandt verdanke ich es, dass dieses Buch auf Deutsch erschienen ist.

Um die Dankbarkeit gegenüber Klaus, meinem Mann, auszudrücken, fehlen mir die Worte.

Ich schätze mich glücklich, sie alle an meiner Seite zu haben.

**Rosa Ribas
Tödliche Kampagne**
*Ein neuer Fall für Kommissarin
Cornelia Weber-Tejedor*
Kriminalroman
Aus dem Spanischen von
Kirsten Brandt
Deutsche Erstausgabe
st 4184. 462 Seiten

Ein brutaler Mord sorgt für Aufregung in Frankfurts Werbeagenturen: In ihrem zweiten Fall taucht Hauptkommissarin Cornelia Weber-Tejedor tief ein in die Welt der Jungen und Kreativen ... kreativ auch, wenn es um Mord geht? Zunächst sind es nur Drohbriefe, die in der Frankfurter Werbeagentur Baumgard & Holder eingehen, doch dann wird ein Kollege ermordet aufgefunden. Wollte man im Wettstreit um eine lukrative Kampagne, die die Stadt Frankfurt ausgeschrieben hat, einen unliebsamen Konkurrenten aus dem Weg schaffen? Cornelia Weber, in Eheprobleme verstrickt und unzufrieden über die Zusammensetzung ihres Teams, übersieht ein entscheidendes Detail. Dann geschieht ein zweiter Mord.

Rosa Ribas
Falsche Freundin
Kriminalroman
Aus dem Spanischen von
Peter Schwaar
Deutsche Erstausgabe
st 4302. Etwa 300 Seiten

Ein tragischer Todesfall am Frankfurter Flughafen kommt Cornelia Weber-Tejedor gerade recht. Inkognito mischt sich die Kommissarin unter das Reinigungspersonal des Flughafens und flieht so aus ihrem verzwickten Privatleben. Mit Hilfe ihrer neuen Kollegin Elin, in der Cornelia eine Freundin gefunden hat, stößt sie schon bald auf den Chef eines Drogenhändlerrings. Als Elin plötzlich bedroht wird, begeht Cornelia einen fatalen Fehler ...
Mit *Falsche Freundin* legt die spanische Krimipreisträgerin Rosa Ribas einen rasanten, atmosphärisch dichten Kriminalroman vor, in dem die deutsch-spanische Kommissarin Cornelia Weber-Tejedor in die Tiefen des Frankfurter Flughafens eintaucht und dabei in die gefährlichen Machenschaften eines Drogennetzwerks gerät.

»Frankfurt hat mit der Kommissarin Weber-Tejedor nun einen Platz auf der europäischen Krimilandkarte.«

Qué leer, Barcelona

Ingrid Hedström
Die toten Mädchen von Villette
Kriminalroman
Aus dem Schwedischen von
Angelika Gundlach
Deutsche Erstausgabe
st 4128. 402 Seiten

Villette, Belgien, 24. Juni 1994: Drei junge Mädchen stöckeln nachts von der Johannisprozession durch den Wald in ihr Heimatdorf zurück. Kurze Zeit später werden die jungen Frauen tot aufgefunden. Ein junger Mann aus der Gegend hatte die Teenager in seinem Wagen mitgenommen. Was nach einem einfachen Fall für die junge Ermittlungsrichterin Martine Poirot aussieht, entwickelt sich bald zur gefährlichen Suche nach einem Serienmörder, die zurückführt in die Zeit der Kollaboration, zu der dunklen Geschichte zweier junger Widerstandskämpferinnen, Renée und Simone. Und Poirot wird mit einem dunklen Kapitel ihrer eigenen Familiengeschichte konfrontiert ...
Auftakt zu einer Krimiserie um die herrlich normale und im Beruf so toughe Ermittlungsrichterin Martine Poirot.

»Selten sind die schwedischen Krimis so einfallsreich und dabei sorgfältig geschrieben.« *Dagens Nyheter*

»Hedström vereint gekonnt spannende Intrigen, schmutzige Geheimnisse mit ihrer Kenntnis von Belgiens Politik und Kultur.« *Svenska Dagbladet*

**Ingrid Hedström
Die Gruben von Villette**
Kriminalroman
Aus dem Schwedischen von
Angelika Gundlach
st 4218. Etwa 400 Seiten

Villette, Belgien 1994: Beim Löschen eines Prahms wird ein junger Journalist tot aufgefunden. In der Hand hält er ein verblichenes Foto aus einer alten schwedischen Zeitung, es zeigt Minenarbeiter. Suchte er einen von ihnen?
Erste Erkundigungen ergeben, dass er nach Villette geschickt worden ist, um über das tragische Grubenunglück zu schreiben, das sich in den fünfziger Jahren in der Stadt ereignet hat. 162 Kumpel kamen damals ums Leben. War Vorsatz im Spiel – und der Journalist dem Täter auf der Spur?
Kein einfacher Fall für die junge Untersuchungsrichterin Martine Poirot. Als in Villette ein zweiter Mord geschieht, erkennt sie, dass sie der Wahrheit auf der Spur, aber auch, dass ihr eigenes Leben bedroht ist.

**Don Winslow
Tage der Toten**
Roman
Aus dem Englischen von
Chris Hirte
st 4200. 689 Seiten

Mit großem Tatendrang hat sich der US-Drogenfahnder Art Keller darangemacht, in die Strukturen der mexikanischen Drogenmafia einzudringen – mit Erfolg. So viel Erfolg, dass die Drogendepots reihenweise auffliegen und die Narcotraficantes die Jagd auf ihn eröffnen.
Nachdem sein Mitarbeiter von den Gangstern zu Tode gefoltert wurde, schwört Art Keller Rache und startet einen gnadenlosen, blutigen Feldzug gegen die Drogenbarone. Zu spät bemerkt er, dass er sich damit neue Feinde macht – und die sitzen in Washington.
Was als ›Iran-Contra-Affäre‹ in die Geschichte einging, erlebt Keller als gigantisches Drogen-, Geldwäsche- und Waffengeschäft. Vor die Wahl gestellt, seiner Regierung zu dienen oder seinem Gewissen zu folgen, trifft er eine einsame Entscheidung – und stößt dabei auf unverhoffte Verbündete.

»Das Buch des Jahrzehnts.« *Lee Child*

»Vom ersten, herzzerreißenden Satz an war ich süchtig nach diesem Buch.« *Ken Bruen*

»Winslow ist einfach der Hammer.« *James Ellroy*